U0453329

渭南师范学院秦东历史文化研究中心项目经费资助
渭南师范学院"一流专业"建设项目经费资助
渭南师范学院第三批特色学科建设项目经费资助

秦东自然人文景观

诗辑注

严安政 曹静 ◎ 著

中国社会科学出版社

图书在版编目(CIP)数据

秦东自然人文景观诗辑注 / 严安政，曹静著. —北京：中国社会科学出版社，2019.10

（秦东民俗调查研究系列丛书）

ISBN 978-7-5203-5158-4

Ⅰ.①秦… Ⅱ.①严…②曹… Ⅲ.①诗集-中国 Ⅳ.①I22

中国版本图书馆 CIP 数据核字（2019）第 202522 号

出 版 人	赵剑英
责任编辑	任　明
责任校对	周　昊
责任印制	郝美娜

出　　版	中国社会科学出版社
社　　址	北京鼓楼西大街甲 158 号
邮　　编	100720
网　　址	http：//www.csspw.cn
发 行 部	010-84083685
门 市 部	010-84029450
经　　销	新华书店及其他书店
印刷装订	北京君升印刷有限公司
版　　次	2019 年 10 月第 1 版
印　　次	2019 年 10 月第 1 次印刷
开　　本	710×1000　1/16
印　　张	21.5
插　　页	2
字　　数	366 千字
定　　价	120.00 元

凡购买中国社会科学出版社图书，如有质量问题请与本社营销中心联系调换
电话：010-84083683
版权所有　侵权必究

凡 例

一、本书所辑录的该地区自然人文景观诗歌作品，以该地区古代至中华人民共和国成立以前作品为限。当代作家作品不在辑录的范围之内。

二、所辑录的作品，以县市为单位集中编排；每个县市的作品，先列前人相关作品，"八景"诗集中置于该县其他作品之后；"八景"诗中则先列写有该县市全部"八景"诗的作家作品，次列其他作家有关"八景"的诗作。

三、各县市作品大体以作者生年先后为序编排。无生年而卒年可考的，从卒年上推60年作为生年参考年代；生卒年未详而中进士、举人年代可以考知的，进士上推30年、举人上推20年作为生年参考年代；其所任官职的大小也适当予以参考。生平不详而朝代可考的置于该朝代之末。

四、有不止一篇作品被辑录的作者，只在其作品首次出现时对其加以简介。

五、本书采用句注的形式，即每逢句号加注。作品的作者原序和自注一律保留并酌情加注。题目需要注释的作为该诗注释的首条。

目 录

咏华山 ……………………………………………… (1)

观仙掌 ………………………………… 佚　名 (1)
长歌行 ………………………………… 汉乐府民歌 (1)
气出唱（其二） ……………………… 曹　操 (2)
咏怀·西入华阴山 …………………… 阮　籍 (3)
捉搦歌（其三） ……………………… 北朝乐府民歌 (4)
行经太华 ……………………………… 孔德绍 (5)
岳馆 …………………………………… 沈佺期 (6)
途经华岳 ……………………………… 李隆基 (6)
奉和圣制途经华岳应制 ……………… 张　说 (7)
奉和圣制途经华岳应制 ……………… 苏　颋 (8)
奉和圣制途经华山 …………………… 张九龄 (9)
华岳 …………………………………… 王　维 (10)
西岳云台歌送丹邱子 ………………… 李　白 (11)
行经华阴 ……………………………… 崔　颢 (13)
望岳 …………………………………… 杜　甫 (14)
华山歌 ………………………………… 刘禹锡 (15)
华山 …………………………………… 郑　谷 (16)
仙掌 …………………………………… 齐　己 (17)
华山 …………………………………… 陈　抟 (18)
咏华山 ………………………………… 寇　准 (18)
重过华下 ……………………………… 司马光 (19)
梦华山二首 …………………………… 陆　游 (19)
太华峰 ………………………………… 汪元量 (20)
苍龙岭 ………………………………… 王　履 (21)
华岳二十韵 …………………………… 李梦阳 (22)

华云台歌	叶梦熊 (25)
水　帘	袁宏道 (26)
华　山	顾炎武 (27)
云台观	宋　琬 (29)
青柯坪	李念慈 (30)
西峰下窥水帘洞作	屈大均 (31)
华山杂诗七首	王士禛 (32)
千尺㠉	王又旦 (34)
咏华山（五首）	颜光敏 (35)
望　岳	屈　复 (37)
登华山	袁　枚 (38)
望华岳	毕　沅 (40)
游华山归途赋诗奉柬	林则徐 (41)
华山诗三首	魏　源 (44)
玉泉院	陈述古 (47)
华岳八景简介	(48)
华岳八景（八首）	史　纪 (48)
题华山八景	郭　良 (52)

咏临渭区……………………………………(56)

夜宿灵台寺寄郎士元	钱　起 (56)
渭上偶钓	白居易 (57)
昊天观新栽竹	刘得仁 (58)
登渭南县城楼	许　棠 (58)
焚书坑	章　碣 (59)
渭阳楼闲望	郑　谷 (59)
登楼怀归	寇　准 (60)
过寇莱公祠	薛　瑄 (60)
渭　南	康　海 (61)
秋夕归自兴隆寺	南大吉 (62)
秋暮渡渭	南大吉 (63)
渡　渭	王维桢 (63)

灵台寺秋眺	贾 玘	(64)
丰　原	王士祯	(65)
春日同诸公游灵台寺	朱英帜	(65)
临渭区（原渭南县）八景简介		(66)
渭水春涨	胜千璠	(66)
密畤晚霞	周　宁	(67)
象山雨霁	周　宁	(67)
瑞泉瀑布	郝　增	(68)
象山雨霁	郝　增	(68)
沈水夜月	李　洪	(69)
风门堆雪	薛敬之	(69)
泰宁晨钟	陈嘉猷	(70)
泰宁晨钟	郭　郁	(70)
泰宁晨钟	李文进	(71)
渭水春涨	南逢吉	(71)
渭南（今临渭区）八胜	尚九迁	(72)
渭南（今临渭区）八景	岳冠华	(76)
沈川风景人事古迹咏	张　端	(79)
下邽八景杂咏	佚　名	(81)
长寿原旧八景	佚　名	(82)

咏韩城 ……………………………………………………… (83)

乱后经夏禹庙诗	庾肩吾	(83)
谒禹庙	宋之问	(84)
龙门八韵	薛　能	(87)
谒汉太史司马祠	张　昇	(88)
龙　门	司马光	(89)
韩城咏古	邓　山	(90)
谒太史公墓	叶梦熊	(91)
龙　门	顾炎武	(91)
寄题子长先生墓	李因笃	(92)
九日游龙门二首	康乃心	(93)

少梁道 …………………………………… 康乃心（94）
韩城八景简介 ………………………………… （94）
韩城八景（八首） …………………………… 张廷枢（95）
韩城八景 ……………………………………… 佚 名（99）
古韩城八景（存目） ………………………… （100）
龙门古八景（一） …………………………… （100）
龙门古八景简介 ……………………………… 史 鉴（100）
龙门古八景（二） …………………………… （101）
龙门古八景 …………………………………… 佚 名（102）
新龙门八景歌 ………………………………… 佚 名（102）
西龙门八景简介 …………………… 郭建安 李一凡（103）
徐村明八景 …………………………………… （105）
徐村暗八景 …………………………………… 佚 名（105）
薛峰八景 ……………………………………… 佚 名（106）

咏华阴 ………………………………………… （107）
春日游罗敷潭 ………………………………… 李 白（107）
晚望（一作夕次华阴北亭） ………………… 林 琨（107）
罗敷水 ………………………………………… 白居易（108）
途经敷水 ……………………………………… 许 浑（108）
华阴县楼 ……………………………………… 司空图（109）
华阴道上三首 ………………………………… 宗 泽（110）
杨四知墓 ……………………………………… 李 楷（111）
华阴二莲歌（十首） ………………………… 屈大钧（112）

咏华州区 ……………………………………… （116）
题郑县亭子 …………………………………… 杜 甫（116）
望少华三首 …………………………………… 杜 牧（116）
西 溪 ………………………………………… 李商隐（118）
少华甘露寺（一作游少华山甘露寺） ……… 郑 谷（119）
游少华山云际寺 ……………………………… 张 乔（119）

华州西溪	张　先	(120)
华州西溪	宋　祁	(120)
过华州	王世昌	(121)
过西溪	华　岳	(122)
少华山	李　鹰	(122)
题西溪游春亭	王维桢	(123)
登潜龙寺三首	张必大	(124)
寄显应侯祠	王士祯	(125)
宿环翠岩	刘　湛	(126)
少华峰	宜元熙	(126)
登蟠龙岭诗	刘建奇	(127)
明代华县（州）八景简介		(128)
明代华州八景（八首）	伍　性　钮莹中	(128)
明代华州十景简介		(133)
明代华州十景（十首）	陈应麟	(133)
清代华州八景简介		(136)
清代华州八景（八首）	佚　名	(136)

咏潼关 ……………………………………………………… (142)

入潼关	李世民	(142)
潼关口号	李隆基	(143)
送杨燕之东鲁	李　白	(143)
题潼关城楼	崔　颢	(144)
东归晚次潼关怀古	岑　参	(145)
秋日赴阙题潼关驿楼	许　浑	(146)
过潼关	温庭筠	(147)
记　梦	陆　游	(147)
山坡羊·潼关怀古	张养浩	(148)
题潼关	李梦阳	(148)
潼　关	王士祯	(149)
潼　关	毕　沅	(150)
潼　关	洪亮吉	(151)

潼关	魏源	(152)
潼关八景简介		(153)
潼关八景（八首）	林云翰	(153)
潼关八景（八首）	淡文远	(158)
潼关八景（八首）	潘耀祖	(160)

咏大荔 ································ (163)

过蒲关	李隆基	(163)
沙苑南渡头	王昌龄	(163)
沙苑行（节选）	杜甫	(164)
冯翊西楼	张继	(165)
经沙苑	李贺	(165)
沙苑	郑谷	(166)
游饶益寺	陆游	(166)
隋故宫行	元好问	(167)
漫成四绝	韩邦靖	(167)
沙苑	韩邦靖	(168)
登锦屏山	马自强	(169)
渡黄河	李朴	(170)
通灵陂	李楷	(170)
紫阳夜饮	刘玺	(171)
三河渡观水歌	王鹏程	(172)
沙苑行	杨树椿	(173)
沙苑竹枝词二十首	李自反	(175)
大荔旧八景简介		(179)
朝邑十景简介		(179)
朝邑十景诗并记（十首）	朱斗南	(179)
朝邑十景（十首）	黄大绅	(185)
朝邑十景（十首）	詹汝猷	(188)
朝邑十景（十首）	刘光代	(192)
次松皋父台十景原韵（十首）	王克允	(196)
九龙八景简介		(201)

九龙八景诗并诗解（九首） …………………… 金和轩（201）
赵渡四景简介 ……………………………………（205）

咏澄城 ………………………………………（207）
隋公泉 …………………………………… 适庵老人（207）
过精进寺 ………………………………… 郭思德（207）
过古徵 …………………………………… 于　璠（208）
清凉院 …………………………………… 路　车（208）
小西湖咏为淡庵吴父母作 ……………… 路世龙（209）
题湫头有引 ……………………………… 王用杰（210）
避难堡 …………………………………… 焦韵堂（211）
上巳游小华山（三首） ………………… 白健翮（212）
汉武帝祠 ………………………………… 金玉麟（213）
魏郑公祠 ………………………………… 金玉麟（214）
澄城八景简介 ……………………………………（216）
澄城八景 ………………………………… 佚　名（216）
澄城八景（八首） ……………………… 姚钦明（217）

咏合阳 ………………………………………（222）
蒹葭 …………………………………《诗经·秦风》（222）
合阳怀古（二首） ……………………… 韩邦靖（223）
赋得子夏石室送康太乙归夏阳 ………… 顾炎武（224）
飞浮山 …………………………………… 雷学谦（225）
木罂渡 …………………………………… 雷学谦（226）
秋日游光济寺 …………………………… 许攀桂（227）
丙寅秋日登梁山钟楼峰 ………………… 康乃心（228）
望仙宫 …………………………………… 康乃心（228）
子夏读书洞 ……………………………… 张大有（228）
春日登天柱山访惠风法师六首（选三） … 许秉简（229）
同谢子平王海涵游莲花山 ……………… 许秉简（231）
明山晚眺 ………………………………… 许奉简（231）

合阳八景简介 …………………………………… (232)
合阳八景（八首） …………………………… 赵维藩 (232)
合阳八景（八首，有序） …………………… 刘应卜 (236)
和刘应卜《合阳八景》（八首） …………… 庄曾明 (240)
合川四圣景简介 ………………………………… (242)
合阳杂咏（八首） …………………………… 顾曾烜 (243)

咏蒲城 …………………………………………… (248)

桥陵诗三十韵因呈县内诸官 ………………… 杜　甫 (248)
九日登尧山四首 ……………………………… 赵　晋 (249)
重过泰陵有感 ………………………………… 赵　晋 (251)
蒲城怀古 ……………………………………… 曹　琏 (252)
蒲城道中 ……………………………………… 李逊学 (252)
蒲城道中 ……………………………………… 胡　瓒 (253)
谒唐宪宗陵 …………………………………… 左思忠 (254)
过不群山次壁间韵 …………………………… 李应策 (256)
泰　陵 ………………………………………… 何　芬 (256)
漫　泉 ………………………………………… 屈　复 (257)
访云麾将军碑 ………………………………… 雷　鐩 (258)
贾曲村 ………………………………………… 屈　洙 (259)
游唐陵 ………………………………………… 王光鼎 (259)
蒲城八景简介 …………………………………… (260)
蒲城八景 ……………………………………… 邓　山 (260)
蒲城八景 ……………………………………… 赵　锐 (261)
蒲城八景 ……………………………………… 常若柱 (261)
蒲城八景（八首） …………………………… 刘震 (262)
南原春晴 ……………………………………… 佚　名 (267)
蒲城八景（选二） …………………………… 王元命 (267)
蒲城八景（选四） …………………………… 雷　雨 (268)
漫泉秋月 ……………………………………… 杨攀桂 (270)
北岭积雪 ……………………………………… 王光鼎 (271)

盘龙异石	马中骅	（271）
尧山古柏	赵世英	（272）
贾曲八景		（272）
贾曲八景简介并诗（八首）	权作楫	（273）
兴镇八景诗二首并序	张崇健	（276）

咏富平 ……………………………………………（278）

郑白渠歌	古谣谚	（278）
明月山铭	庾信	（279）
三川水	杜甫	（280）
斛山歌	孙继鲁	（282）
灵湫春雨	温如玉	（284）
温泉	杨之翰	（285）
春日过岔口揽胜	赵兆麟	（285）
题王将军庙	路立孔	（286）
玉镜山 有姚秦离宫故址	路立孔	（287）
岔道口中	韩文	（287）
温泉春浴	韩文	（288）
唐陵墨玉	李因笃	（289）
郑白渠	许孙荃	（289）
温园	李樟	（290）
重游月窟山	窦祖禹	（292）
金瓮山 锦屏玉镜二山名	乔履信	（293）
南湖书院四时吟（四首）	乔履信	（294）
荆山铸鼎篇（三首）	陈觉	（295）
游温泉	惠之介	（300）
富平八景简介		（301）
富平八景诗	张雄图	（301）
富平八景（八首）	乔履信	（302）
南湖四景诗（选二）	杨深	（306）
美原八景简介		（307）
美原八景歌	佚名	（307）

咏白水 ……………………………………………………… （308）
　县斋十咏 ……………………………………… 宁　参（308）
　白水怀古 ……………………………………… 邓　山（313）
　仓圣坟祠 ……………………………………… 庄　璹（314）
　白龙潭、齐云洞二首并序 …………………… 赵世英（315）
　仓颉墓 ………………………………………… 陈上年（316）
　九日同署中诸友游白龙潭 …………………… 钮　琇（317）
　彭衙杂咏（选五首）………………………… 钮　琇（318）
　游白水兴隆寺 ………………………………… 屈　复（320）
　游飞泉寺（二首）…………………………… 梁善长（321）
　仓圣庙碑 ……………………………………… 邓　珏（322）
　署楼秋眺 ……………………………………… 王孙爵（323）
　游飞泉寺 ……………………………………… 吴志龙（323）
　白水旧八景简介 ……………………………………… （325）
　白水八景 ……………………………………… 民　谣（326）
　白水旧五景简介 ……………………………………… （326）
　西河滚浪 ……………………………………… 庄　璹（326）
　龙山夕照 ……………………………………… 井　斗（327）
　秦山霁雪 ……………………………………… 黎世和（327）
　临川烟雨 ……………………………………… 黎世和（328）
　神岭朝云 ……………………………………… 何　学（328）

后　记 ………………………………………………… （330）

咏 华 山

观仙掌①
佚 名

巉巉太华,柱天直上。②
青崖白谷,仰见仙掌。③

(选自《唐国史补》)

【作者简介】

此诗最早见于唐人高彦林《唐国史补》:"玄宗令张燕公(张说)撰《华岳碑》,首四句或云一行禅师所作,或云碑之文凿破,乱取之曰'巉巉太华,柱天直上。青崖白谷,仰见仙掌'。"一题《题华岳碑》。后人则言为汉武帝刘彻所作(见《关中八景史话》)。刘彻(前156—前87),即汉武帝,西汉第七位皇帝,杰出的政治家。

【注释】

①仙掌:即仙人掌,华山峰名。《法苑珠林》言:"华山对河东首阳山,黄河流于二山之间。古语云此本一山,当河,河水过之而曲折。河神巨灵以手劈开其上,中分为两,以通河流。今睹手迹于华岳上,指掌之形俱在。脚迹在首阳山下,亦存焉。"

②巉(chán)巉:高峻的样子。太华:即华山。此句言华山如撑天巨柱,高入云天。

③青崖白谷:青色的山崖,白色的山谷。

长歌行①
汉乐府民歌

仙人骑白鹿,发短耳何长。②

导我上太华,揽芝获赤幢。③
来到主人门,奉药一玉箱。④
主人服此药,身体日康强。
发白复更黑,延年寿命长。⑤

(选自《乐府诗集》)

【注释】
①长歌行:汉乐府曲调名。
②白鹿:神仙传说中的仙人常以白鹿为坐骑。此句言短头发长耳朵。道书中多谓神仙长耳。
③太华:即西岳华山,在陕西省华阴市南,因其西有少华山,故称太华。揽芝:采摘灵芝。赤幢(chuáng):张挂在舟、车上的红色帷幔。
④奉药:奉上仙药。玉箱:玉制或玉饰的箱子。
⑤复:又。更黑:变黑。延年:延长寿命。

气出唱(其二)①

曹 操

华阴山,自以为大②。
高百丈,浮云为之盖。③
仙人欲来,出随风,列之雨。④
吹我洞箫,鼓瑟琴,何闾闾⑤!
酒与歌戏,今日相乐诚为乐。⑥
玉女起,起舞移数时。⑦
鼓吹一何嘈嘈。⑧
从西北来时,仙道多驾烟,乘云驾龙,郁何蓩蓩。⑨
遨游八极,乃到昆仑之山,西王母侧,神仙金止玉亭。⑩
来者为谁?赤松王乔,乃德旋之门。⑪
乐共饮食到黄昏。
多驾合坐,万岁长,宜子孙。⑫

(选自《曹操全集》)

【作者简介】
曹操(155—220),字孟德,小字阿瞒,沛国谯县(今安徽亳州)

人。东汉末年著名政治家、军事家、文学家。

【注释】

①气出唱：一作气出倡，乐府旧题。宋人郭茂倩将其收入《乐府诗集·相和歌辞·相和曲》。

②华阴山：即华山。

③盖：遮蔽。

④列之雨：此或言仙人之多。

⑤何：多么。阘（yín）阘：盛貌。

⑥此句言品酒欢歌，一同享乐实在是真正的欢乐。

⑦玉女：神话中的华山神女。数时：数个时辰。

⑧一何：多么。嘈嘈：形容众声嘈杂。

⑨郁：香气浓厚。何：多么。薐（mǎo）薐：盛貌。

⑩八极：八方极远之地。"西王母侧，神仙金止玉亭"句言神仙们坐于西王母侧之玉亭。

⑪赤松：即赤松子，相传为上古时神仙。德旋之门：德、旋、门皆为星名。德，即开明星（木星）；旋，同漩，北斗七星中第二星；门，南门星。

⑫此句言众多神仙围坐来叙话，长生不老且适宜子孙。

咏怀·西入华阴山①

阮 籍

朝阳不再盛，白日忽西幽。②
去此若俯仰，如何似九秋。③
人生若尘露，天道邈悠悠。④
齐景升丘山，涕泗纷交流。⑤
孔圣临长川，惜逝忽若浮。⑥
去者余不及，来者吾不留。⑦
愿登太华山，上与松子游。⑧
渔父知世患，乘流泛轻舟。⑨

（选自《先秦汉魏晋南北朝诗》）

【作者简介】

阮籍（210—263），字嗣宗。陈留（今属河南）尉氏人。三国魏诗人，竹林七贤之一，曾任步兵校尉，世称阮步兵。今留有咏怀诗82首。

【注释】

①华阴山：即华山。

②盛：兴盛；兴旺。忽：突然；急速。幽：隐藏；昏暗。白日忽西幽：随着白日西落，天色也就很快变得幽暗。

③俯仰：比喻很短的时间。九秋：秋天；深秋九月；亦指九年。

④尘露：如尘似露，喻事物微小不足称，也比喻时间短促。邈：遥远；久远。悠悠：悠久；悠远。

⑤齐景：齐景公。升：登。丘山：山丘。涕泗：泪水。典出《晏子春秋·内篇谏上》："（齐）景公游于牛山，北临其国城而流涕曰：'若何滂滂去此而死乎！'艾孔、梁丘据皆从而泣。"此句言春秋时期的齐景公晚年登上临淄城外的牛山，见山川之美，感叹自身生命短暂而痛哭。

⑥孔圣：孔子。临：到，在。忽：短暂。浮：浮生。典出《庄子·刻意》："其生若浮，其死若休。"以人生在世，虚浮不定，因称人生为"浮生"。此句典出《论语·子罕》："子在川上曰：'逝者如斯夫！不舍昼夜。'"言孔子面对不断流逝的河水，感叹人生短促犹如逝水一样迅速而且一去不复返。

⑦去者：过去的人或事。不及：不如，比不上；赶不上。来者：将来的人或事。不留：无法留住。

⑧太华山：即华山。松子：赤松子，古代传说中的仙人。

⑨世患：人世的祸患。此句言愿追随渔父，避患远祸，清流泛舟，不问世事。

捉搦歌（其三）①

北朝乐府民歌

华阴山头百丈井，下有流水彻骨冷。②
可怜女子能照影，不见其馀见斜领。③

（选自《南北朝乐府诗集》）

【注释】

①捉搦（nuò）：即捉拿，谓男女相捉为戏。

②井：相传华山顶有玉井。

③可怜：可爱。照影：对井照影，顾影自怜。斜领：斜的衣领。此句言可爱的妙龄女子无论对着井水如何端详、分辨，也只是看见自己的孤影，没有她的意中人。

行经太华

孔德绍

纷吾世网暇，灵岳展幽寻。①
寥廓风尘远，杳冥川谷深。②
山昏五里雾，日落二华阴。③
疏峰起莲叶，危塞隐桃林。④
何必东都外，此处可抽簪。⑤

（选自《全唐诗》）

【作者简介】

孔德绍，隋唐之际会稽（今浙江绍兴市）人，孔子34代孙。有清才。曾事窦建德，初为景城丞，后为内史侍郎，典书檄。存诗12首。

【注释】

①纷吾：纷，犹乱，谓思虑繁多，心绪纷乱。世网：典出三国魏嵇康《答难养生论》："奉法循理，不婴世网。"比喻社会上法律礼教、伦理道德对人的束缚。暇：空闲。灵岳：灵秀的山岳，此指华山。展：展示。此处有进行之意。幽：景色美好之处。幽寻：寻找景色优胜之处。

②寥廓：空旷深远。杳冥：渺茫；幽暗。深：幽深。

③昏：黄昏；昏暗。五里雾：典出《后汉书》卷三十六《郑范陈贾张列传·（子）张楷》曰："汉张楷'性好道术，能作五里雾。时关西人裴优亦能为三里雾，自以不如楷，从学之，楷避不肯见。'"这里形容烟雾弥漫。二华：华阴和华县（今华州区），或言华山和少华山。

④疏峰：远处的山峰。莲叶：华山五座主峰如一朵莲花，故言其他山峰似莲叶。危塞：边界上险要地方。隐：隐约。桃林：桃林塞，古地区名，具体地点存有争议，大致位于函谷关以西，潼关以东的区域内。二句言远处的山峰如莲叶耸起，险要的桃林塞隐约可见。

⑤东都外：泛指归隐送行处。东都，指东都门，为西汉疏广、疏受辞官归隐时，亲朋故旧等送行处。抽簪：古时做官的人须束发整冠，用簪连

冠于发,故称弃官引退为"抽簪"。

岳　馆
沈佺期

洞壑仙人馆,孤峰玉女台。①
空濛朝气合,窈窕夕阳开。②
流涧含轻雨,虚岩应薄雷。③
正逢鸾与鹤,歌舞出天来。④

（选自《全唐诗》）

【作者简介】
　　沈佺期（约656—约715）,字云卿。相州内黄（今属河南省）人。唐高宗上元二年（675）进士。官至中书舍人、太子少詹事。沈佺期与宋之问齐名,并称"沈宋"。

【注释】
　　①玉女台：华山中峰。
　　②空濛：细雨迷茫的样子。合：围绕。窈窕：此指山水深邃幽美。
　　③流涧：山间的流水。轻：细小。虚岩：空疏的山岩。薄：轻微。
　　④鸾：古代中国神话传说中凤凰一类的鸟。鹤：鸟的一属,古人称鹤为"百羽之宗",传说其为凡人登仙后所化。故言其"出天来",即从天上来。

途经华岳
李隆基

饬驾去京邑,鸣銮指洛川。①
循途经太华,回跸暂周旋。②
翠岪留斜影,悬岩冒夕烟。
四方皆石壁,五位配金天。③
仿佛看高掌,依稀听子先。④
终当铭岁月,从此记灵仙。⑤

（选自《全唐诗》）

【作者简介】
　　李隆基（685—762）,即唐玄宗。开元年间曾励精图治,重用姚崇、宋璟等人,开创开元盛世。后期骄奢淫逸,酿成安史之乱。

【注释】

①饬驾:整备车驾。鸣銮:装在轭首或车衡上的铜铃。车行摇动作响。这里借指皇帝出行。

②循:同"巡",巡行。回跸(bì):指帝王返驾回宫。周旋:此指盘旋,停留。

③五位:东、南、西、北、中五方之神。金天:此指主宰西方之神。因华山为西岳,故言。

④高掌:指华山东峰仙人掌。子先:传说与酒家妪骑化为龙的二茅狗,飞上华山成仙的卜师。

⑤灵仙:神仙。

奉和圣制途经华岳应制①

张 说

西岳镇皇京,中峰入太清。②
玉銮重岭应,缇骑薄云迎。③
霁日悬高掌,寒空类削成。④
轩游会神处,汉幸望仙情。⑤
旧庙青林古,新碑绿字生。
群臣愿封岱,还驾勒鸿名。⑥

(选自《全唐诗》)

【作者简介】

张说(667—730),字道济,一字说之,原籍范阳(今河北涿州市)。世居河东(今山西永济市),后徙洛阳(今河南洛阳市),玄宗时官至宰相,封燕国公。擅长文章,与许国公苏颋齐名,并称"燕许大手笔"。

【注释】

①奉和:谓作诗词与别人相唱和。圣制:皇帝的作品。应制:由皇帝下诏命而作文赋诗的一种活动,主要功能在于娱帝王、颂升平、美风俗。此诗为作者奉命与唐玄宗李隆基《途径华岳》一诗唱和之作。

②西岳:华山。皇京:帝都。太清:天空。

③玉銮:天子的车驾。上句言重重山岭都应和皇帝车驾上銮铃的鸣

声。缇（tí）骑：穿红色军服的骑士，这里指皇帝的随从卫队。

④霁（jì）日：晴日。高掌：指华山东峰仙掌峰。类：类似，相像。削成：语出《山海经》："太华之山，削成而四方"，意即其陡峭如人工削成。

⑤轩：古代一种有围棚或帷幕的车。上句言皇帝车驾游于与神仙相会处。幸：旧时称皇帝到某处。下句言此犹如汉武帝临幸泰山希望见到仙人。

⑥岱：泰山。勒：刻石（纪功或庆祝）。鸿名：大名；盛名。此句言群臣希望皇帝封禅泰山，并在台上刻石以彰显功绩和大名。

奉和圣制途经华岳应制

苏 颋

朝望莲华岳，神心就日来。①
晴观五千仞，仙掌拓山开。②
受命金符叶，过祥玉瑞陪。③
雾披乘鹿见，云起驭龙回。④
偃树枝封雪，残碑石冒苔。⑤
圣皇惟道契，文字勒岩隈。⑥

（选自《全唐诗》）

【作者简介】

苏颋（tǐng）（670—727），字廷硕，京兆武功（今陕西省武功县）人。玄宗时袭封国公，官至同紫微黄门平章事（即宰相）。封许国公，文章与燕国公张说并称"燕许大手笔"。

【注释】

①就：凑近，靠近。

②仞：古代长度单位，约相当于现在的八尺。仙掌：即仙人掌，华山峰名。此句言仙掌峰为巨灵神所开拓。

③受命：接受任命，此指皇帝接受上天或道教神仙的符命。符：符箓，道教所传秘密文书符和箓的统称。金符：符箓的美称。金符叶：符箓的册页。玉瑞：镇圭之属，古代帝王用为信物。此句言皇帝经过祥瑞之地有玉瑞陪伴。

④雾披：云雾散开。乘鹿：骑着鹿的仙人。见：显现，出现。驭：驾驭。此句言云起时皇帝将驾龙归来。

⑤偃：倒下，倒伏。冒苔：长出苔藓。

⑥圣皇：圣明的皇帝，对皇帝的尊称，此指唐玄宗李隆基。道契：彼此思想一致、志趣相投。此称颂皇帝的治国方略与治国的大道相契合。勒：刻字于石。岩隈（wēi）：指深山曲折处，语出《秦孝王诔》："扈驾仁寿，抚席岩隈。"

奉和圣制途经华山

张九龄

万乘华山下，千岩云汉中。①
灵居虽窅密，睿览忽玄同。②
日月临高掌，神仙仰大风。
攒峰势岌岌，翊辇气雄雄。③
揆物知幽赞，铭勋表圣衷。④
会应陪玉检，来此告成功。⑤

（选自《全唐诗》）

【作者简介】

张九龄（678—740），字子寿，一名博物，韶州曲江（今广东省韶关市）人。武则天长安年间（701—704）进士。官至中书侍郎同中书门下平章事，为有名贤相。罢相后曾为荆州长史。著有《曲江集》。

【注释】

①万乘：指天子。周制，天子地方千里，出兵车万乘，诸侯地方百里，出兵车千乘，故称天子为"万乘"。云汉：云霄；高空。

②灵居：神仙住处。窅（yǎo）：深远。睿览：圣鉴；御览。玄同：相一致，混同。

③攒峰：聚集团簇的山峰。岌岌：高耸的样子。翊辇：天子的随行车队。

④揆：管理；掌管。揆物：管理万物。幽赞：指暗中受神明佐助。铭勋：刻石纪功。表：表达。圣衷：皇帝的衷肠。二句言皇帝治理天下知道受到神明的辅佐，所以刻石纪其功绩以表达自己内心的感戴。

⑤玉检：玉牒书的封篌，借指玉牒文。二句表达希望：皇帝大概会带着颂扬华岳神功劳的玉检书，来华山报告成功。

华 岳
王 维

西岳出浮云，积雪在太清。①
连天凝黛色，百里遥青冥。②
白日为之寒，森沉华阴城。③
昔闻乾坤闭，造化生巨灵。④
右足踏方止，左手推削成。⑤
天地忽开拆，大河注东溟。⑥
遂为西峙岳，雄雄镇秦京。⑦
大君包覆载，至德被群生。⑧
上帝伫昭告，金天思奉迎。⑨
人祇望幸久，何独禅云亭。⑩

【作者简介】

王维（701—761），字摩诘，原籍祁（今山西祁县），父时迁居蒲州（治所在今山西省永济市西），盛唐大诗人，山水田园诗派的代表作家。唐玄宗开元时中进士，安史之乱前官至给事中；安史之乱后降为太子中允，后官至尚书右丞，故世称王右丞。晚年奉佛，诗有禅意，被称为"诗佛"。精于绘画、音乐、书法。有《王右丞集》。

【注释】

①太清：天空。二句极言华山之高，山顶高出白云，积雪如在太空。

②黛色：青黑色。青冥：青天。二句言华山与天相接，苍翠如黛色凝聚；绵延百里之遥，上通云霄。

③为之寒：因之而寒冷。森沉：阴森幽暗。二句言太阳也因华山而有了寒冷之色，华阴城也因之显得阴暗。以上六句均从不同角度极写华山的高峻。

④中间八句运用巨灵神擘开华山和首阳山的传说，极写华山形成的神奇和形成后的雄伟。乾坤闭：指天地未开辟之前。造化：本意是创造化育，后亦用来指万物的主宰或自然界。

⑤方止：刚停止不动。削成：语出《山海经》"太华之山，削成而四方"，极言其陡峭如人工削成。

⑥东溟：东海。上句言华山和首阳山被分开时的巨大声势：如天崩地裂，惊心动魄；下句言分开后黄河一气东注，不可遏止。

⑦峙（zhì）：耸立。遂为西峙岳：于是形成高高耸立的西岳。雄雄：威武盛大的样子。秦京：本指咸阳，此处以之代指关中一带。

⑧后六句写华山和泰山一样，可以成为帝王祭祀天地之所。大君：天子。包：包举。覆载：天覆地载，意思是养育包容万物。"包覆载"和下句"至德被群生"都是封建时代颂圣的话。至德：最高的美德。被：这里是覆盖的意思。

⑨上帝：天帝。伫（zhù）：久立等待。昭告：明白地告知。金天：西方之神。玄宗曾封华山之神为金天王。奉迎：迎接。二句言天帝已经长期等待并明白地示意，西方之神也盼望着迎接（皇帝到华山举行封禅大典）。

⑩祇（qí）：地神。幸：帝王亲临。云亭：云云山和亭亭山，均为泰山附近小山。古代帝王举行封禅大典（祭天为封，祭地为禅），祭天在泰山举行，祭地则在泰山下的梁甫山或云云、亭亭等山举行。二句言人们和地神长期以来都希望皇帝能亲临华山举行封禅大典，这种大典也不一定都要在泰山一带举行啊。

西岳云台歌送丹邱子

李　白

西岳峥嵘何壮哉，黄河如丝天际来。①
黄河万里触山动，盘涡毂转秦地雷。②
荣光休气纷五彩，千年一清圣人在。③
巨灵咆哮擘两山，洪波喷流射东海。④
三峰却立如欲摧，翠崖丹谷高掌开。⑤
白帝金精运元气，石作莲花云作台。⑥
云台阁道连窈冥，中有不死丹邱生。⑦
明星玉女备洒扫，麻姑搔背指爪轻。⑧
我皇手把天地户，丹邱谈天与天语。⑨

　　　　九重出入生光辉，东求蓬莱复西归。⑩
　　　　玉浆傥惠故人饮，骑二茅龙上天飞。⑪

【作者简介】

　　李白（701—762），字太白，号青莲居士，唐代伟大浪漫主义诗人。祖籍陇西成纪（今甘肃省天水市秦安县），生于东亚碎叶（位于今吉尔吉斯斯坦共和国境内），后随父迁居绵州彰明县（今四川绵阳市所属江油市）。青年时期即确立了"功成身退"的人生理想，25岁时出川远游，写了不少歌颂祖国美好河山和表现自己雄心壮志的诗篇。42岁时被唐玄宗征召入京，三年后因不容于权贵被"赐金放还"。在此后的漂泊流浪生活中，写了很多抨击现实黑暗的作品。安史之乱中被邀参加永王李璘幕府，后因受其牵连被流放夜郎，行至巫山遇赦。62岁时去世于其族叔、当涂县令李阳冰处。有诗集传世。李白是屈原之后我国最伟大的浪漫主义诗人，世称"诗仙"，与杜甫并称"李杜"。

【注释】

　　①峥嵘（zhēng róng）：高峻的样子。此句及下句写华山的雄伟及登上华山远眺所见到的黄河东来的壮丽景色。据《华山记》：从华山落雁峰"俯眺三秦，旷莽无际。黄河如一缕水，缭绕岳下"。

　　②此二句及下两句写华山附近的黄河。盘涡：漩涡。毂（gǔ）：车轮的中心。二句言黄河从万里之外奔腾直下，汹涌澎湃，华山为之震动；水大流急，盘旋如车轮滚动，发出雷一样的轰鸣。

　　③荣光休气：吉祥美好的光彩和气象，这里用来形容河水在阳光下所呈现的光彩。千年一清：黄河难得一清，故古人以黄河清为天下太平之兆，故接言"圣人在"。在：在位。

　　④此二句及下两句由黄河而华山，极写其形成的神奇、高峻和景色的壮美。巨灵咆哮擘两山：见前《题华山碑》注。洪波：大波。二句言自从巨灵神咆哮着用巨手分开华山和首阳山，黄河巨浪就汹涌喷薄直奔东海。

　　⑤却立：直立，挺立。摧：向下倒。高掌：即仙掌，华山东峰。这两句写华山高峻和壮美的景观：落雁峰、莲花峰和朝阳峰三峰陡峭欲倾、高耸入云；东峰仙掌峰（即朝阳峰）绿色的山崖和红色的山谷交相辉映，景色分外壮观。

　　⑥白帝：道教的西方之神。西方属金，故称西方之神为金精。华山是

西岳，故属白帝。元气：天地未分之前的混一之气。此句及上句写华山的形状奇异，仿佛是金精白帝在天地未分之时运足元气，用石头创制了莲花峰，用云彩建造了云台峰。这两句由写华山向写自己与丹邱生的友谊过渡。

⑦窈冥：幽暗的样子，此处指天空。丹邱生：元丹邱，李白的道友。

⑧明星、玉女：和下句的麻姑均为传说中的仙女名。备：充当。洒扫：洒水扫地。据《太平广记》卷五十九：仙女明星、玉女"居华山，服玉浆，白日升天"。麻姑搔背：传说麻姑指爪长，故言其搔背。此二句夸言华山上的神女都来侍奉丹邱生。

⑨我皇：此指天帝。天地户：天地的门户。手把天地户：此指掌管宇宙间的一切事物。谈天：谈论天地宇宙之事。与天语：和天帝说话。此句夸言丹邱生可以和天帝交流。

⑩九重：天的极高处。亦用来称人间帝王居处。蓬莱：传说中的海上三神山之一。此二句言丹邱生出入帝王居处，九重为之生辉。他去东海寻求蓬莱仙山，又西归华山，亦是夸言华山之美远胜仙山。

⑪玉浆：仙人所饮之酒水。傥（tǎng）：倘若，如果。故人：老朋友，这里是李白自指。茅龙：《列仙传》言仙人使卜师子先与酒家妪骑二茅狗（后变为龙）飞上华山成仙。二句言元丹邱或许能惠爱自己，让自己也能饮玉浆成仙飞升天界。

行经华阴

崔　颢

岧峣太华俯咸京，天外三峰削不成。①
武帝祠前云欲散，仙人掌上雨初晴。②
河山北枕秦关险，驿路西连汉畤平。③
借问路旁名利客，何如此地学长生。④

【作者简介】

崔颢（704—754），唐代汴州（今河南开封市）人，唐代著名诗人。开元十一年（723）进士，官至司勋员外郎。《全唐诗》存诗一卷。其《黄鹤楼》一诗，李白为之搁笔，被誉为"唐人七律第一"。

【注释】

①岧峣（tiáo yáo）：形容山势高峻挺拔。俯：俯视。咸京：本指秦故

都咸阳，此指今西安市一带。此句极写华山之高：登上华山，西安咸阳一带尽收眼底。天外三峰：指华山最高的三个峰：东峰、西峰和南峰。削不成：削也削不出来那么峻峭。此句极言华山的挺拔险峻。

②武帝祠：据喻守真《唐诗三百首详注》，武帝祠即指前《题华山碑》注中所言汉武帝所建之巨灵洞。仙人掌：见前《题华山碑》注。

③河山：此指黄河和华山。秦关险：险要的秦关，此指潼关。潼关三面环山，一面临水，地势险要，自古为军事要塞。此句言华山东北有山河之险的潼关。驿路：《全唐诗》作"驿树"。驿：驿站，封建时代官府所设的客店，供来往官员和传递公文的人歇息、住宿、换马。畤（zhì）：古代祭祀天地和古代帝王的处所。此句言华山向西连着通往汉代祭祀天地和古代帝王处所的平坦大道。

④名利客：指向往和追求名利的人。何如：《全唐诗》作"无如"，不如。

望 岳

杜 甫

西岳崚嶒竦处尊，诸峰罗立似儿孙。①
安得仙人九节杖，拄到玉女洗头盆。②
车箱入谷无归路，箭栝通天有一门。③
稍待秋风凉冷后，高寻白帝问真源。④

【作者简介】

杜甫（712—770），字子美，唐代伟大现实主义诗人。生于今河南巩县。年轻时到长安参加进士考试落第，十年后被任命为河西尉，旋又改任右卫率府胄曹参军，未及到任而安史之乱爆发，追寻到唐肃宗后被任命为左拾遗。后又因言事贬华州司功参军。不久弃官入蜀，依剑南节度使严武，被严荐为检校工部员外郎，故世称杜工部。严武死后漂泊西南，在出川归家途中病故于衡阳至耒阳船上。有《杜工部集》传世。其诗被誉为"诗史"；其本人则被誉为"诗圣"。在中国诗歌史上与李白并称"李杜"。

【注释】

①崚嶒（líng céng）：形容山高。竦（sǒng）：同"耸"。尊：地位高。这里兼有地势高之意。诸峰：当指华山主峰周围的山峰。据《嘉庆

重修一统志·同州府》：华山五座主峰周围尚有瓮肚峰、白云峰、公主峰等山峰多座。

②玉女：传说中的华山神女。洗头盆：华山中峰玉女祠前有五个石臼，号称玉女洗头盆。

③车箱：华山有车箱谷，又称车箱峡、车箱崖，在二仙桥西，颇险阻曲折，因形似车箱得名。箭栝（kuò）：箭末扣弦处。此指华山金锁关通天门。

④高寻：到（华山）高处寻找。白帝：见前李白诗注。道教认为华山为白帝所在，故云。真源：真正的本源。这里是道教真理的意思。

华山歌

刘禹锡

烘炉作高山，元气鼓其橐。①
俄然神功就，峻拔在寥廓。②
灵踪露指爪，杀气见棱角。③
凡木不敢生，神仙聿来托。④
天资帝王宅，以我为关钥。⑤
能令下国人，一见换神骨。⑥
高山固无限，如此方为岳。⑦
丈夫无特达，虽贵犹碌碌。⑧

【作者简介】

刘禹锡（722—842），字梦得，唐代洛阳（今河南洛阳市）人。中唐著名诗人。贞元九年（793）进士，曾官监察御史。后因参加永贞革新失败，贬郎州（今湖南省常德市）司马，又任连、夔、和等州刺史，官至检校礼部尚书兼太子宾客。著有《刘宾客集》。

【注释】

①烘炉：大炉子。古人有天地为烘炉造就的说法。元气：见前李白诗注。橐（tuó）：鼓风用的口袋。

②俄然：很快地；突然。神功就：指华山形成。峻拔：高峻挺拔。寥廓：此指高空。

③灵踪：神灵造就华山的踪迹。指爪：指华山仙掌。杀气：形容大自

然造就华山时令人生畏的气势。见：同"现"，显现。棱角：指华山陡峭的山峰。

④凡木：一般的树木。聿（yù）：语气助词。托：托身；寄居。

⑤天资句：言陕西关中形势险要、物产丰富，是上天造就的帝王居住并成就大业的好地方。我：指华山。关钥：关防锁钥之处，此喻军事要地。

⑥下国人：天下其他地方的人。换神骨：改变形体和精神面貌，指产生超凡脱俗的强烈感受。

⑦二句言天下高山虽多，但只有华山这样的山才可称为"岳"。

⑧特达：特别出众的品德、才能、贡献。碌碌：平庸。末二句是作者面对华山产生的人生感喟，表现了作者远大的志向和不凡的气概。

华 山

郑 谷

峭仞耸巍巍，晴岚染近畿。①
孤高不可状，图写尽应非。②
绝顶神仙会，半空鸾鹤归。③
云台分远霭，树谷隐斜晖。④
坠石连村响，狂雷发庙威。
气中寒渭阔，影外白楼微。⑤
云对莲花落，泉横露掌飞。⑥
乳悬危磴滑，樵彻上方稀。⑦
淡泊生真趣，逍遥息世机。⑧
野花明涧路，春藓涩松围。⑨
远洞时闻磬，群僧昼掩扉。⑩
他年洗尘骨，香火愿相依。⑪

（选自《全唐诗》）

【作者简介】

郑谷（848—911），字守愚。袁州宜春（今属江西省）人。唐僖宗光启三年（887）进士，官至都官郎中，旋告归。有《云台编》3卷。

【注释】

①晴岚：晴日山中的雾气。近畿：邻近国都的地方。

②状：形容；描写。图写：图物写貌；绘画。二句言华山的孤立高耸无法用语言描述，也不能完全画出它的全貌。

③鸾鹤：鸾与鹤，相传为仙人所乘，借指神仙。

④云台：云台峰，华山北峰。霭：云气。

⑤白楼：传为白居易所建，在今沙苑附近。微：微茫，看不清。

⑥莲花：华山的莲花峰。横：笼罩。露掌：雨露中的仙掌峰。此句言泉水在雨露笼罩的仙掌峰飞流而下。

⑦乳悬：如乳下悬。危磴：高高的石台阶。樵：樵夫，此指樵唱，樵夫的歌声。彻：响彻。上方：此指高出或天空。稀：此指声音渐渐听不见。

⑧息：休歇；消除。世机：世俗的机心。

⑨二句言野花使得涧旁小路更加鲜明，春天的苔藓使得松树的皮更加滞涩。

⑩磬：佛寺中使用的一种钵状物，用铜铁铸成，既可作念经时的打击乐器，亦可敲响集合寺众。掩扉：半掩着门。

⑪末二句表达入道的愿望。

仙 掌

齐 己

峭形寒倚夕阳天，毛女莲花翠影连。①
云外自为高出手，人间谁合斗挥拳。②
鹤抛青汉来岩桧，僧隔黄河望顶烟。③
晴露红霞长满掌，只应栖托是神仙。④

(选自《全唐诗》)

【作者简介】

齐己（863—937），今湖南长沙宁乡县塔祖乡人，晚唐著名诗僧。

【注释】

①倚：背靠。此处是以之为背景之意。毛女：传说中得道于华山的仙女，这里指华山毛女峰。莲花：华山东峰莲花峰。

②自为：自是。此二句言仙掌峰自然是高出云外，人间又有谁能和它挥拳比赛。

③青汉：天汉；高空。岩桧：高岩上的桧树。顶烟：此指华山山顶的

雾气。

④掌：仙掌，华山东峰仙掌峰。栖托：寄托；安身。

华 山
陈 抟

半夜天香入岩谷，西风吹落岭头莲。①
空爱掌痕侵碧汉，无人曾叹巨灵仙。②

（选自《全宋诗》）

【作者简介】

陈抟（？—989），字图南，自号扶摇子，宋太宗赐号希夷先生，亳州真源县（今河南省鹿邑县）人。传说陈希夷读书百家，一见成诵，悉无遗之。后唐长兴时举进士不第。有诗名，隐居华山云台观中。喜爱《易》，著有《指玄篇》《三峰寓言》等，有诗600首。

【注释】

①天香：芳香的总称。
②掌痕：仙掌的痕迹，此指华山仙掌峰。碧汉：天空。巨灵：即传说将华山和中条山分开的巨灵神。

咏华山
寇 准

只有天在上，更无山与齐。①
举头红日近，回首白云低。②

（选自《全宋诗》）

【作者简介】

寇准（961—1023），字平仲，下邽（今属陕西省渭南市临渭区）人。太宗太平兴国五年（980）进士，官至同中书门下平章事，罢相后封莱国公。后贬道州司马，再贬雷州司户参军，谥"忠愍"。有《寇莱公集》7卷。

【注释】

①与齐：与之齐，即没有山能和华山齐平。
②举头：抬起头。回首：低头。

重过华下

司马光

昔辞莲幕去，三十四炎凉。①
旧物三峰雪，新悲一镊霜。②
云低秦野阔，木落渭川长。③
欲问当时事，无人独叹伤。④

（选自《全宋诗》）

【作者简介】

司马光（1019—1086），字君实，号迂叟，北宋陕州夏县（今山西夏县）人，历仕仁宗、英宗、神宗、哲宗四朝，卒赠太师、温国公，谥"文正"。生平著作甚多，主要有史学巨著《资治通鉴》以及《温国文正司马公文集》《稽古录》《涑水记闻》《潜虚》等。

【注释】

①莲幕：指俭府。南朝齐王俭的府第。俭于高帝时为卫将军，领朝政，用才名之士为幕僚，后世遂以"莲幕"为幕府的美称。后泛指大吏之幕府。炎凉：寒暑，喻年岁。

②三峰：指华山之莲花、毛女、松桧三山峰。镊：首饰，发夹，古代簪端的垂饰。霜：此指白发。

③秦：秦地。木落：树叶凋落。渭川：即渭水。

④当时事：指三十四年前在华山附近做官时事。下句言当年事已经无人知晓，只能独自感叹悲伤了。

梦华山二首

陆　游

其　一

路入河潼喜著鞭，华山忽到帽裙边。①
洗头盆上云生壁，腰带鞯前月满川。②
丹灶故基谁复识，白驴遗迹但相传。③
梦魂妄想君无笑，尚拟今生得地仙。④

（选自《剑南诗稿》）

【作者简介】

陆游（1125—1210），字务观，号放翁。越州山阴（今浙江省绍兴市）人。官至宝章阁待制，南宋伟大爱国诗人。著有《剑南诗稿》《渭南文集》《南唐书》《老学庵笔记》等。

【注释】

①河潼：黄河和潼关。著鞭：指先行。帽裙：古代帽檐上下垂的绢帛，用以遮挡风尘。

②洗头盆：华山中峰玉女祠前有五个石臼，号称玉女洗头盆。腰带鞓（tīng）：当为华山古地名，今址未详。

③丹灶：道士炼丹的炉灶。白驴遗迹：典出宋王偁《东都事略·隐逸传·陈抟》："（陈抟）尝乘白驴，从恶少年数百，欲入汴州。中途闻艺祖登极，大笑坠驴曰：'天下于是定矣。'"后以此典形容太平之世或咏宋太祖事。但：只。

④无：不要，莫要。地仙：道教认为住在人间的仙人。

其 二

古松偃蹇谷谽谺，太华峰前野老家。①
久客未归丹灶冷，碧桃八十一番花。②

【注释】

①偃蹇：此处是高耸的意思。谷：山谷。谽谺（hān xiā）：山谷空旷的样子。野老：村野老人。

②久客：久居于外。丹灶：道士炼丹的炉灶。碧桃：桃的变种，花后一般不结桃，花多重瓣，花色艳丽，为观赏桃花中的极品。传说中则为仙境所植。末二句言久居外地时间之长，碧桃已经开花八十一次。

太华峰

汪元量

华山山木乱纷纷，铁锁垂垂袅袅猿。①
石齿齿前光烁烁，壁岩岩后势奔奔。②
奇奇怪怪云根耸，郁郁葱葱雾气昏。③
上上上头仍上上，最高高处有乾坤。④

（选自《全宋诗》）

【作者简介】
　　汪元量（1241—1317年后），字大有，号水云，亦自号水云子、楚狂、江南倦客，钱塘（今浙江省杭州市）人。南宋末诗人、词人、宫廷琴师。著有《水云集》《湖山类稿》。
【注释】
　　①垂垂：形容垂下、降下。袅袅：形容声音延长不绝，宛转悠扬。
　　②石齿：齿状的石头，亦指山石间的水流。此指前者。壁岩：如壁的山岩。
　　③云根：深山云起之处。昏：阴暗朦胧。
　　④上上：最上头。乾坤：天地；日月；阴阳。

苍龙岭①

王　履

岭下望岭上，夭矫蜒蜿飞。②
背无一仞阔，旁有万丈垂。③
循背匍匐行，视敢纵横施。④
惊魂及坠魄，往往随风吹。
午日晒石热，手腹过蒸炊。⑤
大喘不可当，况乃言语为。⑥
心急足自缚，偷眼群峰低。⑦
烟烘浪掩掩，日走金离离。⑧
松头密如麻，明灭无断期。⑨
谁知万险中，得此希世奇。⑩
真勇是韩愈，乃作儿女啼。⑪

（选自清《列朝诗集》）

【作者简介】
　　王履（1332—?），字安道，号畸叟，元末明初昆山县（今属江苏省）人。精于医术，诗、文、画也有造诣。曾登华山，作《华山图》40幅，诗150首。著有《伤寒立法考》《医经溯洄集》等。
【注释】
　　①苍龙岭：华山著名险道之一，位于救苦台南、五云峰下，以其苍黑

②夭矫：形容姿态的伸展屈曲而有气势。

③背：指苍龙岭之"苍龙"之背。

④循：沿着。视：视力，此指眼睛。敢：岂敢，怎敢。

⑤手腹：手掌和腹部。蒸炊：蒸笼和灶炊。

⑥喘：喘气。不可当：此指忍不住。言语：说话。为：语尾语气词，表疑问或感叹。

⑦缚：捆绑。自缚：此指脚如被捆绑一样难以行进。

⑧掩掩：隐约；模糊。离离：明亮的样子。二句分别言向下和向上看时之所见。

⑨松头：当指松树稍。此二句承上两句言日光在密如麻的松树梢中掠过，忽明忽暗。

⑩希世奇：世上少有的奇观。

⑪此用"韩愈投书苍龙岭"传说：唐代文学家韩愈行至苍龙岭，被吓得大哭，于是投书山下求救。二句言像韩愈这样真正的勇士，竟然也被苍龙岭的惊险吓得像小儿女那样啼哭。

华岳二十韵

李梦阳

有岳雄西土，三峰插渭川。①
省方朝白帝，分野障金天。②
逖矣威灵赫，邈哉秩望虔。③
百王开宝箓，七圣演瑶编。④
绮殿丹青列，文窻俎豆联。⑤
风云蒸大壑，日月避层巅。⑥
鹫举天门辟，鳌呿地轴旋。⑦
岩峦莽禽沮，岭嶂郁绵翩。⑧
猿挂仙人掌，萝飞玉女泉。⑨
霞雺夕的皪，锦绣晓相鲜。⑩
葛藟摇金壁，芝苓冒紫烟。⑪
石膏渗复结，钟乳滴犹悬。⑫

右压秦胡壮，南包汉邓偏。⑬
徒追散马日，缅忆祖龙年。⑭
箭括通神户，云台秘妙筌。⑮
岂惟栖凤侣，亦以邂鸿贤。⑯
方士骑茅狗，宫人采石莲。⑰
褰帷瞻窈窕，拄笏怅攀缘。⑱
阴井邀雷驭，阳崖起电鞭。⑲
聊游凌绝顶，不为学神仙。⑳

（选自明《空同集》）

【作者简介】

李梦阳（1473—1530），字献吉，号空同子。庆阳（今属甘肃省）人。官至江西提学副使，明代"前七子"领袖。

【注释】

①岳：高大的山，此指华山。雄：称雄。西土：西部疆土。

②省方：君主巡视四方。白帝：古神话中五天帝之一，主西方之神，亦为华岳之神。分野：指将天上星空区域与地上的国、州互相对应。障：阻隔；遮挡。金天：西方的天空。二句言君主巡幸四方，都要到华山朝拜白帝，华山遮挡了其分野对应的西部天空。

③逖（tì）：远。威灵：指华岳之神的威力和灵验。赫：赫然，明显；显著，盛大。遐：远。此指时间久远。秩望：官位和声望。虔：虔诚。

④百王：历代帝王。宝箓（lù）：指道家的符箓。七圣：指道教所谓见道、修道、无学道之七种圣者。演：讲解。瑶编：指珍贵的书册，亦为书籍的美称，此指道家的典籍。

⑤绮（qǐ）殿：美丽的宫殿。丹青：图画，此指壁画。窗（chuāng）：同"窗"。文窗：雕饰彩绘的窗子。俎豆：俎和豆，古代祭祀、宴会时盛肉类等食品的两种器皿。此指以之盛放的祭品。联：联结。

⑥蒸：蒸腾。大壑：大的沟壑。层巅：高耸而重叠的山峰。二句言苍龙岭附近沟壑间风云蒸腾，日月的运行都要避开高耸的重重山峰（这是极言华山之高）。

⑦鷟（zhuó）：凤的别称。举：飞举；高飞。辟：开启。鳌（áo）：传说中海里的大龟或大鳖。呿（qū）：张口的样子。地轴：古代传说中大

地的轴。旋：旋转。

⑧岩峦：高峻的山峦。莽："莽"，密生的草。翕：闭合；收拢。汩：水流的样子。郁：香气浓厚。绵翩：连绵漂浮。

⑨萝：藤萝。这里指藤科植物之类。

⑩霞雰：云雾。的砾（de lì）：光亮、鲜明的样子。锦绣：比喻美丽或美好。相鲜：景色鲜丽，相互辉映。

⑪葛藟（lěi）：植物名，又称"千岁藟"，落叶木质藤本。芝苓：灵芝和茯苓。冒：生长在。

⑫石膏：此指石头上渗出的液汁。结：聚合；凝聚。钟乳：钟乳石。

⑬右：此指向北。秦胡：秦地和北方少数民族活动地区。壮：壮美。汉邓：当指东南一带，具体未详。

⑭徒：徒然。追：回顾过去，与下句"忆"互文见义。散马：谓把战马放散回山中，意谓战事不兴。缅忆：缅怀回忆。祖龙：龙之初祖，指秦始皇。年：时。

⑮箭括：华山地名，或言即金锁关。杜甫《望岳》诗有"箭栝通天有一门"之句，故下句言"通神户"。神户：进入神仙世界之门。云台：云台峰，华山北峰。秘：秘藏。妙筌：妙理。此指言说道教妙理的典籍。

⑯栖：栖息。凤侣：好友，美好的情侣。遯（dùn）：通"遁"，逃遁避世。鸿：大。鸿贤：大贤。

⑰方士：古代自称能访仙炼丹以求长生不老的人。茅狗：《列仙传》言仙人使卜师子先与酒家妪骑二茅狗，后茅狗化为龙飞上华山成仙。石莲：植物名，为二年生草本植物，有药用。

⑱褰（qiān）帷：撩起帷幔。瞻（zhān）：向远处或高处看。窈窕：深远貌；秘奥貌。拄笏（zhǔ hù）：旧时比喻在官有高致，此指拄着笏版等物。怅：惆怅，心中不平静，此指发愁。攀缘：植物蔓延地生长；依附，投靠。此指攀登。

⑲阴井：背阳之井，此指地深处。邀雷驭：邀请雷神驾驭，指响雷。电鞭：闪电。

⑳聊：姑且。凌：登上。绝顶：山之最高峰。

华云台歌①

叶梦熊

华云台筑秋之中,万里一掬吹长风。②
天外芙蓉开半落,巨灵挥臂横西东。③
梁山蜿蜒不尽态,中条巀嶭难为工。④
黄河奔自昆仑极,鞭驱万马龙门通。⑤
古来形胜称无比,势撼六鳌摩苍穹。⑥
登台把酒与之对,意气跌宕争相雄。⑦
我家海上蓬瀛近,银台贝阙扶桑丛。⑧
罗浮四百峰峦矗,三更起视海日红。⑨
平生奇怪颇览历,初见此景若素逢。⑩
令人错愕徒叹息,陵园今古青蒙蒙。⑪
秦川图画朝烟锁,汉苑豪华夕照空。⑫
西来天气净如洗,重关极塞多飞鸿。⑬
孤塔影悬明月夜,坐看寥廓落香枫。⑭
浮云客路虚抛掷,泽畔难逢独醒翁。⑮
辽东老去终何恨,岭徼生还遇岂穷。⑯
他年回首空陈迹,肯信江山亦转蓬。⑰

(选自1996年版《合阳县志》)

【作者简介】

叶梦熊(1531—1597),字男兆,号龙塘,又号华云。明代广东惠州府城万石坊(今属惠城区)人。嘉靖年间(1522—1566)进士。隆庆年间从御史谪为合阳丞,曾任陕西右副都御史,卒于南京工部尚书任。著有《运筹纲目》《决胜纲目》等。

【注释】

①华云台:指华山云台峰。

②一掬:两手所捧(的东西)。

③天外芙蓉:指华山。华山五峰如芙蓉半开。巨灵:巨灵神。传说华山和中条山原本相连,巨灵神为开辟黄河通道,手推脚蹬将其一分为二。此用其意。

④梁山:在今陕西合阳、韩城境。蜿蜒:蛇类曲折爬行的样子,此指

曲折延伸。中条：山名，即中条山，在今山西西南部。巀嶭（jié niè）：高耸；险峻。工：工巧；巧妙。二句言梁山和中条山都不能穷尽其形态，无法与之（华山）相比。

⑤昆仑极：昆仑山的最高处。鞭驱万马：形容黄河水势如被驱赶的万马奔腾。龙门：在今陕西韩城境。

⑥形胜：指地理位置优越，地势险要，或指险要之地；亦指山川壮美之地。撼：撼动。六鳌：指传说中负载五仙山的六只大龟。苍穹：天空。

⑦之：此指华山。意气：此指气概。跌宕：原指人性格洒脱、不拘束，此指山形态变化多样。争相雄：指华山诸峰互相争胜相比。

⑧蓬瀛：蓬莱和瀛洲，传说中的海上仙山。银台：传说中的王母居处。贝阙：以紫贝为饰的宫阙。本指河伯所居的龙宫水府，后用以形容壮丽的宫室。此与银台均指仙境。扶桑：花名，后亦代指今日本等。

⑨罗浮：郡罗浮山，位于广东省博罗县境内东江之滨，亦称"东樵山"，与南海县（今佛山市南海区）西樵山共有"南粤名山数二樵"的称誉。

⑩奇怪：此指奇景奇境。颇：多。览历：游览经历。素逢：平素遇到的。

⑪错愕：仓促惊愕。徒：徒然，空。蒙蒙：雨雪云雾迷茫的样子。青蒙蒙：此指一片迷蒙的青色。

⑫图画：此指图画般的景色。锁：笼罩。汉苑：汉代的上林苑。

⑬重关：重要的关口，此当指潼关。极塞：边塞。鸿：大雁。

⑭寥廓：空旷深远。枫：此指枫叶。

⑮上句言自己如浮云在外漂泊，虚度年华。独醒翁：指屈原那样的人物。用《楚辞·渔父》屈原行吟泽畔，言"众人皆醉我独醒"之典。

⑯恨：遗憾。上句用东汉末管宁避乱辽东，终身不仕之典。岭徼：五岭以南地区。生还：活着回来。遇：际遇，遭遇。穷：困厄。

⑰肯：岂肯。转蓬：随风飘转的蓬草。

水 帘

袁宏道

瀑布声中洗面尘，洞花芷草自然春。①

欲攀绝壁根无地,且趁孤云未老身。②
坠险啼崖皆韵事,倚松坐石想幽人。③
飞仙已蜕茅龙死,留得青山一壑鳞。④

(选自《袁中郎全集》)

【作者简介】

袁宏道(1568—1610),字中郎,明公安(今湖北省公安县)人。万历二十年(1592)进士,官至吏部郎中。明代著名文学家,与其兄袁宗道、弟袁中道合称"公安三袁",为中国文学史上明代公安派的代表人物。著有《袁中郎集》。

【注释】

①芷草:白芷,一种香草,有药用。

②绝壁:极其陡峭的山崖。无地:此指看不见地面。孤云:单独飘浮的云片。比喻贫寒或客居的人。此处形容无拘无束。

③坠险啼崖:坠入险境和望着山崖啼哭。啼崖指韩愈,坠险所指未详。韵事:指风雅之事。幽人:幽隐之人,隐士;幽居之士。

④蜕:道家认为修道者死后留下形骸,魂魄散去成仙,称为尸解,也叫"蜕"。后因以蜕为死的讳称。茅龙:《列仙传》言仙人使卜师子先与酒家姬骑二茅狗(后变为龙)飞上华山成仙。壑:山沟。鳞:此指鱼。

华 山

顾炎武

四序乘金气,三峰压大河。①
巨灵雄矗屃,白帝俨巍峨。②
地劣窥天井,云深拜斗阿。③
夕岚开翠巘,初月上青柯。④
欲摘星辰坠,还虞虎豹诃。⑤
正冠朝殿阁,持杖叱羲和。⑥
势扼双崤壮,功从驷伐多。⑦
未归桃塞马,终负鲁阳戈。⑧
山鬼知秦帝,蛮王属赵佗。⑨

出关收楚魏，浮水下江沱。⑩
老尚思三辅，愁仍续九歌。⑪
唯应王景略，岁晚一来过。

（选自《亭林诗集》）

【作者简介】

顾炎武（1613—1682），初名绛，后改名炎武，字宁人，别号亭林。明末清初南直隶苏州府昆山（今江苏省昆山市）人，晚年曾化名蒋山佣，迁居华山脚下。顾炎武是一个有多方面造诣和成就的爱国诗人，著有《亭林诗文集》《日知录》等。

【注释】

①四序：指春、夏、秋、冬四季。乘金气：古人把五行中的金和西方、秋天相联系，而华山为西岳，所以此处的"乘金气"，既言华山为西部名山，又有自己在秋天来到华山之意。三峰：指华山最高的三个峰，亦以之指代华山。大河：黄河。

②巨灵：神话传说中劈开华山的河神。矗屃（chù xì）：耸立的赑（bì）屃，此指高耸有力的样子。白帝：古神话中五天帝之一，主西方之神，亦为华山之神。俨：庄重。巍峨：高大雄伟的样子。

③劣：低下。天井：四周高，中间低的地形，此指华山沟壑深处。斗阿：即星斗或北斗。二句言华山下可窥见"天井"，上可参拜云深处的星斗。

④夕岚：暮霭，傍晚山林中的雾气。翠巘（yǎn）：青翠的山峰。青柯：指青碧的树木。青柯亦地名，华山有青柯坪。

⑤虞：忧虑，担心。诃：同"呵"，呵斥，此指吓唬。

⑥正冠：整理、端正帽子。朝：朝拜。殿阁：殿阁，此指华山上的宫殿道观。叱：大声呵斥。羲和：上古神话中的太阳神。叱羲和：意思是要太阳慢些行进。

⑦扼：扼守，守卫。双崤：指东西崤山。驷：借作四。语出《礼记·乐记》："天子夹振之而驷伐，盛威于中国也。"

⑧桃塞：即桃林塞。古地区名，具体地点存有争议，大致位于函谷关以西，潼关以东的区域内。此地名源出《山海经·海外北经》"夸父逐日"神话：夸父"与日逐走，入日；渴，欲得饮，饮于河、渭；河、渭不足，北饮大泽。未至，道渴而死。弃其杖，化为邓林"。邓林即桃林，

故名。负：辜负，对不起。鲁阳戈：力挽危局的手段或力量。典出《淮南子·览冥训》："鲁阳公与韩搆（gòu）难，战酣日暮，援戈而撝（huī）之，日为之反三舍。"此二句用与太阳有关的两个典故照应前"持杖叱羲和"句，言未能挽回时间，寓有作者复明之志未酬的感慨和悲愤。

⑨山鬼：山神。蛮：古代对南方各族的称谓。赵佗：（约前240—前137），恒山郡真定县（今河北省正定县）人，原为秦朝将领，与任嚣南下攻打百越。秦末大乱时，赵佗割据岭南，建立南越国。疑此句以"秦帝"暗指明王朝，以"蛮王"赵佗暗指清王朝。

⑩出关：出函谷关。收楚魏：指刘邦和韩信从函谷关出发夺取原楚国和魏国一带地方，最终统一天下。浮水：渡过水。下：攻占。江沱：指长江和沱江一带。这二句表达作者恢复明王朝的雄心壮志。

⑪尚：还。三辅：西汉以京兆府、左冯翊、右扶风为三辅，后亦以之代指"三秦"。九歌：《楚辞》的篇名，原为中国神话传说中一种远古歌曲的名称，战国时楚屈原据楚地民间祭神乐歌的基础上改作加工而成。此以其代指屈原的爱国精神和自己理想不能实现的无奈。

云台观①

宋　琬

三峰峰下羽人居，夹道青松覆碧渠。②
金榜蝌文程邈篆，玉函龙气老聃书。③
荷锄种药他年事，倚杖穿云此地初。④
柏子一餐身力健，芙蓉苍翠湿衣裾⑤。

【作者简介】

宋琬（1614—1674），字玉叔，号荔裳，莱阳（今属山东省）人。清初著名诗人，清八大诗家之一。顺治四年（1647）进士，官至四川按察使。诗与施闰章齐名，有南施北宋之称。著有《安雅堂集》《二乡亭词》。

【注释】

①云台观：道观名。当在华山北峰（云台峰）之上或因云台峰得名，今已不存。

②羽人：得道成仙的人；仙人。

③蝌文：蝌蚪文，也叫"蝌蚪书""蝌蚪篆"。笔画起止皆以尖锋来

书写，其特色也是头粗尾细，名称是汉代以后才出现的，唐代以后便少见到。发现于浙江省仙居县淡竹乡境内。此与句中"程邈篆"皆形容关中道教经典年代之久远。程邈：字元岑，秦代书法家，生卒年不详，下邽（今属陕西省渭南市临渭区）人。善书法，相传其为隶书的创造者。篆：篆书，篆体。玉函：玉匣子。此初用作装道教经典匣子的美称。老聃：即老子，春秋时期思想家，后被道教徒尊为始祖。

④倚杖：扶着拐杖。二句言此时在此游览，以后将在此地学道。

⑤衣裾：衣襟。

青柯坪①

李念慈

十八盘行未觉劳，平台少憩俯晴皋。②
喜无云气妨高眺，已有岚光映短袍。③
玉霤垂崖飞素练，黄冠迎客击云璈。④
品岩题壁真吾事，凿碧樵青奈尔曹。⑤

【作者简介】

李念慈，一名念兹，字屺瞻，号劬庵，陕西泾阳人，顺治十五年（1658）进士，官景陵知县，荐试鸿博。后隐居泾河谷口，著有《谷口山房集》10卷。

【注释】

①青柯坪：地名。据《华岳志》："在云门内，至此山恰半。入山以来悉崎嵚侧塞，夷者惟此。坪在西峰下，浮苍点黛。密如柯叶。东崖镌青柯坪三大字，罗列诸峰屏环渭水，南面水帘瀑布，太华胜概，已得其大都焉。"

②十八盘：多处景点名。此处指华山的盘山小道。劳：劳累，疲劳。少憩：稍作休息。皋：高地，此指山峰。

③妨：妨碍。高眺：在高处远望。岚光：山间雾霭，经日光照射而发出的七色光彩。

④玉霤（liù）：屋檐下接水槽的美称，代指屋舍。疑应为"玉溜"，清泉或流水，此处指瀑布。黄冠：道士。云璈：打击乐器，亦名"云锣"，早期多用于道观。

⑤凿碧樵青：凿山打柴。尔曹：你们，多用于称呼晚辈或下属。

西峰下窥水帘洞作

屈大均

玉井潜流为瀑布，诸峰喷薄如烟雨。①
天风吹断水晶帘，似见投壶诸玉婗。②
河汉纵横难为梁，欲度不度愁参商。③
石髓金精不我与，银台玉室徒相望。④
山鬼幽篁悲昼晦，美人其雨怨朝阳，
行歌散发且徜徉。⑤

（选自人民文学出版社《屈大均全集》）

【作者简介】

屈大均（1630—1696），字翁山、介子，号莱圃，广东番禺人。曾与魏耕等进行反清活动。后避祸为僧，中年仍改儒服。诗有李白、屈原的遗风，著作多毁于雍正、乾隆两朝，后人辑有《翁山诗外》《翁山文外》《翁山易外》《广东新语》《四朝成仁录》，合称"屈沱五书"。

【注释】

①玉井：在华山西峰下镇岳宫院内。喷薄：汹涌激荡。

②投壶：源自射礼，是一种礼仪，也是古代士大夫宴饮时做的一种投掷游戏。婗（hù）：美女。

③河汉：银河。梁：桥。参商：参星和商星。参星在西，商星在东，此出彼没，永不相见。

④石髓：即石钟乳，古人用于服食，也可入药。金精：道教传说中的一种仙药。银台：传说中的王母居处，又为月亮别称，此指前者。玉室：神仙的居所。徒：空。

⑤山鬼：山神。幽篁（huáng）：幽深的竹林。昼晦：指白日光线昏暗。其雨：语出《诗经·卫风·伯兮》："其雨其雨，杲杲日出"，表达盼望下雨，却出了太阳的失望心情。行歌：边行走边歌唱，借以发抒感情、表达的意向等。散发：散开头发，后多指解冠隐居，此处表达自由自在，不受礼法拘束。徜徉：安闲自得。

华山杂诗七首

王士禛

玉泉院

目玩玉泉流，静悟先天易。①
多事坠驴时，强与人间事。②

【作者简介】

王士禛（1634—1711），亦作王士正、王士禛，字子真、贻上，号阮亭，又号渔洋山人，人称王渔洋，官至刑部尚书，谥文简。新城（今山东省桓台县）人，常自称济南人，清初杰出诗人。著作达500余种，作诗4000余首，主要有《渔洋山人精华录》《蚕尾集》《杂俎类笔记》《池北偶谈》《香祖笔记》《居易录》《带经堂集》《感旧集》《五代诗话》等。

【注释】

①玩：欣赏。先天易：由伏羲创立的一套符号系统，是中华民族独特的认识和揭示自然规律的知识体系，包含预测、天文历法、地理风水、宗教和法术、人体医药、远古史等。

②多事：多此一举，有多管闲事之意。坠驴：典出宋王偁《东都事略·隐逸传·陈抟》："（陈抟）尝乘白驴，从恶少年数百，欲入汴州。中途闻艺祖登极，大笑坠驴曰：'天下于是定矣。'"强与：硬要参与。此事对陈抟参与人间事有否定意味。

山荪亭

结茅孤石棱，玉泉下奔注。①
亭空泉尚流，上有无忧树。②

【注释】

①结茅：编茅为屋，谓建造简陋的屋舍。奔注：奔流灌注。

②无忧树：佛教传说的一种异树。相传悉达太子（佛祖释迦牟尼幼时之名）即生此树下。

希夷峡①

洞门峡半开，铁锁垂千丈。②
俗驾自然回，何地容种放。③

【注释】

①希夷峡：位于华山峪五里关南石门东，古时称云峰谷，又名张超谷，后因陈抟在此脱骨安葬，宋太宗当初又赐陈抟为"希夷先生"，故而更名为"希夷峡"。

②铁锁：指苍龙岭铁锁。苍龙岭是华山著名险道之一，位于救苦台南、五云峰下，以其苍黑色的外部和其似悬龙般的地势而得名。中间一脊高耸，两边绝壑千尺，人行其上如履薄刃。两边建有铁索供游人攀缘，故名"苍龙铁锁"。

③俗驾：世俗的人。种放：宋著名道士、画家、易学家、教育家、诗人，字名逸（《郡斋读书志》作"明逸"。此从宋史本传），自称隐士，云溪醉侯，河南洛阳人。种放虽辞官隐居，却多受当时皇帝恩顾，且"往来终南，按视田亩。每行必给驿乘，在道或亲诉驿吏"，故为当时人所不满。故此诗言华山之所以不容种放，是因为他还有俗气。

娑罗坪

小憩娑罗坪，手抚娑罗树。①
仰见上方云，时向人间去。②

【注释】

①小憩：短暂休息。
②上方：此指天上。

毛女洞

毛女负琴去，倏然松杪飞。①
青冥风露冷，仿佛见天衣。②

【注释】

①毛女：古代中国传说中的仙女，字玉姜，形体生毛，在华阴山中，食松叶，遂不饥寒，身轻如飞。倏然：迅疾的样子。松杪（miǎo）：松树的梢部。

②青冥：青天。天衣：天人所着之衣，又指神仙所着之衣，帝王所着之衣，又喻指天空中飘浮的云。此指毛女所服之衣。

白鹿龛

云中跨白鹿，心知鲁女生。①
乞我一丸药，相将游玉清。②

【注释】

①鲁女生：传说中的古代仙人，大约生活在东汉末年，长乐人，事见《太平御览》卷三十九引《汉武帝内传》《三辅黄图》和晋葛洪《神仙传》。华山白鹿院就是鲁女生修习道家、养性修贞的地方。

②相将：相随，相伴。玉清：高空；天界。

青柯坪①

窈窕青柯馆，正在西峰罅。②
二十八潭悬，飞瀑从天下。

【注释】

①青柯坪：青柯坪处在登山峪道中间，从毛女洞往上行，过响水石、云门便是青柯坪。此处为上华山之起点，树多叶茂，因此得名。

②窈窕：这里形容山水幽深。罅（xià）：缝隙；裂缝。

（选自王士祯《精华录》）

千尺幢

王又旦

清晨杖轻策，入谷二十里。①
倾岩骤合沓，钩梯纷相依。②
苔古行踪灭，险艰从此始。③
云窦俯绝壑，繘垂但缅缅。④
攀繘踏危石，足顿不能起。⑤
岩屋照颓阳，曾岑倒松枝。⑥
养力憩烟霞，乃知崎岖美。⑦
东南得高壁，路隘不任趾。⑧
乱峡无全天，坤轴忽崩圮。⑨
太息展远眺，前途尚崴垒。⑩

（选自清乾隆年《华岳志》）

【作者简介】

王又旦（1636—1687），字幼华，号黄湄，明郃阳（今陕西省合阳县）县百良乡百良村人。明末清初著名诗人。顺治十五年（1658）戊戌科进士，由潜江知县历官户科给事中，户部都给事。擅诗，善缔章绘句，文采风流，官声诗名并重，时与诗坛领袖王士祯并称"二王"。有《河渠》《黄湄诗选》《黄湄集》（10卷）等著作传世。

【注释】

①杖轻策：拄着轻便的拐杖。

②骤：骤然，突然。合沓：重叠。钩梯：一种攀缘器械，用以爬高。此指供人攀爬，作用如钩的石梯。

③苔：青苔。

④云窦：云气出没的山洞。绝壑：深谷。繘（jú）：井上汲水的绳索。此指助人攀爬的绳索。缡（lí）缡：连绵不断。

⑤足顿：以脚跺地。此指脚疲顿、疲乏。

⑥岩屋：悬崖或陡坎下的浅溶洞。颓阳：指落日。曾岑：层层山岭。倒：倒悬。

⑦养力：保养、增强精力。憩：休息。烟霞：此指景色优美的地方。乃：才。

⑧高壁：高的山崖。隘：险要。任（wǎng）：快步急行。

⑨无全天：看不见完整的天空。坤轴：古人想象中的地轴。崩圮（pǐ）：塌毁。

⑩太息：长声叹息。崴垒：指山盘曲不平，亦有艰难遥远意思。

咏华山（五首）

颜光敏

峪　口

乱石开峪口，阴岑望明星。①
金天殊有意，更遣岳莲青。②

【作者简介】

颜光敏（1640—1686），字逊甫，更字修来，别号乐圃，山东曲阜人。清代诗人、书法家。康熙六年（1667）进士，由中书舍人累迁吏部郎中，充《一统志》纂修官。书法擅名一时，尤工诗，为金台十子之一。著有《乐圃集》《未信编》《旧雨堂集》《南行日记》。

【注释】

①乱石：此处指高山。阴岑：青山。明星：传说中的华山仙女。

②金天：此指主宰西方之神。因华山为西岳，故言。殊：很。遣：让。岳莲：华山西峰（莲花峰）。此处泛指华山诸峰。

桃林坪①

绝巘閟奇芳，春深见红萼。②

天风万里吹，不向人间落。③

【注释】

①桃林坪：据《华岳志》，桃林坪在第一关（亦名五里关）上百余步，"山色四围，鸟语花香，即非人世矣"。《华山洞天福地》言："在五里关南西谷，因桃林遍布而得名。昔日每至阳春，桃花盛开，如云如霞，天风万里，落红成阵，幽香溢满崖谷，故人都称此为桃花源。"

②绝巘（yǎn）：极高的山峰。閟（bì）：隐匿。红萼：即红花。

③天风：高空的风。

毛女峰①

人传毛女峰，时闻毛女琴。

欲写春宫怨，空山多众音。②

【注释】

①毛女峰：山峰名。据《华岳志》："在十八盘西南，秦宫人玉姜隐此，食柏叶饮水，体生绿毛，人常见之。有毛女祠，至今洞中时闻鼓琴之声。"

②春宫怨：唐末诗人杜荀鹤创作的代宫女抒怨的代言诗。因毛女玉姜原系秦宫女，故言。众音：其他众多的声音。

希夷峡①

高峡飞长虹，遥望能已渴。②

却怪希夷眠，不畏泉声聒。③

【注释】

①希夷峡：为陈抟在华山隐居处，因陈抟被宋太宗赐号"希夷先生"而得名。

②已渴：消除口渴。

③聒：扰乱耳孔；吵闹。

莎萝坪①

路转山行深，树密暝色早。②
青冥多烈风，翻恐岳莲倒。③

(选自清乾隆年《华岳志》)

【注释】

①据《华岳志》："在关南二里，山至此缩约十余丈，谷浒宽平如几。有祠，游者过此祈祷。有莎萝庵，庵外东面可数十丈，鸣瀑挂壁而下。有桫萝树一本，盖即菩提树。"

②暝色：傍晚的天色。

③青冥：高空。翻：反。

望　岳

屈　复

莲花半开仙掌颠，削成而上直于弦。①
我家近在户庭前，百里相对清心颜。②
红尘紫雾风回旋，兹辰雨霁清且鲜。③
遥遥洗出虚空悬，黄河相凑铸长安。④
扶桑日射函谷关，丰镐全盛何巍然。⑤
太公白旄光彩寒，一朝四岳率百灵。⑥
西向拜手云霞间，陈仓之鼓金铜仙。⑦
无人搔首问青天，齐州闲杀九点烟。⑧

(选自《弱水集》)

【作者简介】

屈复（1668—1745），初名北雄，字见心，号晦翁，晚号逋翁、金粟老人，世称"关西夫子"。清代蒲城（今属陕西）人。终身不仕，四处游历，晚年在北京蒲城会馆撰书，终生未归故乡。著有《弱水集》22卷、《楚辞新注》、《百砚铭》、《江东瑞草集》等。

【注释】

①颠：头顶。削成：语出《山海经》："太华之山，削成而四方"，其陡峭如人工削成。直于弦：比弓箭的弦还直。

②上句言自己家距离华山很近。心颜：心情和面色。

③兹辰：此时。雨霁：雨过天晴。

④洗：言华山清新鲜亮如刚洗过。空悬：悬在空中。

⑤扶桑：传说日出于扶桑之下，拂其树杪而升，因谓为日出处。亦代指太阳。丰镐：周王朝国都丰京和镐京的并称，位于今陕西省西安市长安区。

⑥太公：姜太公，姜尚。白旄（máo）：古代的一种军旗，竿头以牦牛尾为饰。此处喻出师征伐。四岳：中国上古传说人物，分管四方的诸侯。此代指周王朝分封的各路诸侯。百灵：此指百姓等各种生灵。

⑦拜手：亦作"拜首"，古代男子跪拜礼的一种。跪后两手相拱，俯头至手。陈仓：古地名，在今陕西省宝鸡市陈仓区。陈仓之鼓：可能与刘邦暗度陈仓与项羽争夺天下有关，具体难详。金铜仙：即金铜仙人，为汉武帝为求仙所铸。二句言从华山西望，可以看见陈仓和汉武帝所铸铜人。

⑧齐州：犹中州，古时指中国。九点烟：谓自高处俯视九州，如烟九点；借指中国。

登华山

袁 枚

太华峙西方，倚天如插刀。①
闪烁铁花冷，惨淡阴风号。②
云雷莽回护，仙掌时动摇。③
流泉鸣青天，乱走三千条。④
我来蹑芒蹻，逸气不敢骄。⑤
绝壁纳双踵，白云埋半腰。⑥
忽然身入井，忽然影坠巢。⑦

天路望已绝，云栈断复交。⑧
惊魂飘落叶，定志委铁镣。⑨
闭目谢人世，伸手探斗杓。⑩
屡见前峰俯，愈知后历高。⑪
白日死崖上，黄河生树梢。⑫
自笑亡命贼，不如升木猱。⑬
仍复自崖返，不敢向顶招。⑭
归来如再生，两眼青寥寥。⑮

(选自清《陕西通志》)

【作者简介】

袁枚（1716—1797），字子才，号简斋，晚年自号苍山居士，钱塘（今浙江省杭州市）人。世称随园先生，与赵翼、蒋士铨合称为"乾隆三大家"。乾隆四年（1739）进士，曾任江宁、上元等地知县。著作有《小仓山房文集》、《随园诗话》16卷、《补遗》10卷、《新齐谐》24卷、《续新齐谐》10卷、《随园食单》1卷等30余种。

【注释】

①峙：直立，耸立。倚天：背倚天空。

②此二句言华山之表层石岩如铁花覆盖，色彩惨淡，寒风呼啸。

③莽：广大，辽阔。回护：庇护，保护。

④此二句形容数不清的流泉飞溅，响彻云霄。

⑤蹑：踏，此指穿着。芒蹻（qiāo）：草鞋。逸气：超脱世俗的气概、气度。

⑥绝壁：极陡峭的山崖。踵（zhǒng）：脚。

⑦入：坠入。

⑧天路：上天之路，此指登华山之路。云栈：悬于半空中的栈道。此二句形容高远的路渐渐看不见了，栈道时隐时现，不知尽头。

⑨上句言惊魂如落叶飘浮不定。定志：立志，决意。委：委托，付托。下句言决心把生命交给铁索，即把生命安全完全寄托在铁索上。

⑩谢：告别。斗杓（sháo）：即斗柄。指北斗的第五至第七星，即衡、开泰、摇光三星。此以之代指北斗和星辰。

⑪屡见：常常看到。此二句言登上高处，看见前面经过的山峰都好像俯下身子，然后才知道后边所到之处之高。

⑫死：此指被固定。此二句形容太阳就停在沉寂的山崖上，黄河仿佛从树梢间流过。

⑬亡命贼：这是作者的自我调侃，谓自己不顾生命之危攀登华山。升木猱（náo）：上到树顶的猿猴。下句言自己还不如猿猴善于攀登。

⑭仍复：仍然，依旧。下句言不敢回头再看登过的山峰。

⑮再生：再次获得生命。下句言两眼还是华山浩大的青色。或言眼光暗淡。

望华岳

毕　沅

苍翠连朝泼眼浓，亭亭马首峙三峰。①
势侵天阙五千仞，影压秦关百二重。②
夜午已窥东极日，云深不落上方钟。③
焚香默吁祈金帝，何日探奇一拄筇。④

（选自《灵岩山人诗集》）

【作者简介】

毕沅（1730—1797），字纕蘅，又字秋帆，自号灵岩山人，镇洋（今江苏省太仓市）人。乾隆二十五年（1760）进士，廷试第一，状元及第，授翰林院编修，曾任陕西巡抚，官至湖广总督。著有《传经表》《续资治通鉴》《山海经晋书地理书校注》《西安省志》《关中胜迹图记》《关中中州山左金石诸记》《灵岩山人诗集》（内有专写华山胜景诗集《玉井搴莲集》一卷）等。

【注释】

①连朝（zhāo）：连日。泼眼：耀眼，照眼；满眼。亭亭：高耸直立的样子。三峰：即华山之莲花、毛女、松桧三山峰，亦即东、南、西三峰。

②天阙：指双阙，亦即天门。上句极言华山之高。秦关百二：指潼关一带。《史记·高祖本纪》："秦，形胜之国，带山河之险。县（悬）隔千里，持戟百万，秦得百二焉。"言以二万人足以抵挡诸侯百万之师（一说百二为百之二倍之意），后遂以之称山河险固之地。下句极言华山之大和重。

③夜午：午夜。东极日：东方极处日出。上方钟：指华山极高处的

钟声。

④默吁：默默地呼叫。金帝：西方之神，亦华山之神。筇（qióng）：筇竹，实心，节高，宜于作拐杖。此指拐杖。

游华山归途赋诗奉柬①

林则徐

神君管领金天岳，生对三峰看未足。②
公余喜共客登临，恰我西行来不速。③
樱笋厨开浴佛时，暂辍放衙事休沐。④
灏灵宫殿访碑行，清白园林对床宿。⑤
凌晨天气半阴晴，昼永无烦宵秉烛。⑥
竹杖芒鞋结侪侣，酒榼茶铛付童仆。⑦
云梦观里约乘云，玉泉院中闻漱玉。⑧
同侪各挟济胜具，初陟坡陀踵相续。⑨
嶂叠峰回路忽穷，谁料重关在山曲。⑩
微径蜿蜒蚁旋磨，绝磴攀跻鱿上竹。⑪
箭镞依稀王猛台，丹砂隐现张超谷。⑫
莎萝坪与青柯坪，小憩聊寻道书读。⑬
过此巉岩愈危绝，铁锁高垂手难触。⑭
五千仞峻徒窘步，十八盘经犹骇目。⑮
恨无谢朓惊人诗，恐学昌黎绝顶哭。⑯
游人到此怪山灵，奇险逼人何太酷。⑰
岂知山更怪人顽，无端蹴踏穿其腹。⑱
兹山峭拔本天成，但以骨挺不以肉。⑲
呼吸真教帝座通，避趋一任人间俗。⑳
如君超诣迥出尘，上感岳神造民福。㉑
荡胸自有层云生，秀语岂徒夺山绿。㉒
希夷石峡应重开，海蟾仙庵亦堪筑。㉓
独惭塞外荷戈人，何日阴崖结茅屋。㉔
惟期归马此山阳，遥听封人上三祝。㉕

（选自《云左山房诗钞》）

【作者简介】

　　林则徐（1785—1850），字元抚，又字少穆、石麟，晚号俟村老人、俟村退叟、七十二峰退叟、瓶泉居士、栎社散人等。福建侯官（今福建省福州市）人，清末政治家、思想家和诗人。曾任陕西按察使、代理布政使，官至湖广总督、钦差大臣。著有《云左山房文钞》《云左山房诗钞》《使滇吟草》《林文忠公政书》《荷戈纪程》等。

【注释】

　　①奉柬：奉送柬帖。将自己写的东西送给别人看的客气说法。

　　②神君：神灵，神仙，此指华山之神。金天：西方之天。岳：指西岳华山。生：一生，或生活在。三峰：即华山之莲花、毛女、松桧三山峰。此句是对生长在华山附近的收受"柬帖"之人而言，言其一生面对华山，其美景都没有看够。

　　③公余：公务之余暇。登临：登山临水，指游览。不速：未受邀请而突然来临。

　　④樱笋厨：樱桃与春笋上市时，朝廷以此物作盛馔，又泛指春宴。浴佛：亦称"灌佛"。相传农历四月八日为释迦牟尼的生日，每逢该日，佛教信徒用拌有香料的水灌洗佛像，谓"浴佛"。辍：停止。放衙：属吏早晚参谒主司听候差遣谓之衙参。退衙谓之"放衙"。事：从事，进行。休沐：休息洗沐，犹休假。

　　⑤灏灵宫殿：华岳庙的主殿称"灏灵宫"，为祭祀华山神的地方。清白：明亮，此指景色优美。

　　⑥昼永：白昼漫长。无烦：不需烦劳，不用。秉烛：持烛以照明。

　　⑦芒鞋：泛指草鞋。俦（chóu）侣：伴侣；朋辈。酒榼（kē）：古代的贮酒器。茶铛（chēng）：煎茶用的釜。童仆：仆役。

　　⑧云梦观：当时华山附近道观名。乘云：驾云，驭云，这里指登上华山高处，云层之上。玉泉院：著名道观，在华山山麓。漱玉：泉流漱石，声若击玉。

　　⑨同侪（chái）：同伴，伙伴。挟：带着。济胜具：指能帮助人攀越胜境、登山临水的工具。坡陀：山，山坡。踵：脚跟。踵相继：此指像脚跟一样一个接着一个。

　　⑩穷：尽。重关：险要的关塞，此指险要之处。山曲：山势弯曲隐蔽处。

⑪微径：小路。蚁旋磨：语出《晋书·天文志上》："天旁转如推磨而左行，日月右行，随天左转，故日月实东行，而天牵之以西没。譬之於蚁行磨石之上，磨左旋而蚁右去，磨疾而蚁迟，故不得不随磨以左回焉。"后以"蚁旋磨"比喻芸芸众生皆由命运摆布。此指登山者像蚂蚁一样随着山势左旋右转而行。绝磴：陡峭的石台阶。攀跻：向上攀登。鲇上竹：鲇鱼上竹，比喻本想前进反而后退。

⑫箭镞（zú）：箭头上的金属尖物。依稀：仿佛是。王猛台：在华山山门行进约二里附近。王猛，前秦丞相，功勋至伟。丹砂：砂炼成的丹药。隐现：忽隐忽现。张超谷：在华山毛女峰之东北，后汉张楷居此。楷字公超，故名；又名雾谷，亦名雾市谷。

⑬莎萝坪：又名洞天坪，在华山峪石门上一公里处，因坪上栽植莎萝树而得名。道书：此指道家的典籍。

⑭巉岩：险峻的山岩。

⑮窘步：步同"步"，指步履艰难。骇目：使人看了吃惊。

⑯谢朓：谢朓（464—499），字玄晖，陈郡阳夏（今河南省太康县）人。南朝齐杰出的山水诗人，出身高门士族，与"大谢"谢灵运同族，世称"小谢"。韩愈（768—824），字退之，河南河阳（今河南省孟州市）人，世称"韩昌黎"。唐代杰出的文学家、思想家、哲学家、政治家。相传韩愈游览华山苍龙岭，看到如履薄刃、绝壑千尺的险峻地势，被吓得进退两难，在山顶放声大哭。

⑰山灵：山神。酷：极，甚；残酷。

⑱蹴踏：踩，踏；行走。

⑲兹：此，这。峭拔：高而陡；挺拔。天成：不假人工，自然而成。不以：不因，不靠。

⑳帝座：亦作"帝坐"，古星名，此指天帝居处。任（wáng）：快步急行。疑"任"当作"任"。一任：全部任从。人间俗：一般俗人。此句言对一般登山者，作者自己或趋或避，任从他们经过。

㉑如君：像您（指接受"柬帖"者）这样。超诣：高深玄妙，高超脱俗。迥：远。出尘：超群，超过一般尘俗之人。岳神：山神。

㉒层云：积聚着的云气。秀语：秀美的语句。岂徒：难道只是；何止。夺山绿：写出山的绿色。此处以绿色代指美景。

㉓希夷：即希夷峡。海蟾（chán）：即海蟾祖师，五代时道士。名

操,字昭远,又字宗成,以号行。曾隐居华山,传说后来仙去。堪:值得。

㉔独惭:唯独愧对。塞外:要塞之外,此指边疆。荷戈:拿着武器。荷戈人:指戍守边疆的将士。阴崖:背阳的山崖。结茅:编茅为屋,谓建造简陋的屋舍。

㉕归马:谓战争止息,不再用兵。此指战争停息之后。山阳:山朝南的一面。上句表示希望战争停息之后自己能到华山的南面居住或隐居。此处用"华封三祝"典故。语出《庄子·天地》:"尧观乎华(华,地名,今华州区,在陕西省)。华封人(注封人,典守封疆的官名)曰:'嘻,圣人!请祝圣人。''使圣人寿。'尧曰:'辞。''使圣人富。'尧曰:'辞。''使圣人多男子。'尧曰:'辞。'封人曰:'寿,富,多男子,人之所欲也。女独不欲,何也?'尧曰:'多男子则多惧,富则多事,寿则多辱。是三者非所以养德也,故辞。"旧时以"华封三祝"为祝颂语,祝人寿、富、多男子。因"三祝"曾用于对尧的祝愿,华山又处此典出处今华州区附近,又云"上三祝",所以此处有颂圣之意。

华山诗三首

魏 源

其 一

金秋严肃气,凛然不可容。①
一石一草木,尚压千万峰。②
岂肯放平易,招引人世踪。③
树皆斜仄生,云皆斜仄通。④
略无寸步直,但有两壁穹。⑤
近之太难亲,遥瞻始景从。⑥
正如古神圣,千载其朝宗。⑦
不睹岩岩势,但慕泱泱风。⑧
安知真觌面,不与跻华同。⑨

【作者简介】

魏源(1794—1857),字默深,湖南邵阳人。清思想家、史学家、文学家。道光二十四年(1844)进士,官至高邮知州。著有《古微堂文集》

《古微堂诗集》《圣武记》《海国图志》《元史新编》《老子本义》等。

【注释】

①凛然：形容令人敬畏的神态。容：这里是冲犯的意思。

②尚：还（hái），仍然。

③岂肯：怎么肯、怎么能够。招引：吸引。

④斜仄（zè）：倾斜。

⑤壁穹：壁，山崖；穹，高，大。

⑥亲：亲近。遥瞻：遥同"遥"，遥望。景从：如影随形。比喻追随之紧或趋从之盛。

⑦朝宗：臣下朝见帝王。

⑧岩岩：指高大、高耸。泱泱：气魄宏大。

⑨安知：哪知，怎知。觌（dí）面：见面，当面。跻华：登上华山。二句言只有真正见到华山，才会与那些曾登临华山的人有截然不同的感受。

其 二

为访云中君，来寻天上石。①
千洞万洞势，混沌重开辟。②
人行如山中，山已天外立。③
再上更不能，有石皆倒岌。④
台殿青云端，势欲压山侧。⑤
森然一檐下，献此万丈碧。⑥
造胜启天荒，入深闯地赜。⑦
遗众伫曾颠，骤觉此身易。⑧
出山意已移，灵境渺天北。⑨
从知此后身，所莅皆谪斥。⑩

【注释】

①云中君：先秦时代华夏神话中的一位神明，和东君是相对的二元神。此以云中君称华山神，有言其高耸入云之意。

②混沌：古代传说中指世界开辟前元气未分、模糊一团的状态。

③如：到。天外：极言高远。

④岌：山耸起的样子。倒岌：倒立。此形容其陡峭。

⑤青云：天空。

⑥森然：形容高耸林立的样子。万丈碧：形容华山的青绿高大。

⑦造胜：访求胜迹。启：开启，展开。天荒：指未经开辟的或荒芜的。赜（zé）：幽深难见之处。

⑧遗众：谓离开众人。曾颠：高山之顶。易：轻松。

⑨灵境：指寺庙所在的名山胜境，此指华山。

⑩从知：从此知道。所莅：所到之处。谪斥：贬斥。此谓都不能和华山相比。

其 三

百转百邱壑，一步一阶级。①
奇怪非一逢，性命几万掷。②
倒垂万菡萏，侧走千霹雳。③
一石三芙蓉，三峰祇一石。④
千峰为莲瓣，三峰为莲菂。⑤
纷纷莲花须，化松千万亿。⑥
白帝明星宫，寄在千叶隙。⑦
神仙窟宅闲，日与天相索。⑧
聪明乃尘垢，陶铸皆陈迹。⑨
虽复游无穷，亦自悲形役。⑩
一下金天台，人闲愁踧踖。⑪

（选自《古微堂诗集》）

【注释】

①邱壑：即丘壑。为避讳孔子之名而改用"邱"。阶级：用砖石砌成或就山势凿成的石阶。

②二句谓奇奇怪怪的景物不是一次碰到，生命几乎被抛弃几万次。

③菡萏（hàn dàn）：古人称未开的荷花为菡萏，即花苞，亦代指荷花。霹雳：又急又响的雷。

④一石：指整个华山。祇：只。

⑤莲菂（dì）：莲子。

⑥须：面毛，胡须。二句将松树比喻莲花的细微绒毛。

⑦白帝：古神话中五天帝之一，主西方之神。星宫：天宫，此指华山

上白帝的宫殿。

⑧窟宅：指神仙的住所。闲：悠闲，静。相索：疑"索"为繁体"繫"之误。相繫：相联系，谓在一起。

⑨尘垢：灰尘和污垢，世俗。陈迹：旧迹。二句语出《庄子·逍遥游》，庄子言其所谓至人等"其尘垢秕糠将犹陶铸尧舜者也"。此言一般人所谓的聪明不过是尘垢而已，即使"陶铸"其成为人，也只能化为陈迹。

⑩形役：心为形役。谓心灵为形骸所拘束、役使。犹言人的精神被功名利禄所牵制、支配。语出陶渊明《归去来兮辞》："既自以心为形役，奚惆怅而独悲？"二句言即使能像庄子所说的那样游于无穷，也会悲哀心灵为形体所役使。此四句从明末清初诗人屈大均《登罗浮山绝顶奉同蒋王二大夫作》诗"聪明乃尘垢，陶铸有微责。虽复游无穷，亦自悲人役"脱胎而来，意思亦相近。都是感叹人生难以真正做到心灵和形体的绝对自由。

⑪金天：西方之天。金天台：此指华山。踧踖（cù jí）：恭敬而不安的样子。

玉泉院

陈述古

山荪亭足欹屏石，仙掌峰跟喷玉泉。①
乍到林峦迷眼界，欲将泉石较心田。②
一泓潜利终归海，五色焰辉未补天。③
物我无言空自笑，慢将新句愧磨镌。④

【作者简介】

陈述古，清代人，生平未详。

【注释】

①山荪亭：为建于玉泉院内巨石之上的一座圆亭，据说为五代末北宋初道士陈抟所建。北宋苏东坡及清初顾炎武、王宏撰等都先后进行过修葺。欹（qī）：通"倚"，倾斜。这里是斜靠之意。屏石：即松屏石，又叫松石、醒酒石、婆娑石，属石头中材质比较好的一种。跟：这里通"根"，指山脚下。

②较：比较。这里是比喻之意。

③潜利：暗中给人带来益处。用女娲炼五色石补天的神话传说。此句是就建亭于其上的巨石而言。

④物：指巨石、亭及玉泉院诸景物。慢：通"漫"，随便，随意。此句指将自己这首诗镌刻于巨石之上。

华岳八景简介

华岳八景为仙掌朝阳、水帘晴瀑、玉泉道院、中方仙桥、石峡丹梯、苍龙铁锁、云峰古洞、云庵醴泉。

华岳八景（八首）

史　纪

仙掌朝阳①

天霁云空景象生，岧峣仙掌俯秦京。②
千年极望驻元气，一直高撑入太清。③
啼鸟声中迎曙色，烟萝蔓上挂疏明。④
推窗吟倚起孤兴，快我辞官归隐情。⑤

【作者简介】

史纪，字国载，陕西华阴人，明弘治乙卯科举人。

【注释】

①仙掌朝阳：仙掌峰为华山东峰，东向朝阳，故又名朝阳峰。

②霁：雨雪后天晴。岧峣（tiáo yáo）：形容山势高峻挺拔。俯：俯视。秦京：本指秦故都咸阳，此指今西安市一带。

③极望：远望，尽目力所及。元气：天地未分之前的混沌之气。太清：天空，高空。

④烟萝：草树茂密，烟聚萝缠，谓之"烟萝"。疏明：亦作"疎明"，疏朗透光，也指疏淡的光辉。

⑤孤兴：孤独无伴时的心绪。

水帘晴瀑①

千尺山巅瀑布飞，不关仙分到人稀。②
珠玑零落溅元圃，冰玉骈巃遮翠微。③ 元一作玄潏潏澄流堪作赋，洋洋终日可忘机。④
蓼红蘋白秋风起，欲把纶竿上钓矶。⑤

【注释】

①水帘：瀑布。

②山巅：山顶。仙分：成仙的素质及缘分。

③珠玑：此指水珠。元圃：即园圃。冰玉：此指瀑布水。帡幪（píng méng）：本指古代帐幕之类的物品，后亦引申为覆盖。翠微：天空。

④潏（yù）潏：水涌动的样子。洋洋：水势浩大的样子。忘机：指没有巧诈的心思，与世无争。

⑤纶竿：钓竿。钓矶：钓鱼时坐的岩石。

玉泉道院①

华山道士自悠然，结屋临流读太玄。②
岳色参差来枕上，水声诘曲到帘前。③
鬼神夜守烧丹灶，鹤鹿闲眠种玉田。④
闻说陈抟三百岁，犹言无分学飞仙。⑤

【注释】

①玉泉道院：即玉泉院。位于陕西省渭南市华阴市玉泉路最南端，是华山道教活动的主要场所，也是游客从华山峪游览华山的必经之地。玉泉院为登临华山的门户。相传金仙公主在镇岳宫玉井中汲水洗头，不慎将玉簪掉入水中，却在返回玉泉院后，用泉水洗手时无意中找到了玉簪，方知此泉与玉井相通，于是赐名玉泉。玉泉院因此得名。

②悠然：悠闲自得的样子。结屋：建造房舍。临流：在水边。太玄：西汉扬雄所著的一部模拟《周易》之作。此处以之代指道教经典。

③岳色：指华山山色。诘曲：曲折。

④丹灶：道士炼丹的炉灶。玉田：传说中产玉之田。

⑤陈抟：陈抟（871—989），字图南，号扶摇子，宋太祖赐号希夷先生。亳州真源县（今河南省鹿邑县太清宫镇陈竹园村）人，五代宋初著名道教学者、隐士。后人称其为"陈抟老祖""睡仙""希夷祖师"等。隐于武当山九室岩，后隐居华山云台观，殁于张超谷，葬于玉泉院。

中方仙桥①

天丁役力鬼工成，人在秋虹背上行。②
高入紫霄通鸟道，下临红壤小咸京。③
兰香佩玉朝金阙，子晋吹笙弄明月。④
万籁不鸣寒夜寂，清风飘落步虚声。⑤

【注释】

①中方仙桥：在华山王猛台上，三清殿南绝壑。据《华岳志》：台逢合适天气，远而望之，中方峰壑间，有桥若虹，时隐时现。有时，还可见桥上人影憧憧，飘飘若仙。据道徒讲，桥本非实体，而是天然气体在一定条件下的产物，只能有缘者偶尔一见，犹如蓬莱仙岛之海市蜃楼，故称为仙人桥。

②天丁：天界的力士。

③紫霄：高空。咸京：秦都城咸阳一带，此指今西安一带。红壤：红尘，人世。小咸京：感到咸阳一带都"小"了。这是极言仙桥之高。

④兰香：一名获，亦称山薄荷。为马鞭草科植物，茎叶揉碎之有薄荷香气，可供药用。此处是仙女名。子晋：王子乔的字，相传其为周灵王太子，喜吹笙作凤凰鸣，被浮丘公引往嵩山修炼，后升仙。

⑤步虚声：道士在醮坛上讽诵辞章采用的曲调行腔，传说其旋律宛如众仙缥缈步行虚空，故名。

石峡丹梯①

悬磴层梯万丈攀，襟前楼阁是长安。②
回看脚底飞雷雨，似觉身边生羽翰。③
玉辇不来山杖远，霞关归去紫芝寒。④
新丰树色依稀在，不见乞灵太乙坛。⑤ 乞一作祈

【注释】

①石峡：当指今人所说的华山百尺峡。

②悬磴（dèng）：悬空的石台阶。这里是极言石峡台阶之高险。下句言长安如在襟前，也是极言石峡梯路之高。

③羽翰：羽毛。此句言如身体在高空飞翔。

④玉辇：天子所乘之车，以玉为饰，又称玉辂。这里指神仙所乘之车。山杖：登山杖。紫芝：真菌的一种，也称木芝。生于山地枯树根

上。可入药，性温味甘，能益精气，坚筋骨。古人以为瑞草。道教以为仙草。

⑤太乙：即太一。古代指形成天地万物的元气，又以之指传说中的天神。太乙坛：古代帝王祭祀太乙神建造的祭坛。

苍龙铁锁①

峻岭横斜势自翘，如龙蟠曲远迢遥。②
烟霞一径通霄汉，缅索千年锁㳺寥。③
渐近天门神转迈，回看人世骨应消。④
悠然忽听长松下，白发黄冠吹洞箫。⑤

【注释】

①苍龙指苍龙岭。苍龙岭是华山著名险道之一，位于救苦台南、五云峰下，以其苍黑色的外部和其似悬龙般的地势而得名。中间一脊高耸，两边绝壑千尺，人行其上如履薄刃，胆战心惊。两边建有铁索供游人攀援，故名"苍龙铁锁"。

②迢遥：远的样子。

③缅（gēng）索：绳索，这里指苍龙岭两边的铁索。㳺寥（jué liáo）：亦作"㳺漻"，晴朗空旷，也指晴朗空旷的天空。

④神：精神。迈：豪迈。骨应消：言极度恐惧。

⑤黄冠：指道士。

云峰古洞①

石洞谁能料浅深，等闲不见道人寻。②
碧桃花谢有春夏，朱草叶生无古今。③
云出定知龙作雨，日哺还见鸟归林。④
夜凉如洗微风过，似有仙人弹玉琴。

【注释】

①云峰：高入云中的山峰。华山高峰古洞甚多，此处所指未详。

②料：估计。等闲：一般，平常。

③无古今：无论古今。

④日哺：日交申时而食。指申时。

云庵醴泉①

云庵庵下醴泉生，冷浸云根白作泓。②_{白一作自}
日暖注归醅酒甕，夜凉声在煮茶铛。③
写经和墨芳馨润，漱玉临流齿颊清。④
此地道人有真乐，笑人奔走役微名。⑤

【注释】

①云庵：建造在高山顶上的房舍。醴（lǐ）泉：亦名甘泉。泉水略有淡酒味。

②云根：深山云起之处；山石。

③注归：灌注归来。醅（pěi）：没有过滤的酒，泛指酒。此指放入酒甕（wèng）酿造。茶铛（chēng）：煮茶用的铁制器皿。

④漱玉：此指用醴泉之水漱口。齿颊：口齿面颊。清：清爽。

⑤役：役使，驱使。役微名：被小小的名利所驱使。

题华山八景

郭 良

仙掌朝阳

乾坤佳气霭清朝，眼界分明紫雾消。①
一掌正扶红日上，六龙才驭万灵朝。②
寅宾旭景通黄道，出纳晨光近紫霄。③
未许飡霞最高处，草堂相对每逍遥。④

【作者简介】

郭良，字交易，明代华阴人，洪武时举人，曾任北平参议，官至大司马督理漕运。后退隐结庐罗敷庵中。有诗集数卷，今已佚。

【注释】

①乾坤：天地。此指天地之间。霭：云气，这里的意思是笼罩。清朝：清晨，早上。

②一掌：指仙掌峰。六龙：此指太阳。传说太阳神所乘车为六条龙驾驭。万灵：万神。朝：朝拜，朝见。

③寅宾：恭敬导引。旭景：初升的阳光。黄道：地球环绕太阳公转的轨道平面与天球相交的大圆。紫霄：天空。

④飧：晚饭，饭食。这里用作动词。

水帘晴瀑

山头雷雨夜驱龙，侵晓云霞万壑空。①
千尺飞流垂疋练，一溪澄碧饮长虹。②
明珠迸落丹崖底，红日正当仙掌中。③
涤我吟怀清可掬，余波应接大河东。④

【注释】

①侵晓：天刚亮。
②疋（pǐ）练：疋，同"匹"；练，白色的丝织品。
③明珠：这里指水珠。
④涤：洗涤。吟怀：吟诗的情怀。可掬：可以用手捧住，形容情态明显。大河：指黄河。

玉泉道院

丹凤绹缊散紫霞，山荪亭外有人家。①
闲云自在隐尘世，流水几番浮落花。②
入座辖声啼谷树，当门虎迹印溪沙。
神仙未了南华梦，柏子香消日未斜。③

【注释】

①绹缊：即氤氲，烟云弥漫的样子。亭外：亭边。
②自在：自由自然的样子。
③南华梦：指庄子的梦。因庄子曾被唐明皇李隆基封为南华真人，故称。柏子：柏籽。

中方仙桥

方梁横玉驾飞虹，绝壑深溪有路通。①
翠壁雨余云作槛，碧霄烟净月为宫。②
步虚声落朝元珮，夷险名高济世功。③
我欲扶藜凌紫气，不须骑鹤趁天风。④

【注释】

①横玉：如玉横空。绝壑：深谷。

②槛：这里的意思是栏杆。碧霄：蓝天。
③步虚声：道士讽诵辞章的声音。朝元：诸神朝拜元始天尊。夷险：化险为夷。
④扶藜：扶着拐杖。凌：超越；升，高出。

石峡丹梯

谁凿苍崖万丈梯，欲穷绝顶觅真栖。①
致身疑在九霄上，回首应知万壑低。②
日射丹棱生紫气，雨添石髓迸青泥。③
龙眠何处藏仙骨，云穴苔深路欲迷。④

【注释】
①穷：穷尽。绝顶：山的最高处。真栖：真正的隐者，得道的仙人。
②致身：即置身。
③丹棱：指丹梯。
④龙眠何处藏仙骨：何处藏有龙眠之仙骨。

苍龙铁锁

苍崖削出一龙蟠，金锁垂云岂易扪。①
不有神功开鸟道，应无人迹到天门。
烟霞竟隐红尘断，云雨时惊白云昏。②
险绝未容逋客隐，山灵何用乐移文。③

【注释】
①扪（mén）：抚摸。
②隐：这里指遮住。
③逋（bū）客：逃离的人，避世的人。这里指隐士。移文：本为一种平行文种。后常用于劝喻训诫。此处用南北朝时人孔稚圭在其《北山移文》中用山灵拒绝假隐士周颙进驻的口吻讽刺和揭露周颙伪装隐居以求利禄的丑恶面目之典故，言华山之险本来就不容隐士来隐居。

云峰古洞

重峦叠嶂碧森森，白石苍崖古洞深。①
灵物有时通变化，神游何处觅幽寻。②

交驰龙虎宜真隐，吞吐风云资苦吟。③
海鸥归来春又晚，一声清唳落松阴。④

【注释】

①森森：这里形容草木茂盛。
②灵物：指龙、龟等灵异之物。幽寻：寻找幽深、景物美好之处。
③交驰：交相奔驰。资：供给。
④清唳：清越的叫声。

云庵醴泉

一气祯祥浃太和，云根地脉涌灵波。①
日涵瑞彩明朱草，春涨微澜浸绿莎。②
余润不妨供洁饮，清时还忆愈沉疴。③
道人亦悟心源溥，静听沧浪孺子歌。④

【注释】

①祯祥：吉祥的征兆；吉祥。浃：湿透。太和：冲和，阴阳和谐之气。云根：山石。古人认为山石为云气出处，故称山石为云根。灵波：河流的美称。
②明朱草：使红色的草更色彩鲜明。
③余润：剩余的水。清时：清明之时。愈：病好，这里用作动词，即使病好。沉疴：拖延长久，难以治疗的病。
④溥：广大。沧浪孺子歌：《孟子·离娄》所载《孺子歌》云："沧浪之水清兮，可以濯我缨。沧浪之水浊兮，可以濯我足。"

咏临渭区

夜宿灵台寺寄郎士元①

钱 起

西日横山含碧空,东方吐月满禅宫。②
朝瞻双顶青冥上,夜宿诸天色界中。③
石潭倒映莲花水,塔院空闻松柏风。④
万里故人能尚尔,知君视听我心同。⑤

(选自明嘉靖年《渭南志》)

【作者简介】

钱起(722?—780),字仲文,吴兴(今浙江省湖州市)人,天宝十年(751)赐进士第一,曾任考功郎中,故世称钱考功,与李端、卢纶等号称大历十才子。

【注释】

①灵台寺:遗址在今渭南市临渭区桥南塔山,始建于唐贞观年间,毁于民国时期。

②碧空:蔚蓝色的天空。禅宫:僧人所住的房屋;寺院。此指后者。

③瞻:观瞻。青冥:青苍幽远,指青天。诸天、色界:均宗教术语。佛根据世间人功德多寡和妄心善恶将世间人划分为六道。其中天道又划分为欲界天、色界天、无色界天,此即诸天;六道又可根据欲、色、无色划分为三界。其中色界此界,远离食、色之欲,但还未脱离质碍之身,所谓色即有质碍之意。此以诸天色界指灵台寺。

④塔院:建有佛塔的院子,即佛寺。

⑤能尚尔:尚且能如此。

渭上偶钓

白居易

渭水如镜色，中有鲤与鲂。①
偶持一竿竹，悬钓至其旁。②
微风吹钓丝，嫋嫋千尺长。③
谁知对鱼坐，心在无何乡。④
昔有白头人，亦钓此渭阳。⑤
钓人不钓鱼，七十得文王。⑥
况我垂钓意，人鱼又兼忘。⑦
无机两不得，但弄秋水光。⑧
兴尽钓亦罢，归来饮我觞。⑨

【作者简介】

白居易（772—846），字乐天，晚号香山居士，中唐下邽（guī，在今陕西省渭南市临渭区境内）人。贞元十六年（800）进士，历官翰林学士、左拾遗、左赞善大夫。元和十年（815）因上书言事贬江州司马，移中州刺史，后又由中书舍人出任杭州、苏州刺史。晚年以太子宾客及太子少傅分司东都，以刑部尚书致仕。白居易为中唐新乐府运动代表诗人，也是唐代唯一可与李白、杜甫鼎足而立的伟大诗人。

【注释】

①如镜色：明净如镜，此极言水之清。鲤、鲂（fáng）：均鱼名。

②一竿竹：指钓竿。其：指渭水。

③嫋（niǎo）嫋：柔弱细长的样子。

④无何乡：空想的境界。此指心思不在钓鱼上。

⑤白头人：指姜子牙。据说他曾垂钓于渭水支流磻（bō）溪（在今宝鸡市东南、向北流入渭水），后受知于周文王姬昌。

⑥钓人不钓鱼：传说姜子牙以直钩钓鱼，目的在于以这种奇特的举动引起人们的注意而不在得鱼，终于在70多岁时得遇文王以成大业。

⑦人鱼又兼忘：言自己的目的既不在人，也不在鱼。

⑧无机：没有机心。弄：这里是赏玩之意。秋水光：秋天水上的景色。

⑨觞（shāng）：盛有酒的杯，此代指酒。

昊天观新栽竹①

刘得仁

清风枝叶上，山鸟已栖来。②
根别古沟岸，影生秋观苔。③
遍思诸草木，惟此出尘埃。④
恨为移君晚，空庭更拟栽。⑤

（选自《全唐诗》）

【作者简介】

刘得仁，籍贯生卒年均不详，约唐文宗开成中前后在世。家世显赫而科第无成，有诗集一卷传世。

【注释】

①昊天观：昊天观为供奉祭祀玉皇大帝的道教活动场所。渭南昊天观遗址在原渭南县城南35里花园村。

②栖来：来栖息。

③苔：苔藓。

④出尘埃：超出尘俗。

⑤君：这里指竹子。空庭：幽寂的庭院。

登渭南县城楼①

许 棠

近甸名偏著，登楼景又宽。②
半空分太华，极目是长安。③
雪助河流急，人耕晓色残。④
闲来时甚少，欲下重凭栏。⑤

（选自《全唐诗》）

【作者简介】

许棠（822—?），字文化，宣州泾县（今属安徽省）人。咸通十二年（871）进士，调泾县尉。又曾为江宁丞。著有诗集一卷传于世。

【注释】

①渭南县城楼：在今渭南市临渭区东部老城区。

②甸：古代指郊外的地方。

③分：分辨。极目：纵目，用尽目力远望。
④晓色：拂晓时的天色。
⑤凭栏：亦作"凭阑"，身倚栏杆。

焚书坑①

章 碣

竹帛烟销帝业虚，关河空锁祖龙居。①
坑灰未冷山东乱，刘项元来不读书。②

（选自《全唐诗》）

【作者简介】
　　章碣（836—905），字丽山，桐庐（今浙江省杭州市桐庐县）人。唐僖宗乾符三年（876）进士。工诗，有《章碣集》一卷传世。

【注释】
　　①焚书坑：今渭南市城区沿沋河东岸南二里有灰堆遗址，传为秦始皇焚书处。
　　②竹帛：竹简和白绢。古代初无纸，用竹帛书写文字。帝业：帝王的事业，指秦王朝。关河：指函谷等关与黄河。祖龙：指秦始皇。
　　③山东：称太行山以东地区。刘项：刘邦、项羽的并称。元来：原来、本来。

渭阳楼闲望①

郑 谷

千重二华见皇州，望尽凝岚即此楼。②
细雨不藏秦树色，夕阳空照渭河流。③
后车宁见前车覆，今日难忘昨日忧。④
扰扰尘中犹未已，可能疏傅独能休。⑤

（选自《全唐诗》）

【注释】
　　①渭阳楼：遗址在今渭南市临渭区故市中学（原渭阳中学）内。
　　②千重：千层，层层叠叠。二华：指太华、少华二山。见：见于。皇州：帝都，京城。凝岚：山间凝聚的雾气。

③树色：树木的景色。
④宁：岂能，那能。覆：翻，倾倒。
⑤扰扰：纷乱，烦乱。尘中：尘世之中。未已：不止，未毕。疏傅：西汉疏广、疏受叔侄分别为宣帝太子太傅、少傅，于荣显中同时称病引退。后遂以"疏傅"为急流勇退的典型。休：停止。此指停止对名利的追求；引退。

登楼怀归
寇　准

高楼聊引望，杳杳一川平。①
野水无人渡，孤舟尽日横。②
荒村生断霭，古寺语流莺。③
旧业遥清渭，沉思忽自惊。④

（选自明嘉靖年《渭南志》）

【注释】

①引望：引颈而望；远望。杳杳：幽远；隐约，依稀。一川：一片平川；原野。
②野水：野外的水流。尽日：终日，整天。
③荒村：偏僻荒凉、人烟稀少的村落。断霭：断雾。流莺：鸣声宛转的黄莺。
④旧业：旧时的园宅。上句谓家乡在遥远的渭水边。

过寇莱公祠①
薛　瑄

功业澶渊冠宋朝，古祠松柏晚萧萧。②
仪容不泯乡人祭，魂魄何须楚些招。③
忠义垂声千古在，奸谀遗臭几时消。④
老予持节无英计，恋阙思贤首重搔。⑤

（选自《敬轩文集》）

【作者简介】

薛瑄（1389—1464），字德温，号敬轩，山西省河津县里望乡平原村

（今万荣县里望乡平原村）人。明代思想家，理学大师，曾任大理寺正卿、礼部侍郎、翰林院学士等职，著有《读书录》《敬轩文集》（又称《薛文清集》）。

【注释】

①寇莱公祠：即贤相寇莱公祠，遗址在今陕西省渭南市临渭区北50里下邽废城中。

②功业澶（chán）渊：指澶渊之盟，即北宋与辽经过多次战争后所缔结的一次盟约。功业：功勋事业。此次结盟为寇准力主宋真宗亲征的结果，导致了宋辽之间较长时期的和平状态，故云此是寇准功业。澶渊：古湖泊名。也叫繁渊。故址在今河南省濮阳市西。萧萧：萧条；寂静。

③仪容：仪表容颜。此指祠中寇准塑像容颜。不泯：不灭。楚些（suò）：《楚辞·招魂》是沿用楚国民间流行的招魂词的形式而写成的，句尾皆有"些"字。后因以"楚些"指招魂歌，亦泛指楚地的乐调或《楚辞》。

④奸谀：奸诈谄媚的人。此指陷害寇准的人。遗臭：流传恶名。

⑤老予：作者自谓。持节：保持节操。英计：英雄的计划、方略。恋阙：留恋宫阙，旧时用以比喻心不忘君。首重搔：多次搔首、挠头，指焦急、忧虑或若有所思的样子。

渭 南

康 海

渭南烟雾里，黯淡若为看。①
岭树低笼日，山风远送寒。②
水曹犹有宅，民部自迁官。③
可惜姚江守，春风欲见难。④

（选自康海《对山集》）

【作者简介】

康海（1475—1570），字德涵，号对山，又号浒西山人，晚号沜东渔父。明代武功（今陕西省武功县）人。弘治十五年（1502）康海27岁时中状元，授翰林院修撰。传世著作有诗文集《对山集》、杂剧《中山狼》及散曲集《沜东乐府》等。

【注释】

①黯淡：阴沉，昏暗。若为：表示反问，这里是怎么可以的意思。

②低笼日：笼罩处于低处的太阳或日光。

③水曹：官名；水部的别称。民部：即户部，古官署名。古人有称官名的习惯。句中又言"有宅"和"迁官"，可见水曹和民部当指在这两个官署做过官的渭南人，具体所指不详。迁官：晋升官爵。

④姚江守：姓姚和姓江的两位渭南长官或此长官名姚江。姚江又为地名和学派名，或以之代指这位长官。春风：此指和煦如春风的面容。

秋夕归自兴隆寺①

南大吉

长廊下木叶，匹马出禅林。②
风度青丝鞚，烟栖白葛襟。③
蓟门上寒月，汉苑发清砧。④
病肺归来早，高谈违寸心。⑤

（选自清雍正《渭南县志》）

【作者简介】

南大吉（1487—1541），字元善，号瑞泉，明渭南田市里（今陕西省渭南市临渭区官道乡）南家村人。正德六年（1511）进士。官至绍兴知府。后回乡执教于沈西书院。有《渭南县志》传世。

【注释】

①兴隆寺：查明南大吉《渭南志》和1987年版《渭南县志》，皆无兴隆寺。而《渭南志》载原渭南县寺院极多，仅名"兴龙寺"者即有龙背寨、故市镇、凭信里、沈家坡四所。或兴隆寺即其一，或其寺不在渭南境。

②下：落。匹马：此指一个人骑着马。禅林：佛教寺院的别称。

③风度：风吹过。青丝鞚（kòng）：青色丝绳的马络头，借指坐骑。葛：用葛布制成的夏衣。

④蓟门：原指古蓟门关。唐代以关名置蓟州后亦泛指蓟州（今天津市蓟州区）一带。另北京城西德胜门外西北隅的蓟丘也古称蓟门。汉苑：汉代上林苑，上林苑是汉武帝在秦代的旧苑址上扩建而成的宫苑，地跨

长安区、鄠邑区、咸阳、周至县、蓝田县五区县境，纵横340里，有渭、泾、沣、涝、潏、滈、浐、灞八水出入其中。砧（zhēn）：捶布或衣物所用的石头，此指捶布或衣物发出的声音。

⑤寸心：心事；心愿。

秋暮渡渭
南大吉

轻飚清大野，斜日照长河。①
立驷收鸾韵，登舟发棹歌。②
津通颓庙远，岸绕古槐多。③
整驾瞻秋熟，有时驻玉珂。④

【注释】

①轻飚（biāo）：轻风。此句言轻秋风使得辽阔的原野为之肃清。斜日：夕阳的余晖。长河：这里指渭河。

②驷：四匹马所驾之车，此指车。收鸾韵：马身上装饰的鸾铃停止了响动。古代车马的铃上常装饰鸾鸟图案，称为鸾铃。棹（zhào）歌：船工行船时所唱之歌。

③津：渡口。颓庙：荒废的庙宇。

④整驾：整顿车马。瞻：远望，此处为观看之意。玉珂：马络头上的装饰物。多为玉制，也有用贝制的。此处指马。

渡 渭
王维桢

日暮烟波阔，轻桡迓远风。①
人怜舟楫外，兴落水云中。②
沙冷喧鸥急，天昏鼓棹雄。③
鱼矶何处是，千古忆飞熊。④

【作者简介】

王维桢（1507—1556），字允宁，号槐野，明华州（今陕西省渭南市华州区）人。嘉靖十四年（1535）进士，授翰林院庶吉士。官至南京国子监祭酒。著有《槐野先生存笥稿》《李律七言颇解》《杜律七言颇解》等。
【注释】
①桡（ráo）：船桨。迩：近。疑当为"趁"。
②二句言人爱舟船外之景物，兴致落在了山水景物上。
③鸥（ōu）：一种水鸟。棹（zhào）：桨。鼓棹雄：言桨声雄壮有力。
④矶：水边突出的岩石或石滩。鱼矶：此指姜子牙垂钓之处。飞熊：传说周文王梦见飞熊而得姜子牙，故人称姜子牙为飞熊。

灵台寺秋眺

贾玛

崇障浮夕景，孤岑生远烟。①
深秋鸟嘤鸣，溪树犹芊绵。②
扶策越岖嵚，涧道悬飞泉。③
攀柯恣冥搜，陟磴问真诠。④
深涧流八解，高岑隐四禅。⑤
谁标雁王塔，畴见远公莲。⑥
寥寥山响流，霭霭岫云还。⑦
吹万有余声，元览景不延。⑧
息心就兹境，永断区中缘。⑨

（选自清雍正《渭南县志》）

【作者简介】
贾玛，字鲁玉，明渭南丛桂里（今陕西省渭南市临渭区丰原镇西官村）人，明万历十年（1582）举人，官至山西崞邑知县。

【注释】
①崇障：此指高山。岑：小而高的山。
②嘤鸣：鸟相和鸣。芊绵：草木繁密茂盛的样子。
③扶策：扶着拐杖。岖嵚（qīn）：形容山势峻险。飞泉：瀑布。
④柯：树枝。恣：恣意，尽情。冥搜：尽力寻找，搜集。陟（zhì）：登高，登上。磴：石阶。真诠：亦作"真筌"，犹真谛。此指佛教的真意。
⑤八解：佛经中所说的能使人解脱的八种禅定方法。此句言深涧中流淌着八解，是一种形象的说法。四禅：佛教用以治惑、生诸功德的四

种基本禅定。

⑥标：标榜，称扬。雁王：佛教语。领头的大雁。为佛三十二相之一。雁王塔：此指佛塔。畴：田畴，田地。远公莲：东晋释慧远于庐山东林寺，同慧永、慧持等结社精修念佛三昧，又掘池植白莲，称白莲社。

⑦寥寥：空虚的样子。蔼蔼：盛多的样子，或暗淡或幽暗的样子。岫（xiū）：有洞穴的山。

⑧吹万：吹，指风而言；万，万窍。谓风吹万窍，发出各种音响。亦比喻恩泽广被天下。元览：即玄览，深察，明察。

⑨息心：梵语"沙门"的意译。谓勤修善法，息灭恶行。此指排除杂念。就：接近，此指来到。兹：此。区中缘：尘世的俗情。

丰　原

王士祯

丰原高不及，原上行人度。①
秋晴渭川望，逢见兰田树。②

（选自清《陕西通志》）

【注释】

①丰原：渭南东、西两原，东原古称广乡原，西原古称新丰原，亦称丰原。

②渭川：即渭水；亦泛指渭水流域。

春日同诸公游灵台寺

朱英帜

崎岖如蜀道，携手逐春风。①
绮杂三川丽，香传七塔空。②
樵歌尘听外，僧话酒巡中。③
拟遂幽栖志，翻憎虎径通。④

（选自清雍正年《渭南县志》）

【作者简介】

朱英帜，字汉城，号亦菴，清代人，原籍凉州卫，迁居渭南。一云镇番卫（今陕西省商洛市镇安县）人，举人。官至湖广攸县知县。著有

《亦菴诗集》《亦菴文集》各2卷。

【注释】

①蜀道：通向蜀地的道路，言其崎岖。

②绮杂：绮，美丽；杂，多种多样的。三川：西周时期指关陇地区的泾河、渭河和洛河。下句言空中飘来七座塔的香气，或七塔为寺院名。

③樵歌：樵夫唱的歌。尘听：尘俗之音。僧话：出家修行的人说的话。酒巡：酒席上给全座依次斟酒。

④拟：打算。遂：实现。幽栖：幽僻的栖止之处；隐居。翻：反而。虎径：老虎行走的道路。据传说东晋时，东林寺主持慧远大师在寺院深居简出，"影不出山，迹不入俗"。他送客或散步，从不逾越寺门前的虎溪。如果过了虎溪，寺后山林中的老虎就会吼叫起来。有一次，诗人陶渊明和道士陆修静来访，与慧远大师谈得投机。送行时不觉过了虎溪桥，直到后山的老虎发出警告的吼叫，三人才恍然大悟，相视大笑而别。此处似用此典。

临渭区（原渭南县）八景简介

临渭区（原渭南县）八景为沋水夜月、瑞泉瀑布、密畤晚霞、象山雨霁、渭水春涨、丰原秋眺、泰宁晨钟、风门堆雪。

渭水春涨①

胜干璠

乱滚落花红泛泛，远迷芳草绿粼粼。②

（选自明嘉靖年《渭南志》）

【作者简介】

胜干璠，明嘉靖三十二年（1553）进士，曾任布政使，生平未详。

【注释】

①渭水春涨：渭河自西而东，横贯原渭南县全境。春来上游开冻，水势汹涌。夏秋两季水大河宽，亦甚为壮观。且以前上游植被覆盖面大，水中含沙量较小，入冬后水尤为清澈。渭河过去也曾通航，古代漕运的作用今已为陇海铁路所取代。上涨渡、沙王等三座大桥的修建，不仅使渭河南北成为坦途，而且更为此处渭河增色。

②泛泛：荡漾、浮动的样子。粼粼：水流清澈、闪亮的样子。

密畤晚霞①
周　宁

落同飞鹜天边影，闪映归鸦背上光。②

(选自明嘉靖年《渭南志》)

【作者简介】

周宁，明睢州（今河南省商丘市睢县）人，1470 年曾任渭南知县，官至山西按察司副使，生卒年未详。

【注释】

①密畤晚霞：据《史记·封禅书》，秦宣公曾作密畤于"渭南"，祭祀青帝（后稷神农氏，后又为被道教附会为东方之神）。但此处所言之"渭南"，乃泛指渭河之南，密畤实在宝鸡。旧渭南县志言汉代曾在今渭南设置密畤县，宋元时，人们即将密畤附会于今渭南单家圪塔高台（此台为仰韶文化庙底沟类型遗址）。此台又传说为秦始皇焚书台，故诗人咏密畤晚霞多及之。此处地势高兀，登高而望，旧渭南县城尽收眼底。晴日傍晚，南望风门两峰沐浴于晚霞落辉之中，景色如画，故亦为渭南八景之一。所传焚书台故址在今临渭区党校校址内。

②鹜（wù）：野鸭。此句用王勃《滕王阁序》"落霞与孤鹜齐飞"句意。

象山雨霁①
周　宁

连屏如洗雨初过，晓翠欲流天正明。②

(选自明嘉靖年《渭南志》)

【注释】

①象山雨霁：象山即元象山，又名倒虎山，即今之大峪岭，因其山形如卧象得名。沈河即发源于此。其山北延部分如卧象引颈北向，名塔山。象山平时山腰烟云缭绕，秋、夏两季有云即雨，晴天甚少。偶尔雨霁天晴，碧山如洗。春、夏则草绿花红，百鸟争鸣；秋、冬则或柿红如枫，或雪覆如象。塔山旧又建有灵台寺，香火颇胜。故亦为渭南八景之一。今虽

灵台寺仅存残砖断瓦，但象山四季景色依旧，多有游人，或结伴登山，或携侣赏景，渐成游憩息胜地。

②连屏：这里指连绵不断的山峰。晓翠：天明时翠绿的山色。

瑞泉瀑布①

郝　增

屡饮晴虹低华岳，□拖素练映归鸦。②

（选自明嘉靖年《渭南志》）

【作者简介】

郝增，或曾做过渭南县丞，生平不详。

【注释】

①瑞泉瀑布：瑞泉即六姑泉，指风门西阜半崖下六股泉水。瑞泉瀑布即指这六股泉水自半崖流下所形成的小瀑布。传说秦始皇死后，秦二世下令以宫中无子者殉葬。有六位宫女逃到渭南，躲在沋河滩的灌木丛中。后被追捕逃到了风门西阜半崖上的黑虎洞，追捕她们的骊邑尉被黑虎衔去。秦亡后，这六位宫女就在渭南行医济世，死后化为泉水答谢渭南人民的救助之恩。六姑泉在半崖上形成涌泉，从崖上飞流而下，形成一个小型瀑布，景象壮观。宋元以后此处又建有瑞泉观，塑有六宫女像供人们祀奉。后又修建有不少亭台楼阁，遂成渭南一游览胜地。故被推为渭南八景之二。此景观虽已随着时代变迁而不存，但六姑泉水已被开发成天然饮料，继续造福渭南人民。其美好传说，仍一代又一代滋润着渭南人民的心田。此诗仅存两句，第二句首字残缺。

②晴虹：这里指瀑布。

象山雨霁①

郝　增

鸿逐云飞下沙渚，鸟惊风落改枝柯。①

【注释】

①此诗仅存二句。

②鸿：大雁。下句言鸟因惊风而改变了栖息的枝丫。

沈水夜月①

李 洪

行人利涉清如昼，赏客吟成久倚楼。②

（选自明嘉靖年《渭南志》）

【作者简介】

李洪，做过训导，生平不详。

【注释】

①沈水夜月：沈河发源于大峪岭，汇集诸水后穿越东西两原北流，蜿蜒经过旧县城西万里桥时，水势舒缓，水清见底。夏秋之际，每当长烟一空，明月朗照之时，天上水中两轮明月互相辉映，风吹水皱，水波如鳞，在月光照射下犹如万点灯火，射出万道银光，蔚为奇观。游人桥上凭栏而望，不仅赏心悦目，且襟怀为之一清，故为渭南八景之首。万里桥今虽已不存，但已建南北小桥各一。近年来又拦腰蓄水成湖，建成沈河公园。花木成荫，楼台争胜，柳垂金线，鱼跃碧水。湖东滨河大道，贯通南北，车流如注；湖西商家云集，高楼辐辏。入夜则华灯竞放，和月光上下交辉。较之昔时，更为优美壮观，已成为渭南一游览休憩胜地。

②利涉：顺利渡河。赏客：欣赏景物的客人。吟成：指吟成诗篇。倚：靠。

风门堆雪①

薛敬之

风门百丈雪堆高，柳絮人间放万条。②
岩畔不教登弋猎，春来应作养民膏。③

（选自明嘉靖年《渭南志》）

【作者简介】

薛敬之（1435—1508），字显思，号思庵，渭南（故治在今陕西省渭南市）人。成化二十三年（1487）被选为应州（今山西省应县）知州，考绩时被评为全国第一。官至浙江金华同知。著有《道学基统》《洙泗言学录》《尔雅便音》《思庵野录》等。

【注释】

①风门堆雪：风门在今陇海铁路沈河铁桥处。为东、西两原被沈河中

切处一小峡谷，因气流较急得名。冬季此处积雪甚深，且峡谷两侧崖上多树，雪后玉树琼花，俨然一冰雕玉砌之水晶世界。此景不仅今仍依旧，且因谷口铁路桥横亘如长龙卧谷而增加新意。

②柳絮：这里代指雪花。

③登：进行。弋猎：打猎。

泰宁晨钟①

陈嘉猷

福地莲花漏欲残，鲸音拂曙振星坛。②
胎仙此地双飞去，拟化真人炼紫丹。③

（选自明嘉靖年《渭南志》）

【作者简介】

陈嘉猷，四川富顺人，举人。明成化初曾任渭南教谕。

【注释】

①泰宁晨钟：渭南老城城南为明光原，原上原有道观泰宁宫，宫内有大铁钟重一千四百斤。此宫原为后土祠，为宋大中祥符年间，真宗崇信道教时所建。原址在华山脚下，后迁至此。元代改此祠为泰宁宫，并铸铁钟悬挂于山门内右侧，敲击时声闻十里之外，为过去陕西著名道观之一，中华人民共和国成立前已经废毁。

②漏：这里指更漏。漏欲残：天将亮。鲸音：洪亮的乐声或钟声。

③胎仙：鹤的别称。

泰宁晨钟

郭 郁

寥落疏星千里月，参差楼阁一声钟。①
山童瘄拟春雷发，走看南潭起卧龙。②

（选自明嘉靖年《渭南志》）

【作者简介】

郭郁，举人，生平未详。

【注释】

①寥落：稀疏。参差：高低不齐。

②寤拟：醒来以后以为。

泰宁晨钟
李文进

虚阁晨星落，层宫晓露催。①
霞光依海上，钟响沸天来。②
林麓千鸟起，村城万户开。③
呼童扫庭内，零露满苍苔。④

【作者简介】

李文进，举人，生平未详。

【注释】

①虚阁：亭子的别称。
②沸天：漫天。
③林麓：山林。
④零露：落下的露水。

渭水春涨
南逢吉

西来鸟鼠发金光，东下扶桑接大荒。①
行地三秦清自涌，通天万里逝何妨。②
黄河砥柱中流稳，华岳莲峰压岸长。③
且自观澜临石濑，徐为鸣楫泛楼航。④

（选自清雍正《渭南县志》）

【作者简介】

南逢吉，字符贞，一字符命，号姜泉。明渭南田市里南家村人，嘉靖十七年（1538）进士。官至山西按察司副使。1556年元月华州地震时，曾组织处死伺机抢劫首恶，确保震后治安。著有《越中纪传》《姜泉集》等。

【注释】

①西来鸟鼠：渭河发源于甘肃鸟鼠山，东流至陕西，故曰西来鸟鼠。扶桑：传说中的东方日出之处。大荒：广袤的原野。

②行地：流淌于大地。通天：古人认为大海与天河相通，渭水注入黄河，黄河东流入海，故言通天。逝：流逝。

③砥柱：山名，在今河南三门峡。后常用来比喻坚强的、能起支柱作用的人或集体。莲峰：华山有莲花峰。

④临：到。石濑（lài）：石上湍急的流水，此指水流湍急之处。鸣栧：以栧（船桨）敲击船帮作声。楼舫：楼船。

渭南（今临渭区）八胜

尚九迁

沋水夜月

水自山头溶发荡漾，势如鸟飞，环曲渭城，与为襟带。晚来波面光浮，明霞灿烂。一钩在天，相对不能的视。①

何处看明月？泠然沋水深。②无风光不湿，有痕浪还侵。

津树徒高下，戍楼自古今。③从来谈水月，取向此中寻。

【作者简介】

尚九迁，清代山东掖县人，进士。顺治九年（1652）任渭南知县。三年后因政绩突出升任兵科给事中。

【注释】

①的视：看得很清楚。

②泠（líng）然：清凉的样子。

③津树：渡口边的树。戍楼：为防卫设置的望楼。

瑞泉瀑布

泉出山半，六道争飞，有如匹练垂天，珠溅当阶。①自沋入渭，神龙蜿蜒而出。②至若引水流觞，比兰亭、曲江之游，不知醉客孰多也。③

谁转天河水，半山六道垂？晨星明鹤发，细雨动鱼鲴。④

野旷残钟外，灯深落叶时。不须濯月魄，对此见威仪。⑤

【注释】

①匹练垂天：如一幅白色丝绸自天上垂下。练：白色丝织品。

②神龙：此形容六姑泉水如神龙蜿蜒。

③此句用王羲之《兰亭集序》所叙文人雅集和唐人曲江流觞之典，

极言瑞泉瀑布景色之美。觞（shāng）：酒杯的古称。流觞：以酒杯盛酒浮于流水之上，所至则得者饮之。

④上句言在晨星的照耀下，六姑泉明亮如白鹤的羽毛；下句言细雨中鱼儿在水中自由自在地嬉戏。鲕（ér）：鱼卵，此指小鱼。

⑤威仪：使人敬畏的严肃容貌和庄重举止。此指瑞泉瀑布美好的容貌。

密畤晚霞

沈之东南数十武，人烟簇雾，时人误为秦火所积。①台高出层峦，青草凄迷，直与碧天一色，晴岩掩映。晚来紫气横浮，佳游也。②

高台下落日，佳气郁峥嵘。③问俗征前事，封禅得汉名。④

长春花自朵，不夜月初明。⑤疑有神灵雨，双峰送晚晴。⑥

【注释】

①数十武：数十步。人烟簇雾：言人烟聚集如雾笼罩。秦火：指秦始皇焚书之火。

②佳游：美好的游览之处。

③郁：浓郁。峥嵘（zhēng róng）：高峻，不平凡。

④征：征询。封禅：帝王祭祀天地的典礼。传说汉宣帝曾在此举行封禅大典。

⑤自朵：自开。不夜：言月明如昼。

⑥双峰：指风门两峰。风门：在今陇海铁路沈河铁桥处。为东、西两原被沈河中切处一小峡谷，因气流较急而得名。

象山雨霁

山在桥之南，远望峰头翠滴，苍烟虬树，如出云际。①雨余，晴岚若洗，千岩竞秀，令人挹取不暇。②

远翠开南巘，残虹过石桥。③朝来浴爽气，树梢泛春潮。

高鸟排云急，孤烟坐湿遥。④公余思闭阁，辜负赤城标。⑤

【注释】

①桥：指原渭南老城南之万里桥。虬（qiú）：传说中有角的小龙。

②岚（lán）：山里的雾气。挹取：用手舀取。不暇：来不及，顾不上。此言景色之美，令人目不暇接。

③远翠：远方的翠色，此指象山。巘（yǎn）：山峰，山顶。
④排云：高耸入云。此言鸟高飞入云。坐：因为。
⑤赤城：山名，在浙江省天台县北。因李白《梦游天姥山留别》诗有"势拔五岳掩赤城"之句，这里指用以夸言象山之高。标：高标，这里指山峰。

渭水春涨

春来野渡横舟，渔歌棹声，真如鼓吹在耳。①至烟树积碧，两岸潮翻，"春江带雨潮"，自谓不及此景。②

细草喧高浪，春旗压小亭。③千家渭北树，一夜雨中青。
远梦归诗社，闲情应酒星。④省农还自责，岂敢付沉溟？⑤

【注释】
①棹（zhào）：桨。鼓吹：此指音乐。
②自谓：自认为。
③春旗：又名春幡，旧俗在立春当天挂春幡作为春至的象征，亦剪彩做成小幡插于头顶或挂在树枝上为戏。上句谓细草在浪涛中发出声响（或谓浪涛在细草中发出声响），下句谓众多春旗插于小亭之上。
④二句言面对此景，想着应聚众饮酒赋诗抒发闲情逸致。
⑤省（shěng）农：察看农事。沉溟：此处是沉醉之意。

丰原秋眺①

邑之南，有原曰"丰"，以长稔得名。②陟其尖，一邑胜概，宛宛在望。③至秋而林峦红树，互相映发，极目远眺，不知身在画图中矣。

登高欲极目，草树凉森森。④远水连天色，孤城接地阴。⑤
家家砧响急，个个樵声愔。⑥红叶堪留咏，兴来遽不禁。⑦

【注释】
①丰原秋眺：渭南东、西两原，东原古称广乡原，西原古称新丰原，亦称丰原。丰原由多块小原组成，南接山区，自古盛产柿子、核桃。故深秋之际登原南望，遍山红叶呈彩，满树柿红流丹；北望山区尽收眼底，渭水如带东飘。今则乡镇企业发展，烟囱林立，各村新式小楼栉比，景象更今非昔比，故"丰原秋眺"至今仍为渭南一大景观。
②邑：城。稔（rěn）庄稼成熟。此指丰收。

③陟（zhì）：登上。胜概：盛况。宛宛：逼真的样子。此处是清晰呈现的意思。

④森森：形容树木茂盛繁密。

⑤上句言远处水天相连，下句言近处孤城与大地相接。

⑥砧（zhēn）：捶布或衣物所用的石头，此指捶布或衣物发出的声音。愔（yīn）：安静无声。

⑦堪：此处是适宜、值得之意。遽（jù）：突然。下句承上句言作诗的兴致突然爆发不能自抑。

风门堆雪

五指山在邑之巽地，巽为风，故曰"风门"。①每至冬凛，积雪弥山椒，清冷之致，爽爽逼人。②入梁王之苑，泛山阴之棹，不足尽其致也。③

梅花一夜发，开槛素委垂。④列嶂披纨袖，因风冶玉枝。⑤

既高郢客调，还寄梁园词。⑥清白足供赏，烛龙那得知？⑦

【注释】

①五指山：山名，在原渭南城南，已在清代地震中震陷。巽（xùn）：八卦之一，《易·巽》言其"随风"。

②山椒：山陵。

③梁王之苑：即梁园或梁苑。汉梁孝王刘武所建园囿，在今河南开封市东南，为其与宾客游赏之所。棹：桨。山阴之棹：《世说新语·言语》载王子敬（献之）言山阴道上山水之美云："从山阴道上行，山川自相映发，使人应接不暇"，此用其意。致：情致，此处指景色。

④发：开放。槛：门槛，此处指门。素：白色。委垂：形容雪花飘落的样子。

⑤列嶂：群山。纨：白色的细绢。冶：美好，此处是"使……美好"的意思。

⑥郢客调：指善于歌唱的人。梁园词：指梁孝王宾客在梁园的作品。

⑦烛龙：神名。《山海经·大荒北经》言其居西北海之外、赤水之北之章尾山，"蛇身而赤，直目正乘。其瞑乃晦，其视乃明"，故此处言风门堆雪之清白，非烛龙所知。

泰宁晨钟

泰宁宫者，妥后土所也。①有钟有篪，昏暮击之，无甚耸听。②独当晓发籁风生，清露晨流时发巨响，则鲸牢声震，渭水波涌，殆闻百里云。③

画樯舣近岸，银汉落遥天。④一杵惊残梦，数声到野船。⑤

几年长乐道，此日凫钟边。⑥多少策名士，看星着祖鞭。⑦

【注释】

①妥：安坐。后土：古人称地神或土神。

②篪（chí）：古代一种管乐器，与笛子相似，八孔。此处是钟连带及之。

③籁（lài）：古时一种箫，此指各种自然声响。鲸牢：深水。或为"鲸音（钟声）"之误。殆：几乎。

④樯（qiáng）：桅杆。画樯：指有彩绘的船。舣（yǐ）：使船靠岸。

⑤杵（chù）：用来在臼中捣粮食或捶衣物的木棒，这里指敲钟用的木棒。

⑥长乐：汉宫名，故址在今陕西省西安市长安区西北。又为福建县名。凫（fú）钟：因古籍有"凫氏为钟"之说，故称钟为"凫钟"。

⑦策名：出仕。策名士：做官的人。祖鞭：即"祖生鞭"。典出《晋书·刘琨传》：刘琨与祖逖为友，其致亲故书云："吾枕戈待旦，常恐祖生先吾着鞭。"后常用作勉人、自勉之典。

渭南（今临渭区）八景

岳冠华

沈水夜月

一城襟带水，流月自涓涓。①
露濯疑窥镜，波摇欲动天。②
清光浮不定，寒气逼当前。
坐石宜琴曲，高风慕昔贤。③

【作者简介】

岳冠华，字子宾，四川绵阳盐亭县黄甸镇人，清乾隆三十年（1765）乙酉科进士，清雍正六年（1728）任渭南知县。在任时曾修《渭南县志》。

【注释】

①一城襟带水：言沈水如襟带环绕渭南城。流月：流动的月光。涓涓：细水漫流的样子。

②濯（zhuó）：洗涤。上句言经过露水洗涤的水面，使人怀疑是面对一面镜子；下句言当水波摇动时，水中的天空随波动荡，使人觉得天空都在摇动。

③上句言面对如此美景，适宜坐在石上弹琴；下句言此时分外向往先贤们的高尚节操。

瑞泉瀑布

六道泉流急，垂山破翠微。①
溅珠轻点鬓，似雨冷沾衣。②
龙以玉为种，洞疑云自飞。③
休言附沈渭，大海会同归。④

【注释】

①翠微：高空。此句夸言瑞泉瀑布从高崖垂下，如撕破高天。

②二句言瀑布溅起的水珠轻轻地落在鬓上，如清冷的细雨沾湿衣服。

③龙、云：此处均指瀑布。上句言泉水色泽明洁如玉，下句言泉水如云从洞中飞出。

④二句言不要说瑞泉瀑布附着沈河和渭水，它和沈河、渭水一样把大海作为最后归宿。

密畤晚霞

村烟疑积雾，晚色望秦台。
草色天连碧，岩光翠作堆。
清牛今已矣，紫气讶东来。①
何必非余焰，兴亡示劫灰。②

【注释】

①二句用老子过函谷关之典，言老子过函谷关之事虽已成为过去，但令人惊喜的是祥瑞之气还是从东而来。据《史记索隐》引汉代刘向《列仙传》："老子西游，关令尹喜望见有紫气浮关，而老子果乘青牛而过也。"清牛：即青牛，传为老子所骑。已矣：已经成为过去了。紫气：祥

瑞的光气。多附会为帝王、圣贤或宝物出现的先兆。讶：惊讶。此处是惊喜的意思。

②余焰：指秦始皇焚书的遗迹。下句言焚书台的余灰昭示着秦王朝兴亡的历史教训。劫：灾难。佛教以天地从形成到毁灭为一劫。劫灰：劫火的余灰，此指秦焚书的遗迹。

象山雨霁

象山岩壑好，引领望桥南。①
碧嶂凌空立，苍烟过雨含。②
树深云出翠，岚重石如蓝。③
政暇堪双屐，琪花摘满篮。④

【注释】

①引领：伸长脖子。桥南：地名，在渭南老城南。

②碧嶂：绿色的山峰。苍烟过雨含：苍烟含过雨之倒。过雨：已下过之雨。

③岚（lán）：山里的雾气。

④政暇：政事之暇。堪：可；能。这里是适宜之意。屐（jī）：木鞋。琪：玉名。琪花：花的美称。

渭水春涨

鸟鼠来非近，弥漫万古清。①
渔歌双棹远，野渡一舟横。②
树影摇波碧，花光带雨明。
感深怀杜老，诗里咏无情。③

【注释】

①鸟鼠：指渭河发源地甘肃鸟鼠山。弥漫：形容水势浩大的样子。

②下句用唐代诗人韦应物《滁州西涧》诗中"春潮带雨晚来急，野渡无人舟自横"句意。

③杜老：指唐代大诗人杜甫。

丰原秋眺

远眺陟秋原，孤城带一川。①

碧山寒雨里，红树夕阳前。
渭落沙光白，天空月影悬。②
所欣年岁稔，万户满厨烟。

【注释】
①下句言渭南城区被渭水如带环绕。
②上句言秋日渭水下降，沙光泛白；下句言天空晴朗，一月高悬。

泰宁晨钟

后土祠中物，嘡吰应候鸣。①
因风晨更响，带露韵尤清。
有想堪醒梦，无诗负此声。
秋来残月晓，时动水波生。②

【注释】
①嘡吰：洪亮的钟声。应候：按时。
②下句言泰宁晨钟声震渭水，水波为之动荡。

风门堆雪

五指山如玉，遥峰积雪晴。①
痴云笼不散，夜月昼长明。②
爽气生襟袖，寒光逼邑城。
敢言心似水，澈骨觉诗清。③

【注释】
①五指山：见尚九迁《风门堆雪》注。
②痴云：谓久聚不散的云。
③下句言面对风门雪景，在冷彻骨髓的同时，觉得诗也清新了。

沋川风景人事古迹咏

张　端

南山一带，巨川甚多。而在渭者，惟沋为大。南出象山，北入渭水。两岸横亘，一水中穿。①逶迤而来，将五十里。②而在乎其中者，有佳景焉：夹岸桃李，春日争媚。数湾芦苇，秋末飞花。入夏，则香秔满地；经冬，则翠柏参天。③黄鹂鸣乎碧柳。白鹭戏乎红莲。舍旁秧马水,村边杨柳烟。④无限红蜻蜓,几处白菡萏。⑤樵夫入山而采薪,圃人桔槔而灌园。⑥士子临水而赋诗,农人分秧而插田。⑦蓑衣雨笠,牧童驱犊而归去;芒鞋钓竿,渔翁提篮而往还。⑧瑞泉瀑布,秦宫女于斯求道;密畤晚霞,汉宣帝在此封禅。⑨楼台山头,郎士元曾游其地;担水坡下,南司空尝筑厥园。⑩泰宁晨钟,居沈之东;风门堆雪,在城以南。⑪西门万里桥,乃渡沈之要道;东关文昌阁,是入渭之喉咽。⑫上有凤凰山,中有马跑泉。登高秋眺,乃是丰原。⑬可拟之西湖佳话,信矣乎,名不虚传。⑭

【作者简介】

张端（1617—1654）,山东省莱州府城东北隅村人,明崇祯十六年（1643）进士,改庶吉士。顺治初,以荐授弘文院检讨。三迁为礼部侍郎。顺治十年（1653）,授国史院大学士。顺治十一年（1654）,卒,赠太子太保,谥"文安"。

【注释】

①横亘（gèn）：指山脉、桥梁等横跨、横卧。中穿：从中间穿过。

②逶迤（wēi yí）：形容道路、山脉、河流等弯弯曲曲延绵不绝的样子。将：接近。

③秔（jīng）："粳"的异体字,稻子的一种。

④秧马：插秧所用的农具。

⑤菡萏（hàn dàn）：荷花。

⑥薪：柴火。圃人：经营果菜园圃的人。桔槔（jié gāo）：井上汲水的一种工具。

⑦士子：这里指读书人。

⑧犊（dú）：小牛。芒鞋：草鞋。

⑨"秦宫女"句：传说秦宫女曾逃到此处为道姑。密畤（zhì）：畤为祭祀天地及古代帝王的处所。密畤为古代帝王祭祀青帝的地方。据《史记·封禅书》："秦宣公作密畤於渭南,祭青帝。"封禅：帝王祭祀天地的典礼。

⑩郎士元：字君胄,中山（今河北省定县）人,中唐诗人。担水坡：渭南地名。厥：其。南司空：当指明代渭南人南居益或南师仲,前者曾任工部尚书,后者曾任南京礼部尚书。

⑪泰宁：渭南城南明光原宫观名。风门：在今陇海铁路沈河铁桥处。

为东、西两原被沋河中切处一小峡谷，因气流较急得名。

⑫文昌阁：文昌又名梓潼帝君，道教主管人间功名禄位神名。文昌阁为其祭祀之处。

⑬丰原：渭南西原古称新丰原，简称丰原。

⑭拟：比。信矣乎：的确是这样啊。

下邽八景杂咏①

佚 名

三贤故里下邽县，八景流芳千年传。②
老城周围九里山，四门对开东西关。
慧照寺内五铜佛，黑夜金光耀眼前。③
宝塔上面铜铃悬，直上十级冲霄汉。
千佛碑上琉璃顶，满碑佛像数盈千。
八碑门外兔儿桥，娘娘庙前铁旗杆。
金氏坡儿陡又险，金日䃅宅在上边。④
还有铁茶石头烂，埋在金氏城下边。
景贤书院寇公祠，位于金氏坡北面。⑤
郑国渠绕下邽过，良田沃野米粮川。⑥

【注释】

①下邽：古县名。秦武公十年（前688），秦伐邽、冀戎于今天水、陇西一带，获胜后迁部分邽民于今渭南市临渭区之渭河以北，设下邽县，县治在今陕西省渭南市故市镇附近的故县村。北魏登国元年（386）改下邽为夏封县，迁县治于雄霸城（今渭南市故市镇巴邑村）。此后虽有置有废，但自隋大业元年（605），改夏封为下邽后，直至元至元元年（1264），始并入渭南县。此县为我国最早所置三县之一。

②三贤：指武则天时大将张仁愿、中唐大诗人白居易和宋代名相寇准。下邽县：秦武公移邽戎民于今临渭区东北，置县。因陇西原有上邽县，故名下邽。

③慧照寺：寺在原下吉公社后院东侧，始建于隋。因寺内大殿有五尊大铜佛像，故又名铜佛寺。寺内唐代建塔，北宋重修时寇准曾施银，因而塔后绘有寇准像。寺内建筑在明代华州大地震时被毁坏，明代嘉靖、万历

时复修，并新铸铜佛像。

④金日（mì）䃅（dī）：金日䃅（前134—前86），字翁叔，西汉大臣。本匈奴休屠王太子，武帝时随昆邪王归汉，任马监，迁侍中。后与霍光、桑弘羊同受武帝遗诏辅佐昭帝，封秺（dù）侯。诗中金氏坡、金氏城皆因金氏宅得名。

⑤寇公祠：祭祀寇准的祠堂。

⑥郑国渠：战国末年秦王嬴政采纳韩国水利专家郑国的建议开凿的水利工程。引泾河水东灌，流经富平、蒲城等地，注入洛水。

长寿原旧八景①

佚 名

针线葫芦第一景，凤凰点头百鸟鸣。
张北九沟一道通，龙泉出水如伞形。
樊庄施肥申家丰，千古海眼在塬中。②
渭沋赤河晨雾影，傍晚常听土牛声。③

【注释】

①长寿原：即渭南东原，又名崇凝原，因多长寿人得名。

②海眼：指泉眼，泉水的流出口。也指那些一年四季旱涝不干的泉水。

③渭沋赤河：渭河、沋河、赤水河。土牛：远看似牛的土堆。

咏韩城

乱后经夏禹庙诗
庾肩吾

金简泥初发，龙门凿始通。①
配天不失旧，为鱼微此功。②
林堂上偃蹇，山殿下穹隆。③
侵云似天阙，照水类河宫。④
神来导赤豹，仙女拥飞鸿。⑤
松龛撤暮俎，枣径落寒丛。⑥
仙舟还入镜，玉轴更乘空。⑦
去国嗟行迈，离居泣转蓬。⑧
月起吾山北，星临天汉中。⑨
申胥犹有志，荀息本怀忠。⑩
待见挽枪灭，归来松柏桐。⑪

（选自《先秦汉魏晋南北朝诗》）

【作者简介】

庾肩吾（487—551），字子慎，一作慎之。南阳新野（今属河南省）人。南朝梁代文学家、书法理论家，世居江陵。官至度支尚书。明代张溥辑有《庾度支集》。

【注释】

①金简：金质的简册。常指道教仙简或帝王诏书。泥：用紫泥封口。古代皇帝诏书用紫泥封口，然后盖印。因此后世也以紫泥封或紫泥书指皇帝诏书。龙门：即禹门口。在陕西省韩城市。黄河至此，两岸峭壁对峙，形如门阙，故名。二句言自从尧舜发出让大禹治水的命令，大禹才开通了龙门。

②配天：与天相比并。不失旧：不失旧物，恢复了原有的事业或原有的山河。为鱼：喻遭受灾殃。此用《左传·鲁昭公元年》刘定公语："美哉禹功，明德远矣。微禹，吾其鱼乎！"二句言大禹治水之功德，可以与天地相比。如果没有大禹，我们大概会变为鱼虾了。

③林堂：林中的庙堂，当指夏禹庙殿堂。偃蹇（jiǎn）：高耸的样子。山殿：寺观庙宇的殿堂。穹隆：中间隆起，四周下垂貌。常用以形容天的形状，亦指天。又有高大之意。此用高大意。

④侵云：高入云霄。天阙：天上的宫阙。照水：照在水中的影子。类：类似。河宫：神话传说中河神居住的宫殿。

⑤神：指大禹之灵。赤豹：毛赤而有黑色斑纹的豹。导赤豹：以赤豹为先导。拥：簇拥。飞鸿：飞行着的鸿雁。

⑥松龛：古代立社树，祀神主。夏以松为社树，因以"松龛"代指夏代神主。撤：撤去。俎：古代祭祀时放祭品的器物，此指代祭品。枣径：两旁植有枣树的路径。寒丛：寒冷的丛林。

⑦仙舟：舟船的美称。镜：此指清明如镜的河水。玉轴：指车，船。乘空：凌空，腾空。

⑧去国：离开京都或朝廷。行迈：行走不止；远行。离居：离开居处；流离失所。转蓬：随风飘转的蓬草。

⑨吾山：鱼山。在今山东省东阿县。天汉：天河。

⑩申胥：申胥（前559—前484），即伍子胥，春秋吴国大夫。荀息：荀息（？—前651），本名原氏黯，字息，是春秋晋国有史记录的第一位相国。

⑪待见：等到见到。搀枪：彗星名，即天搀，天抢。古人以彗星为不吉。故此以之代指战乱。松柏桐：此代指退居山林，或指隐居之处。

谒禹庙

宋之问

夏王乘四载，兹地发金符。①
峻命终不易，报功畴敢渝。②
先驱总昌会，后至伏灵诛。③
玉帛空天下，衣冠照海隅。④

旋闻厌黄屋，更道出苍梧。⑤
林表祠转茂，山阿井讵枯。⑥
舟迁龙负壑，田变鸟芸芜。⑦
旧物森如在，天威肃未殊。⑧
玄夷届瑶席，玉女侍清都。⑨
奕奕扃闱邃，轩轩仗卫趋。⑩
气青连曙海，云白洗春湖。⑪
猿啸有时答，禽言常自呼。⑫
灵歆异蒸糈，至乐匪笙竽。⑬
茅殿今文袭，梅梁古制无。⑭
运遥日崇丽，业盛答照苏。⑮
伊昔力云尽，而今功尚敷。⑯
揆材非美箭，精享愧生刍。⑰
郡职昧为理，邦空应自诬。⑱
下车霰已积，摄事露行濡。⑲
人隐冀多祐，曷惟沾薄躯。⑳

（选自《全唐诗》）

【作者简介】

宋之问（约656—712），一名少连，字延清，唐汾州（今山西省汾阳市）人。唐上元二年（675）进士。官至考功员外郎、修文馆直学士，参与修撰《三教珠英》，有《宋之问集》。

【注释】

①夏王：指大禹。四载：指古代的四种交通工具，水乘舟，陆乘车，泥乘輴（chūn），山乘樏（léi）。夏王乘四载：指大禹乘车船等四种工具治水。语出《书·皋陶谟》："禹曰：予乘四载，随山刊木，暨益奏庶鲜食。"兹：此。全国禹庙甚多，此诗所言禹庙，也可能指会稽禹庙。金符：古代帝王授予臣属的信物，包括铜虎符、金鱼符、金符牌等。

②峻命：大命，指天帝或帝王的命令。不易：不改变，不更换。报功：报告政绩。畴：谁。渝：改变，违背。此指不实。

③先驱：此指先到达。总：总领，总管。昌会：盛会。伏灵诛：受到天子的征讨或杀戮。

④玉帛：玉器和丝织品，古时用于祭祀，国与国间交际时用作礼物。

衣冠：指古代士以上戴冠，亦指士以上的服装，代指世族；士绅。此指各地来参加盛会的官员。海隅：亦作"海嵎"，即海角，海边。常指僻远的地方。

⑤旋：不久。黄屋：古代帝王专用的黄缯（zēng）车盖。更道：改变道路。出苍梧：道出苍梧，经过苍梧（今为广西梧州市属县）。

⑥林表：林梢，林外。山阿：山的曲折处。讵（jù）：岂，怎。

⑦二句言大禹所乘舟移动时龙在深水中为之负舟，田地改变时鸟都为之除掉荒草。

⑧旧物：指旧日的典章制度。此指大禹当日所用的东西。森：整齐而严肃的样子。如在：好像还在。天威：帝王的威严，上天的威严，此指大禹的威严。肃：肃然，严肃。未殊：（还和当时）无差异，相同。

⑨玄夷：指东夷的君长。届：到。瑶席：指珍美的酒宴。玉女：仙女。清都：神话传说中天帝居住的宫阙。

⑩奕奕：高大的样子。扃（jiōng）闱：形容古代宫室两侧的小门关闭着，此指宫室。邃：深邃。轩轩：高扬的样子。仗卫：仪仗和卫士。趋：紧跟。

⑪气青：青色的雾气。曙海：天亮时的大海。洗春湖：在春天的湖水中洗过。

⑫禽言：鸟语。

⑬灵歆：神灵享用的祭品。异：异于一般的。糈（xǔ）：精米，古代用以祭神。至乐：最高妙的音乐。匪：通"非"。笙竽：两种管乐器。

⑭茅殿：草盖的殿堂。文袭：修饰得很漂亮。梅梁：泛指宫殿的大梁。古制：古时的法式制度。

⑮运遥：时代久远。日：日益。崇丽：高大华丽。业盛：功业盛大。答：报答。照苏：苏醒，使恢复生机。

⑯伊昔：从前。敷：敷布，施予，给予。

⑰揆：度量。美箭：好箭。比喻杰出的才能。精享：精致地享用。愧：愧对。生刍：鲜草。语出《诗经·小雅·白驹》："皎皎白驹，在彼空谷，生刍一束，其人如玉。"此以之指代贤人。二句为作者自谦之词：自己度量自己并没有很出众的才能，享受着精致的生活觉得愧对贤人。

⑱郡职：在郡中任职。昧：不明。为理：犹治理。邦空：治理范围内百姓逃亡。自诬：自行承认妄加于己的不实之词。此指自己承认不称职。

⑲霰（xiàn）：指米雪。摄事：治事，理事。濡：沾湿，润泽。
⑳人隐：百姓的痛苦。冀：希望。祐：指天、神等的佑助。曷（hé）：何，为什么。惟：唯独。沾：沾溉，施惠于。薄躯：微贱的生命（作者自指）。

龙门八韵

薛 能

河浸华夷阔，山横宇宙雄。①
高波万丈泻，夏禹几年功。②
川迸晴明雨，林生旦暮风。③
人看翻进退，鸟性断西东。④
气逐云归海，声驱石落空。⑤
近身毛乍竖，当面语难通。⑥
沸沫归何处，盘涡傍此中。⑦
从来化鬐者，攀去路应同。⑧

（选自《全唐诗》）

【作者简介】

薛能（817—880），字太拙，唐汾州（今山西省汾阳市一带）人，晚唐著名诗人。官至工部尚书。有集10卷，《全唐诗》编其诗4卷。

【注释】

①河：黄河。浸：浸润。华夷：华夏族和少数民族，此指中原及周围地区。横：横亘。宇宙：天地。此指天地之间。

②夏禹：即夏代开国君主大禹。

③晴明：晴朗，明朗。旦暮：早晚。

④翻：翻转。断：判断。二句言人观看龙门反复进进退退，看不清楚，鸟儿却能本能地判断西东。

⑤逐：跟随。二句言龙门的水汽随着天上的云向东奔向大海，浪涛声音之大如石头急速从天上落下。

⑥近身：身体接近（龙门）。乍：忽然。当面：面对面；在面前。

⑦沸沫：如沸腾的泡沫。盘涡：指涡状回旋。

⑧鬐（qí）：古通"鳍"，指鱼类和某些其他水生动物的类似翅或桨的附肢，起着推进、平衡及导向的作用。指代鱼。化鬐：此指化龙。此二

句用鲤鱼跳过龙门化龙的传说，言凡能化龙的鱼，都要走攀登龙门这条路吧。

谒汉太史司马祠
张　昇

天地不终秘，云物自无穷。①
秦火余残简，灵钟太史公。②
沉酣通载籍，周览拓群蒙。③
不沿董贾迹，卓荦立宗风。④
货殖言利薮，游侠振瞽聋。⑤
是非良有意，蜚然推匠工。⑥
巍峨西山古，浩瀚大河雄。⑦
于今冢上柏，郁郁复葱葱。⑧
摄衣瞻拜处，斯文在此中。⑨

【作者简介】

张昇（992—1077），字杲卿，北宋陕西韩城人。举进士后为楚州主簿。历任绛、邓、泰、青诸州知州。仁宗嘉祐三年（1058）任枢密副使，迁参知政事、枢密使。后以彰信军节度使、同中书门下平章事判徐州，改镇河阳三城，英宗时以太子太师致仕。卒谥"康节"。《宋史》有传。

【注释】

①终：久远，此处是长期保持之意。秘：奥秘。云物：景物，此处泛指包括人在内的天地万物。这里是从天地以其无穷奥秘孕育杰出人物的高度评价司马迁。

②秦火：指秦始皇焚书。残简：残编断简。灵钟：即钟灵毓秀。二句言秦始皇焚书之后，古代的典籍只剩下残编断简，天地之间的灵秀之气都聚集在司马迁身上了。有天地神灵让司马迁承继几乎断绝的中华文化传统之意。

③沉酣：沉醉其中。载籍：即典籍、书籍。周览：广泛观览。拓：开拓、启发。蒙：蒙昧。二句言司马迁一方面通晓古代典籍，另一方面又在广泛游览中增长了知识，最终以其知识启发了人们对历史的蒙昧。

④董贾：董仲舒和贾谊。卓荦（luò）：卓越出众、独立不群的样子。宗风：某一宗派特有的风格。二句言司马迁不蹈袭前人，独立创立了一家

之言。

⑤货殖：指《史记》中的《货殖列传》。利薮（sǒu）：财富的渊源。游侠：指《史记》中的《游侠列传》。振瞽（gǔ）聋（lóng）：即振聋发聩，使不明事理的人醒悟。瞽：瞎子。聋：聋子。

⑥是非：肯定和否定，指对历史人物和事件的评价。良有意：都有很深的用意。蜚（fěi）然：名声大的样子。推：推许。匠工：巨匠。二句言司马迁在《史记》中对历史人物和历史事件的肯定和否定都用心良苦，声名巨大被人们称为巨匠。

⑦巍峨：高大雄伟。西山：指韩城、合阳一带的梁山。浩瀚：水势大的样子。大河：指黄河。此处有以司马祠附近高大的梁山和浩瀚的黄河喻司马迁人品崇高和功业巨大之意。

⑧冢（zhǒng）上柏：指司马迁墓上的柏树。郁郁复葱葱：即郁郁葱葱，生长繁茂旺盛的样子。

⑨摄衣：提衣，此指下拜前提起袍服的下襟。瞻拜：瞻仰跪拜。斯文：泛指历史文化。末二句言司马迁之前我们中华民族创造的历史和文化，都在司马迁及其《史记》这里了。

龙　门

司马光

石楼临晴空，南眺出千里。①
人怜山气佳，予叹禹功美。②
想彼未凿时，极目皆洪水。③
谁知耕桑民，幸免鲂与鲤。④

（选自《全宋诗》）

【注释】

①石楼：石筑的楼台。
②山气：山中的景色。禹功：指夏禹治水的功绩。
③彼：指龙门。凿：开凿。极目：满目，充满视野。
④耕桑：种田与养蚕，亦泛指从事农业。幸免：侥幸免祸。鲂与鲤：皆鱼类。此用《左传·鲁昭公元年》刘定公"美哉禹功，明德远矣。微禹，吾其鱼乎"之意。

韩城咏古

邓 山

奕奕梁山神禹功，龙门三级拟攸同。①
烟霞长护韩侯冢，风木犹悲太史宫。②
杵臼程婴时义士，苏卿张升世孤忠。③
更喜双节陈家女，总在扶舆淑气中。④

（选自明万历年《韩城县志》）

【作者简介】

邓山，字继申，内江（今四川省内江市）人，明朝天顺八年（1464）进士，曾任陕西右参政。

【注释】

①梁山：山名，在今陕西省韩城市境。神禹：夏禹的尊称。龙门：在陕西韩城，传说为大禹治水时为开通黄河水道而开凿。三级：指龙门的三级浪。

②韩侯：韩侯国的君主。韩侯国始封于周成王四年，因为是侯爵，所以称韩侯国。其封地在今陕西韩城一带。太史宫：指太史令司马迁祠。

③杵臼：即公孙杵臼。春秋时晋国人，赵盾、赵朔父子的门客。生卒年俱不详，主要活动在晋景公时期（前599—前581）。晋景公三年（前597）和程婴合谋，藏匿赵氏孤儿赵武，自己献出了生命。程婴：（？—约前583年），春秋时晋国义士。相传他是古少梁邑（今陕西韩城西少梁附近程庄）人，为晋卿赵盾及其子赵朔的友人。晋景公三年（前597），大夫屠岸贾杀赵，灭其族，朔客公孙杵臼与之谋，婴抱赵氏真孤匿养山中，而故意告发令诸将杀死杵臼及冒充孩儿，后景公听韩厥言，立赵氏后，诛屠岸贾，婴则自杀以报杵臼。苏卿：指苏武（前140—前60），字子卿，杜陵（今陕西省西安市）人，代郡太守苏建之子。武帝时为郎。天汉元年（前100）奉命以中郎将持节出使匈奴，被扣留。匈奴贵族多次威胁利诱，欲使其投降。后将他迁到北海（今贝加尔湖）边牧羊，扬言要公羊生子方可释放他回国。苏武历尽艰辛，留居匈奴19年持节不屈。张升：疑即张昇（992—1077），字杲卿，北宋时韩城芝川人，进士。官至枢密副使，谥号"康节"。孤忠：忠贞自持，不求人体察的节操。此指孤忠的人。

④陈家女：具体所指未详。扶舆：盘旋升腾的样子。淑气：温和之气。

谒太史公墓
叶梦熊

大河东去世茫然，司马残碑记汉年。①
狐史是非犹白日，龙门踪迹已浮烟。②
玉书神护空遗穴，石室云藏有剩篇。③
国士飘零同感慨，一杯和泪滴重泉。④

【注释】

①此句言随着时间如河水不断流逝，历史的踪迹渐渐被泯灭。

②狐史：亦称史狐，即董狐，春秋时晋国史官。晋国执政大臣赵盾的族人赵穿杀死了晋灵公，董狐认为责在赵盾，因而在史册上写为"赵盾弑其君"，被誉为"良史"。此句赞美司马迁作为史官和董狐一样，对是非的判断犹如白日一样分明。

③玉书：神奇雄伟的书，此指《史记》。神护：有神保护。空遗穴：只有当年保存《史记》的洞穴现在还在。石室：此指司马迁墓。此句言传说司马迁墓内藏有《史记》的残简。

④国士：国家的杰出人才，此指司马迁，亦是自指。两人均忠而遭贬，故曰"同感慨"。重泉：九泉。此句言自己端起一杯酒和着泪水洒向九泉祭祀司马迁。

龙　门
顾炎武

亘地黄河出，开天此一门。①
千秋凭大禹，万里下昆仑。②
入庙熏蒿接，临流想像存。③
无人书壁间，倚马日将昏。④

（选自《亭林诗集》）

【注释】

①亘：横贯。二句言黄河流至龙门，如开天辟地之门大开从此横贯中

华大地。据《三才图会·禹门图考》载：宋熙宁初，李公寿刻石歌赞龙门，有句云"龙门兮大开，河水兮天来"。

②千秋：千年，形容岁月长久。此二句言千古以来凭借大禹，黄河之水才得以从昆仑山而下，奔流万里。古人认为黄河发源于昆仑山。

③熏蒿：祭祀时祭品所发出的气味，后亦用指祭祀。临流：此指到黄河边。想像存：指想象大禹当年治水情景。

④书壁：在墙壁上书写。问：此指"问天"。王逸《楚辞天问序》言屈原的长诗《天问》，就是其面对神庙中的诸神画像，书写在天神庙墙壁上的。屈原以这种形式，表达他对天道不公的质疑和愤懑，顾炎武借用这个典故，隐含对明清易代的悲愤。倚马：靠在马身上。

寄题子长先生墓
李因笃

六经删后已森森，几委秦烟不可寻。①
海岳飘零同绝笔，乾坤一半到斯岑。②
尚余古柏风霜苦，空对长河日夜深。③
故国抚尘迟缩酒，天涯回首漫沾襟。④

【作者简介】

李因笃（1631—1692），字天生，一字子德，清代陕西富平人。明亡，绝意科举仕进，潜心治经史诗文。稍长，与傅山、顾炎武等反清志士交往。康熙十七年（1678），举"博学鸿儒"科，授翰林院检讨，坚请以母老归养。与李颙（号二曲）、李柏合称"关中三李"，代表了明清时代以"重实"为传统的"关学"的最高成就。有《受祺堂诗集》35 卷。

【注释】

①六经删后：传说孔子曾经删定六经。森森：繁密的样子。几：几乎。委：委弃。秦烟：指秦始皇焚书坑儒。此句言几乎委弃在秦始皇焚书的烟火中不可再找见。

②海岳飘零：犹言山河破碎。绝笔：这里是停笔不再写作之意。这句表面是说在秦始皇破灭六国并焚书坑儒之后，人们都不再从事写作，实际上也暗指清王朝建立之后汉族读书人面对江山沦陷和文字狱，不敢从事写作。岑：小而高的山，此指司马迁祠墓所在地。此句言整个国家的历史文化有一半就保存在这里了。

③二句言只有司马迁墓上的古柏在经历着数千年的风霜之苦,徒然地面对着黄河和漫漫长夜。

④故国:这里指明王朝。抚尘:有尘,蒙尘,指明王朝灭亡。缩酒:古代祭祀,束茅立于祭前,沃酒于茅上,酒渗而下,如神饮酒,故称缩酒。此句言因为明王朝灭亡,对司马迁的祭祀也不能按时进行了。天涯:天边,这里指在司马祠所在地。回首:此指回首破碎的祖国山河。漫沾襟:不由泪水沾湿了衣襟。

九日游龙门二首

康乃心

为爱登高节,秋深览胜游。①
村村红树黯,涧涧菊花稠。②
鸡犬疑王世,桑麻仰甸酋。③
荒山风雨急,灯火宿林丘。④

【作者简介】

康乃心(1643—1707),字孟谋,又字太乙,号耻斋,郃阳(今陕西省合阳县)人。康熙三十八年(1609)举人,著述宏富,已刻行世者近50种,如《莘野集》《太乙子》《五台山记》《毛诗笺》等。

【注释】

①登高:指农历九月初九日登高的风俗。览胜:观赏美丽的景色。

②黯:昏黑。稠:多。

③王世:王道之世,圣王之世,盛世。桑麻:桑树和麻,泛指农作物或农事。仰:仰望,切望;依靠。甸酋:指古代地方长官。

④林丘:有林木的山丘。末句言夜宿于林丘的灯火人家。

大野苍山断,洪波两岸开。①
石岩惊立壁,河势似奔雷。②
俗自唐虞古,功从忠孝来。③
居人传禹墓,是否漫相猜。④

(选自清乾隆年《韩城县志》)

【注释】

①洪波:大波。

②惊立壁：惊其如直立之墙壁。奔雷：奔驰的雷电。
③俗：此指当地的风俗。唐虞：唐尧与虞舜的并称。亦指尧与舜的时代，古人以为太平盛世。
④居人：居民。漫：随意。相猜：互相猜测，彼此猜疑。

少梁道
康乃心

夙昔王献之，酷爱山阴道。①
而我游少梁，颇亦有同好。②
河上柳如线，人家烟窈窕。③
仿佛画图中，一派湖山抱。④
白祠司马墓，春上阶前草。⑤
长忆左东海，几回秋梦绕。⑥

（选自《历代咏司马迁诗选》）

【注释】

①夙昔：泛指昔时，往日。王献之：东晋书法家，王羲之第七子，山阴（今浙江省绍兴市）人。山阴道：指今绍兴西南郊沿途一带，以风景优美著称。《世说新语》载王献之语曰："从山阴道上行，山川自相映发，使人应接不暇"，为此二句所本。
②少梁：山名，在今陕西韩城南。同好：有相同爱好、感受。
③窈窕：深邃幽美。此处是柔弱细长或袅袅升起的意思。
④湖山抱：指湖水与山峦相依相抱。
⑤白祠：指白居易祠。白居易祖上曾居韩城香山，故明末左懋第任韩城知县时在县城南十里建白公祠。
⑥左东海：指左懋第，懋第字萝石，山东莱阳人，故人称左东海。崇祯四年（1631）进士。曾任韩城知县，政绩突出，官至户部给事中，后因拒绝降清被杀。

韩城八景简介

韩城八景为禹门春浪、象岭朝霞、龙潭飞阁、澽水奔涛、圆觉晨钟、龙泉秋稼、高门嵬岫、苏柏南柯，此据清乾隆《韩城县志》。另一种说法禹门春浪作"龙门骇浪"，高门岫岫作"高门晚照"。还有一种说法是：高门春浪、浕水喷雪、象岭朝霞、龙潭济旱、圆觉晨钟、嵬峰摩霄、苏柏南柯、太史高坟。高门春浪与太史高坟无诗，简介如下：

高门春浪：高门原东不远即黄河。故春夏黄河水势旺盛之时，站在高门原远望黄河，春浪滚滚如在目前，使人胸襟为之开阔，顿生壮志凌云之慨。

太史高坟：太史公司马迁墓位于韩城老城南 10 公里处的芝川镇东南高岗上，东临黄河，西枕梁山，南接（魏）长城，北带芝水。墓今为司马迁祠墓之组成部分，处于该祠寝殿之后，其上有古柏一株，形若龙蟠。祠墓今为全国重点文物保护单位。

韩城八景（八首）

张廷枢

禹门春浪①

龙门屹立两山中，积水奔腾势不穷。
骇浪三层迷上下，怒涛一瞬辨西东。②
春生早藉舟航利，冰合欣看车骑通。③
疏凿万年留胜迹，东临长此仰神功。④

【作者简介】

张廷枢，字景峰，陕西韩城人，清康熙二十一年（1682）进士，官至刑部尚书。

【注释】

①禹门春浪（龙门骇浪）：龙门在韩城市北约 30 公里处，地处晋陕大峡谷的最窄处，因其跨越黄河东西两岸，形如门阙得名。因传说为大禹治水时所开凿，后人因亦称之为禹门。黄河水流经龙门时，惊涛拍岸，雪浪滔天，景象极为壮观。

②骇浪：令人惊惧的浪涛。下句意思实为面对怒涛，使人在很短时间内难以辨别西东。三层：指龙门的三级浪。

③藉：同"借"，借助，凭借。

④疏凿：疏通开凿。此指大禹开凿龙门，疏通黄河水道。神功：神人的功绩，也指神奇的功绩，此指大禹开凿龙门之功。

象岭朝霞①

象山千仞郁嵯峨,积翠浮岚近郭多。②
旭日岩端连碧落,晓霞林际染青娥。③
战场尚说韩原胜,故垒曾传郑驷过。④
乘兴攀跻聊骋望,东南一发是黄河。⑤

【注释】

①象岭朝霞:象岭即象山,在韩城市古城西,海拔 643 米。《名胜志》言其:"山麓溠水南旋,山势如起如伏,则象之伏而饮于潭也。岁三月游人常满。"旧时"象岭春晓"为韩城市八景之一。春晓之时,朝霞满天,象山浴于其中,别有一番盎然情趣。

②嵯峨(cuò é):山势高峻的样子。岚(lán):山里的雾气。郭:城郭。

③碧落:天空。青娥:青年女子,此喻青绿的山色。

④战场句:指公元前 645 年秦晋韩原之战。郑:郑国。驷(sì):古代一车套四马,因以之称四马之车或车之四马。

⑤攀跻(jī):向上攀登。骋望:放眼远望。一发:细如一根头发。

龙潭飞阁①

奇峰对起碧巑岏,崖广幽深洞壑宽。②
狮象遥连飞阁迥,蛟龙长向古潭蟠。③
檐牙风起凭虚御,水面烟生倚槛看。④
老柏盘拿不知数,霜皮黛色凛高寒。⑤

【注释】

①龙潭飞阁(龙潭济旱):龙潭指黄河水从龙门奔泻而下形成的深潭。在龙门的陕西省和山西省两侧,龙门山山体隔岸相对,巍然屹立。山上庙宇殿阁雕梁画栋,斗拱飞檐,有冲天腾飞之像。潭水旱时有灌溉之用,故又称"龙潭济旱"。

②巑岏(cuán wán):山高锐峻高大的样子。

③狮象:山名。迥:远。蟠:盘曲。

④凭虚:凭空。御:驾驭。

⑤盘拿:即"盘挐",盘曲作擒拿状。黛色:青黑色。

澽水奔涛①

澽水逶迤断岸高,蛇惊斗折下林皋。②
来从西涧影澄碧,卷入黄河声怒号。
绕郭暮飞湘浦雨,出山秋作广陵涛。③
临流却笑乘槎使,万里寻源尔许劳。④

【注释】

①澽水奔涛(澽水喷雪):澽水发源于黄龙县大岭南麓,在薛峰乡流入该市,婉转曲折,最后在司马祠东注入黄河,为黄河之外流经韩城的主要河流。春夏之时,水势颇浩大,故有"奔涛""喷雪"之说。

②逶迤(wēi yí):也作委蛇,形容道路、山脉、河流等弯弯曲曲延续不断的样子。斗折:像北斗星那样曲曲折折。蛇惊斗折:如受惊之蛇曲折前行。林皋(gāo):指林木草泽之地。

③湘浦:湘水边。广陵:地名,即今扬州。

④乘槎使:指奉汉武帝之命寻找黄河源头的张骞。许:如此,这样。劳:辛劳。

圆觉晨钟①

古寺金银镂市廛,层梯曲登俯山川。②
经楼结构烟云际,佛阁崚嶒霄汉边。③
狮子吼时开宝网,蒲牢鸣处撼诸天。④
到来一榻间眠好,觉后因知本性圆。⑤

【注释】

①圆觉晨钟:圆觉寺始建于唐,位于老城北端高台。寺中"金塔"耸立,亭阁相望。四级台地上修有钟亭,亭内悬挂有铸于金承安四年(1194)的古钟,钟高2.41米,晨晓撞之,响彻韩塬。

②镂(lòu):雕刻。廛(chán):民房。

③崚嶒(líng céng):高峻重叠的样子。霄汉:高空。

④蒲牢:古代传说中一种兽名,声宏大,凡钟欲令声大者,置其形于钟钮之上。这里代指钟。诸天:佛教认为三界共有三十二天,总谓之诸天。

⑤榻(tà):狭长而较矮的床。下句用"圆觉"语意。圆觉:佛教用语,指所觉悟之道平等周满,毫无缺漏。佛教有《圆觉经》。

龙泉秋稼①

龙泉寺庙枕弯环,象服灵旗尽日闲。②
灑润从数称陆海,出云遥想自南山。③
潺潺响落沟塍外,穮䅳风吹垅亩间。④
井甃寒浆时一挹,秋来吟眺不知还。⑤

【注释】

①龙泉秋稼:龙泉疑亦指龙潭,因其春夏旱时有灌溉周围农田之用,所以可以确保秋季庄稼的丰收,农人将丰收之功归于龙泉,自是理所当然。

②象服:指法度之服。

③灑(sǔ)润:用水润泽。从数:似为从来之意。陆海:大高原,旧指关中一带。

④潺(chán)潺:水流的样子或声音。塍:田间的土埂。穮䅳(bùya):稻名。

⑤井甃(zhòu):井壁。

高门嵬岫①

嵬岫千寻华岳强,字长文笔镇相当。②
也知著述留终古,好趁登临酹一觞。③
芝水风寒烟漠漠,高门气象郁苍苍。④
把茱泛菊重阳近,云表猿吟雁影翔。⑤

【注释】

①高门嵬岫:高门原东不远即黄河。故春夏黄河水势旺盛之时,站在高门原远望黄河,春浪滚滚如在目前,使人胸襟为之开阔,顿生壮志凌云之慨。

②嵬(wēi):高大耸立的样子。岫(xiù):山。此句夸言司马迁出生地高门一带梁山山峰比华山还要高,为下句高度评价司马迁"文笔"铺垫。子长:司马迁字子长。镇:重,压。这里是足以的意思。

③酹(lèi):把酒浇在地上,表示祭奠。觞(shāng):古代酒器。

④芝水:韩城水名,在司马祠附近。漠漠:迷茫不清的样子。高门:韩城地名,司马迁出生地。郁苍苍:即郁郁苍苍,草木生长繁盛的样子。

⑤茱(zhū):茱萸(yú)。植物名,生于山谷,其味香烈。古代风

俗，阴历九月九日重阳节佩戴茱萸，以驱邪避灾。菊：这里指菊花酒。此句言手持菊花酒迎接重阳节。云表：云外，这里极言其高。

苏柏南柯①

归国苏卿比窀穸，山前古庙尚明烟。②
牧羝大节留西海，司马高坟作比邻。③
香叶何当宿鸾凤，白头曾与画麒麟。④
茂陵风雨潇潇甚，怅望南柯一怆神。⑤

【注释】

①苏柏南柯：苏山在韩城市老城西北约2.5公里，海拔600余米，上有苏子卿（苏武）墓，故名。康熙时《韩城县志》言："苏山……古径幽肃，盘曲而上，老柏三百余，柯皆南向，麓多柿树，霜后满山皆红。"现仅存墓冢和柿树。

②苏卿：指苏武。比：疑当作"此"。窀穸（xī zhūn）：墓穴。韩城有苏武祠。

③羝（dì）：公羊。苏武被扣留匈奴19载，牧养北海，单于言"羝乳"（公羊产幼崽）才让苏武回国，此句用其事。比邻：近邻。

④麒麟：传说中的祥兽，这里指麒麟阁。汉武帝时建于未央宫内。宣帝时曾画包括苏武在内的11人图像于阁内，以示表彰。

⑤茂陵：汉武帝刘彻陵墓。潇潇：风雨声。怅（chàng）：失意。怅望：怅然望想。怆（chuàng）：悲伤。怆神：心情悲伤。

韩城八景

佚 名

高门春浪天下扬，澽水喷雪吐玉光。
象岭朝霞云生彩，龙潭济旱水流长。
圆觉晨钟鸣百里，鬼峰摩霄望天堂。
苏柏南柯真奇异，大史高坟出汉邦。①

【注释】

①大史：即太史，指太史令司马迁。

古韩城八景（存目）

古韩城八景：魁星楼东坐、瓢甾井甘泉、关帝庙晚钟、前街紫云阁、石牌楼高耸、天齐庙凤柏、药王庙古槐、两河来抱城。

龙门古八景（一）

龙门古八景（一）：禹门春浪、禹庙对峙、鱼跃龙门、两岸欲坠、水楼横空、冰桥飞渡、登云天梯、银龙吐水。

龙门古八景简介

史　鉴

禹门春浪

"禹门三激浪，平地一声雷"是黄河发大水时的壮观景象。看那惊涛骇浪，确实令人胆战心惊。每年阳春三月，冰消雪融，桃花盛开，春景清明，薰风拂浪，细雨蒙蒙。时有木船竞渡，鱼儿戏浪，龙门景色，十分可人。

禹庙对峙

"千古仰龙门，万代颂禹功"。为纪念"大禹凿龙门"的丰功伟绩，在龙门山两侧建有陕西大禹庙和山西大禹庙。两庙隔河相对，形势险要，庙宇巍峨壮观。东禹庙的临思阁，建于濒河峰巅，登之俯视，四周景物，尽收眼底。西禹庙的琉璃照墙，黄绿相映，宝光四射，有"晓光宝镜"之誉。巨幅壁画"龙门虎图"，世传出自仙人之手。禹王木像传神逼真。

鱼跃龙门

巍然屹立于禹门口黄河中央的石鸟，状如鲤鱼，故名"鲤鱼岛"。鱼头仰望龙门，鱼尾高高翘起，似人跳跃之势。人称"鲤鱼跃龙门"。跃上龙门，鱼龙变化，禹王点红，身价十倍。古时常以鱼跃龙门设喻，激励青少年读书上进。传说上古"禹王锁蛟"时，就把恶蛟锁于鲤鱼岛下的原石之上，告诫世人："毁治大业者，天诛地灭"。

两岸欲坠

龙门高891米，西山高892.6米。两山之间的河谷如刀削斧劈而成。两崖陡峭异常，峭壁上的斑斑斧痕，相传为禹凿龙门所留，虽经千百年风雨剥蚀，仍历历在目。在崖底下有天然石洞，俗称"鹁鸽子庵"。形势更为险要。庵中多息鸽子，飞来飞去，一阵大风，鸽子立即藏于庵中，一只也看不见。清薛纲有诗云：山横宇宙东西北，河贯华夷远近通。三级争流鱼戏浪，两崖欲坠鸟愁风。

"水楼"横空

东西禹庙各有一座横空斜出，架于黄河水上的"水楼子"。

传说修建"水楼子"的是一位来历不明的老木匠。他来后要亲自动手建庙，工头认为他年迈无用。老木匠就在街上斫木楔子卖。工头盖水楼子时，斜卯怎么也安不稳，无奈请来老木匠，一安便稳如泰山。人说是"鲁班显圣"。

冰桥飞渡

禹门天险，水流湍急，古人无法架桥，另靠木船摆渡。每年隆冬季节，黄河结冰，禹门古渡处结成冰桥，俗称"碴桥子"。以冰上有无狐迹为准，可验"桥子"是否安稳。如果冻结实了，秦晋亲友，过往客商，可借冰封时日，安全渡过，免受摆渡之惊，一时行人车辆骤然倍增，景象十分热闹。

登云天梯

从"老虎嘴"向上游再行一华里，沿崖而上，石蹬曲折，谓之"梯子崖"。石崖上的石级，只能容纳一只脚，相传从此可进入天宫。又传说大禹在龙门施工时，遇恶龙阻拦，恶蛟示威，屡战失利。大禹无法对敌，工程只得暂停，他便登天梯进天宫，向玉皇大帝诉说。玉帝大怒，派天兵天将斩除了恶龙，并锁住了龙王的儿子恶蛟，缚在壶口瀑布下边的水晶宫明柱上，使其永远不能跃出水面。

银龙吐水

"要观龙门景，须上杨家岭"。站在西龙门山上杨家岭向北望去，只见滔滔黄河被收束在窄狭的河道中蜿蜒而行，一经阳光反照，宛如银龙一条。向南望，又见黄河流出龙门后，一下子变得开阔宽广，浩荡之际，纵观全景，恰似银龙吐水，蔚为壮观。

龙门古八景（二）

龙门古八景（二）：云端古洞、玉镜晓光、紫峰云海、桃浪三级、冰桥飞渡、金门天梯、平地春雷、晴岚骤雨。

龙门古八景

佚 名

云端古洞先祖居，玉镜晓光映群峰。
紫峰云海一仙境，桃浪三级几鱼龙？
冰桥飞渡结秦晋，金门天梯通月宫。
平地春雷夺人魄，晴岚骤雨慰我情。

新龙门八景歌

佚 名

"天梯"插云通月宫，"莲花洞"中神水升。①
"神虎"如生影摇动，"禹王陵丘"水中生。②
"观音洞"中神万尊，"相公坪"上石灯明。③
"鸽子堂"玄难攀登，"天门红灯"火熊熊。④

【注释】

①由骆驼岭沿羊肠鸟道西行而北，经桑园坡、老虎嘴一里许，过沙滩攀崖而上，有石磴层折，人称"梯子崖"。崖上石级，只能容一只脚。相传从此可以进入月宫。又传说大禹开凿龙门时被恶龙、恶蛟父子所阻，玉帝曾派天兵天将斩除恶龙、锁恶蛟于壶口瀑布下的水晶宫明柱。后恶蛟逃居大海，这就是"海底蛟龙"的由来。"莲花洞"传说是大禹之女帮助父亲治水时所居。洞中有众仙为她设置的梳妆台，台上碗大小石坑为脸盆，盆中水常满而不溢，舀取后即自升。脸盆后有大石板光滑如镜，金光闪亮，为其梳妆用镜。此镜如有夜光，日夜明亮。

②禹庙西墙画有一虎，双目炯炯注视前方，两耳高竖，虎齿龇咧，矫步前行有所觅，栩栩如生，观之令人凛然生畏。尤其神奇的是晴日日中正午之时，阳光从黄河水波反射而来，这只虎即周身毛须颤动，俨然一活虎在目。禹门口外黄河中流，有一沙洲状小丘浮于水面，虽经千百年浪涛冲刷，如同中流砥柱岿然不动，至今仍屹立水中，传说大禹死后葬此，故人称禹王陵。大禹葬于会稽（今浙江省绍兴市），人所共知。此水丘当是当年大禹凿山断崖时山石滚入河水凝结而成。

③龙门山顶有"观音洞"，亦称"万佛洞"，洞中有观音和罗汉石像万尊。正殿观音坐像高达四丈八尺，慈容如生，相传抚摩其足部可医

治百病。九千九百九十九位罗汉千姿百态，无不栩栩如生。洞中常有云气缭绕，恍若蓬莱仙境。龙门的高山顶上，有土坪约宽二丈、长四丈，人称"相公坪"。坪上有片石临河，夜间即大放光明，河东百里之外，仍可望见，被当地人称为"石灯"。这里传说是大禹当年开凿龙门督工的地方。

④东龙门山靠黄河一侧的山根下，有一自然岩洞（悬崖），是龙门八景之一，是避暑的好去处，俗称"鹁鸽子庵"，三面环山，一面临水，其上为数十丈高的陡崖，古有"鸽子庵玄难攀登"诗句。洞里南端石泉二处，均有名称，一曰"鸣泉"，一曰"漱玉泉"。庵之北端，凿磴而上，可达洞外。1941年我国军队曾在此设防坚守并击退日军，后即将此庵取名为"攘夷堡"。距龙门三门神门、人门、鬼门之一的"鬼门"不到二里，两山又紧相靠拢，悬岩多青松翠柏与杜鹃花，花开时红绿交相辉映，为龙门景色最佳之处，这就是"神门"。相传神门由二郎神把守，大禹去天宫晋谒玉帝商议治水时被其阻拦，二人大战七天七夜，大禹才得以跨过"神门"，进入天门。

（以上注释据徐谦夫对此歌的注解）

西龙门八景简介

郭建安　李一凡

西龙门八景：水面石舟、浪遏飞舟、玉镜生曦、井里行船、金光活虎、驼颈悬桥、鱼跃龙门、一声惊雷。

水面石舟

龙门口河西有一孤岛，雄跨于大河中央。岛上凭山依势，建有禹庙，寝宫献殿，楼台亭榭，雕梁画栋，蔚为壮观。俨然琼台仙境，在一石舟中矣。

浪遏飞舟

龙门黄河峡谷之中，常见有许多运煤小舟相继而下，时而冲上浪峰，时而没于浪中，船冲浪激，水花四溅，观者莫不惊心动魄。

玉境生曦

西禹庙山门外有一大照壁，上用琉璃砖制成"二龙戏珠"浮雕，生动逼真，活灵活现。宝珠呈绿色，直径尺五许，从中突起，光彩夺目。早晨，太阳刚一露出地面，则霞光四射，满院生辉。然为时甚短，非准时不易见到。

井里行船

庙东南角之悬崖上，有一木楼（人称"空中楼阁"），系用优质柏木，仿栈道支撑原理构成。楼底用木板铺就，中凿一圆形井口，上安辘轳，绳索长四丈许，可系木桶吊取河水，以供庙中人饮用。井中水乃黄河水，船只过时，宛似往来井中，故名。

金光活虎

石舟南端，有一小庙。庙之西墙上，画有一东北大虎，双目眈眈，注视前方，两耳竖起，虎齿龇咧，矫步前进，似觅食状。人们观其栩栩如生，咸谓画师巧夺天工，技艺超群。更奇者，若遇晴日中午十二时左右，阳光从粼粼河水波上，反射到大虎周身，毛须颤动，俨然一活虎。

驼颈悬桥

西禹庙岛原与西边大山相连，远观全貌，酷似一匹卧地的骆驼，头朝东扬起，低凹处即是骆驼的颈部。故称"骆驼项"。又因禹门口河水出处，过于窄狭，前人从低凹处，开凿溢洪道，宽深各为十米。传说在开凿中发现石上冒出血水，且白天开凿，晚间石头却又向上长平，知是龙脉所在，便不再去挖它。每至洪水汛期，溢洪即由此通过，人们要去禹庙，必依船只或搭简易木板吊桥通行。

鱼跃龙门

相传鲤鱼跃过龙门，就可变化为神龙。因此龙门外的鲤鱼，在热月天，常以"漂水"、浮游的方式竞相来此跳跃，以期化龙，人们称此为"鲤鱼跃龙门"。

一声惊雷

"禹门三级浪，平地一声雷"，这是流传在龙门地区人们的口头禅，生动形象地描绘了黄河出口时的巨浪声色。河口东悬崖下有一石窟，洪涛注入其中，形成了一个大漩涡，形如老瓮，黑深可达数丈。猛然，一个巨浪，冲破旋围，倾涌涡中，则发出"嗡"的一声巨响，声如炸雷，只觉天摇地动，使人震怖失色。人们称此为"平地一声雷"。

徐村明八景

徐村明八景：西北凤凰、东南蛟龙、乾有古柏、东载白松、文学宫殿、楼台回声、太史遗祠、池塘清平。

徐村暗八景

佚 名

法王行宫祭祖庙，太史墓冢庙北郊。①
晋侯庙坐汉武王，司马家庙午门旁。②
舞台本是玉玺印，文史笔架是照墙。③
清明跑台祭列祖，千年白松把孝守。④

【注释】

①徐村有法王庙，庙前有龙门书院，庙后有司马迁墓冢。每年清明村中冯、同二姓即借敬神祭祖。村中流行谚语云："名为五社把神敬，实则子孙祭祖先。"法王庙上过去的一副对联即含此意：真假真假真真假假真假分不清，错隐错隐错错隐隐错隐辨未明。横额则是"宫刑王法"。司马迁的所谓"真骨坟"就在庙的北边不远。

②汉武王：指汉武帝刘彻。午门：帝王宫城的正门。民间也称有些庙宇的类似建筑为"午门"，此处即指上句所言晋侯庙的正门。

③玉玺：皇帝的大印。照墙：即俗所谓"照壁"，古代房屋的一种附属建筑，多建于大门内不远，与大门相对。

④清明跑台：即所谓"跑台子戏"，就是每到清明，除去司马祠祭扫之外，徐村的司马后裔同、冯两大姓还在村里大唱对台戏以纪念司马迁，并且到天快亮时演员带妆争着跑向救郎庙继续演出，以先到者为胜。其形成原因，则与一个传说有关：据说在司马迁去世后不久，有一年清明节，徐村的同、冯两姓正偷偷在据说是司马迁的真骨坟前唱坟戏以寄托哀思，忽闻朝廷钦差带人马前来，以为是来问罪，又怕官家发现真坟，于是演员不及卸妆仓皇奔逃，后来才知是司马迁的女儿和外孙杨恽奉宣帝旨意来寻找《史记》正本。大家虚惊一场，皆大欢喜，于是就在跑到的地方继续演出，以后相沿成习，形成"跑台子戏"，一直延续到解放初。白松守孝：太史故里的司马后裔和百姓为了纪念司马迁，一是大唱赛戏，二是给太史祠栽植柏树，春季各村选出有名望的人到太史祠聚会，背诵完《太

史公自序》后在祠的周围栽植柏树,让柏树代表他们来为司马迁守孝。

薛峰八景
佚 名

素湍绿潭"牛心瀑",势撑霄汉"石猴山"。①
千年寻望"巍山柏",凤翥龙盘"金钱松"。②
高峡平湖"桢州水",水绕巨蟒"赵廉坟"。③
千红叠嶂"染香山",二龙山水"戏蜘蛛"。④

【注释】

①湍(tuàn):急水。霄汉:天空。
②寻望:寻找守望。翥(zhù):鸟向上飞。
③桢州:金贞祐二年(1215)曾在韩城设桢州,辖韩城、合阳二地。赵廉:明代韩城牛心村人,万历年间举人,曾任惠州知府,加衔参政。因《法门寺》一剧而广为人知。
④叠嶂:重叠的山峰。

咏华阴

春日游罗敷潭

李 白

行歌入谷口,路尽无人跻。①
攀崖度绝壑,弄水寻回溪。②
云从石上起,客到花间迷。③
淹留未尽兴,日落群峰西。④

(选自《全唐诗》)

【注释】

①行歌:边行走边歌唱。谷口:指罗敷潭山下的谷口。无人:没有人。跻:登、升或登攀。
②绝壑:深谷。弄水:玩水。回溪:回旋曲折的溪流。
③迷:陶醉。
④淹留:羁留,逗留。尽兴:尽量使兴趣得到满足。

晚望(一作夕次华阴北亭)

林 琨

清晨孤亭里,极目对前岑。①
远与天水合,长霞生夕林。②
苍然平楚意,杳霭半秋阴。③
落日川上尽,关城云外深。④
方予事岩壑,及此欲抽簪。⑤
诗就蓬山道,还兹契宿心。⑥

(选自清《陕西通志》)

【作者简介】
　　林琨，三原（今陕西省三原县）人。历任司驾员外、知制诰、膳部、司封、左司三司郎中、谏议大夫，封中都男。德宗贞元前后在世。

【注释】
　　①孤亭：孤立的亭子。极目：纵目，用尽目力远望。前岑：前面小而高的山。
　　②上句言上句之"前岑"与远处的山水合为一体。夕林：傍晚的林木。
　　③苍然：苍苍茫茫。平楚：谓从高处远望，丛林树梢齐平，也指平野。杳霭（yǎo ǎi）：云雾缥缈的样子。
　　④关城：关塞上的城堡。云外：指高空。
　　⑤方：正。予：我。事：此处是游览之意。岩壑：山峦溪谷，借指隐者的住所或隐者。及此：到了这里。抽簪：谓弃官引退。
　　⑥诗就：诗写成。蓬山：即蓬莱山，相传为仙人所居。此指所望见的山林。还：还是。兹：此。契：契合。宿心：本来的心意；向来的心愿。

罗敷水①

白居易

　　野店东头花落处，一条流水号罗敷。②
　　芳魂艳骨知何在，春草茫茫墓亦无。③

（选自《全唐诗》）

【注释】
　　①罗敷水：水名，在今华阴市西部。
　　②野店：指乡村旅舍。号：号称。罗敷：原本为古美女名。此指汉乐府《陌上桑》中之秦罗敷。当地传说《陌上桑》故事即发生于此地。罗敷水即得名于秦罗敷。
　　③芳魂：美人的魂魄。

途经敷水①

许　浑

　　修蛾攒翠倚柔桑，遥谢春风白面郎。②

五夜有情随暮雨,百年无节待秋霜。③
重寻绣带朱藤合,更认罗裙碧草长。④
何处野花何处水,下峰流出一渠香。⑤

(选自《全唐诗》)

【作者简介】

许浑(约791—约858),字用晦,一作仲晦,唐朝润州丹阳(今属江苏省)人。大和六年(832)进士。曾任润州司马、监察御史、虞部员外郎等职。著有《丁卯集》。

【注释】

①敷水:即罗敷水。见白居易《罗敷水》注。①
②修蛾:修长的眉毛。颦(pín):皱眉。翠:青绿色,此代指眉毛。颦翠:皱着眉头。柔桑:指嫩柔的桑树枝条。谢:谢绝。春风:此指春风得意。白面郎:纨绔子弟。此指《陌上桑》中的太守。此诗从《陌上桑》的故事写起。
③五夜:即五更。暮雨:傍晚的雨。百年:谓时间长久。无节:没有节操。秋霜:秋日的霜。
④朱藤:紫藤。合:闭合,此指笼罩。罗裙:丝罗制的裙子,多泛指妇女衣裙。碧草:青草。
⑤下峰:流下山峰。

华阴县楼

司空图

丹霄能有几层梯,懒更扬鞭耸翠蜺。①
偶凭危栏且南望,不劳高掌欲相携。②

(选自《全唐诗》)

【作者简介】

司空图(837—908),字表圣,河中虞乡(今山西省永济市)人。唐懿宗咸通十年(869)应试,擢进士上第,天复四年(904),朱全忠召司空图为礼部尚书,司空图佯装老朽不任事,被放还。天复四年,哀帝被弑,司空图绝食呕血而死。有《一鸣集》30卷,内诗10卷,今编诗3卷。

【注释】

①丹霄：谓绚丽的天空。更：再。耸：耸立。翠蜕：即蜕翠，日照青山泛出的绚丽色彩，此指泛出绚丽色彩的青山。

②危栏：高栏。高掌：指华山东峰仙人掌。相携：互相搀扶；相伴。

华阴道上三首

宗 泽

烟遮晃白初疑雪，日映斓斑却是花。①
马渡急流行小崦，柳丝如织映人家。②

【作者简介】

宗泽（1060—1128），字汝霖，浙江义乌人，北宋末、南宋初抗金名臣。进士出身，任东京留守期间，曾20多次上书高宗赵构，力主还都东京，并制定了收复中原的方略，均未被采纳。他因壮志难酬，忧愤成疾，临终三呼"过河"而卒。著有《宗忠简公集》传世。

【注释】

①晃白：明亮的白色。斓斑：色彩错杂貌。

②急流：湍急的水流。崦：泛指山。

菅茆作屋细家居，云碓风帘路不纡。①
坡侧杏花溪畔柳，分明摩诘辋川图。②

【注释】

①菅茆（jiān máo）：茅草。细家：小户人家。云碓（duì）：指石碓，舂米用的碓。风帘：指遮蔽门窗的帘子；酒帘，酒旗。此指后者。纡（yū）：弯曲。

②溪畔：溪水边。分明：明明，显然。摩诘：指唐王维，字摩诘。辋（wǎng）川图：唐诗人王维绘的名画。绘辋川别业二十胜景于其上，故名。

宁王画作金盆鸽，韩愈诗夸玉井莲。①
瓦缶泥泓村落小，乱茅群雀不堪传。②

（选自《全宋诗》）

【注释】

①宁王：指唐李宪。睿宗长子，封宁王。画作：画成。金盆鸽：宋代黄荃也曾画"金盆鸽"，从诗意看，李宪画此，当是将华阴附近风物或富饶情景入画。玉井莲：古代传说中华山峰顶玉井所产之莲。

②瓦缶（fǒu）：小口大腹的瓦器。泥泓：泥潭。村落：村庄。不堪传：不值得流传。此指不能像宁王和韩愈那样将其入画或入诗。

杨四知墓①

李 楷

瞻彼大鸟峰，言寻杨公墓。②
四知仅一节，千载难为步。③
矫矫夫子名，应有识其故。④
苗裔贵无伦，三公未足慕。⑤
乃知志操佳，于世斯有树。⑥
对君良汗颜，惟贫尚未误。⑦
敝车羸马间，尘气夫何惧。⑧

（选自1995年版《华阴县志》）

【作者简介】

李楷（1603—1670），字叔则，号河滨、岸翁，陕西朝邑（今属陕西省渭南市大荔县）人。明天启四年（1624）举人。曾任江苏省宝应县知县。曾与江西李明睿合著《二李珏书》。晚年回乡，应聘参编《陕西通志》，后又撰《朝邑县志》4卷、《洛川县志》2卷。著作其子李建选编为《河滨全书》100卷。著作存世的有《河滨诗选》《河滨文选》《河滨遗书抄》等。

【注释】

①杨四知：指东汉名臣杨震。杨震（？—124），字伯起，弘农华阴（今陕西省华阴市东）人。据《后汉书·杨震传》：杨震去东莱郡上任时"道经昌邑，故所举荆州茂才王密为昌邑令，谒见，至夜怀金十斤以遗震。震曰：'故人知君，君不知故人，何也？'密曰：'暮夜无知者。'震曰：'天知，神知，我知，子知。何谓无知！'密愧而出。"又《传赞》："震畏四知。"故称。后多用"四知"作为廉洁自持、不受非义馈

赠的典故。

②言：发语词，无义。杨公：即杨震。

③仅一节：仅仅是杨震诸多感人事迹中的一件或一方面。难为步：难有人能赶上其步履（人品）。

④矫矫：形容英勇威武或超凡脱俗，不同凡响。夫子：对年长而学问好的人的尊称，此指杨震。识其故：知道其原因。

⑤苗裔：后代子孙。无伦：无比。三公：古代中央三种最高官衔的合称。相传杨震的先祖杨宝九岁时在华阴山北见一黄雀为鸱枭所搏，坠于树下，宝取雀以归，置巾箱中，食以黄花，百馀日毛羽成，乃飞去。其夜有黄衣童子自称西王母使者，以白环四枚与宝曰："令君子孙洁白，位登三事（三公），当如此环矣。"事见南朝梁吴均《续齐谐记》。此二句用此典故。未足慕：未必值得羡慕，意谓杨震及其子孙除了地位高之外，有更令人敬慕的品德和事业。

⑥志操：志向节操。于世斯有树：对社会才有所建树。

⑦君：古人对人的尊称，此指杨震。良：的确。汗颜：因惭愧而汗发于颜面，泛指惭愧。贫：清贫。下句言只有清贫还没有耽误，即言自己尚能做到不贪婪名利金钱。

⑧敝车羸马：是指破旧的车，瘦弱的马。形容自己为官清廉、生活俭朴。尘气：世俗之气。末句言自己即使有点尘俗之气，又有什么好担心的呢。

华阴二莲歌（十首）①

屈大钧

飞骑相迎暮未来，愁看明月出云台。②
一声环珮天风落，双下雕鞍巧笑开。③

【注释】

①二莲：并蒂莲。

②飞骑：快马。暮未来：天晚还没有到来。云台：云台峰，即华山北峰。

③环珮：古人所系的佩玉。此指佩戴环珮的人。天风：即风。雕鞍：刻饰花纹的马鞍，华美的马鞍；借指宝马。巧笑：美好的笑。二句言随着

环佩的声响，盼望的人如仙人从天而降一般来到，双双带着笑容下马。此处似将莲花拟人化为仙女。

  太华莲花并蒂春，红妆恼杀谪仙人。①
  千秋愿做田田叶，双捧蛾眉出玉津。②

【注释】

  ①并蒂：指两朵花并排地长在同一个茎上。红妆：女子的盛妆，此指莲花。恼杀：亦作"恼煞"，犹言恼甚；杀，语助词，表示程度深。谪仙：谪居世间的仙人。贺知章曾称李白为"谪仙人"。
  ②田田：指莲叶。蛾眉：美女的代称，此指莲花花朵。玉津：银河，这里指水。

  大小芙蓉总可怜，青莲今夕在谁边？①
  东西南北皆莲叶，明月中当玉井悬。②

【注释】

  ①芙蓉：荷花的别名。可怜：可爱。青莲：似指李白，李白号青莲居士。谁边：何处，哪里。李白曾有诗想象华山仙女"素手把芙蓉，虚步蹑太清。霓裳曳广带，飘拂升天行"，并想象其"邀我登云台，高揖卫叔卿。恍恍与之去，驾鸿凌紫冥"（《古风》）。故此处似及之。
  ②玉井：指华山上的玉井。

  万仞莲花挂碧天，飞来苍翠玉楼前。①
  美人双倚仙人掌，舞袖回风绝可怜。②

【注释】

  ①万仞莲花：此指华山莲花峰。挂：伫立。碧天：青天；蓝色的天空。玉楼：传说中天帝或仙人的居所。
  ②美人：此处将莲花想象为仙女。仙人掌：华山峰名。回风：在风中回旋。可怜：可爱。

  蹁来太华双毛女，采药相携古丈夫。①
  玉女窗开向秋月，与卿复结合欢襦。②

【注释】

①繇来：从来。毛女：传说中得道于华山的仙女。采药：谓采集药物，亦指隐居避世或求仙修道。相携古丈夫：传说唐大中年间，老人尹子虚曾在华山见到毛女和古丈夫，并一同饮酒和诗，此用其典。

②玉女：传说中的华山神女，此即指"双毛女"。卿：指上文"古丈夫"。复：再。合欢襦（rú）：绣有对称图案花纹的短衣，服于单衫之外。合欢襦有象征男女相好结合之意。

  女生白鹿去翩翩，玉女相将下紫烟。①
  自古仙人多好色，合丹不用独枝莲。②

【注释】

①白鹿：白色的鹿，古时以为祥瑞。相将：相偕，相共。紫烟：紫色瑞云。

②好色：美好的容颜；美色。合丹：调制丹药。

  洞口飞泉溅锦茵，丹青画出石仙人。①
  半轮石月悬仙掌，绝似蛾眉出水新。②

【注释】

①飞泉：瀑布。锦茵：喻指芳草。丹青：此指色彩。

②半轮：半圆。石月：月亮。蛾眉：美女的代称。

  玉泉如浆流落花，独坐姑姑餐月华。①
  玉浆与侬作膏沐，明月与侬作丹砂。②

【注释】

①玉泉：华山泉名，传说其从西峰直通山下。浆：液汁。独坐姑姑：华山仙女也，有洞在谷中。月华：月的精华。餐月华：此指欣赏月亮的光华。

②玉浆：比喻甜美的清泉，此指玉泉之水。膏沐：古代妇女润发的油脂。丹砂：指丹砂炼成的丹药。

  大者芙蓉小菡萏，已开何似未开花。①
  双窥玉女潭中水，光乱青天一片霞。②

【注释】

①芙蓉：荷花的别名。菡萏（hàn dàn）：即未开的荷花，亦指荷花。何似：何如，比……怎么样。

②双：指已开的荷花和未开的菡萏。窥：偷看，这里是照的意思。青天：指天。二句言照在潭中的荷花和菡萏美丽的容颜，把潭中青天的影子乱成一片霞光。

　　　　东峰西峰双石楼，与卿日日居上头。①
　　　　二十八潭作明镜，鸳鸯万古此嬉游。②

（选自清《翁山诗外》）

【注释】

①石楼：石筑的楼台。卿：你的爱称。上头：里面，当中。
②明镜：明亮的镜子。万古：万代，万世。嬉游：游乐，游玩。

咏华州区

题郑县亭子①

杜 甫

郑县亭子涧之滨，户牖凭高发兴新。②
云断岳莲临大路，天晴宫柳暗长春。③
巢边野雀群欺燕，花底山蜂远趁人。④
更欲题诗满青竹，晚来幽独恐伤神。⑤

【注释】

①春秋时秦武公十一年（前687）曾在今华州区一带设郑县。此诗当是乾元元年（758）作者赴华州时作。据陆游《笔记》：华之郑县有西溪，唐昭宗避兵，尝幸之。其地在官道旁七八十步，澄深可爱。亭曰西溪亭，即郑县亭子。

②滨：水边。户牖（yǒu）：门窗。此书指窗子。凭高：登临高处。发兴新：感发了新的兴致。

③岳莲：西岳华山西峰莲花峰，此指华山。长春：指长春宫。举《新唐书·地理志》：长春宫在同州（州治在今大荔县）朝邑县，为皇帝行宫。长春宫始建于北周，故址在今大荔县朝邑镇北寨子村。

④趁：追逐，追赶。

⑤当时正值安史之乱，下句含蓄地表达对国事的隐忧。

望少华三首①

杜 牧

（一）

身随白日看将老，心与青云自有期。②

今对晴峰无十里，世缘多累暗生悲。③

【作者简介】
　　杜牧（803—852），字牧之，号樊川，京兆万年（今陕西省西安市）人。唐文宗大和二年（828）进士，官至中书舍人。时人称为"小杜"，以别于杜甫；又与李商隐齐名，人称"小李杜"。有《樊川诗》4卷，外集诗1卷，别集诗1卷，今编为8卷。

【注释】
　　①少华山位于少华乡肖家场刘家河村南，县城东南5公里处。东连小敷峪，西临白石峪，主峰海拔1664.4米。因与西岳太华山相对，低于华山，故名少华山，又名小华山。
　　②白日：时间；光阴。青云：青色的云，喻远大的抱负和志向；此指隐居。
　　③世缘：俗缘，谓人世间事。多累：多牵累，多拖累。

（二）

　　文字波中去不还，物情初与是非闲。①
　　时名竟是无端事，羞对灵山道爱山。②

【注释】
　　①文字：指诗文中的文辞、词句。物情：物理人情，世情。初与：初次参与。是非：纠纷，口舌。闲：少。
　　②时名：指当时的声名或声望。竟是：还是；毕竟是。无端：谓无由产生。灵山：对山的美称。

（三）

　　眼看云鹤不相随，何况尘中事作为。①
　　好伴羽人深洞去，月前秋听玉参差。②

（选自《全唐诗》）

【注释】
　　①云鹤：闲云野鹤，比喻远离尘世、隐居不仕的人。尘中：尘世。二句言不但不能和隐居的人相随而去，而且尘世中还有事要做。
　　②好伴：有希望能够的意思。羽人：道家学仙，因称道士为羽人。月前：月下，指月光之下。玉参差（cēn cī）：即玉笙。下句表达

隐居的愿望。

西 溪①

李商隐

怅望西溪水,潺湲奈尔何。②
不惊春物少,只觉夕阳多。③
色染妖韶柳,光含窈窕萝。④
人间从到海,天上莫为河。⑤
凤女弹瑶瑟,龙孙撼玉珂。⑥
京华他夜梦,好好寄云波。⑦

(选自清《李义山诗集》)

【作者简介】

李商隐(813—858),字义山,故又称李义山,号玉溪生、樊南生(樊南子)。祖籍怀州河内(今河南省沁阳市),生于河南荥阳(今河南省郑州市荥阳)。25岁进士及第。一生辗转于各藩镇幕府为幕僚。与杜牧并称"小李杜"。又与李贺、李白合称"三李",与温庭筠合称为"温李"。著有《樊南甲集》20卷、《樊南乙集》20卷、《玉奚生诗》3卷、《赋》1卷、《文》1卷。

【注释】

①西溪:指石堤河流经渭南市华州区老官台村与梁西村、梁老堡村之间的一段支流。

②怅望:惆怅地看望或想望。潺湲:水漫流的样子或形容水流的声音。尔:你,此指西溪。奈尔何:把你怎么办。这是感叹的说法。

③春物:春日的景物。

④妖韶:妖娆(ráo)美好。窈窕:妖冶的样子。萝:通常指某些能爬蔓的植物,如女萝等。

⑤从:任从。河:银河。

⑥凤女:对女子的美称。瑶瑟:用玉装饰的琴瑟。龙孙:骏马名,亦用以称帝王后裔。撼:摇动。玉珂:马络头上的装饰物。

⑦京华:京城之美称。云波:云状的波纹,水波。

少华甘露寺①

郑　谷

石门萝径与天邻，雨桧风篁远近闻。②
饮涧鹿喧双派水，上楼僧蹋一梯云。③
孤烟薄暮关城没，远色初晴渭曲分。④
长欲然香来此宿，北林猿鹤旧同群。⑤

(选自《全唐诗》)

【注释】

①少华甘露寺：旧址在今少华山龙潭堡西南，今不存。

②萝径：这里指长满草的小路。篁（huáng）：竹林，泛指竹子。雨桧风篁：此指风雨中桧树和竹子发出的声响。

③蹋：同"踏"。

④薄暮：傍晚，太阳快落山的时候。关城：关塞上的城堡。远色：远天的颜色。

⑤然：通"燃"，点燃。猿鹤：猿和鹤，借指隐逸之士。同群：共处，为伍。

游少华山云际寺①(一作游少华山甘露寺)

张　乔

少华中峰寺，高秋众景归。②
地连秦塞起，河隔晋山微。③
晚木蝉相应，凉天雁并飞。④
殷勤记岩石，祇恐再来稀。⑤

(选自《全唐诗》)

【作者简介】

张乔，唐池州（今安徽省贵池县）人，晚唐著名诗人，与郑谷、许棠等人号称"十哲"。著有《九华诗》2卷。

【注释】

①云际寺：今址未详。

②高秋：深秋。

③秦塞：三秦大地的要塞。

④相应：互相呼应，应和。凉天：秋天。
⑤岩石：此指景色。衹：只。稀：此指机会少。

华州西溪①

张　先

积水涵虚上下清，几家门静岩痕平。②
浮萍破处见山影，小艇归时闻草声。③
入郭僧寻尘里去，过桥人似鉴中行。④
已凭暂雨添秋色，莫放修芦碍月生。⑤

（选自《全宋诗》）

【作者简介】

张先（990—1078），字子野，湖州乌程（今浙江省湖州市）人。宋仁宗天圣八年（1030）进士，官至都官郎中。著有《张子野集》。

【注释】

①西溪：指石堤河流经渭南市华州区老官台村与梁西村、梁老堡村之间的一段支流。
②涵虚：指水映天空。
③浮萍：浮生在水面上的一种草本植物。山影：山的倒影。
④郭：城外围着城的墙，此指城。鉴：镜子。
⑤修芦：高的芦苇。

华州西溪

宋　祁

山近重岚逼，溪长匹练分。①
霁波平撼日，寒崦侧藏云。②
弄荇鱼差尾，投汀鹭列群。③
如何去寻丈，尘路已纷纷。④

（选自《全宋诗》）

【作者简介】

宋祁（998—1062），字子京，雍丘（今河南省杞县）人。生于宋真宗咸平元年（998），天圣初（1023）与兄宋庠同举进士，当时称为"二宋"。官至翰林学士承旨。谥号"景文"。著有文集100卷，大乐图2卷等。

【注释】
①岚：山间的雾气。匹练：白绢。常以形容奔驰的白马、光气、瀑布、水面、云雾等，此形容西溪水。
②霁波：平静的水波。
③弄：玩。荇：即荇菜，多年生草本植物，叶略呈圆形，浮在水面，根生水底，夏天开黄花，结椭圆形蒴果。全草可入药。差尾：尾巴长短不齐，或互相交错。投：此指落下。汀：水边平地，小洲。
④去：距离。寻丈：泛指八尺到一丈之间的长度。尘路：布满尘土的道路，亦以喻尘俗。

过华州

王世昌

拔地三峰冷翠微，落岩飞瀑喷珠玑。①
吟鞭落拓骑驴过，战刃韬藏牧马归。②
十丈玉莲秋不谢，半楞掌月昼还飞。③
地灵人杰无遗逸，未分蟠螭老布衣。④

（选自清《陕西通志》）

【作者简介】
王世昌，字庆长，金代宁州（今甘肃省正宁县）人，海陵王贞元三年（1155）同进士出身，以信都丞致仕。此八句诗又见于元好问所编《中州集》卷八。

【注释】
①拔地：耸出地面。翠微：青翠的山色。珠玑：此指大小不一，各具形状的珠子。此形容水珠水花。
②吟鞭：诗人的马鞭。多以形容行吟的诗人。落拓：冷落，寂寞。韬藏：隐藏，包藏。
③玉莲：白莲，此指石莲。不谢：不凋谢。楞：量词，指少量。掌月：仙掌上的月亮。
④遗逸：指隐居，隐士。蟠螭（pán chī）：盘曲的无角之龙，此指隐士。布衣：借指平民。古代平民不能穿锦绣，故称。

过西溪

华 岳

路随马足难知数,山叠鱼鳞不记名。①
隔岸青帘人不渡,一溪流水暮潮生。②

(选自《全宋诗》)

【作者简介】

华岳(?—1221),字子西,贵池(今属安徽省)人,自号翠微,武学生。嘉定十年(1217),登武科第一,为殿前司官属。密谋除去丞相史弥远,下临安狱,杖死东市。有《翠微北征录》。

【注释】

①鱼鳞:鳞次,依次相接。
②青帘:旧时酒店门口挂的幌子,多用青布制成;亦借指酒家。

少华山

李 廌

少华连延翠烟永,细路缘云上高顶。①
奇峰西奔入秦蜀,幽谷南通接荆郢。②
昔年蛟龙忽变化,怒罴山巅压州境。③
山灵吐怪助豪强,地轴狂推如转梗。④
盘龙七社万户余,卵覆巢倾伸臂猛。⑤
近来又说神羊岭,六里横开罅如井。⑥
居民惴惴已忧疑,惟恐蛟龙怒还逞。⑦
勿令岸谷复颠移,鼓铸神功烦禹鼎。⑧

(选自《全宋诗》)

【作者简介】

李廌(1059—1109),字方叔,号德隅斋,又号齐南先生、太华逸民,华州(今陕西省渭南市华州区)人。北宋文学家。6岁而孤,能发奋自学。少以文为苏轼所知,为"苏门六君子"之一。中年应举落第,绝意仕进,定居长社(今河南省长葛市),直至去世。有《济南集》20卷。

【注释】

①连延:连续,绵延。翠烟:青烟,烟霭。永:长。细路:狭小的路

径。缘云：入云。高顶：指山顶。

②幽谷：深谷。荆郢：荆，古地名，指楚国；郢，春秋战国时楚国都城。此以之泛指南方。

③昔年：往年；从前。蹙（cù）：皱，收缩。山巅：亦作"山颠"，指山顶。二句及以下四句言少华山是蛟龙发怒变化而成。

④山灵：山神。地轴：古代传说中大地的轴，亦泛指大地。

⑤盘龙：盘曲的龙。社：土地神，亦指祭祀土地神之所和相关活动。此指旧时农村一级行政组织。

⑥神羊：獬豸（xiè zhì）的别称，传说是一种能以其独角辨别邪佞的神兽。罅（xià）：缝隙，裂缝。

⑦惴惴：恐惧的样子。忧疑：忧虑疑惧。

⑧岸谷：高深的山谷。鼓铸：鼓风扇火，冶炼金属，铸造器械或钱币。神功：神灵的功力。烦：烦劳。禹鼎：一说夏禹以九牧之金铸鼎，上铸万物，使民知何物为善，何物为恶；一说禹铸九鼎，象征九州，后因以喻国家领土、政权。

题西溪游春亭

王维桢

曲水围青带，回岗抱翠亭。①
冠裳仍废榭，鸥鹭自寒汀。②
霞覆千里树，风翻十月萍。③
少陵何处问，徙倚白云亭。④

(选自清《陕西通志》)

【注释】

①二句言西溪一弯曲水绿树环绕，回旋的岗峦拥抱着翠绿的游春亭。

②冠裳：此代指游人。榭（xiè）：台上所建高屋，后亦指游赏之所。此指西溪游春亭。寒汀：清寒冷落的小洲。二句言台榭虽已经废弃但仍有游人，时有鸥鹭在水边寒冷的沙地上栖息。

③覆：覆盖。翻：翻动。

④少陵：指唐朝诗人杜甫。杜甫自号少陵野老，故世称杜少陵。徙倚：徘徊，来回走动。白云亭：此指西溪游春亭。

登潜龙寺三首①

张必大

其一

偶向招提成快游，追攀恰喜共缁流。②
山花带雨繁香远，石蹬铺茵细草柔。③
泉冷岸阴堪却暑，日长松色宛含幽。④
残烟杳霭遥空外，坐看碧空映斗牛。⑤

【作者简介】

张必大，字可庵，明代华州人，天启二年（1622）进士，官至工部都水司主事。

【注释】

①潜龙寺：俗称藏龙寺，位于华州区莲花寺镇弥虎峪与柳枝镇白崖峪交汇处的蟠龙山顶。相传始建于东汉，至少在唐代已经存在。

②招提：梵语拓斗提奢，意思是四方，后用为寺院的别称。快游：心情愉快地游览，此指游览。追攀：追随攀附。这里用作与他人一起做某事的谦辞。缁（zī）流：僧徒。

③茵：草褥子。

④堪：可以承受；值得。这里是可以之意。却暑：消减暑热之气。宛：宛然，很像的样子。幽：幽深，幽美。

⑤斗牛：天上的两个星区，此指星辰。

其二

晓峰万片曙光幽，回合疏浓一带游。①
瀹石溪声闻隐隐，垂崖茜幕望悠悠。②
林氛晻暧不成雾，夏气苍凉爽似秋。③
为愿负春常住此，悠然身世一蜉蝣。④

【注释】

①回合：弯曲汇合。

②瀹（yuè）：煮；疏通。瀹石：此处指流淌于山石之间。隐隐：隐约。茜幕：红色帐幕。此指崖上长满茜草或开满红花。悠悠：此处是远的样子。

③晻（ǎn）：荫蔽的样子。
④蜉蝣：一种生命极短的昆虫，常用以比喻人生。

其　三

如迎如拱尽奇峰，幽壑风生送午钟。
一旦顿清宿世骨，几回仍觅羽人筇。①
班荆移石云根邈，汲涧烹茶雨气重。②
徙倚况逢方外侣，谈禅趺坐水淙淙。③

【注释】
①宿世：佛教指前生。羽人：羽化之人，即仙人。筇（qióng）：竹名，可以做拐杖，故也用以称拐杖。
②班荆：铺荆于地而坐。云根：深山高远云起之处。
③徙倚：来回走动。方外侣：尘世之外的朋友，这里指僧人。谈禅：谈论佛教教理。趺（fū）坐：双足交叠而坐。为僧人常用坐法。淙（cóng）淙：象声词，流水声。

寄显应侯祠

王士禛

日出少华顶，宝镜太宇清。①
孤云收欲尽，众壑湛虚明。②
杜老昔游处，西溪蘋叶生。③
青松架壑秀，白鸟逐舟行。④
谁持竹竿钓，解此濯尘缨。⑤

【注释】
①太宇：天空。此句言天空清如一面宝镜。
②湛：深；清澈。虚明：空明；空净明澈。
③杜老：指杜甫。杜甫曾任华州司功参军，诗中曾写到当地的西溪亭等景观。蘋（pín）：一种生在浅水中的蕨类植物。
④上句言青松横架于沟壑之上，景色秀美。白鸟：白羽之鸟，如鹤鹭之类。此当指白色的水鸟。逐：跟随。
⑤濯（zhuó）：洗。尘缨：世俗的冠缨。

宿环翠岩

刘 湛

晴岚乘兴看峰头,爽霁河山一望收。①
新月光开琼阁夜,微风飒振碧林秋。②
曲蟠鸟道连天汉,叠嶂松岑挂斗牛。③
坐对幽人清话剧,云深恍拟到蓬丘。④

（选自清康熙《续华州志》）

【作者简介】

刘湛,字东里,号黍山,清初禹州人。康熙九年（1670）恩贡,任湖广辰州府通判,后因父去世辞官归里。著有《酌古堂汇稿》。

【注释】

①晴岚：晴日山中的雾气。此句言乘着兴致看晴雾缭绕的山峰。爽霁：晴朗。

②琼阁：指仙人的居所。此指山中的楼阁建筑。飒：清凉的样子,也可以形容风声。

③曲蟠：弯曲环绕。天汉：天河。岑：小而高的山,此指山。斗牛：指斗宿和牛宿,此代指天上的星辰。

④幽人：指隐士或幽居之士。清话：高雅不俗的言谈。剧：猛烈,迅速。此形容快谈。蓬丘：即蓬莱山,传说中的海上仙山,此指仙境。

少华峰

宜元熙

帝座通天上,孤峰插汉间。①
攀萝蹑鸟道,搦管入云山。②
极目秦疆尽,凭栏晋域环。③
飘然人境外,俯瞰小尘寰。④

（选自清康熙《续华州志》）

【作者简介】

宜元熙,清代康熙时华州人,生平未详。

【注释】

①帝座：帝王的座位。此指少华山供奉天帝的宫殿。汉：天河。二句

均极言少华峰之高。

②蹑：踩，踏，此指行走。鸟道：只有鸟才能飞过的道路。搦（nuò）管：握笔，执笔为文，亦谓吹奏管乐器。云山：高耸入云之山。

③秦疆、晋域：指古代秦地、晋地。

④尘寰：人世间。

登蟠龙岭诗
刘建奇

苍龙结聚势分遥，簇得芙蓉小瓣么。①
险压秦城通北塞，迤连惇物贯中条。②
三台曾照云林色，六察常题山寺标。③
从此登临怀往事，诗思能不起宣骄。④

（选自清康熙《续华州志》）

【作者简介】

刘建奇，清代康熙时华州人，生平未详。

【注释】

①结聚：集结聚合。势分：势力。簇（cù）：聚集，丛凑，或丛聚成的堆或团。芙蓉：荷花的别名。么（yāo）：同"幺"，小的意思。

②迤连：曲折连绵。惇物：山名。《书·禹贡》："终南、惇物，至于鸟鼠。"孔传："三山名，言相望。"孔颖达疏："《地理志》云：扶风武功县有太一山，古文以为终南；垂山，古文以为惇物，皆在县东。"惇或作"敦"。北魏郦道元《水经注·禹贡山水泽地所在》："华山为西岳，在弘农华阴县西南，古文之惇物山也。"北魏郦道元《水经注·禹贡山水泽地所在》："陇山、终南山、惇物山，在扶风武功县西南也。"明何景明《述归赋》："极崤函之重塞兮，由惇物於太华。"中条：即中条山，位于山西省南部，黄河、涑水河间。地跨临汾、运城、晋城三市，居太行山及华山之间，山势狭长，故名中条。

③三台：古有灵台、时台、囿台，合称三台。又为官名，汉承秦制，以尚书为中台，御史为宪台，谒者为外台，合称三台。又为汉魏和北齐宫殿名。后世又以之称三公（朝廷辅佐皇帝处理军国大事的最高官员）。云林：隐居之所。六察：唐、宋时置监察御史，分察六部、六事，号六察官。

④宜骄：骄奢。此指豪迈且多。

明代华县（州）八景简介

明代华州八景：南寺晓钟、西溪夜月、石桥官柳、簧宫古柏、泮壁甘泉、移山灵秋、少华晴岚、渭川晚渡。

明代华州八景（八首）

伍　性　钮莹中

南寺晓钟①

五漏筹残夜色平，梵王宫阙吼长鲸。②
九天星斗云间没，万里人烟梦里醒。③
百八风前分缓急，三千界内识阴晴。④
岂独阖郡多清韵，终间虞韶舞凤声。⑤

【作者简介】

伍性、钮莹中均明代人。伍性，四川荣县人，成化十五年（1479）进士，曾任华州知州。钮莹中，四川华阳人，举人，成化年间华州任训导。成书于成化二十二年（1486）的华州州志，即伍性命钮莹中编撰。

【注释】

①南寺晓钟：南寺指华州城内南塔寺，今已不存。昔日该寺拂晓钟鸣，声震全城，伴随雄鸡高唱，旭日冉冉升起，人们在警醒和期盼中开始新的一天。

②漏：古代用的漏壶，用以计时。五漏：夜晚的第五个时段（古人把夜晚分为五个时段，谓之"五夜"），天已将晓。筹：更筹。筹残：这里指天将亮。平：平静。梵王宫阙：指佛寺。吼长鲸：如鲸鱼长吼。这里形容钟声之巨大响亮。

③九天：高空。

④百八：百八钟。佛寺朝暮击钟，共一百零八下，故称百八钟。三千界：即三千大千世界，佛教语。这里指广大人世间。识阴晴：这里指从钟声判别天气阴晴。

⑤郡：古代的州，大体相当于封建社会前期的郡，故此处以"郡"称州。阖郡：全州。间：疑当作"闻"。虞韶：谓虞舜时的《韶》乐。

《韶》乐,史称舜乐,起源于五千多年前,为上古舜帝之乐,是一种集诗、乐、舞为一体的综合古典艺术。末句是颂圣之词。

西溪夜月①

帘澈晴空月色低,蟾光流彩映西溪。②
波涵玉魄天香寂,鱼怯金钩醉眼迷。③
采石无人弄清秋,杜陵有客漫留题。④
游观日夕归途晚,犹有余晖投马蹄。⑤

【注释】

①西溪夜月:西溪是石堤河流经华州区西老官台村与梁西村、梁老堡村之间的一段支流。台地夹峙,稻田如茵,溪水蜿蜒北流,夜月之下,风光别具,在古代为眺游佳景。当时溪边有一西溪游春亭,或名郑县亭子,杜甫曾有《题郑县亭子》一诗:"郑县亭子涧之滨,户牖凭高发兴新。云断岳莲临大路,天晴宫柳暗长春。巢边野雀群欺燕,花底山蜂远趁人。更欲题诗满青竹,晚来幽独恐伤神。"溪边曾建有杜甫祠堂"工部祠"。

②上句言月色清澈,如冰帘悬挂晴空。蟾光:月光。

③玉魄:这里指月影。

④采石:有彩色花纹的石头;宝石。杜陵有客:指杜甫。杜甫曾自称"杜陵野老",又曾在任华州司空参军时有《题郑县亭子》一诗,郑县亭子即西溪游春亭,故云其曾"漫留题"。漫:随意。

⑤游观:游览观赏。投:投射,这里是照到之意。

石桥官柳①

郡城十里驾长虹,官道依稀古木丛。②
万缕柔条临绿水,几行青眼媚春风。③
时闻深处莺声滑,日有阴处骥足雄。④
莫唱渭城朝雨色,秦山蜀道月玲珑。⑤

【注释】

①石桥官柳:石桥,指石堤河桥。石堤河又名沙河、石桥水。发源于华州区杏林石堤峪内五里场秦岭架,流经杏林镇、瓜坡镇等五个乡镇后注入渭河。距县城十里,河上曾建有石桥,桥边官道两边多植柳树,故云"官柳"。春夏柳荫蔽地,景色宜人。

②官道：官府主持修建的道路；大道。上句言石桥在距华州州城十里的地方如长虹飞架；或夸言桥长十里。古木丛：古木丛生，这里指柳树丛生。

③青眼：这里指柳树的嫩叶，亦名"柳眼"，因其似眼之形得名。媚春风：在春风中显得特别美好。

④滑：形容莺声流畅清脆。阴处：此指柳树下阴凉处。骥：良马，这里指马。骥足雄：马蹄矫健。

⑤上句用唐代诗人王维《送元二使安西》诗中"渭城朝雨浥轻尘"句而反其意。玲珑：这里是明亮美好的意思。

黉宫古柏①

数仞宫墙一径深，两行青翠柏森森。②
霜雪不能动劲节，衣冠偏许藉清阴。③
月明午夜疑龙化，风动虬枝讶凤吟。④
栋梁榱桷须珍重，终见抡才到上林。⑤

【注释】

①黉（hóng）宫古柏：黉宫原为纪念和祭祀孔子等先贤的祠庙，常称孔庙。往往又是州县兴学立教之地，故《华县志》言其是"州城儒学"，即县学所在。庙内昔日古柏苍翠，耸立云天，一派兴旺发达气象。

②仞：古代长度单位，约相当于现在的八尺。径：小路。森森：形容树木茂盛。

③衣冠：古代士以上戴冠，亦以之指士以上的服装，故亦以之指士大夫或有名望的人。藉：借助。

④疑龙化：化为龙。虬：古代传说的一种无角的小龙；蜷曲。虬枝：曲折盘旋的枝条。讶：惊讶。吟：吟唱。

⑤榱（cuī）：椽子。桷（jué）：方形的椽子。栋梁和榱桷均为建设殿堂和房屋的重要材料，这里均双关杰出人才。抡才：即抡材，选择木材。上林：即上林苑，秦汉时供皇帝春秋时打猎的苑囿。此句言外之意是人才最终会得到皇帝和国家重用。

泮壁甘泉①

泮宫东畔郡城幽，一隙甘泉迈众流。②

色比蜂脾还不异，味参蚁醴足同俦。③
须知源派流来远，久信桑麻赖有秋。④
溪涧岂能留得住，终随清渭到瀛洲。⑤

【注释】

①泮（pàn）壁甘泉：泮指泮宫，指古代的学校，此亦指县学。昔该县县学东曾有泉水涌出，形成小溪和池塘。其水甘冽，其景优美，故为华州一景。

②幽：此指幽僻之处，亦有美好之意。迈：超过。

③蜂脾：即巢脾，蜜蜂的巢是用蜡板来造的，数张板状物从蜂箱上部垂到下面，其两面排列着整齐的六角形蜂房，称之为巢脾。醴（lǐ）：甜酒；甜美的泉水。同俦（chóu）：同类。

④赖：依靠，凭借。

⑤瀛洲：神话传说中的仙山。

移山灵湫①

少华山隈乱石滩，白云绿水净漫漫。②
风吹万叠波涛涌，夜浸一天星斗寒。③
鸥鹭忘机留旧约，鱼龙得意起长蟠。④
威灵屡应官民祷，化作甘露洒大寰。⑤

【注释】

①移山灵湫：指州城东半截山下之移山潭。灵湫为深潭，古时以为深潭中往往多龙等灵物，故称"灵湫"。旧时天旱，州人常在此祈雨。

②隈（wēi）：山水等弯曲的地方。漫漫：遍布的样子。

③浸：泡在液体里。此处是映照的意思。下句言夜晚满天星斗都映照在移山灵湫之中。

④鸥鹭：两种水鸟。鸥鹭忘机：北齐刘昼《刘子·黄帝》言："海上之人有好沤（鸥）鸟者，每旦之海上，从沤鸟游。沤鸟之至者，百往而不止。其父曰：吾闻沤鸟皆从汝游，汝取来，吾玩之。明日之海上，沤鸟舞而不下也。"后以指隐居自乐，不以世事为怀。蟠：蟠龙。这里是弯曲的意思。

⑤威灵：神灵。屡应：多次回应。祷：祈祷。这里指祈雨。大寰：天地之间，大地。

少华晴岚①

日色才临泰华东，岚光如画霭溶溶。②
轻凝远嶂浓还淡，倏忽凌崖翠且重。③
浑似蚩尤军涿鹿，恍疑神女醉巫峰。④
非烟更觉还非雾，幻尽先天造化踪。⑤

【注释】

①少华晴岚：少华山位于华州区东南约5公里处少华乡刘家河村南，其山东连小夫峪，西郊白石峪，主峰海拔1664.4米。因与西岳华山峰势相连，遥遥相对，并称"二华"，但低于华山，因名其少华山，又名小华山。该山自古以来就是关中名山，具有深厚的人文历史积淀。山上风光旖旎，晴日山中云气缭绕，现已发展为著名旅游胜地。晴岚：晴日的云雾之气。

②临：到。泰华：即太华，指华山。霭（ǎi）：云气。溶溶：广大的样子。

③远嶂：远山。倏忽：很快。

④浑似：很像。蚩尤：传说中的古代部落首领，善作雾，曾和黄帝大战于涿鹿，为黄帝所败。军：驻军。上下句分别用这一典故和巫山神女言自己"旦为朝云，暮为行雨"神话，形容少华山晴日的雾气，亦即"少华晴岚"。恍：恍惚。

⑤幻：变幻。造化：创造化育。踪：踪迹，此处指形状。

渭川晚渡①

华郡堂堂枕渭流，夕阳日日往来稠。②
一篙清浅斜晖影，两岸喧腾伫待舟。③
芦荻风高蓬来下，海棠月上缆初收。④
绿蓑生意惟□□，□□□封万户侯。⑤

【注释】

①渭川晚渡：渭河由赤水镇三张村西流经华州区，至方山河口出，多有渡口。傍晚之时，农人荷锄归来，船夫歌声欸乃，风光无限。

②堂堂：形容盛大、有志气或有气魄。

③伫待：伫立等待。

④蓬：蓬草，飞蓬。缆：拉船、系船的粗绳。

⑤绿蓑生意：指在水上谋生，如划船、钓鱼等。此二句原文残缺。

明代华州十景简介

明代华州十景：明代华州十景前八景同明代华州八景，其余两景为五泉细流和天池灵灏。

明代华州十景（十首）

陈应麟

南寺晓钟

山郡稀民讼，惭无卧石名。①
病余昧爽坐，南塔晓钟清。②

【作者简介】

陈应麟，明代华州知州，嘉靖三十八年（1559）任。在原华州八景的基础上，他增加为十景，并分别题诗。

【注释】

①山郡：陕西省渭南市华州区有少华山等山，故称"山郡"。讼：诉讼，打官司。卧石：眠云卧石之省，比喻山居生活。

②昧爽：拂晓，黎明。

西溪夜月

杜子游春处，南岗松鹤奇。①
坐来招夜月，洒洒慰幽期。②

【注释】

①杜子：指杜甫。杜甫曾有诗题西溪游春亭。

②洒洒：本形容文辞连绵不绝，这里用来形容月光之美。幽期：幽会之期。这里把月光拟人化，言自己与月亮约会。

石桥官柳

路柳怜多荫，行人歌秦熙。①
谁能清案牍，步此向犁耕。②

【注释】

①怜：这里是爱的意思。熙：光明和乐。
②案牍：官府的公文。

黉宫古柏①

柏樾深如许，宫墙高逼云。①
谁知播风教，森爽见斯文。②

【注释】

①樾：路旁遮荫的树。逼：近。
②播：传播。风教：风俗教化。森爽：森疏而爽豁。斯文：原意是此文，后世以之指文人或文化。

泮壁甘泉

数尺甘泉水，近在官墙西。①
饱沃怜多士，不为世味迷。②

【注释】

①宫：这里指学宫。
②饱沃：这里似指德行高尚，学识渊博。怜：爱。世味：世俗的风气。

移山灵湫

湫水深千尺，蛟龙称跃雩。①
襄时能注泽，日月沃郊坰。②

【注释】

①雩（yú）：古代为求雨而举行的一种祭祀。跃雩：因求雨而奋起行雨。
②襄：帮助，辅佐。注泽：灌注泽惠。郊坰（jiōng）：泛指郊外。此指田野。

少华晴岚

少华晴如靛，山峰宛如花。①

斋中频书静，思欲弄朝霞。②

【注释】

①靛（diàn）：靛蓝，深蓝色。

②斋：此处指书斋。弄：这里是玩赏之意。

渭川晚渡

渡喧讶日暮，浩浩悯清流。①

谁氏抱奇者，同浮郭李舟。②

【注释】

①渡喧：渡口喧闹。浩浩：形容水势浩大。悯：怜悯，这里是爱惜之意。

②谁氏：谁人。抱奇者：有奇思妙想的人。郭李：东汉名儒郭太、李膺并称，唐代大将郭子仪、李光弼并称，此处似指前者。

五泉细流①

谁将一线水，引入郡城中。

花绕河阳县，吾方愧未同。②

【注释】

①五泉细流：从下文陈应麟《五泉细流》诗意看，五泉当为当时州城中的五处泉水。五泉潺潺细流涌出，滋润全城，自有一种天然之美。

②花绕河阳县：潘岳做河阳县令时，满县栽花。后遂用"河阳一县花、花县"等用作咏花之词，或喻地方之美或地方官善于治理。下句即就最后一义言自己未能如潘岳善于治理该县。

天池灵灏①

士阜为山郡，古云应水灵。②

人龙养头角，颂尔小沧溟。③

【注释】

①天池灵灏：天池为高山上湖泊之美称，灵灏则为有灵气之大水。"山不在高，有龙则灵"，此天池疑指少华等山上之湖泊，言其有灵气。

②士：古称读书人。阜（fù）：盛、多、大。应水灵：与水的灵气相应。

③人龙：人和龙。指天池的龙和当地的人。养头角：言人和龙都在养成自己的能力。尔：指此处所谓之"天池"。沧溟：大海。

清代华州八景简介

清代华州（棫林）八景：万户朝烟、山林宝藏、春桑柘树、绿畦桔槔、石堤香轮、百果缀珠、岗峦樵迹、盈塍粳稻（棫林为华州别称）。

清代华州八景（八首）

佚 名

万户朝烟①

堡居相望聚蜂屯，遗迹传闻郑县村。②
古今沧桑多异变，废兴禾黍自啼痕。③
烟光偏绕咸林瑞，爽气常开闾里繁。④
我欲登临详户口，生全端有赖明尊。⑤

【注释】

①万户朝烟：华州自西魏废帝三年（554）始设至清乾隆元年（1736）不再领县，虽间有废置，但多数时间为领数县的大州。乾隆以前尚领蒲城、华阴、潼关三县。故州城人烟密集。清晨之时，千门万户朝烟缭绕，一片繁华富庶景象。

②堡：村堡，村庄。聚蜂屯：聚集如蜂巢。郑县：春秋时期的秦武公十一年（前687），秦国在今华州区一带曾设郑县。

③禾黍：这里指代庄稼。废兴：这里主要指王朝的灭亡和兴起。

④咸林：华州区地名。西周时，宣王封厉王庶子"友"于郑（今陕西省渭南市华州区），建郑国，国都为棫林，后演变成咸林。棫林和咸林遂成华州区别称。闾里：里巷；平民聚居之处。繁：繁多，繁荣。

⑤生全：保全生命。这里指保全全县百姓的安全和生计。赖：依靠。明尊：圣明的长上。

山林宝藏①

金玉光含岳气清，物华钟毓焕山灵。②
羽毛辉散珍奇迹，草木祥开锦绣形。③

内史郁葱犹外府，关城精聚是珠庭。④
按图武下知生产，何事輶轩待问停。⑤

【注释】

①山林宝藏：复杂的地质条件，造就了华州丰富的矿产资源。明代《华州志》就记述金堆城、白花岭等地有金、银、铜、锡等矿物。山上林木茂盛，平地竹林广布，为多种鸟兽繁衍生息之地，其中不乏珍禽异兽。

②岳：山岳。物华：自然景物，这里似指物产。钟毓：钟灵毓秀。指美好的风土诞育优秀人物。这里指集中孕育了山林的物产等"宝藏"。山灵：山神。这里指山。焕山灵：这里指使山林焕发出光彩。

③羽毛：这里指鸟兽。二句概言华州区山林鸟兽草木的珍奇美丽。

④内史：西周官名，又为汉初郡名。郁葱：青翠茂盛。犹：如。外府：我国古代名词，结合上下文有多种含义，如官名、机关、州郡等，常见于古籍之中。华州区汉初曾为左内史属县。关城：关隘城池。精聚：精彩聚集。珠庭：饱满的天庭，星相家以为主贵之相；仙人的宫院，仙境。这里指后者。二句概言这里地上地下珍宝聚集。

⑤按图：按图索骥之省。武：步武，步子。輶（yóu）轩：古代使臣乘坐的一种轻车。二句似言只要按图索骥下步，就知道这里的出产，无须使者等待停下来询问才明白。

石堤香轮①

人生巧夺旋乾势，留作机关运水磨。②
木屑翻成堆激沺，涛声散处舞婆娑。③
千轮较古候同户，万姓从今利自多。④
惟此谷中资众赖，穷檐谁不饱山阿。⑤

【注释】

①石堤香轮：石堤指石堤河；香轮这里指水磨，即利用水力转动的磨盘。华州人利用石堤等河流水丰富的自然资源，创制水力推动的石磨磨制麦子及其他谷物成面粉。石磨转动时水花飞溅，声传十里，面粉特有的芳香，使人口角生津。

②旋乾：旋乾转坤之省。此句言人们对水磨的设计巧夺天工。机关：机械的关键部分。运水磨：使水磨运行。

③翻：反。潋滟（liàn yàn）：水波荡漾的样子。婆娑：盘旋舞动的样子。

④较古：和古代比较。候：等候。同户：似指有同样需求的人家。

⑤资：供给。赖：依赖，依靠。穷檐：指茅舍，破屋。这里指穷苦人家。饱山阿：依靠山林而饱暖。

百果缀珠①

名园胜地是良游，垂石离离五色稠。②
万树枝头光灿列，千山圃下景芳秋。③
宾筵相款须珍荐，贡献区私更拔尤。④
硕果于今称独最，上林原可谏停修。⑤

【注释】

①百果缀珠：华州自古盛产桃、杏、枣、梨、梅、樱桃、核桃、葡萄等多种水果，春季百花竞艳，夏日硕果满枝，秋日红、黄、绿各种色彩的果品累累挂满枝头，恰如串串珍珠竞相呈艳。

②良游：美好的游览之地。离离：众多的样子。稠：多。

③灿列：璀璨排列。圃：园圃。芳秋：美好、芳香的秋季。

④相款：互相款待。珍荐：这里指招待客人的美好果品。区私：谦称自己的心意。拔尤：选拔好的东西。

⑤上林：秦汉时期供皇帝打猎的苑囿。二句言既然有这里的美好果品（供皇室使用），就可以劝告皇帝再不要修建上林苑了。

冈峦樵迹①

峰危巀嶭信难攀，鸟道盘曲向径弯。②
惟仗斧斤通攘剔，不知险峻入深山。③
民事能勤恒尽力，田家作苦辨余闲。④
薪蒸止为供财用，负荷谁言虎豹关。⑤

【注释】

①冈峦樵迹：华州山岗丘陵，华山松、油松、白皮松、白桦、槐、柳、榆、椿树、栎类等多种树木和灌木杂生，成为当地人民取之不尽的建材和柴草资源。所以岗峦之上，常见樵夫背负肩挑，常闻樵歌入云。

②危：高。巀嶭：即嵽嵲（dié niè），形容山高峻。信：的确。

③仗：依仗。斧斤：斧头。斤为大斧。攘（rǎng）剔：除谓剪除烦冗部分。此指用斧头清除山林的草木。

④民事：百姓的事。恒：常，永远。辨：分辨。

⑤薪蒸：即薪柴。负荷：这里指背负薪柴。二句概言樵夫为生计不避被虎豹残害的危险。

春桑柘树①

境外微行沃若滋，懿筐攀折日迟迟。②
摘来不厌柔条嫩，持去端怜曲薄饥。③
三起三眠洴澼洸，一经一纬供缫丝。④
谁知捋采侯甸尽，剩有药成手不龟。⑤

【注释】

①春桑柘（hù）树：桑树、柘树之叶俱能养蚕。华州山坡丘陵又适宜桑、柘生长，故养蚕长期曾为华州农家家庭副业，广植桑树和柘树。春天到来之时，家家采桑，户户养蚕，故桑、柘为华州一景。《华县志》此景作"春桑柘树"。按：柘（zhè）为落叶灌木或乔木，树皮有长刺，叶卵形，可以喂蚕。切合诗意，似是。

②境外：这里似指村外郊野。微行：小路，小道。沃若：肥润的样子，这里形容桑叶。滋：多。懿筐：深筐。此二句用《诗经·豳风·七月》"女执懿筐，遵彼微行，爰求柔桑"和"春日迟迟"等句意写妇女采集桑叶。

③端怜：的确怜悯。曲薄：蚕箔，一种以竹篾或苇子等编成的养蚕器具，这里以之指代蚕。

④三起三眠：指蚕成长的整个过程。洴澼洸（píng pì guàng）：在水上漂洗丝絮或棉絮。

⑤捋（luō）：用手轻轻摘取。捋采：这里指采集桑叶。侯甸：侯服与甸服。古代王畿外围千里以内的区域。药成手不龟：传说古代有人家世代以漂洗丝絮为业，有不龟手（即手受寒不皲裂）之药。此二句言在桑叶被采集完之时，就只剩下涂上不皲裂手之药漂洗蚕丝这一道工序了。

绿畦桔橰①

灌园何论百千畦，华池风光数百溪。②

抱甕丈人频欲隐，於陵仲子自知栖。③
人工旋转天和润，井汲余波水利齐。④
轩轾如林机法巧，村村溉处送旸西。⑤

【注释】

①绿畦桔槔（jié gāo）：桔槔为古人利用杠杆原理制作的人力提水工具。华州多山，山多溪流，溪流流出山外成为河流和小溪。农人则用桔槔作为工具，提水灌田。春夏之际，绿畦之间，流水潺潺，农人欢歌呼叫之声盈耳。

②何论：何止说。华池、百溪：均华州区地名。这里以华池代指华州。

③抱甕（wèng）丈人：即汉阴丈人。上句用《庄子·天池》所载子贡过汉阴，见一老人凿井抱瓮灌园，劝其使用桔槔被拒绝之典，下句用刘向《列女传·楚於陵妻》所载楚王欲以於陵仲子为相，於陵仲子与妻商量后拒绝，逃去与人灌园之典，言此二人也愿意到此隐居。栖（qī）：栖息，居住。

④天和：谓自然祥和之气。润：润泽。齐：齐备。

⑤轩轾（xuān zhì）：车前高后低为"轩"，车前低后高为"轾"，喻指高低轻重。送旸西：似指直到太阳西下。

盈塍秔稻①

招禺合灌擅名川，收入广饶第一田。②
荷插成云勤水耨，种秧及雨茂芳阡。③
玉粳长亩香风润，金液浸流细蕙穿。④
极目绿涛多万亿，匪今有且自年年。⑤

【注释】

①盈塍（chéng）秔稻：多水的地质特点，为华州人种植稻子准备了不可或缺的天然条件。所以华州历史上曾多有粳稻种植。春夏季节，绿盈塍畦，秋季稻穗下垂，丰收在望，使人有不是江南，胜似江南之感。塍（chéng）：田间的土埂子。秔稻：即粳稻。

②招禺：可能是华州区地名。擅：独揽、占有。这里是"独具……美名"之意。广饶：丰厚。

③荷插：扛着农具。插：也作锸或臿；铁锹；挖土的工具。成云：极

言其多。耨（nòu）：锄草的农具；锄草。水耨：浇水锄草。种秧：插秧。及雨：赶上下雨。阡：阡陌，即田间的小道。芳阡：芬芳的田间小路。此句言插秧赶上下雨稻子就会长得很茂盛。

④金液：这里用作水的美称。蕙：一种香草。

⑤极目：放眼远望。匪：非。匪今有且：《诗经·周颂·载芟》中有"匪且有且，匪今斯今"的话，此处是不仅今天，而且以后也将年年丰收之意。

咏潼关

入潼关
李世民

崤函称地险，襟带壮两京。①
霜峰直临道，冰河曲绕城。②
古木参差影，寒猿断续声。③
冠盖往来合，风尘朝夕惊。④
高谈先马度，伪晓预鸡鸣。⑤
弃襦怀远志，封泥负壮情。⑥
别有真人气，安知名不名⑦？

【作者简介】

李世民（599—649），即唐太宗，公元627—649年在位，我国历史上著名的政治家。在创建唐王朝的过程中功勋卓著。在位期间励精图治，从谏如流，使其"贞观之治"成为我国封建社会的政治楷模，为盛唐的出现奠定了坚实的基础。

【注释】

①崤（xiáo）函：崤山和函谷，均在潼关以东。崤山在今河南省西部，分东西二崤；函谷：关名。秦时关在今河南省灵宝市南，因其地深险如函得名。汉武帝时移置新安县东北。襟带：言潼关一带山川屏障环绕如衣之襟带。两京：西京长安和东京洛阳。壮两京：使两京的地理形势更加雄壮险要。

②霜峰：秋冬的山峰。临道：临近大道。冰河：指结冰的黄河。城：指潼关故城。

③参差：长短不齐的样子。

④冠盖：冠服和车盖。这里代指出入潼关的人马车辆。合：这里有络

绎不绝之意。惊：惊动。这句说从早到晚尘土飞扬，纷扰不宁。

⑤高谈：指曹操在潼关打败马超后曾对部下高谈阔论取胜之策。先：先于。马：马超。度：同"渡"，指渡过黄河。伪晓：假作天亮。此句咏战国时孟尝君门客假作鸡鸣骗开函谷关，帮助孟尝君从秦国逃脱事。

⑥弃襦（rú）句：襦是古代一种用作通行证的帛。此句咏西汉终军入潼关时以拒绝接受出关凭证表达一定要在朝为官，有所作为事。封泥句：此句咏东汉王元建议主将隗（kuí）嚣以"一丸泥"封函谷关事。一丸泥：比喻极少的兵力。负：怀有。壮情：豪情壮志。以上四句都是强调潼关一带重要的军事政治地位。

⑦别：一作"向"。真人：道家称得道之人为真人，这里指老子。老子曾经过潼关一带进入关中。安：哪里。"名不名"：老子所著《道德经》有"名可名，非常名"之句，意思是"常名"是无法用语言表达的。此句是说老子的话意思深奥，难以揣测。

潼关口号
李隆基

河曲回千里，关门限二京。①
所嗟非恃德，设险到天平。②

【注释】

①河：黄河。回：回旋。限：隔开。二京：长安和洛阳。

②嗟：叹息。恃：依靠。设险：设置险要的关口。到：一作"致"，这里是达到某种目的意思。天平：天下太平。

送杨燕之东鲁①
李 白

关西杨伯起，汉日旧称贤。②
四代三公族，清风播人天。③
夫子华阴居，开门对玉莲。④
何事历衡霍，云帆今始还。⑤
君坐稍解颜，为君歌此篇。⑥
我固侯门士，谬登圣主筵。⑦

一辞金华殿，蹭蹬长江边。⑧
二子鲁门东，别来已经年。⑨
因君此中去，不觉泪如泉。⑩

（选自《全唐诗》）

【注释】

①杨燕：人名，当是李白朋友，具体不详。之：去、往、到。东鲁：鲁地（今山东一带）东部。

②关西：指函谷关或潼关以西的地区。杨伯起：即杨震（？—124），字伯起，东汉弘农华阴人，东汉时期名臣，隐士杨宝之子。

③四代三公：四代人有三人官爵到了"公"的高位。杨震家族从杨震到杨彪四代中有三人在汉王朝官至太尉（中国秦汉时中央掌军事的最高官员，属于封建制度最高爵位）。清风：高洁的品格。播：传播，此指被颂扬。人天：人间与天上。

④夫子：古代对男子的敬称，此指杨震。玉莲：华山莲花峰的美称。

⑤何事：为什么。历：经历。衡霍：即衡山。衡山一名霍山，故称。云帆：高帆，借指船。此二句言杨燕去过衡山，现在才归来。

⑥解颜：开颜欢笑。

⑦侯门：指显贵人家。谬登：错误地登上，亦指无才德而做高官。圣主：对当代皇帝的尊称。

⑧金华殿：借指内庭，朝廷。蹭蹬：困顿，失意。

⑨二子：李白的两个子女。鲁门：此指鲁地。别来：离别以来。经年：经过一年或若干年。

⑩此中：指鲁地。不觉：不禁，不由得。

题潼关城楼

崔　颢

客行逢雨霁，歇马上津楼。①
山势雄三辅，关门扼九州。②
川从陕路去，河绕华阴流。③
向晚登临处，风烟万里愁。④

【注释】

①雨霁（jì）：雨过天晴。津楼：津：渡口。潼关临近黄河渡口，于

地理为要津，故称其城门楼为津楼。

②三辅：西汉时分关中为京兆尹、左冯翊、右扶风三郡，故后世称关中为"三辅"。雄三辅：使三辅的地理形势更加雄壮。也可理解为称雄于三辅。关门：潼关之门，泛指潼关一带。扼：扼制，扼守。九州：古代中国设置九个州，后以之泛指全中国。

③川：指黄河。陕路：即古陕陌，在今河南省陕县黄河南岸三门峡附近。河：此指渭河。华阴：华山之北。

④向晚：傍晚。

东归晚次潼关怀古①

岑 参

暮春别乡树，晚景低津楼。②
伯夷在首阳，欲往无轻舟。③
遂登关城望，下见洪河流。④
自从巨灵开，流血千万秋。⑤
行行潘生赋，赫赫曹公谋。⑥
川上多往事，凄凉满空洲。⑦

（选自《全唐诗》）

【作者简介】

岑参（715—770），唐荆州江陵（今湖北省江陵市）人。唐玄宗天宝三年（744）进士，曾任嘉州刺史等职，著有《岑嘉州诗集》10卷。

【注释】

①东归：东行回家。次：到达，临时住宿。潼关：据《元和郡县志》卷二："潼关，在（华阴）县东北三十九里，古桃林塞也。关西一里有潼水，因以名关。"

②暮春：春末，即农历三月。乡树：此指家乡。晚景：夕阳的余晖。低：低于。津楼：渡口修筑的瞭望楼台，这里指风陵津楼。

③伯夷：商末孤竹国国君之长子，曾反对武王伐纣。周王朝建立后，与叔齐隐于首阳山，义不食周粟，采薇而死（见于《史记·伯夷列传》）。首阳：指首阳山，即雷首山，在今山西省永济市南。

④关城：指潼关城墙。洪河：大河，此指黄河。

⑤巨灵：河神。《述征记》："华山对河东首阳山，黄河流于二山之间，元本一山，巨灵所开。"流血句：语出《五运历年记》：盘古"垂死化身。……血液为江河"。

⑥行行：不断行走的样子。潘生：指西晋文人潘岳。他曾西来长安，作《西征赋》，写作者从洛阳赴长安旅途的见闻和感想，其中有关于潼关历史事件的记述。曹公：即三国曹操。汉献帝建安十六年（211），曹操在潼关同马超、韩遂等激战，战事不利，遂两渡黄河由山西进入关中，又曾用计谋挑拨韩遂和马超的关系，最终打败马超等。故《西征赋》称："魏武赫以霆震，奉义辞以伐叛，彼虽众其焉用，故制胜于庙算（朝廷或帝王对战事进行的谋划）。"

⑦川：河川，河道，此指黄河附近。

秋日赴阙题潼关驿楼①

许 浑

红叶晚萧萧，长亭酒一瓢。②
残云归太华，疏雨过中条。③
树色随关迥，河声入海遥。④
帝乡明日到，犹自梦渔樵。⑤

（选自《全唐诗》）

【注释】

①赴阙：入朝。指陛见皇帝。此指进京。驿楼：驿站的高楼。

②长亭：古时于道路每隔十里设长亭，故亦称"十里长亭"。供行旅停息。近城者常为送别之处。

③太华：即华山。中条：即中条山，位于山西省南部，黄河、涑水河间，地跨临汾、运城、晋城三市，居太行山及华山之间，山势狭长，故名中条。

④迥：遥远。河声：黄河的咆哮声。

⑤帝乡：皇帝居住的地方，京城。明日：不远的将来。渔樵：打鱼砍柴，亦指隐居生活。

过潼关

温庭筠

地形盘曲带河流,景气澄明是胜游。①
十里晓鸡关树暗,一行寒雁陇云愁。②
片时无事溪泉好,尽日凝眸岳色秋。③
麈尾角巾应旷望,更嗟芳霭隔秦楼。④

(选自《全唐诗》)

【作者简介】

温庭筠(约812—866),本名歧,字飞卿,唐太原(今山西省太原市)人。屡试进士不第。曾任襄阳巡官、国子助教、方城尉等职。世人又称其为"温方城"或"温助教"。有辑本《金荃词》传世。

【注释】

①河:指黄河。景气:景象、景致。澄明:清澈明洁。胜游:美好的游览,此指美好的景色。

②关:指潼关。陇:本义为古地名,在今甘肃省东部;亦指陇山。绵延于陕西、甘肃交界的地方。

③片时:极短时间。凝眸:注视。岳:指华山,华山为五岳中之西岳。

④麈(zhǔ)尾:拂尘。麈为鹿类动物,又名驼鹿,其尾可作拂尘(古人闲谈时执以驱虫、掸尘的一种工具)。在细长的木条两边及上端插设兽毛,或直接让兽毛垂露外面,类似马尾松)。角巾:方巾,有棱角的头巾。为古代隐士冠饰。应:大概,此处是推测设想之词。旷望:极目眺望,远望。嗟:叹息。秦楼:代指秦地。二句似言隐士旧友大概会远远地望着我吧,更叹息云雾将在秦地的我和你们隔开了。

记 梦

陆 游

黄河衮衮抱潼关,苍翠中条接华山。①
城郭丘垆人尽老,药炉依旧白云间。②

(选自《剑南诗稿》)

【注释】

①衮衮:大水奔流不绝、旋转翻滚的样子。同"滚滚"。

②城郭：城墙。城指内城的墙，郭指外城的墙。此指城。丘：山丘。垆（lú）：黑色坚硬的土。丘垆：山丘和土地。药炉：炼仙丹的炉子。

山坡羊·潼关怀古
张养浩

峰峦如聚，波涛如怒，山河表里潼关路。①望西都，意踌躇。②伤心秦汉经行处，宫阙万间都做了土。③兴，百姓苦；亡，百姓苦！④

【作者简介】

张养浩（1269—1329），字希孟，号云庄，元代济南（今山东省济南市）人。元武宗至大年间任监察御史，上疏评论时政，为权贵所忌恨，被罢官。仁宗即位后征为右司都事，后官至礼部尚书，参议中书省事。52岁后辞官归隐。60岁时因来陕救灾心力交瘁去世。著有《云庄休居自适小乐府》。

【注释】

①前二句上句写潼关周围群山起伏，犹如千军万马奔腾而来。潼关南有秦岭，东有崤山，西南有华山，北面有中条山。下句写黄河波涛翻滚，汹涌澎湃，发出震天动地的巨响。山河句言潼关地势险要。表里：内外。山河表里：语出《左传·僖公二十八年》晋楚城濮之战前晋大臣原轸对形势的分析，言晋国"表里山河，必无害也"。山河原指太行山和黄河。这里指外有黄河如护城河，内有华山如城墙屏障的潼关。

②西都：长安。踌躇（chóu chú）：即踟蹰，本意为因犹豫不决而徘徊不前，此处是思潮起伏，难以平静之意。

③此句是说，当经过这秦汉故地的时候（或面对这秦汉王朝苦心经营的地方），伤感的是"宫阙万间都做了土"。宫阙：宫室。秦汉等封建王朝都曾在长安一带大兴土木，营建宫室。

④兴：既指宫阙楼台的兴建，也指封建王朝的兴起建立。亡：既指宫阙楼台的毁弃，也指封建王朝的衰亡。

题潼关
李梦阳

咸东天险设重关，闪日旌旗虎豹闲。①

隘地黄河吞渭水，炎天白雪压秦山。②
旧京想象千官入，余恨逡巡六国还。③
满眼非无弃繻者，寄言军吏莫嗔颜。④

（选自《明诗别裁集》）

【注释】

①咸东：咸阳之东，即秦东。天险：天然险要之地。重关：险要的关塞，指潼关。闪日：日光闪烁。虎豹：比喻勇猛的战士。闲：悠闲。

②隘：关隘，险要的地方。此指潼关。黄河吞渭水：渭水在潼关附近汇入黄河。

③旧京：旧都，古都。千官：众多的官员。余恨：遗憾。逡（qūn）巡：迟疑、徘徊不前；退让，退却。还：回。此指退却。此句意为遗恨的是齐、楚、燕、韩、赵、魏六国不敢奋力攻破潼关，征服强秦，而是迟疑不前，各自退却，最终招致六国的灭亡。

④弃繻（xū）：繻，符帛，是一种供出入关检查用的符信。弃繻：典出《汉书·终军传》："初，军从济南当诣博士，步入关，关吏予军繻。军问：'以此何为？'吏曰：'为复传，还当以合符。'军曰：'大丈夫西游，终不复传还。'弃繻而去。"后因以"弃繻"为年少立大志之典。嗔颜：发怒。

潼 关

王士祯

潼津直上势嵯峨，天险初从百二过。①
两戒中分蟠太华，孤城北折走黄河。②
复隍几见熊罴守，弃甲空传犀兕多。③
汉阙唐陵尽禾黍，雁门司马恨如何？④

（选自《清诗别裁集》）

【注释】

①潼津：潼关。嵯峨（cuó é）：山势高峻，此处是高峻之意。百二：《史记·高祖本纪》："秦，形胜之国，带河山之险，悬隔千里，执戟百万，秦得百二焉。"谓秦地险要，其军队可以二敌百（一说百万可抵诸侯二百万）。

②两戒：国家疆域的南北界限。我国古时以华山为界，将天下分为南

北两戒。故下言"中分"。蟠：盘曲而伏。太华：即华山。孤城：此指潼关城。北折：郦道元《水经注》："黄河自龙门南下，至潼关折而东流。"二句言盘曲如龙的华山将天下分为南北两部分，黄河北流到潼关折而东流。

③复隍：复通"覆"；隍是无水的护城壕。复隍谓城倒覆于隍上。语出《易经·泰卦》："城复于隍。"熊罴（pí）：熊和罴，皆为猛兽。因以喻勇士或雄师劲旅。弃甲：丢掉铠甲。表示战败。犀兕（sì）：犀牛和兕。犀兕皮可制铠甲。此二句意谓潼关虽险，但历史上能够固守的并不多。

④阙：皇宫门楼。陵：皇帝坟墓。汉代与唐代都建都于长安。禾黍：禾与黍，泛指黍稷稻麦等粮食作物，这里意指汉唐的宫殿陵墓业已平为田地，长满禾苗。雁门司马：指明末大将孙传庭，代州振武卫（今山西省代县，旧称雁门）人。崇祯十五年（1642），以兵部右侍郎督师陕西，抗击李自成率领的农民起义军。十六年（1643）升兵部尚书（古称"司马"），在农民起义军攻破潼关时战死。

潼 关

毕 沅

崇墉百雉跨山巅，崖逼人从鸟路穿。①
锁钥中原开四扇，车书大统达三边。②
奇争岳色河声外，雄踞秦都汉阙前。③
设险到头成破竹，几朝能守一丸坚。④

（选自《灵岩山人诗集》）

【注释】

①崇墉：高大的城墙。雉：古代计算城墙面积的单位，长三丈高一丈为一雉。百雉：形容城墙高大。跨：跨越。山巅：山顶。鸟路：鸟才能飞过的道路，极言路之高险狭窄。

②锁钥：锁和钥匙，后借指军事重地。车书大统：即车同轨，书同文。指一统国家的事业。三边：泛指边境、边疆。二句强调潼关的重要军事地位：占领潼关，大开其大门，就像拿到了通向中原的钥匙，就可以到达国家最远的地方，一统整个国家。

③阙：宫殿门前两边供瞭望的楼。汉阙：此代指汉代京城长安的宫殿。此二句倒装，言潼关雄踞于秦都咸阳和汉宫之前，其奇丽险要可以与

华山和黄河声涛之美相媲美。

④设险：设置险要的关口。到头：最终。破竹：即势如破竹，喻迅速破亡的形势。一丸坚：古人形容潼关之险要，有一丸泥即可封闭的说法。二句言历代王朝都在潼关设置险要的关口并派重兵把守，但最终却被对方势如破竹攻破，又有几个朝代能守住这个据说只要有一丸泥即可据守的险要关口呢？

潼 关

洪亮吉

出险复入险，别山仍上山。①
河流五夜色昏黑，一片日红先射关。②
壮哉龙门涛，至此始一折。③
惊流无风舟尚失，大鱼如龙欲迎日。④
风陵津北起黑波，重舸径向中流过。⑤
河声渐远坡愈回，却控马首看全河。⑥
君不见哥舒拒禄山，魏武破孟起，
门开如云列千骑，喧声动天箭洒地。⑦
时平云气亦卷舒，扉卒立门可启闭。⑧
关头饭罢客亦闲，早有太华开心颜。⑨

(选自《洪北江全集》)

【作者简介】

洪亮吉（1746—1809），原名莲，又名礼吉，字君直，又字稚存，号北江，又号梦殊、对岩。阳湖（今江苏省常州市武进区）人，清高宗乾隆五十五年（1790）进士，授编修，后督贵州学政。清仁宗嘉庆年间（1796—1820）因批评朝政获罪，遣戍伊犁。不久遇赦还乡，专意从事著述，精通经史、音韵训诂及地理学，工诗文。著有《洪北江全集》等。

【注释】

①此二句形容潼关之险。

②河：指黄河。五夜：五更。关：即潼关，在今陕西，关城地势险峻，自古即为要塞。

③龙门：在陕西省韩城市东北，传说为大禹治水时为开通黄河水道而开凿。龙门涛：此指黄河水。此：指潼关。至此始一折：黄河到潼关附近

自北流折而东流。

④上句言黄河中的惊涛激流，即使不刮风也会使小舟翻沉。下句夸言黄河鱼之大。

⑤风陵津：即风陵波，在山西省永济市南，黄河北岸。重舸（gě）：大船。径：直接。

⑥回：回旋。控：驾驭，控制。

⑦哥舒拒禄山：哥舒即哥舒翰，唐朝大将，突厥人。禄山即安禄山。安禄山叛乱后，唐玄宗命哥舒翰率兵二十万驻守潼关，后与安禄山都将崔乾佑作战，战败被杀。魏武破孟起：魏武即曹操；孟起即马超，马超字孟起。建安十六年（211），曹操与马超在潼关大战，马超败走凉州。门：指潼关门。列千骑：形容守关者众多。洒地：散落在地上。

⑧此二句言太平时期潼关上云气卷舒自如，只需孱弱的士卒负责开门关门就行了。

⑨关头：关卡，此指潼关。客：作者自指。闲：悠闲。太华：即华山。

潼 关

魏 源

晓日潼关启，云胸诀荡开。①
千秋河岳色，犹挟汉唐来。②
马带中原雨，车驱万壑雷。③
何须论德险，兴废一莓苔。④

（选自《魏源集》）

【注释】

①晓日：朝阳，亦指清晨。启：开启。云胸：此用杜甫《望岳》诗"荡胸生层云"句意，言远望潼关，胸襟开阔。诀（dié）荡：横逸豪放。这里是气概豪迈奔放的意思。

②河岳：黄河和五岳的并称，这里指黄河与华山。挟：挟持。此处是携带的意思。二句言千年以来黄河和华山的色彩气概，好像还携带着汉唐盛世的豪迈气概而来。

③此二句夸言人行至此，所骑之马好像还带着中原地区的雨，车轮滚动，还犹如万壑雷鸣。

④德险：此寓统治天下"在德不在险"之意。莓苔：青苔。二句言何须议论统治天下在德还是在险呢，历代王朝的兴废都不过像青苔那样短暂，很快就成为历史的陈迹了。

潼关八景简介

潼关八景：雄关虎踞、禁沟龙湫、秦岭云屏、中条雪案、风陵晓渡、黄河春张、谯楼晚照、道观神钟。

潼关八景（八首）

林云翰

雄关虎踞①

西上秦川百二山，雄关虎踞控三藩。②
重岗叠嶂萦纡远，歧路悬崖曲折还。③
行旅谩劳问夜柝，隐贤今喜侍朝班。④
等闲莫起眈眈视，为问青牛何时还？⑤

【作者简介】

林云翰，明代人，生平未详。

【注释】

①雄关虎踞：雄关，是指潼关故城东门的关楼。踞是蹲或坐的意思。虎踞，是指东门外麒麟山角形似一只猛虎蹲在关口。东门城楼北临黄河，面依麒麟山角，东有远望沟天堑，是从东面进关的唯一大门，峻险异常，大有"一夫当关，万夫莫开"之势。进关时，沿着东门外陡坡道拾级而上，举目仰望关楼和巍峨的麒麟山，恰如一只眈眈雄视的猛虎，守卫着陕西的东大门，它以威严雄险著称。

②百二：百分之二。语出《史记·高祖本纪》："秦，形胜之国，带山河之险，悬隔千里，持戟百万，秦得百二焉。""百二"则有两解：一说为秦凭借山河之险，能以二万人抵抗诸侯百万之师；一说谓百之二倍。百二山：指潼关一带的山。三藩：三个藩王。此以汉明帝时三个藩王的封地指以潼关为要塞的广大地区。

③萦纡（yíng yū）：回旋曲折。

④行旅：来往的旅客。谩：同"漫"，随意，随便。劳：有劳，劳

驾。柝（tuò）：打更用的梆子。隐贤：隐居的贤士。待：等待。疑当作"侍"，侍奉。

⑤眈眈：形容眼睛注视，这里指图谋不轨地观察的意思。青牛：据说老子曾乘青牛过函谷关西来。潼关地近函谷关，作用也同函谷关，故言。

禁沟龙湫①

禁沟山下有灵源，一脉渊深透海门。②
龙仰镜天嘘雾气，鱼穿石甃动苔痕。③
四时霖雨资农望，千里风云斡化云。④
乘兴登临怀胜迹，载将春酒醉芳尊。⑤

【注释】

①禁沟龙湫：龙湫（qiū），上有悬瀑，下有深潭叫作"龙湫"。禁沟龙湫景致在禁沟口石门关北面禁沟水与潼河相汇处。北距潼关故城约2公里。禁沟既长且深，下有流水，水源出自秦岭蒿岔峪，汇合沿途泉水流至沟口石门关。沟床突变，湍流直下，飞沫四溅，好似白练高挂。沟水下落与潼河相溶，汇为深潭。碧波荡漾，鱼跃兴波，绿树成荫，花香鸟语，颇有江南水乡风韵。

②灵源：神奇的源泉。海门：海口。下句言禁沟下通海口，即以海口为源泉。

③镜天：如镜之天。嘘：慢慢地吐气。甃（zhòu）：井壁。

④斡（guǎn）：掌管。

⑤尊：通"樽"，古酒器，相当今之酒杯。

秦岭云屏①

百二秦峰亦壮哉，四时景色护崔嵬。②
气蒸瑞霭云屏拥，光绚晴霞锦嶂开。③
有意从龙朝象籁，无心驾鹤上蓬莱。④
何当起慰苍生望，洒作甘霖遍九垓。⑤

【注释】

①秦岭云屏：屏，屏风。秦岭云屏，把秦岭云雾缭绕的自然风光比作潼关的屏风。潼关南面的秦岭峰峦起伏，苍翠清新，令人赏心悦目。每当

雨雪前后，景象更为佳妙，峰峦中游云片片，若飘若定，似嵌似浮，来之突然，去之无踪。一会儿若龙腾跃，一会儿若马奔驰。有时如丝如缕，有时铺天盖地，或如高山戴帽，或如素带缠腰，或如绵团乱丝。千姿百态，变化无穷。迨旭日初露，锦幛乍开，五光十色，山为画，画为山，画山融为一体。《秦蜀驿程记》的作者曾欣喜地写道："河南（黄河以南，指潼关一带）连山，绵绵不绝……时见白云逢逢，自半山出，惝恍无定姿，心目为之清旷。"

②崔嵬（wéi）：有石头的土山；高大，高耸。

③瑞霭：祥和的云气。锦幛：锦绣幕帐。此指灿若锦绣的山峰。

④象籁：疑应为"象笏"（象牙所制的手板）之误。蓬莱：传说中的海上仙山之一。

⑤甘霖：即甘雨。此指及时的好雨。九垓（gāi）：九重之天；九州，全国。

中条雪霁①

大地平铺莫辨踪，中条山翠失芙蓉。②
六花冻结银为树，乱纷堆匀玉作峰。③
缟鹤低回云淡淡，素龙蟠卧月溶溶。④
丰登喜见多嘉兆，三祝尧仁效华封。⑤

【注释】

①中条雪霁：中条指中条山，在今山西省。其西面端与潼关隔黄河相望，明代时为蒲州所辖。中条雪霁，指中条山清幽的雪景。在古代，潼关正是军事重镇，设防范围北跨黄河，在蒲州境内筑守御城，设千总，管辖蒲州一些关津渡口。潼关故城处正是欣赏中条雪霁的最好位置。大雪纷飞，苍翠的中条山换上了银装素裹。站在潼关城头北眺，但见"千山鸟飞绝，万径人踪灭"，满目皑皑，"大河上下，顿失滔滔。山舞银蛇，原驰蜡象"。银为树，玉作峰，粉塑栏杆，素裹山川。倘好雪后新晴，则银光四射，琼瑶失色，云游雾荡，观者恍惚置身于仙境之中。

②下句言大雪之后，翠绿的中条山失去了如花的容颜。

③六花：指雪。

④缟（gǎo）：细白的生绢；白色。缟鹤：白鹤。素龙：白龙。溶溶：广大。此处形容月光普照。

⑤下句用"华封三祝"之典：华封人祝帝尧长寿、富有和多男，后人因称为"华封三祝"。

风陵晓渡①

周王曾此暂停辀，陈迹千年今尚留。②
傍听人喧争急渡，开头棹疾逆回流。③
满川草积寒光映，隔屿波摇曙色浮。④
几度临渊动归兴，不堪惆怅重沙洲。⑤

【注释】

①风陵晓渡：风陵，神话传说中女娲氏之墓。位于潼关故城东门外黄河岸河滩。风陵处的渡口叫"风陵渡"。每日拂晓，沉睡的黄河刚刚苏醒，岸上树影依稀可辨时，南来北往的客商就熙熙攘攘地朝风陵渡集结了。推车的、骑马的、赶牲口的、荷担的、负囊的……接踵而来。有的赶路，有的候渡，有的则已经坐在船头泛舟中流。遥望黄河上下，烟雾茫茫，桅灯闪烁。船只南北横驰，彩帆东西争扬，侧耳倾听，哗哗的水声、吱吱的橹声、高亢的号子声、顾客的呼喊声、鸟声、钟声……汇成一片，古渡两岸回荡着优美的清晨争渡的交响曲。

②辀（zhōu）：辕，泛指车。
③棹（zhào）：桨。
④屿：小岛。
⑤归兴：回归故土的情趣。不堪：难以承受或忍受。

黄河春涨①

冰泮黄河柳作烟，忽看新涨浩无边。②
飞涛汹涌警千里，卷浪弥漫沸百川。③
两岸晓迷红杏雨，一篙春棹白鸥天。
临流会忆登仙事，好借星槎拟泛骞。④

【注释】

①黄河春涨：万物复苏，春暖花开，黄河上游的万山丛中，积雪消融，封冰解冻，黄河流量剧增。站在潼关城头北眺东望，只见银光四闪的冰凌伴随着河水，汹涌而下，水于一色，眼前一叶叶冰船傲居浪头，忽高忽低，时隐时现，有的排着长队，中流争渡；有的单枪匹马，岸边徘徊。

风声、水声、隆隆的冰块相撞声，威武雄壮，激荡情怀。

②泮（pàn）：分，散。冰泮：冰雪融化。

③沸：沸腾。这里形容水波翻滚如水沸腾。

④下句用张骞乘槎沿黄河直上银河的传说。

谯楼晚照①

谯楼百尺倚晴空，屹立关城势最雄。②
高阁远临霄汉碧，危栏斜照夕阳红。③
归鸿默默争先集，落雁翩翩入望中。
万里海天云树杳，凭虚更喜月朦胧。④

【注释】

①谯楼晚照：谯楼，古代建筑在城门上的楼，楼上驻兵，用以瞭望，报警报时。谯楼晚照，指日落时候潼关谯楼（指西城门楼）的景致。夕阳西下，晚霞似火，高大巍峨的谯楼——西城门楼披上锦乡，置身于彩云之中。雕柱斗角，飞檐钩心，光辉四射，谯楼暗亮分明，边沿折光，五光十色。栏杆空处，红霞道道如束。谯楼四周"归鸿默默争先集，落雁翩翩入望中"。楼上游客，指点山川，似在画中赏景。

②谯（qiáo）楼：城门上的望楼。

③霄汉：天空。危栏：高栏。

④杳（yǎo）：远得不见踪影。

道观神钟①

隔断红尘紫气堆，仙家台殿倚云开。
海鲸制就迷青雾，追蠡年深绣绿苔。②
百杵敲残天未曙，千门响彻梦初回。③
飘飘环佩空中举，又是朝元礼上台。④

【注释】

①道观神钟：道观指道教的庙宇。道观神钟，因道观里异于一般的"神钟"而驰名。相传在明万历年间（公元1590年左右）洪水泛滥，黄河汹涌澎湃，流有雌雄二钟，摩荡有声，雌钟（铁钟）止于潼关，"出，扣拓阴晴"。而雄钟（铜钟）则流于陕州。万历二十四年（1596）这口奇异的雌钟，被悬挂在麒麟山顶的钟亭上。钟亭周围绿树参天，白云缭绕，

晨昏扣之，钟声抑扬顿挫。"宫商递变，律吕相生，声扬远闻"，清脆悦耳，山川生色。

②追蠡（lí）：钟纽磨损将断。

③杵（chǔ）：一头粗一头细的圆木棒，用来在臼里捣粮食或洗衣服时槌衣服。

④环佩：佩玉。此指佩戴玉饰的仙人。举：飞举。朝元：道教徒礼拜神仙。礼：礼拜。上台：星名。三台之一，属紫薇垣，在大熊星座中。

潼关八景（八首）

淡文远

雄关虎踞

秦山洪水一关横，雄视中天障帝京。①

但得一夫当关隘，丸泥莫漫觑严城。②

【作者简介】

淡文远，清初人，生卒年及生平事迹不详。其《八景诗》写于康熙二十四年（1685）以前。

【注释】

①秦山：这里指秦岭。洪水：大水，这里指黄河。横：横踞。中天：这里指中原一带。障：屏障，这里是护卫的意思。

②关隘（ài）：关口。丸泥：比喻少量兵力。东汉王元曾夸口用少数兵力即可东封函谷关。漫：随便，这里是轻易的意思。觑（qū）：把眼睛合成一条细缝（注意地看），这里是藐视的意思。严城：防卫坚固的城，这里指潼关。

黄河春涨

岸夹桃花映绿杨，洪涛滚滚带岩疆。

滔天不复嗟昏垫，明德波流禹祀长。①

【注释】

①昏垫：陷溺。指困于水灾。亦指水患，灾害。明德：美好的品德。禹祀：对大禹的祭祀。

秦岭云屏

屏峙青山翠色新,晴岚一带横斜曛。①
寻幽远出潼川上,几处烟村锁白云。②

【注释】

①岚(lán):山里的雾气。曛(xūn):日落时的余光。
②寻幽:寻找美好的景色。潼川:潼洛川,潼河流经的川道。

风陵晓渡

洪波一片接天时,几叶扁舟渡晓晴。
秦晋漫云南北限,此陵自古达潼城。①

【注释】

①漫云:随便说,这里是不要说的意思。限:隔开。此句言不要说黄河可以把陕西和山西隔断。此陵:指风陵渡。此句言通过风陵渡即可从山西到达潼关。

谯楼晚照

危楼耸起连云冈,一片红光映夕阳。①
影射归鸦催戍鼓,河山四望色苍苍。②

【注释】

①危楼:高楼。
②戍鼓:戍楼上的鼓声。

道观神钟

神物何年种异灵,云台敲落晓来星。①
声飞三省惊残梦,千古关河壮帝荣。②

【注释】

①种灵异:留下了神奇和灵验。云台:高耸的台阁。
②三省:指陕西、山西和河南三省。关河:指潼关和黄河。

禁沟龙湫

巉岩百丈咽关城,飞瀑潺潺玉液鸣。①

盛世群黎歌有道，采樵何事断人行？②

【注释】
①巉（chán）岩：险峻的山岩。此句言险峻的山岩成为潼关城的咽喉。潺（chán）潺：水流声。玉液：此指水。
②群黎：指广大百姓。有道：治国有方。这是歌颂当时统治者的话。下句言为什么却没有打柴的人行走？

中条雪案

迢遥北望俯群山，满眼平铺霜雪环。①
疑是蓬莱山上石，移来一片拱岩关。②

【注释】
①迢遥：形容路途遥远，这里是远的意思。俯：俯视。霜雪：这里专指雪，霜是连带而及。环：环绕，此为覆盖之意。
②蓬莱：传说中的海上仙山之一。拱：拱卫。岩关：这里指潼关。

潼关八景（八首）

潘耀祖

雄关虎踞

芦花飂影雁南翔，高陟虎山吊战场。①
箠楚鞭燕雄势在，千屯铁甲一夫当。②

【作者简介】
潘耀祖，清初华阴人，贡生，曾任潼关卫儒学训导，生卒年不详。其《潼关八景》诗写于清康熙二十四年（1685）以前。

【注释】
①飂（liù）影：飘动的影子。陟：登上。
②箠楚鞭燕：箠同"棰"，即棒打楚国，鞭打燕国。这里形容当年秦国依仗关河之险攻打其他六国的威势。千屯铁甲：这里指六国众多的军队。一夫当：一个士卒即可抵挡。

黄河春涨

天上黄河鼓怒湍，桃花零乱色漫漫。①

昔年长慕乘槎客，好待秋风刷羽翰。②

【注释】

①天上黄河：黄河如同从天上流来。怒湍：波浪翻滚的急流。漫漫：这里是弥漫无际的意思。

②乘槎客：乘着木筏的人。此用传说有人在海边乘定时到来的木筏到达天上的故事。羽翰：羽毛。此句言等待秋风来时乘风振翅高飞。

秦岭云屏

东气遥连西塞云，江山秦晋岭头分。①
澄秋雨歇岚光紫，入眼翠屏色色纷。②

【注释】

①东气：这里指用"紫气东来"之意，指紫气，亦即祥瑞之气。

②澄秋：天气澄明的秋天。岚光：山间雾气经日光照射而发出的光彩。翠屏：这里指绿色的山峰。

风陵晓渡

古后长陵河岸边，天风卷浪玉涟涟。①
彩帆漫羡晨争渡，晚看渔灯照客船。

【注释】

①古后：古代君主。风陵为传说中的女娲之墓，故称。涟涟：本为垂泪的样子，这里形容水面微波荡漾。

谯楼晚照

画楼突兀映麒麟，斗角钩心满眼春。①
待得夕阳横雁背，鼓声初动少行人。②

【注释】

①突兀：这里是高耸突出的意思。麒麟，山名，在潼关故城内。斗角钩心：同"钩心斗角"，形容楼台建筑的结构错综精密。

②鼓声：指谯楼报时的钟鼓之声。鼓声初动：指夜晚来临。

道观神钟

大河水泛出鲸鱼,仙院移来岗上居。①
撞破尘缘声几点,寒山遗响震穹庐。②

【注释】

①鲸鱼:相传在明万历年间(公元 1590 年左右)洪水泛滥,黄河汹涌澎湃,流有雌雄二钟,摩荡有声,雌钟(铁钟)止于潼关,"出,扣拓阴晴"。所以这里以"鲸鱼"指神钟。

②尘缘:出家人指尘世事务的烦扰。寒山句:这里用唐诗人张继"姑苏城外寒山寺,夜半钟声到客船"句意,以"寒山"双关此道观所在之山。穹庐:指天空。

禁沟龙湫

潼山一水古龙湫,秦晋中分名禁沟。①
龙去湫塞追往事,至今惟见水空流。②

【注释】

①龙湫:上有悬瀑下有深潭的水。秦晋中分:从中间分开陕西、山西两省。

②塞:堵塞。

中条雪案

徙倚铁城向北看,中条粉塑玉阑干。①
长空一片琼瑶岛,风雪潇潇河渡难。②

【注释】

①徙倚:来回走动的样子。铁城:形容城防坚固。这里指潼关城。中条:山西的中条山。粉塑:如粉塑成。这是形容大雪覆盖的中条山。阑干:纵横交错的样子。

②琼瑶:美玉。琼瑶岛:这里形容积满冰雪的中条山。潇潇:这里指风雪声。

(选自《潼关卫志·艺文志》)

咏大荔

过蒲关①
李隆基

钟鼓严更曙，山河野望通。②
鸣銮下蒲坂，飞斾入秦中。③
地险关逾壮，天平镇尚雄。④
春来津树合，月落戍楼空。⑤
马色分朝景，鸡鸣逐晓风。
所希常道泰，非复侯繻同。⑥

【注释】

①蒲关：即蒲津关，亦称蒲坂津，宋代改为大庆关。秦晋黄河重要渡口，在今大荔县东原朝邑县境。

②更曙：从入夜到天明。上句言蒲关彻夜钟鼓严格报时。

③銮：銮铃，车马上铸有鸾鸟形状的铃。斾（pèi）：古时末端形状像燕尾的旗，也泛指旌旗。

④逾：此处同"愈"，更加。天平：天下太平。

⑤"来"一作"深"。津树：渡口边的树。戍楼：军事要塞上供瞭望的岗楼。

⑥道泰：天下安泰，平安。"候"一作"俟"，又作"弃"。繻（xū）：古代出入关卡的凭证，用帛制成。

沙苑南渡头
王昌龄

秋雾连云白，归心浦溆悬。①

津人空守缆,村馆复临川。②
篷隔苍茫雨,波连演漾田。③
孤舟未得济,入梦在何年。④

（选自《全唐诗》）

【作者简介】

王昌龄（约689—766），字少伯，京兆长安（今陕西省西安市）人，一说太原人。唐玄宗开元十五年（727）进士，曾任江宁丞，官终龙标尉，故人称王江宁或王龙标。有后人所辑《王昌龄集》。

【注释】

①浦溆（xù）：水边。
②津人：渡船的船夫。临川：临近水边。
③演漾：水波荡漾。
④济：渡过。

沙苑行（节选）

杜 甫

君不见，左辅白沙如白水，缭以周墙百余里。①
龙媒昔是渥洼生，汗血今称献于此。②
苑中騋牝三千匹，丰草青青寒不死。③
食之豪健西域无，每岁攻驹冠边鄙。④

【注释】

①左辅：汉代称京兆尹、左冯翊、右扶风为三辅，同州（州治在今陕西省大荔县）为左冯翊故地，故此处称同州为左辅。白沙如白水：沙苑一带白色沙丘起伏连绵如水波，故云。缭：围绕。周墙：围墙。
②龙媒：《汉书·礼乐志·天马歌》有"天马徕（lái），龙之媒"之句，言天马乃神龙之类，天马来为致龙之徵，后因称骏马为龙媒。同书《武帝纪》又云："马生渥洼中。"汗血：汗血马，汉武帝时来自大宛的一种骏马。此：指沙苑。
③騋（lái）：高大的马。牝（pìn）：雌性禽兽。騋牝：此指骏马。
④食（sì）之：喂养它。或言"之"指上句所言之"丰草"。攻驹：阉割幼马，此指阉割过的战马。边鄙：边境。

冯翊西楼（一作郎士元诗）

张 继

城上西楼倚暮天，楼中归望正凄然。①
近郭乱山横古渡，野庄乔木带新烟。②
北风吹雁声能苦，远客辞家月再圆。③
陶令好文常对酒，相招那惜醉为眠。④

（选自《全唐诗》）

【作者简介】

张继（约715—约779），字懿孙，襄州人（今湖北省襄阳市人）。天宝十二年（753）进士。大历中，曾以检校祠部员外郎为洪州（今江西省南昌市）盐铁判官。他的最著名的诗是《枫桥夜泊》。此诗作者一作郎士元。郎士元，字君胄，唐代中山人，诗人，生卒年不详（一说727—780?），天宝十五年（756）进士，官至郢州刺史。

【注释】

①倚：凭依。此句言在傍晚登上冯翊城西楼远望。归望：寄托希望。这里的意思是对家乡的思念。

②郭：外城，此指城。

③远客：远离家乡的人，这里是作者自指。月再圆：两个月。

④陶令：陶渊明。好文：这里指喜欢写诗。招：此指叫人饮酒。此句一作"相招一和白云篇"。

经沙苑

李 贺

野水泛长澜，宫牙开小茜。①
无人柳自春，草渚鸳鸯暖。②
晴嘶卧沙马，老去悲啼展。③
今春还不归，塞嘤折翅雁。④

（选自《全唐诗》）

【作者简介】

李贺（790—816），字长吉，河南福昌（今河南省宜阳县）人。中唐时期的重要诗人，才华横溢，死时仅27岁。有《昌谷集》。

【注释】

①宫牙：宫殿的牙门。小茜（qiàn）：小草。
②鸳鸯暖：鸳鸯在晒太阳。
③悲啼展：悲鸣长嘶。啼：一作"蹄"。
④塞嘤：鸣声哽咽。

沙 苑

郑 谷

茫茫信马行，不似近都城。①
苑吏犹迷路，江人莫问程。②
聚来千嶂出，落去一川平。
日暮客心速，愁闻雁数声。③

（选自《全唐诗》）

【注释】

①信马：对马行的速度和方向不加控制，任随马行走。
②苑吏：管理沙苑的官吏。犹：尚且。江人：南方人，这里是作者自指。程：路程。
③速：急。

游饶益寺①

陆 游

闻道舆图次第还，黄河依旧抱潼关。②
会当小住平戎帐，饶益南亭看华山。③

【注释】

①饶益寺：在原朝邑县城南十里新市镇，鉴于梁天监年间，唐贞观二年（628），建十三极佛塔。历代名贤多游赏赋诗刻石，为朝邑古代名胜之一。
②舆图：即舆地图。此指疆土。次第：一个接着一个。还：归还。此指被南宋收复。抱：环绕。
③会当：该当，一定会。小住：住较短一段时间。平戎帐：军帐。

隋故宫行①

元好问

渭川杨柳先得春，二月莺啼百啭新。
长春宫中千树锦，暖日晴云思杀人。②
君王半醉唱吴歌，绛仙起舞嚬翠蛾。③
吴儿谩说曾行乐，三十六宫能几多。④
千秋万古金银阙，海没三山一毫发。⑤
繁华梦觉人不知，留得寒螀泣秋月。⑥

（选自清《元诗选》）

【作者简介】

元好问（1190—1257），字裕之，号遗山。太原秀容（今山西省忻县）人，金宣宗兴定年间（1217—1221）进士。官至尚书省左司员外郎。金亡不仕。为金元之交杰出诗人，有《遗山先生全集》。

【注释】

①隋故宫：此指长春宫。长春宫见前诗注。

②千树锦：极言树木景色之美。思杀人：极言思念之深。

③绛仙：道教仙女名。此指后妃和宫女。嚬（pín）：皱眉。

④吴儿：南方人。元好问为金朝人，故称南方宋人为"吴儿"。谩说：休说。能几多：从下文看，当时能有多少时间之意。

⑤金银阙：这里指豪华的宫殿。毫发：极细微。此指极短的时间。二句言自古以来的豪华宫殿，都随着王朝的毁灭像仙山沉入大海那样，毫发之间就灰飞烟灭了。

⑥梦觉：梦醒。繁华梦觉：指王朝灭亡。人不知：指人们不觉醒。寒螀（jiāng）：即寒蝉，蝉的一种，体较小，墨色，有黄绿色的斑点，秋天出来鸣叫。

漫成四绝

韩邦靖

茅舍西南麻子池，自操小艇载鱼丝。①
即今仆马多尘土，肠断青蒲雨后时。②
复有长春千尺亭，竹扉不隔华山青。③

浮云片片随朝雨，白鹭轻轻下晚汀。④
漆沮河边两岸沙，绕堤十里尽桃花。⑤
春风纵使逐流水，落日犹堪闹彩霞。⑥
沙苑烟光近白楼，黄河清渭两交流。⑦
牛羊落日新邱垅，杨柳春风古渡头。⑧

（选自清康熙年《朝邑县续志》）

【作者简介】

韩邦靖（1488—1523），字汝度，号五泉，明代陕西朝邑（今陕西省大荔县东部）南阳洪人。名武宗正德三年（1508）与兄邦奇同年中进士，拜工部主事。任山西左参议分守大同时，革奸平狱，权豪敛迹。后因奏请赈灾部议不许愤而辞官，不久去世。与兄邦奇合称"朝邑二韩"。其《朝邑县志》为陕西八大名志之一，收入《四库全书》。另有《五泉诗集》等著作传世。

【注释】

①茅舍：指作者在故乡南阳洪（在今沙苑农场东）的住宅。麻子：池名。自操：自己驾驭。鱼丝：钓竿。

②即今：而今。肠断：极度伤心，此指非常想念。青蒲雨后时：是上句所写去麻子池钓鱼的具体环境氛围和时间。

③复有：又有。承上文"麻子池"而言。亭千尺：极言亭之高。竹扉：竹子编的门窗，疑此处指竹帘。华山青：青青的华山。从作者家乡向东南望，可以望见华山，故云。

④汀：水边平地。

⑤漆沮（jū）：渭河上游的两条水名，此处似指洛河。

⑥二句言即使此地桃花落尽，落日中景色之美犹可与彩霞相比。"洛岸桃花"为朝邑八景之一。

⑦作者家乡沙苑一带处于洛河与渭河之间，两河向东即注入黄河，水大时，洛河即先注入渭河，故云"两交流"。

⑧邱垅（lǒng）：即丘垅，田埂。

沙 苑

韩邦靖

青青沙苑柳，枝叶何缤纷。①

郁郁佳人思，行行壮士勋。②
日暮鸿雁来，牛羊已成群。
宿食涧边草，飞鸣洲渚云。③
怀人不可见，往事空尔闻。④

【注释】

①缤纷：繁多而凌乱，此处形容沙苑柳之繁茂。

②郁郁：此处形容柳树茂密。古人折柳赠别，亦睹柳而知春，所以此处上句言其引起佳人的相思之情，以与下句言每一行柳树都记载着壮士的功勋相对。南北朝时，西魏宇文泰曾在此设伏，大败东魏高欢，宇文泰曾让士卒每人栽植一颗柳树纪功。

③洲渚：水中砂石淤积成的陆地。此二句上句承前"牛羊"而言，下句承前"鸿雁"而言。

④怀人：所怀当为当年种柳之人。往事：当指当年宇文泰让将士植柳纪功之事。尔：此处用作虚词，有"它"（指沙苑之战）的意思。

登锦屏山①

马自强

楼阁凌空出，云霞拂槛平。②
林回迷去路，水曲抱孤城。③
花拥酬无暇，樽移兴转清。④
悠然尘世外，直觉到蓬瀛。⑤

（选自清乾隆年《大荔县志》）

【作者简介】

马自强（1513—1587），字体乾，同州（州治在今陕西省大荔县）人。嘉靖三十二年（1553）进士。官至太子太保兼文渊阁大学士，参机务。卒，诏赠"少保"，谥号"文庄"。

【注释】

①锦屏山具体所指未详。

②凌：高出。槛：当指楼阁的护栏。

③回：曲折婉转。抱：环绕。

④上句言被山花簇拥而没有时间酬报（欣赏）。樽（zūn）：酒器，酒

杯。兴：兴致。清：清雅，雅致。

⑤蓬瀛（yíng）：蓬莱和瀛洲，传说中的海上仙山。

渡黄河

李　朴

浩淼烟波迷望端，狂风堆起浪花攒。①
不知几许雷霆斗，唯见长空雨雪寒。②
鲛室喷珠明落日，龙舟含雾下惊澜。③
有天教上乘槎去，携得支机仔细看。④

（选自清康熙年《朝邑县后志》）

【作者简介】

李朴，字季白，明陕西朝邑县（今陕西省大荔县）人，万历（1573—1619）年间进士，曾任户部主事等。著有《调刁集》《雪亭集》等。

【注释】

①浩淼：指水面广阔。烟波：雾气迷茫的水波。迷望端：视力尽处迷茫不清。攒（cuán）：聚集。

②上句写涛声如雷鸣，下句写浪花从高处飘落如雨雪。

③鲛（jiāo）室：鲛人水中的居室。鲛人又名泉客。是中国古代神话传说中鱼尾人身的神秘生物。与西方神话中的美人鱼相似。此处指水深处。明落日：明亮如落日或比落日还要明亮。龙舟：船的美称。惊澜：犹惊涛，令人惊恐的浪涛。极言浪涛之大。

④槎（chá）：木筏或竹筏。支机：支机石。二句用传说有人乘大海上准时来去的木筏到达天上银河边拿回一块石头，蜀郡严君平言是织女的支机石之典故，表达作者远大的志向。

通灵陂①

李　楷

斥卤通灵陂，皓皓生车辙。②
姜公昔灌田，引水沁秋月。③
穤椏玉稻盈，飞翔白鸟洁。④

能驱龙伯旌，一扫蚩尤血。⑤
今日但荒湮，间作霜与雪。⑥
复旧良独难，梦魂让前哲。⑦

（选自清康熙年《朝邑县后志》）

【注释】
①通灵陂（bēi）：指今大荔县东北盐池洼一带。
②斥卤（lǔ）：盐碱地。皓（hào）皓：白的样子。生车辙：雨后盐碱地地下的盐碱成分上泛地表，于车辙处最为明显，故言"皓皓生车辙"。
③姜公：指姜师度。唐开元七年（719），姜任同州刺史，曾引洛河水灌溉通灵陂农田四百顷。沁：渗透，此处是月影映照其中的意思。
④穤椏（bà yā）：均稻名，一说为多或摇动的样子。
⑤驱：驱赶。龙伯：古神话中巨人国人。此疑指龙王。蚩（chī）尤：古九黎族部落酋长，传说其能呼风唤雨，曾与黄帝战于涿鹿，失败被杀，此似指旱魔。旌：旗帜。
⑥荒湮（yān）：荒芜埋没。下句言其盐碱成分上泛，如霜似雪。
⑦复旧：指恢复姜公治理时的旧观。良：的确。让：谦让，此处是愧对之意。前哲：前代贤人，此指上文言及之姜公。

紫阳夜饮①

刘　玺

今宵天不寐，知我在山阿。②
树老归鸦静，台高受月多。
酒声狂士鼓，花气美人歌。
莫负烟霞意，得间日一过。③

（选自清康熙年《朝邑县后志》）

【作者简介】
刘玺，字尔符，号三峰，清同州（今陕西省大荔县）人，顺治四年（1647）进士，曾知乌程县。著有《镰山集》。

【注释】
①紫阳：山名，在今大荔县朝邑镇南。

②今宵：今夜。寐：睡觉。此句言当夜月明如昼。山阿：山中曲折处。

③烟霞：山水胜景。得闲：若有闲暇之时。

三河渡观水歌
王鹏程

君不见，华山之北潼谷西，渭水黄河拍岸齐。
黄河之水来天上，禹门飞下势奔放。
蛟龙鱼鳖不敢停，汹涌高激桃花浪。
南过宏农洛渭投，秦关百二增雄壮。①
华河散人客其滨，临流日日询波臣。②
胸中欲泄三河水，等闲升斗困枯鳞。③
吁嗟乎，星宿源通银汉流，赤水西接昆仑邱。④
几时风日波涛静，直泛仙槎问斗牛。⑤

【作者简介】

王鹏程，字鹏九，号华河散人，清陕西同州（今陕西省大荔县）人，康熙三十八年（1699）举人，从学者甚众。有《华河集》。

【注释】

①宏农：即弘农。汉武帝时曾在今华阴一带置弘农郡，此处以之指华阴。秦关百二：指潼关一带，《史记·高祖本纪》："秦，形胜之国，带山河之险。县（悬）隔千里，持戟百万，秦得百二焉。"言以二万人足以抵挡诸侯百万之师（一说百二为百之二倍之意），后遂以之称山河险固之地。

②华河散人：作者自称。波臣：指鱼等水族动物。

③上句是想发挥自己才能的形象说法。升斗：少量的水。枯鳞：困在枯水中的鱼。作者用以比喻自己的处境。

④"星宿"句：上古传说黄河源于星宿海，与天上银河相通。赤水：这里指黄河水。邱：山。

⑤风日波涛静：指天下太平，政治清明。仙槎：见前李朴《渡黄河》诗注。此句是作者实现理想的形象说法。

沙苑行

杨树椿

咸丰庚申夏，我从沙苑行。①
来往将百里，曲折始分明。②
触处成风景，陶然怡我情。③
冈陵如水浪，鳞甲动千层。④
合沓抱洼凹，便有人烟生。⑤
千林比如栉，万畍井如绳。⑥
桃李五色烂，辘轳十里鸣。⑦
或斜如云汉，或整如棋枰。⑧
瓜壶杂菜豆，或架又或棚。⑨
艰难有妇女，老弱同壮丁。⑩
生死只此间，不识车马声。
我闻豳风篇，昔贤画图呈。⑪
王化岂云远，要在上人兴。⑫
安得遍天下，尽如此间氓。⑬
亦欲将斯景，写作百幅屏。⑭
就中指尤胜，两处莫与京。⑮
北有九龙泉，唐代留溪亭。⑯
南有太白池，华峰当户青。⑰
鱼莲晴沲沲，蝉柳昼冥冥。⑱
羔羊酒能醉，蒺藜茶可烹。⑲
美哉此风味，绝无利与名。
桃源夫岂异，心与陶公盟。⑳
干戈满天地，世路尽榛荆。㉑
便欲携我书，又欲邀我朋。
诛茅宅半亩，求田水一泓。㉒
将车载妻子，老此安凿耕。㉓

【作者简介】

杨树椿，字仁甫，号损斋，清代同州人。同治时曾谕旨加国子监学正。有《损斋遗书》30卷。

【注释】

①咸丰庚申：咸丰十年，公元 1860 年。

②下句言才弄清沙苑曲折的道路。

③触处：眼睛所看见之处。陶然：喜悦醉心的样子。怡：愉悦。

④冈陵：指如丘陵一样的沙丘。鳞甲：喻指风吹沙上形成的波纹。

⑤合沓：复叠，指层叠的沙丘。抱：环绕。洼凹（āo）：低洼积水的地方。

⑥比：排列。栉（zhì）：梳子。井：田畦。

⑦烂：斑斓、灿烂。辘轳（lù lu）：利用轴承原理制成的汲水工具。

⑧云汉：天河，银河。棋枰（píng）：棋盘。

⑨壶：同"瓠"，指葫芦。

⑩此二句言有男女老少在此艰难谋生。

⑪豳（bīn）风：指《诗经·豳风》中的《七月》一诗，写农夫一年到头辛勤耕作却得不到温饱的困苦生活。昔贤：过去的贤人。画图呈：指将人民的痛苦生活情景绘图呈献给朝廷。

⑫王化：皇帝的教化。岂云远：难道说远不可及吗？上人：君主或掌权的官员。兴：施行（王化）。

⑬氓（méng）：百姓。

⑭斯景：这种情景，指沙苑风物及百姓生活情景。写：此处是画的意思。屏：画屏。

⑮指尤胜：风景尤其美好。京：比（大小、好坏）。

⑯九龙泉：与下联太白池皆沙苑泉、池名。

⑰华峰：华山山峰。下句言太白池正对着苍青的华山山峰。

⑱鱼莲：有鱼的莲花池。滟（yàn）滟：水光。这里是水光闪动的样子。蝉柳：有蝉栖息的柳树。冥冥：晦暗，此指因荫浓而阴暗。

⑲羔羊酒：酒名，即羔儿酒或羊羔酒，用糯米、肥羊肉等与面粉一同酿成，十日熟，极甘滑。此处指一般的酒。蒺藜（jí lí）：草名，生于沙地，布地蔓生，果实表面突出如针状，可入药。烹（pēng）：煮。

⑳二句言沙苑与桃花源没有什么区别，自己也和陶渊明一样心向往之了。

㉑干戈：盾牌和长矛，此处以之指代战争。榛（zhēn）荆：榛木和荆棘，此处意思重在后者，喻世道多危难。

㉒诛茅：割除茅草。一泓（hóng）：一汪水，少量的水。上句言割除茅草建半亩大的宅子，下句言再只要有一汪水灌田即可心满意足。

㉓将：用。妻子：妻子儿女。安：安然，心安理得地。凿耕：凿井耕田，指代躬耕生活。此处用传说是尧时的《击壤歌》中"日出而作，日入而息，凿井而饮，耕田而食，帝力与我何有哉"之意。

沙苑竹枝词二十首
李自反

荒沙自古椭圆形，南渭北洛居乎中。
周围一百八十里，分属荔朝列西东。①

【作者简介】

李自反，名复，字自反，朝邑南留社村人，清光绪二十三年（1897）秀才，后毕业于陕西师范学堂，有与人合作的《沙苑志》2卷，又与人同编《江浙游草》1卷。

【注释】

①荔朝：原大荔县和朝邑县。

世界洪荒水漫漫，太华中条东相连。①
渭洛沉淀下游地，河流不畅积此间。

【注释】

①洪荒：混沌蒙昧的状态，指远古时代。

导河濬川水归海，沙苑出现野草生。①
蜗皮蚌壳堆高阜，地质佐证最分明。②

【注释】

①濬（jùn）：疏通河流，通"浚"。
②阜（fù）：土山、丘陵。

周秦汉魏千百年，山虞泽衡令不严。①
方七十里文王囿，雉兔刍荛任自然。②

【注释】

①山虞泽衡：管理山野和池塘水泽的官员。

②囿（yòu）：园囿。这里指中国古代供帝王贵族进行狩猎、游乐的园林。文王囿：周文王的园囿。雉（zhì）：野鸡。雉兔：这里指猎取这些动物。刍荛（chú ráo）：割草打柴。

高欢背河战宇文，营垒列在古渭滨。①
沙苑伏兵得胜利，广栽杨柳夸奇勋。

【注释】
①高欢背河战宇文：见前韩邦靖《沙苑》诗注。

设监管理始于唐，宋代易名牧龙坊。①
元代赐归勋臣有，都是天然养马场。

【注释】
①易名：改名。

洪武移民施开发，垦辟农田有人家。①
削平沙阜填沙洼，芟刈草卉蓺桑麻。②

【注释】
①洪武：明太祖朱元璋的年号。移民：指明初从洪武到永乐年间的大移民。
②芟刈（shān yì）：割（草、谷之类）。蓺（yì）：种植，同"艺"。

清初巡抚崔南有，奖励穿井开畦田。
辘轳笆斗勤灌溉，薄赋轻徭数百年。①

【注释】
①笆（bā）斗：柳条等编成的一种底部为半球形的容器。

狂飙吹来沙阜移，已经埋没莲花池。①
麻子太白二盆地，旱为斥卤潦为陂。②

【注释】
①狂飙（biāo）：猛烈的风。
②斥卤（lǔ）：盐碱地。潦（lào）：同"涝"，水淹，此指雨水过多。陂（bēi）：池塘。

健农开沙是祖传，上盖坟垆甚艰难。①
周围有堰中有井，才能荒漠变畦田。

【注释】
①垆（lú）：黑刚土。坟垆：高起的黑色硬土。

多施肥料勤灌溉，常用蔂梩混垆沙。①
假若三事缺其一，收获不丰独叹嗟。②

【注释】
①蔂（léi）：筐一类盛土工具。梩（sì）：古同"耜"，铁锹一类的挖土工具。
②叹嗟（jiē）：叹息。

此处农家别有天，老幼文盲世代传。
百事不暇只糊口，无力为学最可怜。

嗜欲减少情不浓，羲皇轩辕太古风。①
老翁七十犹负荷，动中有静得长生。②

【注释】
①羲皇：即伏羲。轩辕：即黄帝。太古：远古。风：风尚，习惯。
②负荷：背负重物。

同州蒺藜是野生，原只产在沙苑中。
更有佳果枣梨杏，萱花金针紫花藤。①

【注释】
①萱（xuān）花：又名忘忧、宜男、金针花。

蓏蔬代谷求丰盈，也有几种最有名。
百合番薯南瓜蒜，山药甘蓝辣椒葱。①

【注释】
①番薯：常见的多年生双子叶植物，又名红薯、甘薯、山芋、地瓜、红苕、线苕、白薯、金薯、甜薯、朱薯、枕薯等。

黑背农夫最简单，夏至以后六十天。
臀部惟有犊鼻裤，睡眠一个半截砖。①

【注释】

①犊鼻裤：又名犊鼻裈、短裤，或说是围裙，此指短裤。

庄外馌农极迫忙，荷担尿桶携饭缸。①
路旁若遇一堆粪，卸下草帽作筥筐。②

【注释】

①馌（yè）农：给耕作者送饭食。荷担：担着担子。
②筥（jǔ）筐：竹编盛物工具。

皮肤柔韧步履跣，不畏蒺藜不知寒。①
足下无鞋无袜子，炕上无茵又无毯。②

【注释】

①跣（xiǎn）：光着脚。
②茵（yīn）：坐褥，帐帷。

明清两代五百年，同朝二学无生员。①
光绪末造张翔凤，破天开荒梁家园。②

【注释】

①同朝：同州和朝邑。学：这里指县学。生员：秀才。
②末造：末年。

荒漠紧接古同州，经济文化急备筹。①
寄语当年须注意，召父杜母垂千秋。②

【注释】

①备筹：筹划，准备。
②当年：当年的地方官。召（shào）父杜母：西汉召信臣和东汉杜诗，相继为南阳太守，皆为民兴利，故当时当地百姓有"前有召父，后有杜母"之语。

大荔旧八景简介

大荔旧八景：九水同源、泮池玉井、金塔古寺、沙苑白楼、洛岸桃花、试院古柏、镰山暮雨、丰登晓日。

朝邑十景简介

朝邑十景：华岳春云、黄河秋涨、渭川烟雨、洛岸桃花、紫阳夜月、长春晓日、沙树浓荫、蒙泉灌亩、岱祠岑楼、金龙高塔。

朝邑十景诗并记（十首）

朱斗南

十景诗记

朝坂，古西河地。前临华岳，后襟黄河，右踞华原，左带渭洛，诚关中一奥区也。①辛卯之春，余自天池来权兹土，披阅县志，载景十二，有题无诗②；继览西河诗录，见七绝十首，系邑人柏林雷君所作，数虽少二，而题目次第较雅。③因于公余之暇，各赋七律一章。而同乡黄君及门詹君、刘君，亦复交相唱和，所以绘山水之清幽，写楼台之壮丽，均为斯邑志胜标奇，非敢以诗出而问世也。④诗成，书之以告来者。时道光十有一年辛卯首夏吉日，赐进士出身邑令西蜀朱斗南书于官署之东轩。⑤

【作者简介】

朱斗南，字松皋，四川富顺县人。嘉庆戊辰年（1808）举人，甲戌年（1814）三甲第96名进士。道光己丑年（1829）署陕西白河县知县，后调浙江海宁县任知县。道光十一年（1831）曾任朝邑知县。著有《寻乐堂诗文集》

【注释】

①坂（bǎn）：山坡，斜坡。朝坂：朝，原音zhāo，朝坂因清晨旭日从黄河对岸中条山升起，光华照在朝邑老县城一带的斜坡上得名。朝邑县则因朝坂得名，邑，城。故朝邑之名为早晨的城，颇富诗意。后朝讹变为cháo，至今沿用。西河，朝邑为初秋时晋和战国时魏西河郡故地，故云"古西河地"。后襟黄河：后面一黄河为襟带，指黄河从县东流过。踞（jù）：蹲或坐。华原：指朝邑一带以紫阳山为中心的高原。左带渭洛：渭河和洛河从县南部流过。奥区：内地，腹地；深处。

②辛卯：此指道光十一年，公元1832年。余：作者自称。天池：寓言中的大海名，又为池名和星名。此处当为地名，所指不详。兹土：这块地方。来权兹土：指作者到这来任知县。载景十二，有题无诗：按清王兆鳌《朝邑县后志》有朝邑十二景。除下述十景外，还有"紫阳仙踪"和"双泉碧流"。

③邑人：当地人。次第：顺序。

④黄君：和下文詹君、刘君分别指黄大绅、詹汝猷和刘光代。门：这里似指门人，学生。

⑤首夏：夏日的第一个月，四月。西蜀：四川西部，也指四川。轩：室。

华岳春云①

城南华岳势绵延，矗矗春云插碧天。②
高挹两京疑欲雨，遥临八水望非烟。③
莲花池绕人俱佛，玉女峰迷客是仙。④
此地絪缊多石隐，祥惊太史果谁先？⑤

【注释】

①华岳春云：从朝邑县境瞻望东南，以高险著称的西岳华山三峰，历历在目。晴和的春日，如丝带、如轻纱的白云缭绕其上，犹如仙界。

②矗（chù）矗：直立高耸的样子。

③挹（yì）：舀；拉。八水：指古代环绕长安城的灞河、浐河等八条河。旧有"八水绕长安"之说。

④莲花池：不详。华山亦称莲花山，因五座山峰如一朵莲花盛开得名，有李白"西上莲花山，迢迢见明星"为证。又西峰又名莲花峰，因峰顶有巨石状如莲花得名。玉女峰：华山中峰。

⑤絪缊（yīn yūn）：同"氤氲"，形容烟或气很盛。太史：汉代有太史令，后以之称史官。果谁先：到底谁最先。

黄河秋涨①

河水洋洋接素秋，排空浩瀚净归舟。②
气吞华岳千层浪，波撼龙门万里流。③
击楫何人追祖迹，乘槎此日溯张游。④

荣光许向安澜卜，竚见澄清一德休。⑤

【注释】

①黄河秋涨：从朝邑县城向东 25 公里许，便是中华民族的母亲河——黄河。秋日水涨，滚滚洪流有时直抵县城之东，波涛汹涌，蔚为大观。

②洋洋：盛大的样子。素秋：五行学说以秋配西方，又以西方属金，色白，故称"素秋"。排空：凌空。浩瀚：广大辽阔的样子。

③龙门：在今陕西省韩城市北，传为大禹为疏通河道而开凿。

④此二句分别用晋代祖逖在黄河中流击楫发誓要澄清中原和传说汉代张奉武帝之命乘槎（木筏）寻找黄河源头两个典故写黄河。祖迹：祖逖的事迹。张游：张骞的遨游。

⑤荣光：彩色的云气，古人以之为吉祥的预兆。安澜：平静的水流。卜：卜卦，预测。竚（zhù）：同"伫"，伫立。一德：一项专长；同心同德。休：美善；喜庆。也用作语尾助词。

渭川烟雨①

岐阳八水绕长安，渭汭溶溶纳众湍。②
玉女峰前烟欲活，金龙渡里雨初寒。③
垂纶此地咸称吕，洗甲当时共说韩。④
郁郁纷纷堪志庆，为霖济旱佐朝端。⑤

【注释】

①渭川烟雨：朝邑县城东南数 5 公里处，便是黄河、渭河、洛河汇流处之"三河口"。晴日则水流湍急，白浪翻飞；阴雨天则烟雨弥漫，具迷离空蒙之美。

②岐阳：岐山之南；又为旧县名，旧治在今陕西省扶风县西北。此用前一义。汭（ruì）：河流会合或弯曲的地方。溶溶：水盛；宽广或水流的样子。湍（tuān）：急流的水。

③金龙渡：当为朝邑旧地名，今址不详。

④垂纶：钓鱼。吕：吕尚，即姜太公。洗甲：洗净甲兵，收藏起来，意思是停止战争。韩：指韩信。朝邑旧有韩信练兵台。

⑤郁郁纷纷：众多的样子，此指与渭河有关的史迹和传说很多。堪：值得。霖：大雨。济旱：解除旱情。佐：辅佐。朝端：位居首席的朝臣。

洛岸桃花①

洛水滔滔势欲东，桃花树树醉春风。
无言独自成蹊径，带笑真能妙画工。②
锦映层澜三尺绿，霞蒸两岸一溪红。
武陵休问仙源景，指点迷津在此中。③

【注释】

①洛岸桃花：洛水如一条金色的丝带，从朝邑县南蜿蜒缠绕而过。河两岸多植桃树，每逢桃花盛开之日，灿若朝霞，一望无际。游人如织，惊叹如入武陵桃源。

②上句用古语"桃李不言，下自成蹊"之意。妙画工：巧妙胜过画工，意谓画工画不出来。

③二句用陶渊明《桃花源记》记武陵人误入桃源典故。迷津：使人迷惑的错误道路。津：渡口。

紫阳夜月①

城西特秀紫阳山，恰喜金仙镇此间。②
五夜钟声催漏箭，三更月影透禅关。③
敲门独咏人何在？掠艇高飞鹤欲还。④
试问张翁曾寄否？一轮诗在想跻攀。⑤

【注释】

①紫阳夜月：县城之西为古华原之一部，人称紫阳山。传说道教武当派祖师张三丰曾在此修行。清晨，此山浴于朝霞之中，紫气环绕；夜月之时，则如一镜高悬，光华如昼，极具诗情画意。

②金仙：佛家谓如来之身，金色微妙，因称如来为金仙。

③五夜：一夜分甲、乙、丙、丁、戊五段，即五更。漏箭：漏壶的部件，刻节文，随水浮沉以计时。也泛指时间。禅关：佛教的机关，宗教教义中的精微之处。

④上句用唐代诗人韩愈和贾岛商议"僧推月下门"一句诗中用"推"好还是用"敲"好之典，下句似用苏轼月夜泛舟赤壁，小舟"凌万顷之茫然"的飘然欲仙之感和汉丁令威化鹤归之典。

⑤张翁：指张三丰。张三丰为明代著名道士，传说他曾在紫阳山修真悟道。寄：寄身，住宿。一轮：指月亮。跻攀：向上攀登。

长春晓日①

宫号长春景亦奇，曈昽晓日更相宜。②
两朝胜迹传千古，五色晨曦贯四时。③
夕照休谈雅见背，朝阳喜卜凤来仪。④
衣冠文物今犹古，为颂光华复旦诗。⑤

【注释】

①长春晓日：县城西偏北高处之北寨子村，为从北周到唐代长春宫所在地。此地东南两面沟深坡陡，易守难攻。旭日初升之时，巍峨的宫殿沐浴在红色的霞光之中，风景优美如画，有诗圣杜甫《华县亭子》一诗中"天晴宫柳暗长春"为证。

②曈昽（tóng lóng）：形容太阳初升由暗而明的样子。

③两朝：长春宫始建于北周，后隋唐均有所扩建。此处言"两朝"，当指隋唐。胜迹：有名的古迹。贯四时：贯穿一年四季。

④卜：卜卦，这里是预兆之意。凤来仪：即凤凰来仪。后以之为瑞兆。仪：向往，匹配，引申为来到，朝拜。

⑤复旦：太阳又一次升起。

沙树浓荫①

扶疏沙苑绿成茵，柳色清归树树新。②
此日森荣垂洛岸，当年战伐纪周臣。③
廕地乔枝清骨格，参天老树古精神。④
为语村农勤保护，余阴留覆陇头人。⑤

【注释】

①沙树浓荫：县城西南沙苑，是著名的内陆沙漠。西魏宇文泰曾在此大战东魏高欢，获胜之后，令将士人植一柳作为纪念。故此地多柳。烈日之下，沙漠燥热，而柳树成林之处，浓荫覆地，凉爽宜人。

②扶疏：繁茂纷披的样子。茵：垫子或褥子。

③森荣：众盛繁茂的样子。战伐纪周臣：指西魏宇文泰在沙苑大战东魏高欢获胜，令将士人植一柳作为纪念一事。后宇文泰之子宇文觉建立北周，追封其为乐文皇帝。所以此处言其为"周臣"，是不确的。

④廕（yìn）：也作"荫"，覆盖，庇护。乔枝：高枝。

⑤陇头人：丘陇上的人，此指在田间耕作的农人。

蒙泉灌亩①

阡陌盈畴画井疆，蒙泉美利说西庄。②
滨河藉润来源远，阻洛分滋沛泽长。③
亩荷涵濡歌岁稔，田资灌溉咏年康。④
镰山造福符天数，岂独甘肥置牧场。⑤

【注释】

①蒙泉灌亩：蒙泉即今大荔县之双泉镇。很早以前镇西西庄村曾有一泉，泉水可供灌溉。故此地农业发达，沟渠纵横，物产丰饶，冠于全县。

②阡陌：田间纵横的小道。盈：充满。畴：田地。画：这里是如画之意。井疆：整齐的田界。蒙泉：即今大荔县之双泉镇。很早以前此地曾有一泉，水味涩苦，故名"苦泉"；明万历时改名蒙泉，清代又改今名。美利：犹言大利。西庄：当地地名，在双泉镇西，有泉水可供灌溉。

③滨河：临近黄河。藉：借助。洛：洛河。分滋：分水滋润。沛泽：充足的水分。

④荷：受。涵濡：滋润，浸渍。稔（rěn）：丰收。资：用来。康：这里也是丰收的意思。

⑤符：符合。天数：此指自然规律。下句谓难道其地肥沃仅仅适宜设置牧场。这是承上句镰山和蒙泉造福百姓符合自然规律而言。

岱祠岑楼①

华原高耸岱祠超，百尺岑楼接碧霄。②
始创宏规题宋代，重新巨制属先朝。③
南瞻华岳三峰渺，北望黄河九曲遥。④
借问登临谁作赋？柏梁盛事与齐标。⑤

【注释】

①岱祠岑楼：朝邑大寨子有东岳行祠，俗称东岳庙。庙内现仅存岑楼。此楼始建于宋政和八年（1118），叠檐三重，斗拱挑角，雕梁画栋，登楼远眺，北望铁镰山峦，南视太华三峰，俯瞰黄、洛、渭河，使人倍感祖国的大好河山壮丽似锦。

②超：高超，高耸。紫霄：天空。

③宏规：宏大的计划、规模。重新：这里是重修之意。先朝：此指明王朝。

④渺：渺茫，看不清的样子。

⑤柏梁：柏梁台。故址在今陕西省西安市长安区西北长安固城内。据《三辅旧事》，汉武帝曾置酒台上，诏群臣和诗。与齐标：与其高度相同。此二句言众人登临赋诗，可以和当年柏梁台赋诗盛事相比。

金龙高塔①

塔耸金龙绕碧岚，唐初创建一名蓝。②
铃声振响行云遏，宝相高悬宿雨涵。③
八面庄严培士气，千层峻峭震瞿昙。④
题名附雁当年事，敢冀硃书圣泽覃。⑤

【注释】

①金龙高塔：此塔在朝邑大寨子东。该塔建于唐贞观元年（627），明代重建，八角七层，密檐式砖构建筑，高约 25 米，构造灵活，挺拔俊逸。原为金龙寺内建筑之一部，现寺毁塔存，与岱祠岑楼和丰图义仓相邻，三位一体，构成独特景观。

②岚：山里的雾气。蓝：伽蓝（佛寺）的省称。

③行云遏：阻止云的行进。宿雨：隔夜的雨。

④培：培养，鼓励。瞿昙：释迦牟尼的俗姓，后一之为佛之代称。此处之佛寺。

⑤题名：题记姓名。附雁：此处可能用杜甫、高适等人同在雁塔赋诗之典。冀：希望，盼望。硃书：即朱书，皇帝的谕旨。圣泽：皇帝的恩惠。覃（tán）：深广。

朝邑十景（十首）

黄大绅

华岳春云

蜀栈西来仰华山，更逢春日晓云环。①
有时独立三峰上，万里风烟一目间。

【作者简介】

黄大绅，字梅溪，清嘉庆时蜀南人。

【注释】

①蜀：四川。栈（zhàn）：栈道，在悬崖绝壁上凿孔支架木桩，铺上

木板而成的窄路。作者为四川人，由西部的四川来陕，而沟通川陕的古道有栈道，故此句言曰"蜀栈西来"。

黄河秋涨

排空浊浪旧称河，水涨三秋泛巨波。
须识来源千万里，只缘不择细流多。①

【注释】

①缘：因为。

渭川烟雨

淮阴战地久称雄，胜迹犹留渭水中。①
雨脚烟痕添画本，垂纶坐待夕阳红。

【注释】

①淮阴：指韩信。韩信曾被封为淮阴侯。胜迹：有名的古迹。

洛岸桃花

溶溶洛水大河滨，千树桃花雨岸春。
高士寻源空往返，那知此地即仙津。①

【注释】

①陶渊明《桃花源记》言渔人从桃源过来后，武陵郡太守曾派人随其前往寻找，迷不得路而返。二句用其意。仙津：仙路。

紫阳夜月

渡桥谁去访三丰，古殿空明月色浓。①
夜半钟声惊客梦，前身悟道紫阳峰。

【注释】

①三丰：指明代道士张三丰，传说张曾在紫阳山修道。故下二句言客人梦中被钟声惊醒，悟到张三丰原是自己的前身。

长春晓日

隋唐两代建行台，千载长春向晓开。①

即此朝阳歌湛露，和鸣应有凤凰来。②

【注释】
①行台：此指古代帝王巡狩所居之处。
②湛露：《诗经·小雅》篇名，古人认为是天子宴请诸侯的诗；浓重的露水。此用前一义。

沙树浓荫

沙苑铭勋奕世钦，千株柳树挺森森。①
几朝培植由来久，爱此甘棠召柏阴。②

【注释】
①奕（yì）世：累世，一代接一代。
②甘棠：《诗经·召南》篇名，传说周武王时，召伯奭（shì）巡行南国，曾憩息甘棠树下，后人思其恩德，因作甘棠诗。后用作称颂官员政绩之辞。阴：此处同"荫"。

蒙泉灌亩

亩画西庄傍水涯，蒙泉利养万人家。①
从知有本分余泽，兼灌河阳满县花。②

【注释】
①傍：临近。
②有本：有其本源。河阳：黄河之北。

岱祠岑楼

华原岱庙锁城西，百尺岑楼百尺梯。
此日登临谁作赋？才称五凤与韩齐。①

【注释】
①五凤：称同时有才名的五个人。韩：可能指唐代文学家韩愈。

金龙高塔

金龙寺纪大唐年，宝塔嶙峋插碧天。①
花影铃声辉日月，题名孰得会群仙？②

【注释】

①嶙峋（lín xún）：形容山石突兀，重叠。
②孰得：谁能。

朝邑十景（十首）

詹汝猷

华岳春云

春和华岳雪初晴，天外云台画不成。①
五色凌虚扶帝座，三峰绝顶拥神京。②
无心玉女鬟中出，有态金仙掌上横。③
时至睡龙嘘气去，为霖恰好慰苍生。④

【作者简介】

詹汝猷，清嘉庆时蜀南人。

【注释】

①春和：春日天气晴和。云台：云台峰，华山北峰。此以之代指华山诸峰。
②凌虚：凌空。
③金仙：原指佛祖如来，此指劈开华山和中条山的巨灵神。掌上横：指春云在仙掌峰（华山东峰）缭绕。
④霖：大雨。

黄河秋涨

黄河襟带绕东流，涨满金堤德水悠。①
星宿源真来万里，仙槎客自泛三秋。②
臣能击楫风何壮，民不为鱼泽更周。③
借问安澜清几度？蛟龙好倩负王舟。④

【注释】

①上句言黄河如襟带从东边绕过朝邑。德水：黄河的别名。
②二句用汉代张骞乘木筏（槎）寻找黄河源头到达天界的传说，故上句言黄河来自万里之外的天上星河。
③上句用晋代祖逖渡江时在中流击楫，发誓平靖中原的典故。民不为

鱼：指黄河水不暴涨成灾。泽：恩惠。

④安澜：平静的水流。倩：请人代替自己做某事。古代以黄河清为天下太平之兆，所以此处上句言"安澜"而"清"，下句言好请蛟龙"负王舟"，有祝颂天下太平之意。

渭川烟雨

城南古观望神仙，渭雨空濛上下连。①
两岸随车花满县，九霄飞练鹤参天。②
独饶余泽雄三辅，还带流光锁八川。③
汉代将军谁战此？恩深难报画凌烟。④

【注释】

①旧朝邑县城南有地名"望仙观"，故上句为言。

②九霄：天的极高处。练：白色的丝绢。飞练：这里指雨。鹤参天：如白鹤高飞汝云天。

③饶：多。三辅：指西汉治理京畿地区的三个职官。三辅所管辖的地区左冯翊、右扶风和京兆府称"三辅"。上句言朝邑以多得渭水滋润在"三辅"称雄。八川：指古时长安附近的灞河、浐河等八条河流。

④汉代将军：不详所指。凌烟：凌烟阁，封建王朝为表彰功臣而修建的高阁，绘有功臣图像。下句言难以报答皇帝画像凌烟阁的深恩。

洛岸桃花

廿番风信碧成邨，夹岸桃花带雨痕。①
似海春才深古渡，为丛锦自满仙源。②
五香车过红云拥，三月龙飞绮浪翻。③
看遍长安真得意，群芳原是出公门。④

【注释】

①风信：应时而至的风。邨（cūn）："村"的异体字。

②为丛：成丛。锦：锦绣，此指盛开的桃花。

③五香车：古代贵族妇女所乘的豪华车子，此指车。绮浪：五彩的浪花。

④群芳：群花。

紫阳夜月

城外仙踪访紫阳，空明月色映虚堂。①
照来绝顶鸭飞树，悟到前身客忆乡。
一道山河金粟界，几层楼阁玉轮粧。②
姮娥早许秋来约，细语蟾宫报桂香。③

【注释】

①虚堂：空堂。
②金粟：佛。金粟界：此指仙界。玉轮：月。粧（zhuāng）：装饰。
③姮（héng）娥：即嫦娥。蟾宫：月宫。

长春晓日

长春旧时帝王宫，巡幸当年湛露隆。①
五夜鸡声催绛帻，九天踆彩照丹枫。②
看花眼过隋唐蹟，捧日心悬战伐功。③
喜有朝阳春树发，至今都邑尚称雄。

【注释】

①湛露：《诗经·小雅》篇名，古人认为是天子宴请诸侯的诗。这里指皇帝的恩惠。
②五夜：夜晚的甲、乙、丙、丁、戊五个阶段。绛帻：汉代宫廷卫士的红色服装，这里代指宫廷卫士。踆（cūn）彩：踆乌（太阳）的光彩。
③蹟（jì）：道，法度。亦同"迹"。悬：念。

沙树浓荫

沙树扶疏洛水滨，倚城遥望柳青新。①
几朝牧养留余地，万古功名植此身。②
日月光分垂荫远，风云气合受恩频。③
莫言才大难为用，博得浓荫覆后人。④

【注释】

①扶疏：繁茂纷披的样子。倚城：背对着城区。
②上句是就唐等王朝在此设置牧马监养马而言，下句用东魏宇文泰在此战胜北周高欢后让将士人植一柳纪功典故。

③频：多次，多。二句在言柳树承受日月光华和风云的照射滋润而生长旺盛的同时，又含颂圣之意。

④覆：覆盖。这里有带来好处之意。

蒙泉灌亩

通灵不见古长陂，却有西庄畎亩滋。①
泉自蒙生流一线，田因井养秀双歧。②
膏腴那让南东美，禾黍都同洛渭宜。③
余泽兼浇花满县，千秋水利系人思。④

【注释】

①通灵：通灵陂，池沼名，旧址在今大荔通润村南。陂（bēi）：池塘，池沼。长陂：大池塘。畎（quǎn）亩：田间，田地。滋：滋润。

②蒙：泉名。秀：开花，结实。双歧：此谓庄稼一枝双穗，是古人认为的瑞兆。

③膏腴：肥沃。那让……美：那里不比……美。禾黍：泛指庄稼。

④系人思：让人思念，感念。

岱祠岑楼

岱祠灵结芮城胎，宋代岑楼势壮哉。①
百尺凌云谁隐卧？千年飞翼本良材。②
河观襟带荣光绕，岳望莲花曙色开。③
几度登临香案侧，炉烟瑞接到三台。④

【注释】

①芮（ruì）城：古城名，旧址在原朝邑县东，因周初此地有芮国得名。

②隐卧：隐居高卧。飞翼：岑楼飞檐如鸟翼欲飞，故云。

③荣光：彩色的云气，古人以之为吉祥的预兆。

④瑞：祥瑞。三台：古有灵台、时台、囿台，合称三台。又为官名，汉承秦制，以尚书为中台，御史为宪台，谒者为外台，合称三台。又为汉魏和北齐宫殿名。后世又以之称三公（朝廷辅佐皇帝处理军国大事的最高官员）。

金龙高塔

金龙古刹势崔嵬，冠冕城西碧四围。①
铃影摇河悬壁立，莲花并岳倚天飞。②
级高偏得风云聚，瑞起常将日月依。③
雁塔何人题姓字，九霄联步入纶扉。④

【注释】

①刹：此指佛寺。崔嵬：高大雄伟。冠冕：古代帝王、官员戴的帽子。此处用作动词。冠冕城西：在城西最为突出壮观。

②河：此指黄河。莲花：此处当指佛像的莲花座。岳：指西岳华山。倚天：背靠青天。

③瑞：此指祥瑞之气。

④雁塔：指西安的大雁塔。联步：携手，同步。纶扉（fēi）：即纶阁，指中书省及内阁。

朝邑十景（十首）

刘光代

华岳春云

势压全秦百二关，芙蓉千丈绝跻攀。①
春回雨霁金仙掌，风定烟笼玉女鬟。②
落雁横空飞浩渺，睡龙嘘气舞斓斑。③
闲天恰好凌云去，一览昭峣太华山。④

【作者简介】

刘光代，字曙窗，清嘉庆时蜀南人。

【注释】

①百二：百分之二。语出《史记·高祖本纪》："秦，形胜之国，带山河之险，悬隔千里，持戟百万，秦得百二焉。""百二"则有两解：一说为秦凭借山河之险，可以以二万人抵抗诸侯百万之师；一说谓百之二倍。百二关：当指潼关等秦地关口。芙蓉：即荷花，莲花，此指华山。跻攀：向上攀登。绝跻攀：无法攀登。

②春回：春到。雨霁（jì）：雨后天晴。金仙掌：此指华山仙掌峰（东峰）。风定：风停止。玉女：神女。此指华山玉女峰（中峰）。鬟

(huán)：女性的环形发髻。

③落雁：华山有落雁峰（南峰）。浩渺：广阔无际，此指天空。斓斑：即斑斓（bān lán），色彩交错，灿烂鲜明的样子。

④岧峣（tiáo yáo）：形容山势高峻挺拔。

黄河秋涨

沧桑无计挽东流，水涨黄河吼未休。①
禹穴直奔千里浪，龙门高拥一天秋。②
何人持楫谈王霸，有客乘槎问斗牛。③
清浊寻常今古事，安澜长此颂皇猷。④

【注释】

①沧桑：沧海桑田，原指自然界的巨大变化，后亦喻社会的巨大变化和人生的坎坷经历，此指有史以来。

②禹穴：在浙江省绍兴市的会稽山，传说为夏禹葬地。一说在陕西省旬阳县东，有泉，传为大禹开通汉水时居处。此指黄河源头。龙门：在今陕西省韩城市境内，传为大禹疏通黄河时开凿。

③二句用晋代祖逖渡江击楫和汉代张骞乘槎（木筏）寻找黄河源头到达天河的传说。斗牛：牛宿和斗宿，天上的两个星区。

④安澜：平静的水流。皇猷（yóu）：帝王的谋划。

渭川烟雨

渭枕长城锁八川，苍茫古渡水云连。①
青青柳渍千林雨，漠漠杨飞两岸烟。②
到眼不分潮上下，横空独见雁回旋。③
虹桥霭霭谁占气？高观临流说望仙。④

【注释】

①长城：魏国曾在今朝邑境附近修长城备秦。

②渍（zì）：浸、沾。漠漠：云烟密布的样子。

③横空：横越或弥漫天空，此处用后一义形容烟雨。

④虹桥：雨后彩虹形成的桥。望仙：朝邑古城南旧有望仙观，下句或与关于此地的传说有关。霭（ǎi）霭：云盛的样子。

洛岸桃花

桃源棹返武陵人，留得缤纷满洛津。①
红雨成蹊花似锦，香风夹岸浪生春。
一天彩霞烘丹靥，十里烟波点绛唇。②
水逐落英流不尽，鱼肥江上好垂纶。③

【注释】

①棹（zhào）：桨。缤纷：这里形容桃花繁盛的样子。

②丹靥（yè）：红色的酒窝。绛唇：红色的嘴唇。二句均用女性美丽的容颜比喻洛岸桃花。

③落英：落花。垂纶：钓鱼。

紫阳夜月

霭霭长空玉露横，紫阳山际夜光生。①
寒凝素魄开金镜，净扫微云湛太清。②
天上鸟飞会几阵？松间鹤返恰三更。
华原月朗人何在，惟听书声杂漏声。③

【注释】

①夜光：指月光。

②素魄：月的别称。湛（zhàn）：清澈。太清：天空。

③华原：原名，古属左冯翊郡（郡治在今陕西省大荔县），此指朝邑城西高原。漏声：更漏报时之声。

长春晓日

晓日曈昽上翠微，长春景象未全非。①
晴开旭照天初曙，气暖阳和露乍晞。②
两代河山留宿草，千年宫殿䁖朝晖。③
何须凭吊论兴衰，浩浩长空玉弹飞。④

【注释】

①曈昽（tóng lóng）：形容太阳初升由暗而明的样子。翠微：轻淡青葱的山色，亦指青山。从朝邑东望，太阳从中条山升起，故云晓日"上翠微"。或言此处指天空。

②乍：忽然；初，刚。此处用后一义。晞（xī）：干，干燥。

③两代：指隋唐。宿草：隔年的草。賸（shèng）：同"剩"。
④玉弹：此指太阳。

沙树浓荫

谁栽沙苑柳丛丛，神武当年纪战功。①
壮气长留千树绿，浓荫直蔽一天红。
云来宿鸟栖偏稳，风过深林响未终。②
荫比甘棠遗爱远，休将大小问虞公。③

【注释】

①神武：神奇而威武。本指东魏高欢。但他在沙苑被西魏宇文泰打败。是宇文泰曾让将士人植一柳纪功而非高欢，此处似有误。当然也可以解为宇文泰"纪当年战胜神武之功"。

②宿鸟：归巢栖息的鸟。

③荫：树荫。这里比喻给后世带来的益处，即句中所言"遗爱"。甘棠：《诗经·召南》篇名，传说周武王时，召伯奭（shì）巡行南国，曾憩息甘棠树下，后人思其恩德，因作甘棠诗。后用作称颂官员政绩之辞。大小：指上句所言"遗爱"。虞公：即虞人，古代掌管山泽、田猎的官员，此处指后世管理沙苑的官员甚或当地居民。

蒙泉灌亩

洛禾渭黍两相宜，亩灌蒙泉胜旧陂。①
一线源应来八水，千村人自急三时。②
膏流匝地田畴润，泽共长天雨露滋。③
真个南东占美利，镰山四望绿漪漪。④

【注释】

①陂（bēi）：池塘，池沼。

②三时：即一年庄稼生长收获的春、夏、秋三个季节。或云一天中早、中、晚三个时辰。

③匝（zā）：围绕。

④美利：大利。漪（yī）漪：微波。

岱祠岑楼

烟喷金猊绕碧霄，楼高岱庙绝尘嚣。①
盘空直傍飞鸦上，极目真随落雁遥。②
华岳西来云霭霭，黄河东去水迢迢。
一声短笛横朱槛，可有梅花数点飘？③

【注释】

①金猊（ní）：香炉。尘嚣：尘世的热闹和喧嚣。
②盘空：盘旋而上的样子。傍（bàng）：依附，接近。
③古代笛曲有《梅花落》，故此二句上句言"短笛"，下句言"梅花"。

金龙高塔

宝塔庄严舍利藏，金龙瑞起佛生光。①
重重迢递通三辅，面面玲珑照十方。②
花雨一天飞烂漫，松风五夜语琅珰。③
名蓝自昔饶佳胜，高耸文峰镇紫阳。④

【注释】

①舍利：指佛教高僧火葬后所余骨殖。通常指佛祖释迦牟尼的遗骨。相传释迦牟尼火葬后有八位国王分取舍利建塔供奉，故此句云"宝塔庄严舍利藏"。金龙：此指金龙高塔所在之金龙寺。
②迢递：高或远的样子。三辅：指西汉治理京畿地区的三个职官。三辅所管辖的地区左冯翊、右扶风和京兆府也称"三辅"。
③五夜：夜晚的五个阶段。琅珰（láng dāng）：金属和玉器相撞击发出的声响。
④蓝，伽蓝，佛寺。名蓝：有名的佛寺。饶：多。紫阳：指朝邑一带的紫阳山。

次松皋父台十景原韵（十首）①

王克允

华岳春云

岳竖三峰万古延，莲池云涌正春天。

遥飞洛岸笼花影，渐入渭涯护晓烟。②
对雨尝疑台作观，有诗莫道令非仙。③
南门楼上试闲眺，五色文成让此先。④

【作者简介】

王克允，字葵圃，清嘉庆时朝邑人。

【注释】

①"次……韵"：和（hè）他人诗作并依其原韵次序作诗。松皋：当时朝邑县令朱斗南的字。父台：旧时代对本县县令的尊称。

②涯：水边。

③令：县令。此指当时县令朱斗南。

④五色文：形容诗文的美好。古人以"五色笔"喻文才。此：此指作者所和（hè）朱斗南的《朝邑十景》诗。下句言同是写朝邑十景，只有县令朱斗南写得最好。这是恭维之词。

黄河秋涨

滔滔德水问千秋，曾向蒲津上客舟。①
直下龙门看巨浪，谁为牛镇庆安流。②
只怜沆漭迷禾稼，忍说波涛恣溯游。③
幸有乘槎人远至，清如大史望呈休。④

【注释】

①德水：即黄河。蒲津：又名蒲坂津，黄河渡口之一，在朝邑对面的山西省永济市。

②龙门：指今陕西省韩城市之龙门，传为大禹治水时为疏通河道而开凿。牛镇：唐时在朝邑黄河段修有通往山西的浮桥，两端以铁牛固定，牛镇当指此。

③沆漭（hàng mǎng）：即沆漭，形容水波浩渺，这里用作名词，指洪水。恣：恣意。

④乘槎：此用张骞乘槎寻找黄河源头典故。乘槎人：这里指来到朝邑和朱斗南一起写朝邑十景诗的黄大绅、詹汝猷、刘光代等人。大史：殷周官名，主管祭祀、历数、法典等。又为水名，古代九河之一。此处似用后一义。休：美、善、祥和。

渭川烟雨

遥携浐灞下西安，尾入司空锁急湍。①
雨到河津人欲渡，烟迷沙苑草方寒。
钓垂今日非无吕，罂系夏阳岂异韩。②
蓑笠谁依千亩竹？长看野雾起林端。

【注释】

①浐灞：西安附近的两条河。司空：周汉隋唐高官名，职务各朝不尽相同。急湍：急流。

②钓垂：垂钓，钓鱼。吕：吕尚，即俗谓之姜太公。罂（yīng）：木罂，木制盛水容器；用木枊夹缚众罂而成的浮渡工具。此指后者。夏阳：秦地名，汉置县。县治在今陕西省韩城市南，辖境包括合阳一带。罂系：系罂，捆绑木罂。汉王二年（前205），韩信曾率兵以木罂渡过黄河击魏，故言。合阳县有木罂渡。

洛岸桃花

我处南阳洛在东，桃花两岸不凋风。①
朝朝玉貌施朱粉，岁岁酡颜带酒融。②
春树遥临箕掌绿，曲流直映篆沙红。③
何缘彭泽曾为记，但说武陵忘此中。④

【注释】

①南阳：指原朝邑县地名南阳洪。

②酡（tuó）颜：因喝酒而脸色发红。

③箕（jī）：簸箕；星名。掌：水停处，泽。箕掌：似指如掌形的沼泽。篆（zhuàn）：书体名，篆字、篆书。篆沙：似指沙上如篆字的水波纹。

④何缘：为什么。彭泽：指陶渊明。陶曾任彭泽令。但：只。武陵：地名，即陶渊明《桃花源记》所言桃花源所在之武陵。

紫阳夜月

紫阳趾木即镰山，古刹名蓝余几间。①
月下僧吟声正静，梦余光照寺初关。
谁藏经典遗编在，人谒桥陵何日还？②

　　　　仙迹旧传予未信，独留偈句可追攀。③

【注释】

　　①趾（zhǐ）木："木"疑为"本"之误。上句言紫阳山原是从铁镰山延伸而来。古刹：古佛寺。名蓝：有名的伽蓝（佛寺）。
　　②谒（yè）：晋谒，拜见。桥陵：此指黄帝陵。
　　③偈（jì）：佛经中的颂词。

长春晓日

　　东山晓日出惊奇，映入长春景倍宜。
　　高髻宫人嗤绝代，长堤天子哂前村。①
　　何似雄城攻剧贼，特留光景代常仪。②
　　只今人尚居高处，为对朝晖试咏诗。

【注释】

　　①嗤（chī）：讥笑。哂（shěn）：微笑；讥笑。二句想象长春宫中情景，意思似应为：宫人讥笑绝代高髻，天子笑对前时长堤。
　　②雄城：地势险要的城，此指长春宫。剧贼：实力强大的盗贼。此句似指唐德宗贞元元年（785）马燧、浑瑊（jiān）率唐军在长春宫南大败军阀李怀光并掘堑围宫城事。常仪：常规的礼仪或仪表。

沙树浓荫

　　积沙不止长春茵，密树浓荫一兢新。①
　　战罢空余高柳色，苑边无复监坊臣。②
　　夕阳背处农闲话，茅舍荫旁社赛神。③
　　贤宰时来槱陇上，应将乐景慰邨人。④

【注释】

　　①茵：褥子。这里指如茵的绿草。
　　②战罢：指南北朝时西魏宇文泰在此战胜东魏高欢事。监坊臣：指牧马监的管理官员。宇文泰战后曾因沙苑多草而置牧马监于此养马，唐宋两代亦在此置牧马监。
　　③社赛神：指古时农村春秋两季祭祀土神的活动。
　　④贤宰：这里指县令朱斗南。槱（yǒu）：积木燃火祭天。陇上：这里指田间。邨：同"村"。

蒙泉灌亩

镰原何幸有分疆，绰约微流绕小庄。①
几亩良田均灌溉，千家美利庆遐长。②
旧时金水今偏没，有此名泉世亦康。③
吾里常愁河洛溢，思依北麓置园场。④

【注释】

①镰原：指铁镰山下的原野。分疆：田界。这里指农田。绰约：柔美的样子。

②美利：大利。遐（xiá）：远。

③金水：此指今大荔北部的金水沟。没：湮没。康：康泰。

④麓：山脚。园场：这里指田园。

岱祠岑楼

何处高楼似此超，为传岱祠上云霄。①
每疑东岳隆西土，犹有古碑沿宋朝。②
烟火满城襟底落，河山入望眼前遥。
从来才士多游此，佳什今才可共标。③

【注释】

①超：高。岱祠：朝邑大寨子有东岳行祠，俗称东岳庙。

②隆：高。此句言每每怀疑为什么西部的这里会有祭祀东岳泰山的庙宇。

③佳什：好作品。今才：当今的才子，指前述当时写朝邑十景的诗人。可共标：可以和前人达到共同的高度。

金龙高塔

高塔遥看挹翠岚，胜占一县殿伽蓝。①
势凌碧汉烟云净，影入黄河水月涵。
岂有金龙升宝树，真成幻象现瞿昙。②
侧留司寇名被在，拭藓参详思欲覃。③

【注释】

①挹：舀。此处意思是双手掬起。翠岚：山中绿色的雾气。伽蓝：佛寺。下句言金龙寺在全县名胜中独领风骚。

②瞿昙：释迦牟尼俗姓。此代指佛寺。
③司寇：古代官名。此处不详所指。拭藓：擦拭去苔藓。参详：详细参考斟酌。覃（tán）：深；长。

九龙八景简介

九龙在今大荔县石槽乡九龙村东。九龙八景为龙泉溥润、亚媛流芳、君子莲池、桃花仙人、丛沙细浪、洛水回纹、溪亭曙霭、蔬瓜春林。

九龙八景诗并诗解（九首）①

金和轩

九龙八景

龙泉溥润年光久，亚媛流芳岁月长。①
君子莲池思品格，桃花仙人想衣裳。②
丛沙细浪萦千顷，洛水回纹旋一方。③
溪亭曙霭看隐约，蔬瓜春林试馨香。④

【作者简介】

金和轩，清代人，生平未详。

【注释】

①金和轩这首诗和以下《九龙八景诗解》抄自大荔县政协"沙苑文字资料"第一期《咏沙苑诗词选析》其中文字错讹之处颇多。对于其中明显错误者，编者已经改正，以下类此者不再说明。溥（pǔ）：广大。润：滋润。
②思品格：想到"君子"的品格。下句似用李白诗句"云想衣裳花想容"（《清平调词》三首其一）写"桃花仙人"衣饰容颜之美。
③萦（yíng）：萦绕。旋：回旋。
④曙霭（ǎi）：天将明时的雾气。隐约：迷茫不清的样子。馨（xīn）香：芳香。

九龙八景诗解

龙泉溥润①

际会风云搏九天，流行品物赖渊泉。②

应和云泽神能化，惟有平畴色更妍。③
万顷禾苗舒夏甸，今迎花树满青田。④
栽红晕碧忙如许，比户齐玉大有年。⑤

【注释】
①龙泉溥润：龙泉，指九龙泉。因有九穴同流，故名。又名鹅鸭池。九穴同流又为同州得名之由。九水同流，使同州广大的土地得到普遍的润泽，故置其为九龙八景之首。

②际会：交接，会合；遇合，时机。此句想象九泉之"龙"遇到适当的时机（如风云）就会搏击于九天（高空）。品物：众物，万物。赖：依靠。此句疑用《易经·乾卦》"云行雨施，品物流形"之意，"流行"当为"流形"。流形：形体。

③神能化：神奇而能变化。平畴：平坦的田园。

④夏甸：即禹甸。《诗经·小雅·信南山》有"信彼南山，维禹甸之"之句，后人因称中国九州之地为禹甸。

⑤栽红晕碧：疑当为"栽红育碧"，指种植各种庄稼，栽植各种果木。如许：如此。比户：一家连着一家。齐玉：颇费解。当为"齐歌"一类的意思。大有年：大丰收之年。

亚媛流芳①

竟体冰肌玉骨同，前身原自水晶宫。②
上穷阆苑三千界，俯观关河百二重。③
姓字无须列女传，姻缘合媲大王雄。④
笑他云雨巫仙子，不著人间润物功。⑤

【注释】
①亚媛流芳：亚媛为元代达鲁花赤亚哥之女。传说亚哥主管同州时遭逢大旱，亚哥祈雨于九龙泉，许愿雨后以女侍奉九龙之神。果大雨，而女亚媛亦卒。亚媛为解除旱情而献出生命，故言其百代流芳。

②竟体：全身。冰肌玉骨：形容女性骨骼肌肤之光洁润泽。水晶宫：水晶构成的宫殿。神话传说中的龙王居处。

③阆（làng）苑：阆风之苑，神话中仙人居住的地方。关河：当指潼关和黄河一带地方。百二：见前刘光代《华岳春云》诗注①。重：量词，层。

④媲（pì）：匹配，相比。
⑤不著：不因某种原因而著名。

莲池君子①

不染污泥不惹尘，薰风初日影亭亭。②
茎摇细浪千重翠，叶点清波万叠青。
君子襟怀亦窈窕，美人风采极娉婷。③
池边夜色凉于水，一曲瑶琴带月听。④

【注释】
①莲池君子：莲花"出淤泥而不染，濯清涟而不妖，中通外直，不蔓不枝，香远益清，亭亭净植，可远观而不可亵玩"，故古人以之喻君子品德。故称此地的莲池为"君子莲池"。
②薰风：和风，指初夏时的东南风。初日：初升的太阳。亭亭：高高直立的样子。
③窈窕（yǎo tiǎo）：美好的样子。风采：即丰采，人的美好仪表仪容。娉婷（pīng tíng）：形容女子的姿态美。
④瑶琴：有玉饰的琴。

桃花仙人①

绮陌红尘不断香，无边春色大文章。②
去年知是风流客，今日难为窈窕娘。③
细柳抱青拟飘带，彩云凝碧想衣裳。④
浓阴恍如天台路，赚得刘郎更阮郎。⑤

【注释】
①桃花仙人：九龙多植桃树，初春红霞映地，继而落英缤纷，使人如入武陵桃花源仙界，桃花美如美少女容颜，又使人如刘晨、阮肇入天台山而逢仙女。
②绮陌：纵横交错的道路。
③二句似用唐代诗人崔护《题都城南庄》"去年今日此门中，人面桃花相映红。人面不知何处去，桃花依旧笑春风"诗意。
④拟：比拟，好像。
⑤二句用传说东汉人刘晨和阮肇入天台山采谷皮迷路逢二仙女故事。

赚（zuàn）：骗。

丛沙细浪①

如山如阜如岗陵，不尽崇阿取次登。②
非为水流生细浪，怜因风急皱薄冰。③
光芒徇日金摇彩，理致成章玉积棱。④
祇以杂花香草树，惹他莺絮乱飞腾。⑤

【注释】

①丛沙细浪：九龙接近沙苑，沙丘起伏蜿蜒，曲折游走，大处如巨浪涌起，小处如细浪悠然向前，好一幅天然图画。

②阜（fù）：土山。崇阿：高丘。取次：任意，随便。

③皱：皱纹。这里用作动词。

④徇（xùn）：依从。理致：思想情趣。

⑤祇（zhǐ）：只。祇以：只因。莺：黄莺。絮：柳絮。

洛水回纹①

不惊骇浪不惊波，自在流行水掷梭。②
平淡也如人蕴藉，萦回恰抱气中和。③
无风竟作回风舞，有旋都成转旋涡。
最好月明三五夜，共他圆晕弄婆娑。④

【注释】

①洛水回纹：洛水浩浩荡荡，如一条衣带，从九龙池旁边缓缓流过，其水回旋萦绕，如丝绸花纹般可描可画。

②水掷梭：言洛水回纹之自然如在水中投掷织布用的梭子。

③蕴藉：含蓄而不显露。中和：中正平和。儒家的中庸之道认为能"致中和"，则无事不能达到和谐的境界。

④三五夜：每月十五之夜。他：指明月。圆晕：疑为"圆影"或"圆景"之误。圆景：月亮。婆娑：舞蹈；盘旋，停留。

溪亭曙霭①

亭上烟笼亭下溪，朦胧曙色望中迷。
碧深老树围花坞，绿掩闲阶映柳堤。②

云彩匆难分左右，鸟声浑莫辨东西。③
须臾晓日瞳瞳上，势接华峰霁色霓。④

【注释】
①溪亭曙霭：九龙泉水流过，形成小溪，溪旁建一小亭，供人消闲憩息。清晨曙光初露，薄雾缭绕，宛如仙境。使人顿生"甘心老是乡矣"之感。
②坞（wù）：地势周围高而中央凹的地方。闲阶：寂静的台阶。
③浑：几乎全部。
④瞳（tóng）瞳：日出时光亮的样子。华峰：华岳山峰。霁（jì）色：雨后的天色。霓（ní）：虹霓。

蔬果春林①

姹紫嫣红萃软尘，平原沃野绿如茵。②
千般景物呈图画，万亩田园孰主宾。③
果林花开三日雨，菜蔬叶茂四时春。
故乡无此林泉好，拟向桃源学问津。④

【注释】
①蔬果春林：九龙土地肥沃滋润，适宜蔬菜瓜果种植。故一年到头，蔬果飘香。特别是春天到来之时，林繁叶茂，百花竞艳，五色争辉，其景为一年之最。
②姹（chà）紫嫣（yān）红：形容各种好看的花。萃（cuì）：聚集。软尘：软红尘，指车马繁喧的景象。
③孰：谁。
④林泉：山林泉水，风景。古代常用作隐士隐居之处。拟：打算。下句用陶渊明《桃花源记》典故，表达被此处景色所吸引，打算归隐田园之意。

赵渡四景简介

中条晚照

清晨东望，旭日从中条山后露出火红的圆脸，霞光四射。待到夕阳西下时，血红的太阳斜射在黄河水面，反照中条山巅，红黄青绿交融，辉映成趣，中条山谷清新可见，气象万千，美不胜收，令人叹为观止。
双庙并立
赵渡西街亭子巷东头南北路旁，曾并修两个小庙。路西是龙王庙，路东为祖师庙。西头史家巷北端，亦相邻建两个庙堂：坐西向东者为夫子庙，供奉武夫子关羽；坐北向南者称观音庙，敬的是观音菩萨。四座古庙双双并立，实属奇观。
西门奇井
赵渡西街城外，去洛河码头的路边有一口大井，远近闻名。井台高三四米，口径约三米，深达九米。原是谢家花园种树浇花所用，建于清朝初年。上了井台跷步顿足，井内即发出嗡嗡的回音。据说井底能回转四套马车。井大无比，世间少有。
端阳游船
从前，黄河紧靠赵渡，当地素有泛舟游河的习俗。每年到了端阳节，人们为了纪念爱国诗人屈原，约集船只，荡游于黄河水上。帆张桨舞，船飞浪涌，鼓乐阵阵，欢笑声声，非常迷人。

咏澄城

隋公泉
适庵老人

往事无穷莫漫伤，野泉今日水犹香。①
最怜清澈明如镜，几度宫娃照晚妆。②

（选自清咸丰年《澄城县志》）

【作者简介】适庵老人，宋朝隐士，生卒不祥。

【注释】
①漫伤：随便表示伤感。
②宫娃：宫女。

过精进寺
郭思德

离离禾黍起秋风，马踏晴川气最雄。①
武帝水深没汉鼎，肃宗寺古坠唐钟。②
漫天秀色梁山丽，一带清流洛水浓。③
前去西州望不远，塞烟连草有寒峰。④

（选自清咸丰年《澄城县志》）

【作者简介】
郭思德，元代陕西郃阳县（今陕西省合阳县）人，将军。

【注释】
①离离：盛多繁茂的样子。
②此句以汉鼎沉没于水、唐钟坠于地代指王朝更迭。唐钟：当时精进寺之钟。

③梁山：在今澄城县北合阳、韩城一带。
④西州：西部之州，具体所指未详。

过古徵①
于　璠

古徵旧邑洛河边，闲访遗踪思惘然。②
避暑殿为参佛殿，洗肠泉作谷溪泉。③
长卿政美存遗庙，魏郑功高有锡田。④
昭代只今思泽厚，风流民物胜当年。⑤

（选自清咸丰年《澄城县志》）

【作者简介】

于璠（fán），浙江嘉善人，明朝正统七年（1442）进士，曾任陕西左布政使。

【注释】

①古徵（zhēng）：澄城县为汉代徵县故地，故言。
②惘然：失意的样子，心情迷茫的样子。
③避暑殿：指隋避暑宫。据清乾隆《澄城县志》：隋避暑宫在县东北50里，为隋文帝所筑，以避暑。后改为治平寺。
④长卿：历史上字或名长卿者颇多，如汉代辞赋家司马相如、唐代诗人刘长卿等，此处所指未详。从"政美"二字来看，似此人曾在澄城任职，因有好的政绩被立庙纪念。魏郑：指唐代名臣魏徵。他被封为郑国公，故言"魏郑公"。锡：通"赐"。锡田：赐田。
⑤昭代：政治清明的时代。只今：今日。泽：恩泽，此指皇帝和官员的恩惠。此句承上两句"政美"和"锡田"而言。风流：此指风俗。民物：百姓和物产景物。

清凉院①
路　车

谁构禅林接太空，斜穿曲径与天通。②
楼台隐隐千山里，钟鼓轰轰一水中。③
钵洗涧边常注露，坐移松畔自生风。④

闲来戴月和僧话，扰扰红尘便不同。⑤

(选自清咸丰年《澄城县志》)

【作者简介】

路车，字公卿，号容庵，陕西澄城县人，明朝嘉靖四十年（1562）举人，曾任威州知州，叙州府同知。

【注释】

①清凉院：在澄城冯原龙泉寺。

②禅林：佛教寺院的别称。接太空：与下句"与天通"均极言该佛寺之高。

③隐隐：隐隐约约。

④钵（bō）：僧人食器，梵语钵多罗之省称。

⑤戴月：月光之下。扰扰：纷乱的样子。二句言闲时在清凉院月光下和僧人共语，便觉得与扰攘纷乱的尘世大不相同。

小西湖咏为淡庵吴父母作

路世龙

城西门外小西湖，西湖近傍城之隅。①
城头风光难为似，湖里气象万千殊。②
曲堤虹桥折折见，回廊桃柳拂人面。③
三春桃柳报芳菲，柳暗桃明花似霰。④
栏槛曲直绕湖开，阁道廊通黄金台。⑤
黄金台上客满座，辑集磊落之奇才。⑥
暮暮朝朝西湖上，西门之豹伊谁让。⑦
君不见，滁西涧亭名醉翁，行乐太守庐陵公。⑧

(选自清咸丰年《澄城县志》)

【作者简介】

路世龙，字乾初，陕西澄城县人，明熹宗天启四年（1621）举人，曾任秦安县（今甘肃省天水市秦安县）教谕，著有《跃门集》。

【注释】

①傍：靠。隅（yú）：角落。

②难为似：难以形容比喻。殊：不同。

③虹桥：如虹之桥。桥的美称。回廊：曲折环绕的走廊。

④芳菲：花草香美的样子或芳香的花草，此指前者。霰：小雪珠。

⑤曲直：曲曲直直，此指时曲时直。阁道：复道，楼阁或悬崖间有上下两重通道。黄金台：原为战国时燕昭王为招揽人才所建之台，因置黄金于其上，故称。此以之指人才聚集之台阁。

⑥辑集：收集。此指聚集。磊落：形容胸怀坦荡光明。

⑦西门之豹：即战国时期魏国人西门豹。曾治理邺地，有很好的政绩。让：退让，这里有"不如"之意。伊谁让：谓这里聚集的人才才能不亚于西门豹。

⑧滁（chú）：滁州，今安徽省滁州市。醉翁：宋代文学家欧阳修的号。欧阳修为江西庐陵人，故下句称其为"庐陵公"。欧阳修任滁州刺史（相当于太守）时曾修建醉翁亭与民同乐，并写有《醉翁亭记》。二句用此典。

题洑头有引

王用杰

洑（fú）水在县西南三十里，悬崖飞瀑如溅琼珠，下有幽洞，东有龙神祠，温泉旱祷辄应，洛水汤汤，忽坠千仞。①遂限舟楫，鱼鳖不能游，真封内之滟滪金焦也。②绳烈先生长公麟趾，乔梓纂志，为余倡言之。③余每事卧游，闻之大快，因赋之以告探奇者。④熊触已施泻水力，洛神又鼓破山才。⑤掀翻银汉连天落，摔碎珠盘滚地来。⑥浴日虞渊波底燠，藏蛟窟室洞门开。⑦画舫游鳞天堑此，油云沛雨遣风雷。⑧

（选自清咸丰年《澄城县志》）

【作者简介】

王用杰，清代山西阳城（今山西省阳城县）人，贡生，顺治三年（1646）任澄城县知县。

【注释】

①旱祷辄应：天旱时祈祷下雨常常应验。汤汤：水势浩大流急的样子。

②限：阻碍。封内：封，指地域区划。此指县境内。滟滪：滟滪堆，长江三峡瞿塘峡中的险滩。金焦：金山和焦山。金山在江苏省镇江市西北，焦山则在其东北，屹立江中，皆险阻之处。

③长公：长兄。乔梓：侨居桑梓（家乡）。纂志：撰写县志。倡言：

提出倡议，建议。此指倡导、扬言。

④卧游：欣赏山水画以代游览。探奇：探寻奇景。

⑤熊触：传说大禹曾化为黄熊以头触山导水，此用其典。洛神：传说中的洛水之神。鼓：鼓起。

⑥银汉：即银河。

⑦虞渊：即虞泉，古代神话所说的日落之处。燠（yù）：热、暖。

⑧天堑：天然形成的沟壑。油云沛雨：浓云大雨。末句夸言洑头可兴云布雨，起动风雷。

避难堡①

焦韵堂

文公避难处，土穴荒榛丛。②
畦径少人迹，客心行欲穷。③
风云郁绝壑，山势争为雄。④
罢乐独千古，艰难基此中。⑤

（选自1991年版《澄城县志》）

【作者简介】

焦韵堂（1767—1840），清陕西澄城县人。博学多才，一生不仕，自创私学，传道授业，有诗作遗世。

【注释】

①避难堡：即北徵故城。据《太平寰宇记》：徵城在县西南22里，即左氏文公十年秦伐晋取北徵是也。汉以为徵县，属冯翊，今俗名避难堡。又，明《同州府志》：澄城县西南25里有北徵城，今名避难堡。编者按：盖因传说晋文公重耳曾避难于此得名。

②荒榛（zhēn）：荒芜的草木丛生之处。

③畦径：田间小径。穷：尽。

④郁：聚集。绝壑：极深的沟壑。下句言山峰一个比一个高。

⑤罢乐：停止音乐歌舞。独千古：除此之外千古所无。此：指"罢乐"。末句言重耳在艰难中创业的基础在于其能够抑制个人声色的享受。

上巳游小华山（三首）①

白健翮

胜日踏青路向西，才离小市便沿溪。②
草含香气花争发，树惹晴烟鸟乱啼。
为仿流觞河畔饮，欲拈佳句石头栖。③
游人来往莫空赏，个个吟成壁上题。④

乘兴踏青小华山，同仁共坐白云间。⑤
群峰耸峙全开嶂，一水萦回半转湾。⑥
岚气霭空芳草润，茶烟绕树野花闲。⑦
漫言绝顶人稀到，青壁瑶台许共攀。⑧

少长闲游趁晓天，西来小华境尤偏。⑨
桃红新染深春雨，柳绿轻浮上巳烟。
山有清音禽对语，石无位次草开筵。⑩
前峰云锁牧童唱，幽壑悬崖更寂然。

（选自清咸丰《澄城县志》）

【作者简介】

白健翮，字矫亭，号息园，陕西省澄城县长润镇人，清嘉庆六年（1802）举人。著有《四书集解》《矫亭诗文集》。

【注释】

①上巳：本为农历每月上旬的巳日，三月上巳为古代节日，后多逐渐固定到三月三日，此日人常出门春游。小华山当在澄城县境内。

②胜日：此指风光美好的日子。踏青：清明前后到野外去观赏春景。

③仿：仿效。流觞（shāng）：古人每逢农历三月上巳日于弯曲的水渠旁集会时，在上游放置酒杯，杯随水流，流到谁面前，谁就取杯把酒喝下，叫作流觞。

④空：徒然，只。末句指吟成诗作题于墙壁之上。

⑤同仁：此指同游之人。

⑥耸峙：高高耸立。全开嶂：谓全部山峰如画屏展开。

⑦岚（lán）气：山中雾气。霭空：笼罩天空。闲：静。

⑧漫言：（不要）随便说。青壁：青色的山壁。瑶台：传说中的神仙所居之处。此指山的绝高处。

⑨少长：年轻的和年长的。境尤偏：此处有"风景这边独好"之意。

⑩清音：指下文"禽对语"之音。位次：位置次序。下句言石块陈列如将在草中排开筵席一般，但又不整齐。

汉武帝祠

金玉麟

摩云双柏扫晴烟，仿佛旌旗在眼前。①
宇宙已宽仍拓境，帝王多福更求仙。②
即看苜蓿生春陇，可有蟠桃荐寝筵。③
青鸟西飞不知返，茂陵芳草碧于天。④

【作者简介】

金玉麟，字素臣，号石船，四川阆中县人，清道光十二年（1832）举人，道光十八年（1838）进士，道光二十四年（1844）任陕西澄城县知县，官终羌宁州知州。著有《二瓦砚斋诗抄》，又同韩亚熊合撰《澄城县志》30卷。

【注释】

①摩云：极言其高入云天。

②宇宙：此指国境之内，国土，疆域。上句言汉武帝不满足于疆域之大，仍发动战争开拓边境，下句言其求仙以求长生。

③苜蓿：苜蓿原产西域，系汉武帝派遣张骞出使西域时带回。春陇：即春垅，春天的土地。蟠桃：中国古代神话传说中桃类食品。相传每年三月三日为西王母诞辰，当天西王母大开盛会，以蟠桃为主食，宴请众仙。荐：献。寝筵：寝宫和筵席。上句言汉武帝时苜蓿传入内地，下句问是否有仙人给汉武帝献上蟠桃，意在斥其求仙之非。

④青鸟：传说中西王母的使者。此处反用其意，言其为汉武帝派去给西王母传达信息的使者，故言其"不知返"。茂陵：汉武帝的陵墓。下句言汉武帝终究没有长生，只有陵墓上青草年年碧绿。

魏郑公祠①

金玉麟

家国经纶日，乾坤战伐场。②
文皇具英武，硕辅得忠良。③
媚妩殊堪爱，遭逢亦靡常。④
射钩仇许释，破斧亦何伤。⑤
自信如弦直，相从转毂忙。⑥
批鳞昭悃朴，怀鹞悟君王。⑦
既有征辽悔，旋知世泽长。⑧
十思褒谏草，一笏抵甘棠。⑨
食采曾通邑，新祠辟享堂。⑩
旧庄足耕稼，古冢闭衣裳。⑪
作宰来兹土，因时焚瓣香。⑫
遗容严剑履，特典列烝尝。⑬
春雨檐花蚀，秋风砌草荒。⑭
断碑遗爱误，高观表忠偿。⑮
地以名贤重，勋垂史册光。⑯
再歌辛苦句，家法仰缥缃。⑰

（选自清咸丰《澄城县志》）

【注释】

①魏郑公：即魏徵。魏徵曾被封为郑国公，故称。魏徵封地在今澄城县，其祠今址不详。

②经纶：整理过的蚕丝，比喻筹划治理国家大事。乾坤：天地。此指天地之间。战伐场：战斗攻伐的地方。

③文皇：指唐太宗李世民，"文"是其谥号。具：具备。硕辅：贤良的辅佐之臣。忠良：此指魏徵。

④媚妩：即妩媚。此用人言魏徵动作、言语慢，唐太宗则言"我但觉其妩媚耳"之典。遭逢：遭遇。这里是中性词，指魏徵遇到了李世民这样的君主。靡常：非常，不一般。

⑤射钩：在齐桓公小白和公子纠争夺国君位置时，管仲曾射中齐桓公的衣带钩。公子纠失败后，鲍叔牙向齐桓公推荐管仲，齐桓公就抛弃前

嫌，重用管仲治国。此处用此典，指魏徵曾辅佐隐太子李建成，建成失败后归顺李世民，李世民不计前嫌予以重用。仇许释：答应放下前仇。破斧：疑当作"破釜"，与"破釜沉舟"义同，比喻不留退路，下决心不顾一切地干到底。此似指魏徵不顾一切直言谏诤。

⑥相从：一个接着一个。转毂（gǔ）：飞转的车轮，喻行动迅速。二句言魏徵自信忠直，所以在李建成失败后也和其他人一样很快归顺李世民。

⑦批鳞：逆着龙鳞。谓敢于直言犯上。昭：昭示，昭明。悃（kǔn）朴：诚挚朴直。怀鹞（yào）：典出唐刘悚《隋唐嘉话》："太宗得鹞，绝俊异，私自臂之。望见郑公（魏徵），乃藏于怀。公知之，遂前白事，因语古帝王逸豫，微以讽谏。语久，帝惜鹞且死，而素严敬征，欲尽其言。征语不时尽，鹞死怀中。"悟君王：使君王醒悟、悔悟。

⑧征辽悔：此用唐太宗贞观十九年（645）征辽失败，后悔说如果魏徵还在，就不会有这样的事之典。旋知：很快知道。世泽：祖先的遗泽。此指魏徵虽已去世，但其人仍对唐王朝有鉴戒作用。

⑨十思：指魏徵的《谏太宗十思疏》，指出李世民渐渐不能坚持始终的十件事。褒：褒奖。谏草：劝谏的奏章。此句言魏徵的这一奏章得到李世民的肯定和褒奖。笏：古代大臣上朝手持的手板，用玉、象牙或竹片制成，上面可以记事。一笏：此亦指魏徵的这一奏章。抵：抵当。甘棠：即《甘棠》，《诗经·召南》的一篇，为先秦时代华夏族民歌。全诗由睹物到思人，由思人到爱物。古人多认为是怀念召伯的诗作。此句言魏徵这篇奏章抵得上一篇《甘棠》，让后人怀念其人。

⑩食采：享用封邑的租赋，意指将某地作为封地（邑）分封给某人。通邑：交通便利的城市，此指澄城县。此句言澄城曾为魏徵封地。辟：此指设置、设立。享堂：祭堂，供奉祖宗牌位或神鬼偶像的地方。

⑪旧庄：指原魏徵封地内其子孙居住的地方。古冢：古墓。此指魏徵的衣冠冢，故言"闭衣裳"。

⑫宰：此指县令。兹土：此地。因时：此指按时。瓣香：犹言一瓣香，一炷香。

⑬遗容：此指遗像。严：整肃的样子。剑履：即剑履上殿。古代得到帝王特许的大臣，可以佩着剑穿着鞋上朝，被视为极大的优遇。下句言祠中所塑魏徵遗像庄严整肃，仍是当年剑履上殿的样子。

⑭檐花：靠近屋檐下边开的花。蚀：腐蚀，此指凋落。砌：台阶。

⑮遗爱：指留于后世而被人追怀的德行、恩惠、贡献等。此句言因为记载魏徵事迹的碑石断裂，魏徵的遗爱也不被人们所详知了。高观：高大的建筑，此指魏郑公祠。表：表彰。偿：偿还。此句承上句而言，言只有高高的祠庙还可以补偿表彰魏徵忠心的不足。

⑯以：因。名贤：有名的贤者，此指魏徵。此句言此地因是魏徵的封地而被人们重视。下句言魏徵的功勋流传于史册，史册也为之增加了光彩。

⑰辛苦句：指歌颂魏徵辛勤国事的句子。家法：原指调整家族或者家庭内部成员人身以及财产关系的一种规范，此指魏徵遗留下来的精神和榜样。仰：仰仗，依靠。缥（piǎo）缃：指书卷。缥，淡青色；缃，浅黄色。古时常用淡青、浅黄色的丝帛作书囊书衣，因以指代书卷。此处特指史书。下句言学习魏徵的事迹和精神，只好依靠史书的记载了。此句亦是承上"断碑遗爱误"而言。

澄城八景简介

澄城八景：荒陵暮雨、古寨寒烟、云门素练、罗谷丹霞、避暑遗宫、洗肠故地、壶山樵子、沮水渔翁。

澄城八景

佚　名

避暑遗宫隋文帝，洗肠故地晋文宗。①
荒陵暮雨魏文征，古寨韩广曾用兵。②
壶山樵子常隐现，沮水渔翁永无踪。③
云门素练白如雪，罗谷丹霞映山红。④

【注释】

①晋文宗：疑为晋文公之误。澄城春秋时曾属晋，此句将晋文公与洗肠故地联系起来不知何据。

②魏徵生前封郑国公，人称魏郑公。死后谥号"文贞"，此处"文征"似为"文贞"之误。韩广：原六国中赵国上谷小吏。秦末，陈胜、吴广起义，天下大乱。陈、吴政权派赵人武臣经略赵地，武臣稳定赵地之

后派韩广安抚燕地，结果韩广一到燕地就很受欢迎，被当地贵族立为燕王。公元前208年，秦攻赵王武臣，燕王韩广派臧荼率兵救赵。项羽大胜秦兵之后，项羽不放心燕国，迁韩广为辽东王，韩广不肯，被臧荼击败杀害。此句言韩广在此用兵，不知何据。

③樵子：打柴的人。沮（jù）水：洛河的古称。

④素练：白色的丝织品。丹霞：红霞。

澄城八景（八首）

姚钦明

荒陵暮雨①

萧萧松槚已榛枯，凭吊千年忆壮图。②
风雨有灵天意远，山河遗影月明孤。
云连漆水寒逾惨，雁过荒陵夜急呼。③
往事人间余秋草，卧麟断赑点烟芜。④

【作者简介】

姚钦明，字四表，江南江宁（今南京）人，生卒年未详。清顺治四年（1647）十二月任澄城知县。顺治六年（1649）主修《澄城县志》。

【注释】

①荒陵暮雨：据无名氏《澄城八景》诗中"荒陵暮雨魏文征"句，"荒陵"当指唐代著名直臣魏徵衣冠冢。据《澄城县志》，魏徵墓在北太贤村，俗称"海子陵"史载，魏徵在贞观十七年（643）逝世后，唐太宗以太贤（今属王庄乡）、良周、良辅（今属刘家洼乡）九百户为其食邑，其后裔即在今县西北良辅一带居住繁衍，并曾建有魏徵祠。魏徵死后陪葬昭陵，故此墓当为衣冠冢。后祠、墓皆荒废。

②萧萧：摇动或竦立的样子。松槚（jiǎ）：古书上指楸树或茶树。榛枯：疑当作"榛楛（hù）"，丛生的杂木。此句言当年陵上栽植的松楸一类的树木已经被丛生的杂木所代替。凭吊：对着遗迹或坟墓怀念古人或古事。壮图：宏伟的理想或计划。

③漆水：水名。源出陕西铜川，西南流至耀县，与沮水汇合，东南流入渭水。逾：通"愈"，更加。

④卧麟：石雕的卧状麒麟。赑：赑屃（bì xì），原为传说中一种猛壮

有力、喜欢负重的动物。后来大石碑的石座多雕刻成赑屃的形状，此处即指石碑的赑屃形底座。赑屃与卧麟都是原陵前的石雕。烟芜：荒烟芜草。点烟芜：点缀在荒烟芜草之中。

古寨寒烟①

树杪跻攀石磴悬，手扶藜杖出风烟。②
山连沙漠迷遥岭，日上莲峰景曙天。③
秋草征夫峰堠外，夕阳归鸟戍楼边。④
险成绝壁生悲感，为忆平章战伐年。⑤

【注释】

①古寨寒烟：古寨当指亲邻寨。遗址位于澄城县罗家洼乡亲邻村南，南北长约400米，东西宽约300米，城墙用夯土筑成，当地群众叫它"古城"。是该县现存数十处古寨中保存较完好、历史古老的一处堡寨。据《澄城县志·附志》记载："元亲邻古寨，在县北二十里之亲邻村。元陕西平章李思齐命将建筑，以资屯守，今遗址尚存。"元代将军郭思德在《过精进寺》一诗中曾有"塞烟连草有寒峰"之句，就写的是这一带的景色。

②树杪（miǎo）：树梢。跻（jī）攀：向上攀登。藜杖：用藜（一种直立的植物）的老茎制成的手杖。

③莲峰：此处似指华山的莲花峰（西峰）。景曙天：天刚亮的景色。

④征夫：出征的人，这里指将士。堠（hòu）：古代瞭望敌方情况的土堡。峰堠：疑"峰"当作"烽"。烽堠即"烽候"，烽火台，古代边防用烽燧报警的土堡哨所。戍楼：边防驻军的瞭望楼。

⑤平章：商量处理，品评。这里是评论、议论的意思。

云门素练①

城北之山何者谷？有时云气水霏微。②
石门夜永锤绡幕，泽国天寒授缟衣。③
漠漠深秋迷白雁，溶溶好月映朝晖。④
三峰谁看公超雾，对此聊同华下归。⑤

【注释】

①云门素练：县城北山区有两峰高耸，人称"石门"。石门常有云雾缭绕，故又称"云门"。晴日天蓝如洗，白云缭绕似带，故有"云门素

练"之称。

②霏微：朦胧。

③夜永：夜深长。锤：锤子，这里用作动词，同"捶"，用锤状或棒状工具击打。绡（xiāo）：生丝或生丝织品。泽国：多沼泽之国，水乡。缟（gǎo）：古代的一种白色绢。

④漠漠：这里是广漠的意思。溶溶：这里是宽广的意思。

⑤此处似以华岳三峰代指此地山峰，故下句言"对此聊同"云云。公超雾：据《仙传拾遗》：张楷字公超，有道术，居华山谷中。能为五里雾。……人学其术者，填门如市，故云雾市。今华山有张超谷。聊：姑且，权当。华下：华山之下。

罗谷丹霞①

独倚高楼怅落晖，遥遥秋汉晚烟霏。②
乘风疑自赤城起，返照欲同孤鹜飞。③
谷口子真名迹渺，餐霞中散客心违。④
何时采此山中桂，朱影光流白练衣。⑤

【注释】

①罗谷丹霞：罗谷为该县西部谷名。每当夕阳西下之时，晚霞璀璨，谷口一片红色灿烂，云蒸霞蔚，周围的山峰丘陵都浸染在红色的云雾之中，蔚为奇观。

②汉：银汉，银河。霏：很盛的样子。

③赤城：山名，在浙江省天台县北。

④子真：汉代褒中（即古褒城县，在今陕西省勉县东北）人郑朴的字。其人居谷口，世号谷口子真。修道守默，汉成帝时大将军王凤曾礼聘，不应；耕于岩石之下，名动京师。中散：指魏晋时人嵇康。嵇康曾任中散大夫，后拒绝出仕隐居。

⑤白练衣：白色丝织品做的衣服，常为隐士或平民所服。

避暑遗宫①

隋文皇帝此山中，玉殿曾同长乐宫。②
不见羽林屯翠辇，只闻牧竖拾青松。③
荒台想象千官侍，鸟道依稀万国通。④

风景苍苍秋水冷，夕阳终古恨无穷。⑤

【注释】

①避暑遗宫：据清乾隆《澄城县志》，隋避暑行宫在县城东北50里，隋文帝杨坚筑以避暑。旧县志言其林木交加，河流盘曲，为一方胜概。原碑刻因环绕宫室之水岸崩而沉没。后改宫为治平寺，遗址在今赵庄乡白家河村。又，县城西河畔有匮谷泉，传为隋炀帝避暑处，曾凿泉以供饮水。

②长乐宫：汉代宫名，故址在今陕西省西安市长安区西北。

③羽林：皇帝的禁卫军。屯：驻扎。翠辇（niǎn）：帝王的车驾。

④侍：侍奉。鸟道：只有鸟才能飞过的小道，形容道路狭窄。

⑤苍苍：深青色。

洗肠故地①

佛子乘云去不还，空余涧水咽空山。②
高秋爽落玉千尺，纤月凉生碧一湾。③
当日洗肠久缥缈，近时瀑布故潺湲。④
客行到此情无限，满引萧然意自闲⑤。

【注释】

①洗肠故地：县城西河畔有洗肠泉，传为东晋高僧图澄洗肠处。

②佛子：佛教徒。乘云：驾云，此指仙去。咽：哽咽，这里形容水流将断不断的声音和样子。

③爽：清爽，凉爽。

④缥缈（piāo miǎo）：高远隐约的样子。潺湲（chán yuán）：形容水漫流的样子。

⑤满引：疑当作"满目"。萧然：秋景萧条的意思。闲：悠闲。

壶山樵子①

一抹名山似海洲，拾薪穿露岂仙流。②
独呼明月陪幽赏，信步青天亦胜游。③
叱石聊成羊牧戏，烂柯应为局棋留。④
遥遥人世浮云外，万顷松风次第收。⑤

【注释】

①壶山樵子：壶山即壶梯山，此山与黄龙山斜坡相接，似断似连，突

兀孤立，因形似水壶，状如阶梯得名。山间古柏繁茂，郁郁葱葱，山势峻拔，雄伟壮观。山上有庙，林中有泉，风景秀丽，因而有"小华山"之美称。壶梯山每年三月初三为古庙会，常年游人不绝，实为观光旅游之胜地。

②海洲：指传说中的海上仙山瀛洲。仙流：神仙一流人物。

③幽赏：优雅安闲地欣赏。胜游：美好的游览。

④叱石成羊：叱，呼喊。一声呼喊能把石头变成许多只羊，形容法力神奇。事见晋葛洪《神仙传·黄初平》："兄问：'羊安在？'曰：'近在山东耳。'初起往视之不见。但见白石而还。初平与初起俱往看之，初平乃叱曰：'羊起。'于是石皆成羊。"烂柯：传说晋人王质入石室山打柴。见一童一叟在溪边石上下围棋，于是驻足观看。一局棋完，斧柄已经腐烂。回到家中，才知道时间已经过了几百年。

⑤次第：一个接着一个。

沮水渔翁①

平津高阁不须开，弋钓溪山正未回。②
巢父仍归东海去，任公却傍会稽来。③
一蓑织雨时停棹，万尾翻云几映杯。④
肯向桃源寻避世，烟波回首便尘埃。⑤

【注释】

①沮水渔翁：沮水为洛河之古称。洛河发源于定边县之涧口峪，由善化乡什二村西南流入该县，沿途流经西社等五乡镇，在交道乡西固市出境，为该县和蒲城、白水两县界河。

②弋（yì）钓：即垂钓。

③巢父：传说中的高士，因筑巢而居，人称巢父。尧以天下让之，不受，隐居聊城，放牧为生。任公：典出《庄子·外物》：任国一位公子制成了巨大的鱼钩和很长的钓线，又用五十条壮牛晾制的干肉做成鱼饵，蹲在会稽山上，把鱼钩甩到东海里专心钓鱼。整整一年一条鱼都没有钓着，后来终于钓到一条大鱼。会稽：今浙江省绍兴市。

④蓑（suō）：蓑衣。织雨：细密如织的雨。棹（zhào）：船桨。云：此指云水。

⑤桃源：此用陶渊明《桃花源记》典故指隐居。避世：逃避世务而隐居。二句言渔父原意寻找桃花源那样的地方隐居，回首人世名利如同尘埃。

咏合阳

蒹 葭

《诗经·秦风》

蒹葭苍苍,白露为霜。①
所谓伊人,在水一方。②
溯洄从之,道阻且长。③
溯游从之,宛在水中央。④

蒹葭凄凄,白露未晞。⑤
所谓伊人,在水之湄。⑥
溯洄从之,道阻且跻。⑦
溯游从之,宛在水中坻。⑧

蒹葭采采,白露未已。⑨
所谓伊人,在水之涘。⑩
溯洄从之,道阻且右。⑪
溯游从之,宛在水中沚。⑫

【注释】

①蒹(jiān):没有长穗的芦苇。葭(jiā):初生的芦苇。这里的蒹葭就是芦苇。苍苍:茂盛的样子,一说为青青之意。

②所谓:所说的,这里是所思念的意思。伊人:那人,指所思念的那位女子。一方:那一边。

③溯洄(sù huí):沿着河岸逆水上行。一说指盘曲的水道。从之:这里是寻求之意。道阻:道路险阻。

④溯游:顺着河水向下游去。一说游指直流的水道。宛:依稀可见的

样子。这里是可望而不可即之意。

⑤凄凄：借用为萋萋，茂盛的样子。晞（xī）：晒干。

⑥湄（méi）：水草交接的岸边。

⑦跻（jī）：地势越来越高。

⑧坻（chí）：水中的小洲或高地。

⑨采采：鲜明茂盛的样子。此指芦花白灿灿的样子。已：停止。

⑩涘（sì）：水边。

⑪右：不直而向右拐弯，这里是道路迂回弯曲之意。

⑫沚（zhǐ）：水中小洲。

合阳怀古（二首）

韩邦靖

其 一

君不见，匀匀膴膴有莘野，山原云树绝潇洒。①
方当夏季殷初时，曾有天民先觉者。②
辟地幽栖不近名，几年畎亩事躬耕。③
乐尧乐舜欲终老，邱园谁忆来弓旌。④
北望梁山麓，南瞻洽水阳。⑤
洽水梁山相映发，阿衡之风高且长。⑥

【注释】

①匀匀：平坦的样子。膴（wǔ）膴：膏腴，肥沃。有莘（xīn）：合阳一代夏商时为有莘国所在地，故称有莘野。潇洒：这里是美好的意思。

②夏季：夏朝末年。天民：先知先觉的人，此指伊尹。

③辟地：迁地以避祸患。此指躲避夏末动乱。幽栖：幽僻的栖止之处，此指隐居。不近名：不追求名声。畎亩：田地；田间。事：从事。躬耕：亲身耕作。

④乐尧乐舜：乐于像尧舜时代的百姓一样生活。邱园：即丘园，丘墟，园圃，此指伊尹所居之处。弓旌：帝王征召人才，文用旌，武用弓。二句言伊尹本拟躬耕以终老，没有料到商汤来征召自己。

⑤梁山：山名，在今陕西合阳、韩城一带。麓（lù）：山脚。瞻：远望。

⑥映发：互相辉映。阿衡：商汤得伊尹而天下平，故称其为"阿衡"。下句言伊尹之功绩如山高，如水长。

其 二

九曲洪涛天上来，飞流南下波潆洄。①
闻说其中有石室，讲筵曾为谈经开。②
当日学宗洙泗传，西河风教固殊焉。③
君不见，他时田段两君子，介节清名相后先。④
只今绝响无人赓，坟址荒寒烟雾横，
每逢春夏好风日，仿佛犹闻弦诵声。⑤

(选自1996年版《合阳县志》)

【注释】

①洪涛：巨浪。九曲洪涛：指黄河之水。潆洄（yíng huí）：水流回旋。

②传说黄河流经合阳段水中有飞浮山，时出时没，其上有石室，为孔子弟子子夏在合阳设教之处。讲筵：讲席。

③洙泗（zhū sì）：洙水和泗水。孔子家乡两条水名，此处以之代指孔子的学说。西河：战国时魏地，在今陕西黄河西岸韩城、合阳一带。魏文侯魏斯请子夏设教于此，是以此地文教至今犹盛，下句即言此。殊：不同一般。

④田段两君子：指田子方和段干木，皆文侯时西河隐士。介：耿直，有骨气。

⑤绝响：遗响断绝，此指遗风不继。赓（gēng）：继续；继承。纵横：此处是笼罩之意。好风日：风和日丽的日子。弦诵：弦歌吟诵之声，指子夏设教时情景。

赋得子夏石室送康太乙归夏阳①

顾炎武

子夏看书室，临河四望开。
山从雷首去，浪拂禹门回。②
大道疑将废，遗经重可哀。③

非君真好古，谁为扫莓苔。④

（选自清《陕西通志》）

【注释】

①子夏：卜子夏，孔子弟子，曾应魏文侯魏斯之请，在今合阳、韩城一带设教。太乙：明清之际合阳诗人康乃心的号。夏阳：古县名，故治在今陕西省韩城市南。

②雷首：山名，即今山西省中条山脉西南端。禹门：即龙门，在今陕西省韩城市和山西省河津市之间。因传说为大禹所开凿，故又名禹门。回：回旋。

③大道：此指儒家的治国之道。遗经：此指论语等儒家经典。

④莓（méi）苔：青苔。

飞浮山①

雷学谦

斜指昆仑河一湾，中央隐秀飞浮山。②
寒烟朝锁龙门口，浩气晴连函谷关。③
点化沧桑泄浩劫，平分秦晋阅人间。④
横涛怒指拍天急，怪石崚嶒底柱间。⑤

（选自1996年版《合阳县志》）

【作者简介】

雷学谦，字六吉，陕西合阳县东王乡夏阳村人。清顺治十二年（1655）进士，官至广西道监察御史。

【注释】

①飞浮山：据清代合阳人康约斋《飞浮山》一文载："吾邑有飞浮山，在东黄河之中，亦与水相升沉，沉则无影，升则数十年，或百年一出……中有卜子夏读书洞。"另一清人钮琇《觚賸（gū shèng）》中亦有类似记载。

②河：指合阳境内黄河。因古人认为黄河发源于昆仑山，蜿蜒流来，故言"斜指昆仑河一弯"。隐秀：幽雅，秀丽。

③锁：笼罩。龙门：在今陕西韩城市和山西河津市之间。浩气：正大刚直之气。函谷关：秦函谷关在今河南灵宝市南，汉函谷关在今河南新安

县东北。

④点化：指点教化，开导领悟。此指向人们显示。沧桑：沧海变桑田，桑田变沧海，喻社会的重大变化。泄：泄露。浩劫：大灾难。因有飞浮山天下太平时即出，相反则没的说法，所以此句言飞浮山的出没预示着天下的变化。平分秦晋：飞浮山在黄河中，而黄河为陕西和山西分界，故言其"平分秦晋"。阅人间：言飞浮山千古以来成为人间变化发展的见证。

⑤拍天：是黄河风高浪大的夸张说法。崚嶒（líng céng）：高峻重叠的样子。底柱：山名，原在今河南省三门峡市东北黄河中，因山在水中若柱得名。此处以之指飞浮山。闲：悠闲，此处形容飞浮山在激流中岿然不动之状。

木罂渡①
雷学谦

淮阴往事持平云，高帝何尝尽负臣。②
功就从龙嫌震主，势成履虎欠抽身。③
松间萝叶推同辈，湖上烟波让古人。④
瞬息弓藏惊梦幻，木罂古渡迄难湮。⑤

（选自 1996 年版《合阳县志》）

【注释】

①木罂（yīng）渡：亦名夏阳古渡，在今合阳县东 40 里夏阳村黄河西岸。汉王二年（前 205），韩信曾在此以木罂渡将士过河，直逼魏都安邑，活捉魏王豹，继伐燕、赵，迫使项羽解除在成皋对刘邦的包围，故名。

②淮阴：指韩信，韩信被刘邦封为齐王，后降封为淮阴侯。淮阴往事：指韩信有大功于汉，但却被刘邦、吕后设计处死一事。持平论：公平地评论。高帝：指汉高祖刘邦。尽负臣：全部对不起功臣。下句的意思是韩信被杀责任不完全在刘邦一方。

③功就从龙：从龙功就，跟从皇帝成就功业。嫌震主：有威胁君主的嫌疑。势成履虎：履虎势成，已成履虎难下之势。抽身：隐退，脱身。两句言由于韩信功劳太大，本身就容易被刘邦疑忌，再加上韩信自恃有功，

已成难下之势还不能急流勇退，引退脱身，所以悲剧结局就难以避免了。

④松间萝叶：形容隐居生活。推：推许。同辈：指张良。张良在汉王朝建立后即引退隐居。湖上烟波：指春秋时期越国人范蠡（lí）。范蠡在帮助越王勾践富国强兵并灭亡吴国以后即抽身引退，泛舟五湖，故言"湖上烟波"。二句言在功成身退这一点上，韩信既不如其同时人张良，也不如古人范蠡。

⑤瞬息：形容时间很短。弓藏：即"飞鸟尽，良弓藏"，喻天下平定之后，开国将帅就不但无用，而且有生命之危。迄今：至今。湮（yān）：堵塞；埋没。二句言汉王朝刚建立不久韩信就被处死，真如一场惊人的梦幻；只有木罂古渡仍千古流淌，让后人凭吊韩信的功绩及不幸遭遇了。

秋日游光济寺①

许攀桂

西山光济寺，胜迹达摩留。②
落漠丹青古，葳蕤草树秋。③
垣颓僧舍废，钟卧佛堂幽。④
唯有昆仑水，当门日夜流。⑤

（选自《渭南历代文学作品选注》）

【作者简介】

许攀桂，号伊坡，清代合阳人，顺治十八年（1661）进士。

【注释】

①光济寺：佛寺名，在合阳。今址不详。

②胜迹：有名的古迹、遗迹。达摩：即达摩祖师，印度人，原名菩提多罗，后改名菩提达摩，于我国南北朝时来中国传教，自称佛传禅宗第二十八祖，为中国禅宗的始祖。

③落漠：落拓，潦倒。此指陈旧萧条。丹青：代指图画，此指佛寺壁画。葳蕤（wēi ruí）：草木茂盛，枝叶下垂的样子。又为委顿，萎靡不振的样子。此用后一义。

④垣：墙，围墙。幽：深。

⑤昆仑水：来自昆仑山的水。此指黄河。

丙寅秋日登梁山钟楼峰①

康乃心

群峰历尽蹑钟楼，一柱苍然据上游。②
自昔莲花窥帝座，于今藜杖指神州。③
中原地敞清秋色，落日烟横大漠愁。④
欲向山灵聊借问，千年元气几人收。⑤

(选自1996年版《合阳县志》)

【注释】

①梁山：在今陕西合阳、韩城一带。
②蹑：踏。此指登上。苍然：苍青色的样子。
③莲花：莲花山，即华山。窥：窥探。帝座：天帝所在之处。窥帝座：极言华山之高。藜杖：用藜的老茎做的手杖，此指手杖。指：指点。
④敞：开阔。清秋色：清冷的秋色。横：此指笼罩。
⑤聊：姑且。元气：中国道家哲学术语，指构成万物的原始物质。

望仙宫①

康乃心

断苑荒城烟雨开，汉家天子望仙台。②
故宫一自金铜去，唯有年年秋色来。③

(选自1996年版《合阳县志》)

【注释】

①望仙宫：旧址在梁山上，传为汉武帝为望仙而筑，故名。
②苑：古代养禽兽植林木的地方，多指帝王的花园，此指望仙宫。断苑：荒废的园林。汉家天子：指汉武帝。
③金铜：指铜人。汉武帝刘彻曾在长安建章宫前造神明台，上铸铜仙人，手执承露盘以储露水，和玉屑服之，以求长生。魏明帝时曾欲将其拆移至洛阳，后因其过重，滞留于灞垒。此用这一典故指汉王朝灭亡。

子夏读书洞①

张大有

孤屿水中央，先贤退老方。②

河流冲不断，云水郁苍茫。③
胜地山川永，遗风岁月长。④
春秋多奥旨，亲炙愧公羊。⑤

（选自1996年版《合阳县志》）

【作者简介】

张大有（1675—1730），字书登，一字火天，号慕莘。清代陕西合阳县人。康熙三十三年（1694）进士，曾任漕官，官至兵部尚书。著有《绿槐堂文集》《漕政简明书》《黄门诗选》。

【注释】

①子夏读书洞：见前韩邦靖《洽阳怀古二首》注。⑧

②屿（yǔ）：小岛。先贤：指卜子夏。退老方：老年退隐之处。

③二句言黄河之水冲不断读书洞所在之飞浮山，其上云水聚集，一片苍茫。

④胜地：此指子夏读书洞。二句言子夏读书洞与此地山川一样永存，子夏遗留单风教与岁月一样长存。

⑤春秋：指孔子编著的《春秋》。奥旨：深微的旨意。亲炙：亲承教化。公羊：指《春秋公羊传》的作者公羊高。二句作者言自愧不能如《春秋公羊传》的作者公羊高那样亲自承受子夏等孔子门徒的教诲。

春日登天柱山访惠风法师六首（选三）①

许秉简

其一

莘野烟霞处，孤高只此山。②
隔河横晋岸，倚壁望秦关。③
玉液能消酒，仙丹可驻颜。④
时寻羽衣客，团坐白云间。⑤

其二

古观经新造，孤峰出众山。⑥
春从红杏外，杖入白云间。⑦
古室高风远，木罂野渡闲。⑧

西河饶胜迹，凭眺不知还。⑨

其　三

拔地峰如柱，穿云庙接天。⑩
窗迎雷首月，户望禹门船。⑪
奔走徒疲体，逍遥实羡仙。⑫
老逢方丈外，一上一流连。⑬

（选自严安政、刘亦农《渭南历代文学作品选注》）

【作者简介】

许秉简，清代陕西合阳人，乾隆二十四年（1759）经元，著有《洽川纪略》等。

【注释】

①天柱山：在今合阳县境，具体所指未详。

②莘野：合阳的原野。合阳殷周时为有莘国所在地，故称。

③晋岸、秦关：合阳黄河对岸即山西，故言"晋岸"；潼关一带为入陕要道，故言"秦关"。

④驻颜：使红颜永驻。

⑤羽衣客：仙人，此指惠风法师。团坐：相聚而坐。

⑥观：道观。

⑦上句言红杏展示出一片春色。杖：拐杖，此处指拄着拐杖的人。

⑧古室：指卜子夏设教西河时曾住过的山洞，即飞浮山之子夏读书洞。木罂：即木罂渡，为楚汉相争时韩信以木罂渡黄河处。闲：悠闲，此指幽静。

⑨西河：春秋时古地名，在今韩城、合阳一带。饶：多。胜迹：有名的古迹、遗迹。凭眺：站在高处远望。

⑩拔地：从地面突兀而起。

⑪雷首：山名，即首阳山，在今合阳黄河对面山西省永济市南，又名中条山。户：此指门。禹门：即龙门，在陕西省韩城市与山西省河津市之间。

⑫奔走：即在俗世为名利奔波。

⑬流连：因留恋难舍而徘徊。

同谢子平王海涵游莲花山①

许秉简

匼匝莲峰起，高卑殿宇新。②
白杨鸣夜雨，红杏笑阳春。
曲径才容马，幽栖不惹尘。③
仙人能辟谷，静坐实通神。④

（选自严安政、刘亦农《渭南历代文学作品选注》）

【注释】

①莲花山：山名，当在合阳县境，具体位置不详。一说指华山。
②匼匝（kē zā）：周围环绕。高卑：高下，高低。
③幽栖：幽僻的栖止之处，亦指隐居。
④辟谷：即避谷，道家的一种方术，谓不食五谷，仅凭导引（古医家一种养生术，指呼吸俯仰，屈伸手足，使气血流通，促进身体健康），即可长生。

明山晚眺①

许奉简

振衣直上明山顶，宫殿参差倚清秋。②
三晋云山襟底合，两河风物望中收。③
红霞散漫迷归路，白鹭群飞逐去舟。④
漫道辋川多胜事，分明人在画中游。⑤

（选自《渭南历代文学作品选注》）

【作者简介】

许奉简，清代陕西合阳人，乾隆二十一年（1756）乡试副榜。

【注释】

①明山：当在合阳，具体未详。眺：远望。
②振衣：抖动衣服去掉尘土，此处有振作精神之意。参差：高低不齐。倚清秋：背景是清冷的秋色。
③三晋：春秋时晋国到战国时被分为韩赵魏三国，此以之指山西。两河：黄河和渭河。风物：风景。
④逐：追赶。

⑤辋（wǎng）川：在陕西省蓝田县境。唐代诗人王维曾建别墅于此。胜事：美好的事。此指美景。二句言不要说辋川风景美好，在明山上远眺，人也好像在图画中行走了。

合阳八景简介

合阳八景：梁山暮雨、光济晨钟、夏阳晚渡、方山雨霁、石室苍松、金泉烟柳、秦城秋月、榆林晚钓。

合阳八景（八首）

赵维藩

梁山暮雨①

奕奕危峰入远空，万民仰止戴神功。②
龙湫雾暗稀人迹，雁塞云连有路通。③
禾黍原中风澹荡，松楸林外雨溟濛。④
为霖慰满三农望，报赛时闻社鼓咚。⑤

【作者简介】

赵维藩，字介夫，直隶元氏（今河北省元氏县）人。明弘治三年（1490）进士，曾任合阳县知事，官至贵州布政司右参政。

【注释】

①梁山暮雨：梁山，亦称磨镰石山。地处合阳与韩城、黄龙交界处。暮雨之时，云雾迷蒙，似一幅水墨图画。

②奕（yì）奕：高大、盛美的样子。危峰：高峰。仰止：仰望，向往。戴：感戴，感激。神功：神人的功绩，也指神奇的功绩。

③龙湫：即龙潭，深渊。雁塞：山名，"其地当在蜀汉间"（《辞源》），后来泛指北方边塞。

④澹（dàn）荡：荡漾。溟濛：模糊不清。

⑤霖：大雨，好雨。报赛：古时农事完毕后举行的祭祀。社鼓：社日（祭祀土神之日）的鼓乐声。

光济晨钟①

精蓝光济何时建，岌岌危楼一木支。②

追蠢迹傍寻古字,金鲸声里动朝曦。③
头陀睡足来参佛,亚旅耕勤出向菑。④
却忆五云缥缈处,每随鼍鼓促朝仪。⑤

【注释】

①光济晨钟:光济寺在陕西省合阳县夏阳村西之光济山。此寺为中国佛教禅宗始祖达摩与其弟子慧可所创建,为渭北佛教名山。当年也曾晨钟暮鼓,警戒世人。现寺庙虽然已毁,然遗迹尚在。

②精蓝:即精兰,佛寺。岌(jí)岌:本形容十分危险,快要倾覆或灭亡,此处是高高的样子。危楼:高楼。

③追(duī)蠡:钟纽磨损将断。傍:旁边。金鲸:疑有误字,这里指钟。

④头陀:梵语称僧人为头陀。亚旅:上大夫的别称;诸大夫。菑(zī):开荒;已耕一年的田。这里指田间。

⑤五云:五种色彩的云,此指云。缥缈:高远隐约的样子。鼍(tuó)鼓:用鼍皮蒙的鼓。朝仪:朝廷中的礼仪。或为"朝议"(在朝廷商议国政)之误。

夏阳晚渡①

一派波澜一派愁,夕阳那复向山头。②
孤帆起处风生渚,两棹摇来月满舟。③
雁宿寒芦秦野暝,人看烟树楚天秋。④
穷途惨切凭谁慰,及岸前村问酒楼。⑤

【注释】

①夏阳晚渡:夏阳黄河古渡位于陕西省合阳县东20公里处的夏阳村,隔黄河与山西省临猗县吴王渡相对,因楚汉相争时,汉淮阴侯韩信从这里用木罂渡军,攻取魏都,故又称"木罂渡"或"淮阴渡"。夕阳之下,渡船悠然来往于秦晋之间,引人无尽历史遐思。

②复:再,又一次。

③渚(zhǔ):水中间的小块陆地。棹(zhào):船桨,此指船。

④暝(míng):日落,天黑;黄昏。楚天:指南方的天空。

⑤穷途:路尽;境遇困窘。惨切:形容心情悲惨。慰:安慰。及:到。

方山雨霁①

斡旋造化拯民痍，雨足郊原霁景熙。②
草木梦回新气象，峰峦洗却旧疮翳。③
云收丈室僧初出，日照危巢鸟习飞。④
仰止情深惭莫报，何当颂德树穹碑。⑤

【注释】

①方山雨霁：方山又名"香山"，在合阳与韩城交界处。雨后放晴，白云缭绕，山色如洗，风光如画。
②斡（wò）旋：扭转；调解。造化：自然的创造化育；幸运，运气。此处用前一义。痍（yí）：疮痍，创伤，也比喻人民疾苦。这里指旱灾等自然灾害。霁（jì）景：雨后天晴的景色。熙（xī）：光明。
③翳（yì）：遮蔽。
④丈室：长宽各一丈的房子，比喻狭小。危巢：高处的鸟巢。
⑤穹（qióng）碑：高大的碑。

石室苍松①

何年驻锡寄行踪，石室名犹忆远公。②
衣钵久随尘土暗，松杉不逐野花空。③
九秋鹤唳中天月，几度猿啼午夜风。④
独上谯楼遥入望，翠微偃蹇卧苍龙。⑤

【注释】

①石室苍松：传说合阳境内之黄河中有时没时现之"飞浮山"，山上有春秋末在此设教的卜子夏居住过的石室，室外曾植有松树数株。
②驻锡：僧人出行，以锡杖自随，因称僧人住址为"驻锡"。远公：晋代高僧慧远居庐山东林寺，人称远公。后也以之指有道行的僧人。
③衣钵：佛教僧尼的袈裟和食器。
④唳（lì）：鹤鸣。午夜：半夜。
⑤谯（qiáo）楼：城门上的瞭望楼。翠微：清淡青葱的山色。偃蹇（yǎn jiǎn）：这里是高耸、夭矫之意。

金泉烟柳①

跃马南郊问古泉，满堤杨柳带轻烟。

汉宫移出三眠友,莘野流来一派贤。②
影蘸晴波和日落,色更朝雨任风掀。③
谁知混混生生妙,剩有离人别思牵。④

【注释】

①金泉烟柳:合阳多天然瀵(fèn)泉,最著名者如夏阳瀵、东鲤瀵(又名浮鱼泉和处女泉)。金泉具体所指不详。泉周围多植柳树,盛夏荫浓,远望犹如烟雾迷蒙。

②三眠:指柽柳(即人柳或三眠柳)的柔弱枝条在风中时起时伏。三眠友:此指柳树。莘(xīn):合阳为古有莘国所在地,故称此地为"莘野"。一派:一支流。贤:善,多。一派贤:此指金泉泉水。

③色更朝雨:颜色因为早上的雨而变化。

④混混:指阴阳二气混沌未分前的蒙昧状态。生生:孳息不绝。混混生生:指阴阳二气滋生万物不息。妙:美好。

秦城秋月①

白帝荒域一望中,西楼仿佛见归鸿。②
霜林晓醉迷红日,风木秋声荡碧空。
黯黯推云来谷口,凄凄带雨入郊坰。③
惭无楚客如椽笔,极目伤悲兴未穷。④

【注释】

①秦城秋月:秦城可能指合阳乳罗山北之秦长城遗址。秋月之下,仅见萧条冷落的荒凉遗址,令人顿起沧海桑田的思古幽情。

②白帝:道教的西方之神。传说秦帝为白帝子,故此处以白帝荒域指合阳乳罗山北的秦长城遗址一带地方。

③黯(àn)黯:阴暗的样子。凄凄:云起的样子;寒凉。坰(jiōng):郊野。

④楚客:当指宋玉。他写过以悲秋开头的《九辨》。兴:兴致,情趣。穷:尽。

榆林晚钓①

蓑笠相将坐钓矶,榆林影里独栖栖。②
一竿明月和鱼上,两鬓轻风逐浪底。③

寒雁冥飞知避弋，海鸥相狎为忘机。④
世平圣王非难仕，养拙深藏任自迷。⑤

【注释】

①榆林晚钓：榆林具体所在未详，顾名思义，该地不但多植柳树，且有河水或池塘可以垂钓，使人遐想傍晚之时，林荫之下，渔翁悠然垂钓之态，可描可画。

②相将：相共，相随。栖栖：忙碌，不能安居的样子。

③底：这里是"低"的意思。

④冥：夜晚；高远。冥飞：高飞。弋（yì）：以绳系箭而射，这里指用箭射。忘机：忘却计较或巧诈之心。相狎（xiá）：亲近，嬉戏。为：因为。传说有人在水边和海鸥共处，因为对其没有伤害之心，所以海鸥与其嬉戏。后来此人起了抓捕之意，海鸥就离开他高飞远去。下句用此意。

⑤世平：社会安定。圣王：君主圣明。仕：出仕，做官。养拙：守拙，指隐退不出仕。自迷：自己迷惑。此句就渔翁是隐士一流而言。

合阳八景（八首，有序）

刘应卜

闻重地者人，重人者不以地。①盖景者仰也，山川胜概，仅取把玩无裨人心世道，奚以景为。②合旧有八景，自梁山金水外无多奇。即斯景，合几小合矣。③不佞窃取古今圣贤流寓伟迹，绘成一编，前说后咏，若王若师，以及君臣夫妇朋友之伦，纲常以正，名分以维。④此八事也，可风已，可景已，合地不因而重哉。庄曾明倚韵和之，俱存于后。⑤

【作者简介】

刘应卜，河南商丘人，明万历十三年（1585）举人，初任陕西省合阳县知县，后升任辰州府同知。

【注释】

①重地者人，重人者不以地：使地方被人看重的是人，人被看重却不是因为地方。

②景者仰也："景"就是"仰慕"的意思。胜概：美景。把玩：拿在手中玩赏，这里指欣赏。裨：裨益，补益。奚以景为：还要这些景干什么。

③斯景，合几小合矣：仅就这里的景色说，合阳就小到不值一提了。

不佞：不才，这里用作谦辞，指自己。窃：私下，这里也是谦辞。流寓：这里指在他乡居住的人。前说后咏：前面说明其事迹，后面歌颂其人。若王若师：就像帝王和师尊。纲常以正：纲常因之得以端正。

④名分以维：名分因之得以维护。

⑤可风已，可景已：可以看作"风景"了。

禹甸梁山①

万壑归南势未回，平洋一带稼禾开。②
岩头指点疏畇处，仿佛黄龙负鹢来。③

【注释】

①禹甸：大禹所治理的地方。梁山：在合阳、韩城一带。

②归南：向南流淌。平洋：疑当作"平野"。

③畇（yún）：平坦整齐。鹢（yì）：一种似鹭的水鸟，亦指画有鹢鸟的船。

尹耕莘野①

乐道心田野老身，犁边好雨足经纶。②
翻然岂若惟三句，说尽商家六百春。③

【注释】

①尹：指伊尹。莘：今合阳一代为夏商周时有莘国所在地，伊尹曾在此地躬耕。

②乐道：乐于大道。经纶：这里是经营之意。

③翻然：反倒。惟：只。商家：这里指商王朝。春：年。

大姒于归①

麟趾呈祥卜世绵，洽阳母道此开先。②
宫中亡国浑无限，试诵毛诗第一篇。③

【注释】

①大姒：亦作太姒，周文王姬昌正妻，合阳有莘国人。于归：出嫁。

②麟趾：《诗经·周南》有《麟之趾》篇，言周文王子孙都为善所感化，没有做非礼事之人。后人遂以麟趾为颂扬宗室子弟之词。卜：占卜。这里是预兆之意。世绵：世代延续。母道：为母之道。二

句言周王朝历代君主其所以都具有善的美德,大姒的为母之道就已经呈现出这种祥瑞。

③宫中亡国:指国君因宠幸女性亡国。浑无限:都很多。毛诗:即《诗经》,因其为毛公所传,故称毛诗。毛诗第一篇,指诗经的首篇《关雎》,古人认为这首诗是写太姒等的"后妃之德"的。

孔逢项佗①

今古人传项小儿,无端舌辩欲何之。②
一从尼父回辕日,惹起刀风未已时。③

【注释】

①孔:指孔子。项佗:也作项橐、项讬。传说他7岁为孔子师,曾向孔子问难。故诗第一句称其为"项小儿"。

②无端:无故。舌辩:辩论,这里指强词夺理。

③一从:自从。尼父:孔子。孔子字仲尼,所以后人尊称其为"尼父"。回辕:掉转车头而去。此句可能和一传说相关:孔子西行来秦,因半路被项佗问难而返。所以有"孔子西行不到秦"的说法。刀风:武力争夺、战争之风。已:停止。

子夏读书①

坪据中流洞倚萝,虚名师座寄行窝。②
凭高一眺读书处,耿耿文星夜未磨。③

【注释】

①子夏:卜子夏,孔子的高足。据史籍记载,他曾受魏文侯魏斯之邀,在今合阳一代设帐授徒。

②传说合阳黄河中有飞浮山,山上有石洞,即为子夏设帐授徒处,故云。倚:这里是临近之意。萝:藤萝。这里指藤科植物之类。因为事情已经久远,只有遗迹还在,所以说只有虚名的"师座"还寄托着他的"行窝"。行窝:形迹。

③凭高:登高。耿耿:明亮的样子。磨:消失。

羊左善交①

一生一死见交情,腾六完君万古名。②

为叹飘风盈世路，几番懒向百良行。③

【注释】

①羊左：羊角哀和左伯桃。相传两人友善，同去应楚王招聘，途中遇雨雪，粮少衣薄，势难俱生，伯桃于是将衣食留给羊角哀，自己进入空树而死。羊角哀到楚国后官上卿，乃礼葬左伯桃，后世称生死之交为"羊左"。善交：好友。

②腾六：疑为"腾穴"之误。指左伯桃进入空树而死。完：成就。君：指羊角哀。

③飘风：旋风。这里指不良的社会风气。盈：充满。百良：合阳地名。

淮阴罂渡①

木罂飞渡笑艨艟，相拒蒲津让首功。②
坛上英雄随水去，涛声犹似战河中。③

【注释】

①淮阴：指韩信。他曾被封为齐王，后降为淮阴侯。罂：木罂，木盆或木桶。汉王二年（前205），韩信曾在合阳夏阳古渡（后亦名木罂渡）以木罂渡将士渡过黄河，直逼魏都安邑，活捉魏王豹，迫使项羽解除在成皋对刘邦的包围。

②艨艟（méng chōng）：古时的战船。蒲津：又名蒲坂津，黄河渡口之一，在今山西省永济市，津上关名蒲津关，为古代兵家必争之地。让首功：推为第一功臣。

③坛：指传说中的韩信点兵坛。坛上英雄：指韩信。

岳崧辞元①

道注六经悬日月，义辞三聘重君臣。②
宋家谓有崇儒报，衰后犹扶世运新。③

【注释】

①岳崧：人名，生平未详。从诗意看，当为宋末元初人，曾拒绝出仕元王朝。

②六经：指儒家的六部经典：《诗经》《尚书》《礼记》《易经》《春秋》《乐经》（不传）。道注六经：可两解：他所坚持的为人处世之"道"

灌注着儒家六经的精神；他曾经注释六经。悬日月：如日月高悬。义辞三聘：因为看重君臣大义三次拒绝元王朝征召。聘：征聘，征召。

③宋家：指宋王朝。崇儒：崇尚儒学，重视儒生。报：报答，回报。衰：指宋王朝灭亡。扶：匡扶，扶助。世运：此指世道人心。

(选自清顺治《重修合阳县志》)

和刘应卜《合阳八景》(八首)

庄曾明

禹甸梁山

一自汤汤水势回，梁原千古障屏开。①
几番登顶直东望，真个黄河天上来。②

【作者简介】

庄曾明，河北省沧州市东光县人，选贡，历顺天府推官，清顺治年陕西省合阳县知县，和后任叶子循共同纂修了《重修合阳县志》7卷。

【注释】

①汤汤（shāng shāng）：水势浩大的样子。梁原：合阳、韩城一代有古梁国。从句中"障屏开"看，这里指该地的梁山。

②登顶：指登上梁山之顶。

尹耕莘野

一代阿衡数武身，肯教九有任纷纭。①
只今留得遗踪在，村陇还余草木春。②

【注释】

①阿衡：指伊尹。商汤因得伊尹而天下平，因称伊尹为阿衡。武：步。肯：岂肯，怎肯。九有：即九州，指当时中国。任：任凭。纷纭：这里指天下动荡不安。

②村陇：村庄原野。

大姒于归

从道周家瓜瓞绵，造舟迎渭是承先。①
徽音嗣得卜年远，更看思齐大雅篇。②

【注释】

①从道：从来说。周家：周王朝。瓜瓞（dié）绵：形容子孙后代延续不绝。造舟迎渭：据《诗经·大雅·大明》，周文王姬昌为了迎娶太姒，曾"造舟为梁"（用船连接成桥梁）"亲迎于渭"。承先：继承先祖。

②徽音：德音。此二句用《诗经·大雅·思齐》"大姒嗣徽音，则百斯男"语意。

孔逢项佗

谚语相沿乡里儿，真教尼父辙无之。①
那知窦犊临刑日，早是回车不渡时。②

【注释】

①辙：车辙。这里指车，又以车指人。无之：没有来到。

②窦犊：疑为人名，具体犯罪事实不详。下句言窦犊其所以犯罪，祸根早在孔子不来秦时就埋下了。

子夏读书

信是流光向薜萝，秋崖空赋茧中窝。①
于今千八百年后，洞里犹疑咏琢磨。②

【注释】

①流光：时光，光阴。空：徒然。茧中窝：狭小的空间。此指子夏读书洞。二句言随着光阴在薜萝上流逝，现在只能徒然地面对秋天的山崖歌咏子夏的读书洞了。

②洞：指传说子夏授徒的山洞。

羊左善交

舍生相报乃同情，岂为区区身后名。①
死者复生生不愧，快然携手九原行。②

【注释】

①同情：这里指志向相同。区区：微小的样子。

②生不愧：生者不愧。快然：愉快的样子。九原：九州。

淮阴罂渡

出其不意一轻舻，小小能成大大功。①
赤帜从兹树赵壁，漫云隙道广关中。②

【注释】

①出其不意：这里指韩信出其不意用木罂渡河。轻舻：小战船。这里指木罂。

②赤帜：汉军的旗帜。兹：此。赵壁：赵国一代的墙壁。韩信用木罂渡过黄河，灭魏，进而攻取燕赵一带，故云。漫云：随便说。这里有"不只"之意。隙道广关中：开辟了又一条关中通往东部的道路。

岳崧辞元

无地不逢结绶客，当年草莽是谁臣？①
桥头留得岳生住，卧虎于今冈尚新。②

（选自清顺治《重修合阳县志》）

【注释】

①结绶：系结印带，比喻出仕做官。草莽：这里指普通百姓。从上句"天地不逢"下句"草莽"等词意思看，岳崧似乎在宋代只是一个普通儒生，并未做官，故有"是谁臣"之问。

②卧虎：卧虎冈，当为合阳与岳崧有关的地名。

合川四圣景简介

合川四圣景为圣祖施恩、元圣耕莘、圣母浴漾、卜圣设教。

圣祖施恩：圣祖指帝喾。合阳县东黄河岸边莘野村西北隅有帝喾陵。旧时高2丈，占地10亩，陵前竖清乾隆时陕西巡抚毕沅题写的"高辛氏帝喾墓碑"和王上达所撰"礼古帝高辛氏陵文"石碣，受到历代保护。

元圣耕莘：元圣指伊尹。合阳县今百良乡莘村东南有伊尹墓。史载伊尹曾躬耕于有莘（古国名，在今合阳境）之野。旧有墓田数十顷，墓前有御道，为前代命官省察道，有重修伊尹墓碑石。

圣母浴漾：圣母指周文王姬昌正妻、周武王母太姒。该县东黄河岸边莘里村有太姒墓。据《诗经·大明》记载，周文王曾"造舟为梁（桥）"亲迎太姒于渭河。太姒生武王姬发。

卜圣设教：卜圣指卜子夏。子夏为孔子高足，为孔门七十二贤人之一。史载，卜子夏曾应魏文侯魏斯之邀，在今合阳、韩城一带设教。至今韩城、合阳一带文风鼎盛，殆始于此。

合阳杂咏（八首）

顾曾烜

麟原错峙大河隈，冯翊分疆亦壮哉。①
飞浮山疑天上落，伏流水自地中来。②
东西倬道真横绝，南北危崖陡划开。③
土俗尚延唐魏旧，吏人安静不须才。④

【作者简介】

顾曾烜，江苏省通州直隶州（在今江苏省南通市区）人，光绪九年（1883）进士，曾任知县等职。

【注释】

①麟原：似以麟洲（传说中神仙所居的十洲之一）赞美合阳一带原野，故下文言"错峙"。峙：耸立。大河：指黄河。隈：山水等弯曲的地方。冯翊：即左冯翊，汉代郡名，在今陕西大荔一带。合阳为其属地，故曰"冯翊分疆"。

②飞浮山：在合阳境内黄河中，据说时沉时浮。伏流：地下流水。

③倬（zhuō）道：大道。横绝：横贯超绝。危崖：高崖。陡：陡然，突然。

④土俗：当地风俗。吏人：官吏。二句言当地民风古朴，官吏只要安静就行，不需要有才能。

远从姚姒国于斯，绵代风徽俨在兹。①
畎亩三征求圣相，门墙万乘拜醇师。②
簪裘仍世当钧轴，剑佩空山敞讲帷。③
父老每谈耕读乐，抗颜希与古人期。④

【注释】

①姚姒：指虞舜和夏禹。相传舜生于姚墟，以姚为姓；禹为姒姓。国于斯：置封国于此。夏启曾封支子于莘，夏、商、周三代合阳为有莘国所在地。绵代：久远的年代。风徽：美好的风范。俨：俨然。兹：此。

②畎亩：田间。三征：三次来征聘。圣相：指伊尹。万乘：天子，此指商汤。醇（chún）师：指伊尹。伊尹善于用烹饪的道理比喻治国之道，故称。

③箕裘（qiú）：簸箕和皮衣。《礼记·学记》言："良冶之子，必学为裘；良弓之子，必学为箕。"意思是善于冶补人家的子弟，必先学会补皮衣为冶接做准备，善于造弓人家的子弟，必定学会做簸箕为造弓做准备。后人常用"箕裘"比喻祖先的事业。仍世：累代。当：担当。钧轴：这里比喻执掌国政。钧：制陶器所用的转轮。轴：车轴。此句言伊尹的后代累世担当国家重要职务。剑佩：佩剑和佩饰，这里指继承了孔子学说的卜子夏。空山：这里指合阳的飞浮山。敞：开。讲帏：讲学所用的帏帐。相传孔子的高足卜子夏曾在飞浮山的石室中设教授徒。

④父老：古代乡里管事的人；对年老者的尊称。这里指后者。此句言当地百姓继承伊尹和子夏的遗风，以耕田和读书为乐事。抗颜：面色庄严不屈。希与古人期：希望达到与伊尹、子夏等古人同样的人生高度。

　　　　育夏生商匹紫宸，曰嫔天妹衍振麟。①
　　　　外家自迓乘辇使，中壸犹随庖俎人。②
　　　　初载即迎京室妇，大邦屡结袺𧝄亲。③
　　　　要知女则传来祀，合药桃斐解活民。④

【注释】

①大禹之母和商汤妃均有莘国（今合阳一带）人，故曰育夏生商。匹：匹配。紫宸：帝王宫室，这里指代帝王。曰嫔天妹：《诗经·大雅·大明》中写太姒有"曰嫔于京""俔天之妹"等诗句，这里以之代指太姒。衍振麟：《诗经·周南·麟之趾》中有"麟之趾，振振公子，于嗟麟兮"等诗句，这里以之赞美大禹之母以及太姒生育夏、商、周三代王朝君主。

②外家：外戚之家，此指有莘国。迓（yà）：迎接。乘辇使：天子的使者。这里指迎亲的使者。中壸：妇女居住的内室。庖：厨房。俎：古时切割肉类用的砧板。庖俎人：这里指伊尹。伊尹曾以小臣陪嫁。

③初载：初年。京室：大户人家。此句言文王从有莘国迎娶太姒。大邦：大国。这里指有莘国。屡：多次。袺𧝄：宫中旁舍，妃嫔居住的地方。这里指宫廷。除大禹之母、商汤之妃和太姒外，据说周文王之母太妊

亦有莘国人，故此处言有莘国多次和宫廷结亲。合阳有四圣母庙，祀禹母、汤妃、太妊和太姒。

④女则：唐太宗长孙皇后曾撰《女则》十卷，记古代妇女道德规范。这里指妇女的道德规范。祀：商代称年为祀。传来祀：这里指传到后世。合药：配制药物。桃斐（fēi）：东汉时合阳令曹全之女，相传她曾调药为乡民治病。解：懂得。活民：救治百姓。末句言太姒等人的美德流传后世。

  关西片壤古西河，往事消沉历劫过。①
  故实久嗟谭马阙，轶文应订左羊讹。②
  荒城自昔称刘仲，废冢无人识项它。③
  文献百年徵旧乘，传疑传著竟如何。④

【注释】

①关西：函谷关以西，即今陕西关中一带。西河：战国时魏地名，在今黄河以西合阳、大荔一带。消沉：消失埋没。历劫：佛教谓宇宙在时间上一成一毁叫劫。经历宇宙的成毁称历劫。后来通称经历种种艰辛叫历劫。

②故实：历史上存在过的事实。谭马：疑即谈马，司马迁和父亲司马谈。阙：通"缺"，缺失。轶文：散失的文字。订：订正，纠正。左羊：左伯桃和羊角哀。讹：错讹，错误。

③刘仲，人名，事迹未详。冢：坟墓。项它：即项佗。

④徵：求。旧乘：过去记载历史的书籍。乘：史乘，记载历史的书。传疑传著：既传下明确的事实（著），也传下疑问。竟如何：不知究竟怎么样。

  手提媕雅障秦风，莘野黄湄角两雄。①
  太乙才高三李上，幼华名在二王中。②
  谏垣抗疏孚清议，行幄垂询达圣聪。③
  此日楹书零落尽，呕余心血委榛丛。④

【注释】

①媕（ān）雅：大雅，这里指诗歌。障：疑当作"彰"，发扬光大。秦风：《诗经》中的十五国风之一。莘野黄湄：指清代合阳的两位大诗人康乃心和王又旦。康乃心号莘野，王又旦号黄湄。角两雄：两雄相竞。

②太乙：康乃心字。三李：指清初关中的三位大学者李因笃、李颙、李柏。幼华：王又旦字。二王：指王士禛和王又旦。

③谏垣：谏官的官署。抗疏：上书直言。孚：信用，诚实。这里指孚众望。清议：公正的评论。此句言康乃心任谏官时因为敢于上书直言而在当时舆论中享有很高的声望。行幄：帝王出行时住的帐幕。垂询：被长上询问的敬辞。圣聪：皇帝的听觉，这里指被皇帝听到。

④楹书：先人的遗言。这里指康、王两人的著作。零落：散失。余：尽。委：委弃，抛弃。榛丛：草木丛生处。下句言康、王两人呕尽心血是作品被人丢弃、遗忘。

冗秩卑栖治谱光，尚书小谪贰兹疆。①
田畴子弟论乡校，人物山川考职方。②
左内史中谁殿最，三仁君外几烝尝。③
剧怜吾郡徐岩叟，金佩蠲符感不忘。④

【注释】

①冗秩：即冗官，闲散无用的官吏。卑栖：低微的职位。治谱：传说南齐傅琰父子有子孙相传、不以示人的《治县谱》。后来人即称父子兄弟为官有治绩为"治谱家传"。治谱光：这里指有好的政绩。尚书：中央六部的首长，此处所指具体人未详。小谪：官职稍微降低。贰：兼任。兹疆：此地，指合阳。

②田畴：田间。论：议论。乡校：乡学。这里用《左传》所载春秋时期著名政治家子产不毁乡校典故：因为有人在乡校议论执政者，所以有人建议毁掉乡校，子产不同意，说那正好可以听到对政事的意见，为什么要毁掉它？这里用这一典故，是称颂这位"尚书"善于听从并采纳人们对政事的意见。职方：官名。此句意思是考察当地的人物山川。

③左内史：即左冯翊。左冯翊本为秦内史地，汉武帝时改称左冯翊。殿最：考核政绩和军功的第一名和最后一名。三仁君：指商代的微子、箕子和比干。烝尝：本指秋冬二祭，后泛指祭祀。几烝尝：几个人被祭祀。

④剧怜：甚爱或很怜悯。徐岩叟：当为当地人名。事迹未详。金：众。佩：敬佩。蠲（juān）符：免除赋税的凭证。此处当是用《战国策》冯谖客孟尝君之典，指债券。感不忘：感动不能忘怀。

摩挲古刻试重评，谁似欧洪鉴别精。①
官库石藏唐显庆，学宫碑植汉中平。②

尔朱梓里参疑信，耶律蓬科肇讼争。③
　　经眼始知非赝本，未妨珍惜抵连城。④

【注释】
　　①摩挲：用手轻轻按着一下一下移动或抚摸。古刻：古代的刻石或其文字拓片。重评：重新评价。欧洪：欧似指欧阳修；洪不详所指。
　　②显庆：唐高宗李治的第二个年号（656—660）。学宫：古代地方政府设立的学校。中平：汉灵帝的年号（184—189）。二句言官库里藏有唐代显庆年间的石刻，学宫中竖立着东汉中平年间的石碑。
　　③尔朱：复姓。此处可能指北魏权臣尔朱荣。梓里：故乡。参疑信：疑信参半。耶律：契丹姓氏。其人所指未详。蓬科：蓬草，泛指杂草丛。这里似亦指家乡。肇：开启。讼争：争论。
　　④经眼：亲自看到。赝本：假托名人手笔的书画。抵：抵当，这里指价值。连城：价值连城，极言其珍贵。

　　井间终岁事桑麻，特产无从纪物华。①
　　投我赤心分火枣，照人素面削银瓜。②
　　三台望重看驴券，九锡殊恩付犊车。③
　　且喜滨河鱼味美，小邦邾莒愿非奢。④

（选自1996年版《合阳县志》）

【注释】
　　①井间：市井、里巷。这里指当地百姓。终岁：一年到头。事桑麻：指从事田地耕种。物华：自然景物。下句言没有什么特产和自然景物可记。
　　②火枣：传说中的仙果。这里指枣子。素面：本指女性不施脂粉，此指以真面目示人。银瓜：这里指青白色皮的甜瓜。二句除点出当地土产枣子和甜瓜外，强调彼此以赤心真面相待。
　　③三台：太微垣星名。这里指朝廷最高的三个官职。望重：声望很高。驴券：语出《颜氏家训》引当时谚语"博士买驴，书券三纸，未有驴字"，后以之比喻文字、语言繁冗，不及要旨。九锡：古代皇帝赐给诸侯、大臣有特殊功勋者的九种礼器，是最高礼遇的表示。殊恩：不一般的恩典。犊车：牛车，汉诸侯贫者用之，后转为富贵者所用。
　　④滨河：临近黄河。小邦：小国。邾（zhū）莒：古代两个小国，均在今山东省境内。愿非奢：心愿不是奢望。

咏蒲城

桥陵诗三十韵因呈县内诸官

杜 甫

先帝昔晏驾，兹山朝百灵。①
崇冈拥象设，沃野开天庭。②
即事壮重险，论功超五丁。③
坡陀因厚地，却略罗峻屏。④
云阙虚冉冉，松风肃泠泠。⑤
石门霜雾白，玉殿莓苔青。
宫女晚知曙，祠官朝见星。⑥
空梁簇画戟，阴井敲铜瓶。⑦
中使日相继，惟王心不宁。⑧
岂徒恤备享，尚谓求无形。⑨
孝理敦国政，神凝推道经。⑩
瑞芝产庙柱，好鸟鸣岩扃。⑪
高岳前崒崪，洪河左滢濙。⑫
金城蓄峻趾，沙苑交迥汀。⑬
永与奥区固，川原纷眇冥。⑭
居然赤县立，台榭争岧亭。⑮

【注释】

①先帝：此指唐睿宗李旦。晏驾：封建时代称帝王死为晏驾。兹山：此山，指桥山。朝：朝拜。百灵：众神灵。朝百灵："百灵""朝"之倒。

②崇冈：高岗，此指桥山。象设：因楚辞《招魂》中有"象设居室"之句，后人遂以"象设"代指房屋。天庭：神话中天帝的朝廷，与上句中的"象设"均指桥陵的宫殿建筑。

③即事：做事。壮重险：以威重险固为壮观。五丁：古代传说中的五个大力士。

④坡陀：不平坦。却略：形容山背隆起的样子。罗：罗列，围绕。峻屏：高峻的山峰。

⑤云阙（què）：高入云霄的宫阙。冉冉：下垂的样子。虚冉冉：从虚空下垂的样子。肃：恭敬。泠（líng）泠：清凉冷清的样子或形容声音清脆。

⑥宫女：这里指在陵墓侍奉的宫女。曙：天亮。祠官：古代掌管祭祀、祠庙的官。此指负责桥陵祭祀的官员。朝（zhāo）：早晨。

⑦空梁：屋梁。簇（cù）：丛聚或堆积成团。画戟：即戟一种兵器，因常用彩绘而称画戟。后常用于仪仗。阴井：背阳之井。

⑧中使：宫廷派出的使者。惟：这里是担心之意。宁：安。二句言皇帝其所以不断派使者来，是因为担心睿宗的灵魂不能安宁。或以为"王"当指当时的皇帝，谓他因思念先帝而内心难以安宁，所以常派使者来。

⑨岂徒：难道仅仅。恤（xù）：安置。备：足够；美好。享：祭品。"尚谓"句：还有求助于无形的先王英灵之意。

⑩敦：治理。神凝：精神凝聚。推：这里有延续之意。道经：道统，圣道承继的统系。

⑪扃（jiōng）：门户。岩扃：这里指岩洞。

⑫高岳：这里指华山。崒崒（lù zú）：高峻的样子。洪河：此指洛河。滢滢（yíng yíng）：水流回旋的样子。

⑬金城：指沙苑秦长城。峻趾：高峻之处。交：交错、交互。迥（jiǒng）：远。汀（tīng）：水边平地，小洲。

⑭奥区：内地、腹地。眇冥：广袤看不清的样子。

⑮赤县：京都所治之县。榭（xiè）：建筑在台上的房屋。台榭：指桥陵和县治官署的台榭。岧（tiáo）亭：高亭。

九日登尧山四首①

赵 晋

西山金翠豁烟霾，特挽词人载酒来。②
九日登临身尚健，几年游赏事终谐。③

天香高拥栖鸾地，云气遥吞戏马台。④
旋折黄花簪醉帽，肯教尘土浣诗怀。⑤

山光满座翠屏围，九日追欢此会稀。⑥
紫桧后凋秦甸柳，黄花争羡首阳薇。⑦
谁陪谢傅登高去，共笑山公倒载归。⑧
要与重泉留故事，年年诗酒莫相违。⑨

山路崎岖九日行，天高秋老出新晴。⑩
蟠崖古树重重见，傍石危栏曲曲横。⑪
簪菊喜逢新宴集，摩苔争看旧题名。⑫
归来不记前村远，是处人家笑语迎。⑬

岩扁深处有真栖，石齿嶒崚困马蹄。⑭
人世风尘凌日短，仙家楼阁倚云低。⑮
寻芳选胜诗谁和，怀古登高酒自携。⑯
十里下山归路远，寒鸦飞尽暮林西。

（选自清乾隆年《蒲城县志》）

【作者简介】

赵晋，一名寅，字孟旸。今蒲城翔村人。元末进士，授耀州推官。因遭诬陷罢免，乃隐居尧山之南，研讨学问，为关中学者所宗。后冤案澄清，起用为翰林文学，不就。明洪武初，征为太子文学，五主陕西乡试。未几辞归。后又拜春坊侍讲学士，辅佐太子读书。洪武十八年（1385）赐安车返乡。

【注释】

①九日：农历九月九日重阳节。尧山：又名"浮山"，位于县城北12公里。

②豁烟霾：烟霾散开。挽：挽留，此指吸引。词人：此指诗人等文化人。

③谐：和。此指愿望实现。

④天香：芳香的美称。鸾：传说凤凰一类的鸟。栖鸾地：鸾鸟栖息的地方。戏马：驰马取乐。戏马台：当为当时尧山一景。

⑤旋：旋即；马上，立刻。黄花：菊花。醉帽：醉人之帽。肯：岂肯。浣（huàn）：洗。此指沾染。

⑥上句言座席周围群峰如绿色屏风环绕映照。追欢：寻求欢乐。

⑦上句言紫桧叶落于秦地柳之后，下句用殷周之际伯夷、叔齐不食周粟，在首阳山采薇而食典故，似有不臣服新朝之意。

⑧谢傅：指东晋名臣谢安，因其死后追赠太傅，故称。山公：晋代人山简。倒载归：山简登山酒醉后常让人抬着归来，因下山时头在前偏下，故言"倒载归"。二句以谢安、山简风流韵事自比。

⑨重泉：秦时蒲城一带曾设重泉县，故此以之代指蒲城。故事：典故、佳话。违：违背。下句言像这次在尧山诗酒高会的事要年年坚持下去。

⑩崎岖：山路不平。秋老：秋深。

⑪蟠崖：蟠曲在崖上。傍石：依傍在岩石边。危栏：高栏。

⑫摩苔：摩擦苔藓。题名：留题的名字。

⑬是处：处处。

⑭岩扁：扁平的山岩。真栖：指隐士。嶒崚（céng líng）：高而险峻的样子。

⑮凌：凌驾。此处有促使之意。倚：背靠。

⑯寻芳：游赏美景。选胜：选择景色美好的地方。

重过泰陵有感

赵 晋

云横金粟倚苍苍，策马重经辇路旁。①
山腹龙蟠佳气在，岭头麟卧断垣荒。②
玉环不返三生梦，石穴空遗万古藏。③
洛水潺湲声未歇，行人独自忆莲汤。④

【注释】

①此句言泰陵所在的金粟山背依苍茫的天空，云彩环绕。策马：赶着马，此指骑着马。辇路：本指皇帝和皇后辇车（一种宫中的人力小车）行走之路，此指泰陵旁边的道路。

②山腹：半山腰。龙蟠：如龙蟠曲。佳气：美好的景象，此指郁郁葱葱，一片兴旺发达之气，以与下句陵墓的荒凉形成对比。麟：指陵前麒麟

等石兽。断垣：断墙颓壁。荒：荒凉。

③玉环：杨玉环。三生梦：世世代代做夫妻的美好理想。据说杨玉环和李隆基曾有世世代代做夫妻的誓言。一说李隆基排行三，"三生"指李隆基，亦通。石穴：指李隆基的墓穴。

④潺湲（chán yuán）：形容河水慢慢流的样子。行人：这里是作者自指。莲汤：莲花形状的温泉浴池。唐玄宗曾在临潼骊山为杨玉环修建莲花状温泉浴池。

蒲城怀古

曹　琏

漫泉东畔是蒲城，春暮南原雨乍晴。①
客过官桥迷柳色，僧归烟寺罢钟声。②
穆公寨废闲云锁，魏将坟荒宿草口。③
独有宪宗陵寝在，至今华表尚峥嵘。④

（选自清乾隆年《蒲城县志》）

【作者简介】

曹琏，字廷器，彬阳（今湖南省郴州市永兴县）人，明宣德四年（1429）进士。官国子监学正、河南提学佥事、陕西按察副使、大理寺少卿。著有《裕斋集》。

【注释】

①漫泉：即漫泉河，系蒲城县境内一小溪，源出贾曲乡老董村东崖下，现已枯竭。乍：刚，初。

②官桥：大道上的桥。烟寺：烟笼雾罩的寺庙。

③穆公：当为秦穆公。穆公寨：今址未详。魏将坟：当指魏太尉邓艾墓，在今西头乡前阿村附近。此句末缺一字，疑或作"萦"，萦绕。

④宪宗：唐宪宗李纯。宪宗陵寝：即唐宪宗景陵，在今县城北7公里之金帜山。华表：一种中国古代传统建筑形式，属于古代宫殿、陵墓等大型建筑物前面做装饰用的巨大石柱。峥嵘：形容山高峻突兀。

蒲城道中

李逊学

望中村坞是谁家，门对终南石径斜。①

水碧不污巢父耳，地偏宜种邵平瓜。②
无名好鸟争啼巧，有意新桃乱放花。③
试向主人聊借问，可应容我著闲车。④

（选自清乾隆年《蒲城县志》）

【作者简介】

李逊学（1456—1519），字希贤，号悔斋，河南省上蔡县人。明朝成化二十三年（1487）进士，曾任陕西按察副使，官至礼部尚书。

【注释】

①村坞（wù）：村庄。终南：山名，在今西安市南。

②巢父：传说为尧时隐士。污巢父耳：此处作者误巢父为许由：传说尧要让位于许由，许由觉得玷污了自己的耳朵，于是到颍水河洗自己的耳朵；而巢父在其下游饮牛，又怕其洗耳之水污染了自己牛的嘴巴，于是把牛牵到上游小溪去饮水。邵平：秦故东陵侯，秦亡后，为布衣，种瓜长安城东青门外，瓜味甜美，时人谓之东陵瓜。后世因以邵平瓜美称退官之人的瓜田，此用其典。

③放花：开花。

④聊：姑且。借问：询问，请问。可应：可能应许。著：同"着"，放置，此指停靠。下句言：是否可以允许我闲时在这里停车游览？

蒲城道中

胡　瓒

征衣犹带玉炉香，十载功名渥宠光。①
恋阙五云瞻斗近，观风千里去途长。②
霜横独鹗经秋健，云趁归鸦傍晚忙。③
五夜睡惊忧国梦，半窗明月送虚凉。④

（选自清乾隆年《蒲城县志》）

【作者简介】

胡瓒（zàn），字百衍，河北省永年县人，明孝宗弘治六年（1493）进士，曾任御史，按察陕西，明世宗嘉靖三年（1524）擢升为南京工部尚书，著有《巡边录》8卷、《秦义》8卷、《紫山诗稿》若干。是明代著名的忠臣。

【注释】

①征衣：旅人之衣或出征将士之衣。玉炉：熏炉的美称。渥：沾湿，沾润。宠光：恩宠和荣光。

②阙：宫阙，此指京城。五云：五彩的云。斗：北斗。这里代指皇帝。观风：观察民间风俗，考察民情。

③横：笼罩。鹗：鸟名，通称"鱼鹰"。

④五夜：即五更，古代民间把夜晚分成五个时段，用鼓打更报时，所以叫作五更、五鼓或五夜。虚凉：空虚清凉。

谒唐宪宗陵①

左思忠

一代英君殂，千秋寝庙荒。②
龙髯悲往昔，宫嫔忆趋旁。③
山磔泉陵锢，炉然夜殿香。④
有灯明暗雁，无火照亡羊。⑤
基芜鼠拱穴，隧寂鸟呼杨。⑥
石麟纷蹲峙，翁仲半摧藏。⑦
伊昔贻洪烈，后世浸愆忘。⑧
中叶正震业，昌运复明良。⑨
帷幄坚深算，鲸鲵不跳梁。⑩
四国仍同轨，百年尚奉璋。⑪
吴蔡功殊绝，神仙事渺茫。⑫
玉匣留无极，金丹竟可伤。⑬
叹息西风里，拜瞻禁御墙。⑭

（选自清乾隆年《蒲城县志》）

【作者简介】

左思忠，明代耀州（今陕西省铜川市耀州区）人，嘉靖二年（1523）进士，曾任山东莱阳知县，后吏部升员外郎。

【注释】

①唐宪宗陵：见曹琏《蒲城怀古》注④。

②英君：英明的君主。殂（cú）：崩殂，旧时称帝王去世。寝庙：寝

宫：此指陵墓及其附属建筑。荒：荒芜。

③龙髯（rán）：帝王之须。此代指唐宪宗李纯。宫嫔：宫女和嫔妃。趋旁：奔走在（皇帝）身边。

④罅（xià）：缝隙、裂缝。泉陵：即陵墓。锢：禁锢，封闭。然：通"燃"。

⑤亡羊：羊走失。此用秦始皇陵因有人拿着火把进去寻找丢失的羊而被焚毁的传说。

⑥基芜：基地荒芜。隧：隧道，此指通向陵墓深处的通道。杨：柳。鸟呼杨：如鸟在柳树间鸣叫。

⑦纷：纷乱。蹲峙：高高地蹲着。翁仲：原本指匈奴的祭天神像，大约在秦汉时被当作宫殿的装饰物。后来专指陵墓前面及神道两侧的文武官员石像。摧藏：摧伤挫折。

⑧伊昔：从前。贻：赠给。这里指遗留。洪烈：伟大的功业。浸：逐渐。愆忘：违犯，不遵守。这里指忘记。

⑨中叶：中期。唐宪宗是唐代中期一位颇有作为的皇帝。震业：帝王的事业。这里指振兴唐王朝。昌运：兴隆的国运。明良：指贤明的君主和忠良的臣子。

⑩帷幄：原指室内悬挂的帐幕，帷幔。后因天子居处必设帷幄，故亦以之代指帝王。此指唐宪宗。亦有"运筹帷幄"之意。坚：坚持。深算：指周密的筹划，深远的打算。鲸鲵（jīng ní）：即鲸。雄曰鲸，雌曰鲵。比喻凶恶的敌人。此指割据称霸，不听从朝廷政令的藩镇。跳梁：同"跳踉"，原指乱蹦乱跳，此指胡作非为。

⑪四国：四方的国家。此指境内各处。同轨：同一轨道，这里指政令统一。奉璋：手捧玉璋，此指全国官员都来朝见。

⑫吴蔡：此指李愬雪夜奇袭蔡州，活捉藩镇吴元济，平定蔡州事。殊绝：特出，超绝。下句似指宪宗晚年迷恋佛道，欲求长生事。

⑬玉匣：一本集各类占卜之术之代表作的古书。二句似言宪宗相信方士长生不老之说，最后竟暴死于服食金丹。

⑭拜瞻：拜谒瞻仰。禁御墙：指景陵的围墙，这里以之代指景陵。

过不群山次壁间韵①

李应策

金粟碧纷纭,崭然独不群。②
烟霞含秀色,草木挹芳氛。③
卧岂留安石,题还俟右军。④
岩岩五龙逼,樵唱遏行云。⑤

(选自清乾隆年《蒲城县志》)

【作者简介】

李应策,字成可,号苍门,明陕西蒲城人,万历十一年(1583)进士,官至太常寺少卿、给事中。著有《谏垣题稿》8卷、《苏愚山洞续集》30卷等。

【注释】

①不群山:指蒲城东北的卧虎山,因不与其他山相连,故称"不群山"。次韵:按他人诗词的韵写诗词。
②金粟:山名,在蒲城东北。纷纭:多盛的样子。崭然:险峻、高出的样子。
③挹(yì):舀,酌取。芳氛:香气。
④安石:指东晋谢安,谢安字安石,曾隐居高卧东山。俟(sì):等待。右军:指王羲之。王羲之曾任右军将军,故世称"王右军"。二句言此处谢安可以高卧,但要题字还须等待王羲之。
⑤岩岩:高峻的样子。五龙:山名,在不群山东北。逼:近。遏行云:即响遏行云。《列子·汤问》言:"(秦青)抚节悲歌,声振林木,响遏行云。"此处用以形容樵夫歌声的响亮激越。

泰 陵①

何 芬

开元遗事继贞观,俗俭风淳号又安。②
花萼楼中供大被,紫薇省里羡峨冠。③
新台丑启边愁入,马嵬神伤蜀道难。④
鼙鼓渔阳声尚在,优伶百态解追欢。⑤

(选自清乾隆年《蒲城县志》)

【作者简介】

何芬，清代人，生平未详。

【注释】

①泰陵：唐玄宗李隆基和元献皇后杨氏合葬墓地，位于陕西省渭南市蒲城县东北15公里处五龙山余脉金粟山南。

②开元：唐玄宗李隆基年号，是唐王朝的兴盛时期，史称盛唐。贞观：唐太宗李世民年号，史家艳称"贞观之治"。俗俭风淳：风俗俭朴，民风淳厚。乂安：又安定。疑当作"乂安"，太平、安定。

③花萼楼：唐代长安著名皇家建筑花萼相辉楼的简称，位于长安兴庆宫（今西安市兴庆宫公园）内。供大被：李隆基登上皇位后，和其兄弟关系亲密，曾共同盖一个大被子，故言。紫薇省：即中书省。羡：羡慕。峨冠：高冠。此句用典不详。

④新台：指《诗经·邶风·新台》。历代学者一般认为这是民众讽刺卫宣公劫夺儿媳姜氏（宣姜）的诗歌，后世因此而用"新台"以喻不正当的翁媳关系。此指李隆基夺取杨玉环（杨玉环原本是李隆基之子寿王李瑁的妃子），故言"新台丑"。边愁入：指安史之乱。马嵬：马嵬驿，李隆基被迫赐死杨玉环的地方，在今陕西省兴平市西北23里。蜀道难：原为乐府《瑟调曲》名，谓入蜀道路的艰难，此指安史之乱中李隆基逃往四川。此句言李隆基在逃往四川途中因杨玉环死去而神情伤悲。

⑤鼙（pí）鼓：小鼓和大鼓。古代军队和乐队所用，此指战鼓。鼙鼓渔阳：指公元755年安禄山于渔阳举兵叛唐事。优伶：指古时以乐舞、戏谑为业的艺人，后指戏曲演员。解：懂得。追欢：寻欢作乐。二句言安史之乱尚未完全平息，李隆基就又开始寻欢作乐了。

漫 泉①

屈 复

受性爱流水，城西有清泉。②
寂寂原野尘，霭霭蒹葭烟。③
入渭通舟楫，滋花近长安。④
潆洄副留玩，每至不欲还。⑤
宛在怀伊人，一邑此潺湲。⑥

有时飞为雨，清风吹漫天。⑦
良游难屡得，昼夜河涓涓。⑧

（选自《弱水集》）

【注释】
①漫泉：即漫泉河。见前曹琏《蒲城怀古》注①。
②受性：赋性、生性。
③霭霭：云雾密集的样子。蒹葭：芦苇。
④滋：滋润。滋养。
⑤濴洄（yíng huí）：水流回旋的样子。副：相称，符合。这里是值得的意思。留玩：留恋玩赏。
⑥宛：好像。伊人：那人。此用《诗经·秦风·蒹葭》"所谓伊人，在水一方。……溯游从之，宛在水中央"句意。一邑：一城。此指蒲城。潺湲（chán yuán）：水慢慢流动的样子。
⑦漫：弥漫。
⑧良游：美好的游览。涓涓：细水缓流的样子。

访云麾将军碑①

雷 鋐

曾闻北海旧镌铭，今日摩台见典型。②
大将殊勋垂竹简，名贤真迹重兰亭。③
鬼神呵护千年远，云鸟留余几次零。④
坐卧韩山三日去，忍教片石弃林坰。⑤

（选自清乾隆年《蒲城县志》）

【作者简介】
雷鋐，字剑华，陕西蒲城人。清康熙帝西巡长安，曾对他献的六首律诗有好评。著有《醉经轩诗钞》《古愚斋书稿》。

【注释】
①云麾将军碑：全称《唐故云麾将军右武卫大将军赠秦州都督彭国公谥曰昭公李府君神道碑并序》，亦称《李思训碑》，碑文记载李思训系出唐代宗室，并及一生功名仕宦重要事，唐代大书法家李邕撰文书碑，为驰誉海内的书法作品。碑立于今陕西蒲城桥陵附近的李思训墓道。

②北海：即李邕，因其曾任北海太守，故称。镌铭：镌刻的墓志铭，此指李邕书写的李思训碑文。摩苔：即"摩苔"，摩擦去掉苔藓。典型：典范，此指书法典范。

③大将：此指李思训。殊勋：巨大的功勋。垂：垂名，留名。竹简：这里代指史册。名贤：有名的贤者，此指李邕。兰亭：指晋代王羲之的书法代表作《兰亭集序》。重兰亭：名重于《兰亭集序》。

④呵护：爱护、保护。云鸟：相传黄帝受命有云瑞，故以云纪事；少皞氏受命有凤鸟适至，故以鸟纪事。故此处以之指字迹。零：零落、凋零。此句言碑上余留的字迹多次凋零。

⑤韩山：疑即此碑所在附近的丰山。忍：怎忍，不忍。片石：指此诗所写之李思训碑。林坰（jiōng）：郊野、野外。

贾曲村①

屈洙

总道村庄俗，村如此亦佳。
远山横道岸，流水近人家。②
树树悬青枣，畦畦长绿葭。③
源泉有真液，倩火煮新茶。④

（选自清乾隆年《蒲城县志》）

【作者简介】

屈洙（zhū），生平未详。

【注释】

①贾曲：蒲城村名，在今贾曲乡。为西周至春秋时贾国所在地。
②横：横卧。道岸：道路的尽处。
③葭（jiā）：初生的芦苇。此指芦苇。
④真液：此指品质优良的水。倩：请，央求。

游唐陵①

王光鼎

乘兴登临坐丽谯，五陵遥望草萧萧。②
千官剑佩空山里，一代簪缨浮霭销。③

龟断尚存没字石，云横独有野猿招。④
古今变态从无定，勾却闲愁揭酒飘。⑤

（选自清乾隆年《蒲城县志》）

【作者简介】

王光鼎，生平未详。

【注释】

①唐陵：指蒲城的五座唐代皇帝陵：唐睿宗李旦桥陵、唐让帝李宪惠陵、唐玄宗李隆基泰陵、唐宪宗李纯景陵、唐穆宗李恒光陵。

②丽谯（qiáo）：华丽的高楼。萧萧：冷落凄清的样子。此指草萧条枯黄。

③千官：此指陵墓前的翁仲。剑佩：宝剑和垂佩。此指带着宝剑，垂着佩饰。簪缨：古代达官贵人的冠饰，后遂借以指高官显宦。浮霭：浮动的雾气。下句言当时那些达官贵人已经如同浮动的雾气消散。

④龟：指石碑的底座赑屃，形似龟。横：笼罩。

⑤变态：形势、情况变化。从无定：从来没有一定。勾却：去掉。闲愁：指前文所抒发的怀古之情。揭：高举。飘：疑当作"瓢"。

蒲城八景简介

蒲城八景：南原春晴、北岭积雪、温汤晚浴、漫泉秋月、双塔夜影、五陵闲云、尧山古柏、蟠龙异石。现简介如下：

蒲城八景

邓　山

春晓南原雨乍晴（南原春晴），温汤一浴便神清（温汤晚浴）。①
月生泉底乾坤静（漫泉秋月），雪积山阴昼夜明（北岭积雪）。②
千载五陵云自在（五陵闲云），半空双塔影犹横（双塔夜影）。③
凭谁说与尧山柏（尧山古柏），欲问当年异石名（蟠龙异石）。④

【注释】

①乍晴：初晴，刚晴。

②乾坤：此指天地之间。

③自在：这里是悠然自得的样子。

④凭谁：有谁。

蒲城八景
赵 锐

异石传来不记年，尧山古柏尚依然。①
五陵人望云间锁，双塔凌空影倒悬。②
冬雪平铺山外岭，秋蟾斜卧水中天。③
温汤浴罢精神爽，闲看晴耕附郭田。④

【作者简介】

赵锐，生平未详。

【注释】

①尚依然：还是原来的样子。
②云间锁：笼罩在云间。
③蟾：蟾蜍，此处是月亮的代称。
④附郭田：紧靠城郭的农田。

蒲城八景
常若柱

南原春色晴氤氲，北岭余寒积雪雰。①
双塔喜看生夜影，五陵愁见起闲云。
参差异石蟠龙幻，缥缈尧山古柏曛。②
却忆温汤同晚浴，漫泉秋水月纷纷。

【作者简介】

常若柱，字擎宇，清初陕西蒲城人。顺治四年（1647）进士，选庶吉士，散馆改户科给事中。

【注释】

①氤氲（yīn yūn）：形容烟或气很盛。
②上句谓异石为蟠龙所幻化。缥缈：形容隐隐约约，若有若无。曛（xūn）：日落时的余光，昏黑。

蒲城八景（八首）

刘 震

南原春晴①

十里高原一望平，暖风迟日弄新晴。②
青山色淡收峦翠，绿树阴浓带鸟声。
芳草接天留客醉，野田霑雨足农耕。③
乾坤爽豁吟怀壮，试学随花傍柳行。④

【作者简介】

刘震，字启东，陕西蒲城人。明成化七年（1471）举人，成化二十年（1484）曾任保定推官，卒，追号介庵先生。

【注释】

①南原春晴：南原即县城南之紫荆原，南原为其习称。每当冬去春来，雨后初晴，丽日中天，或初春"草色遥看近却无"，或仲春"远芳侵古道"，翠色接蓝天，或暮春草绿花红，麦田铺翠，百鸟争鸣，景色分外宜人。游人居高临下，县城千门万户尽收眼底，令人流连忘返。旧县志言："城南里许为紫荆原，春分前后，踏青者率为社饮禊饮，盖仿古蚕市、兰亭，常醉而卧，步熙如也。"

②暖风迟日：春日风渐暖，故曰暖风；日渐长，故曰迟日。

③霑（zhān）："沾"的异体字。霑雨：被雨湿润。

④爽豁：清爽开阔。吟怀：吟诗的兴致。

温汤晚浴①

众水皆寒此水温，就中别自有乾坤。②
阳居阴腹春常在，清达源头雨不浑。③
流出沼池多岁月，销残今古几朝昏。④
舞雩自得先贤乐，载诵盘铭日日新。⑤

【注释】

①温汤晚浴：县城东25公里处有温汤泉，泉水从洛河岸边崖石中流出，旁有太湖山一座，危石嶙峋，古木参天。下有岩洞，幽曲深邃。旧时又曾有寺院一座，晨钟暮鼓，响彻十里。月夜至此一浴，尘埃尽洗，五内俱畅。浴后踏月归去，晴空在目，月华遍地，洛水拍岸与木鱼敲击之声在

耳,其景况之美不减唐人钱起"水月通禅寂,鱼龙听梵声"(《送僧归日本》)所描绘。旧县志言:"凡水源有石硫磺,其水则温。骊山温泉四季皆暖,此值秋冬耳。温则知无伏阳,凉则知无伏阴,浴之消疴荡秽,功迈骊山。"以此不仅知此泉秋冬始温,且有医疗沉疴之效。

②别自有乾坤:另有一番天地之意。

③阳居阴腹:热为阳,冷为阴,此处温泉秋冬方热,故云。达:达自,来自。

④沼池:天然的水池。下句言此温泉年代久远。

⑤舞雩(yú):古代求雨祭天,设坛命女巫为舞,故谓舞雩。先贤:此处指曾子。《论语》"子路、公西华侍坐"章载孔子问志,曾晳言愿意于暮春之时,与"冠者五六人,童子六七人,浴乎沂。风乎舞雩,咏而归",得到孔子的赞赏。先贤之乐即指此。载诵句:《大学》第三章载商汤《盘铭》铭文曰"苟日新,日日新,又日新"。此处承上句用其意。

漫泉秋月①

半亩方塘一镜圆,漫泉流出碧漪涟。②
飞来海上一轮月,印破池中午夜天。
桂影婆娑涵滉漾,龙湫澄澈浸婵娟。③
盈虚把酒凭谁问,吟倚西风想谪仙。④

【注释】

①漫泉秋月:漫泉河在县城西约7.5公里,其源头为一半亩大之水潭,俗名"黑虎潭",其水碧绿,其深莫测。河水曲折南去,三眼桥横跨其上,桥下水面较宽,清澈见底。中秋夜月东升,由于地势错综造成幻觉,似乎月亮是从南方升起。河水在明月照耀下如长龙摇头摆尾而去。月至中天,倒映水中,水中游鱼戏月,四周虫声、蛙声、水声交汇,饶有趣味。故旧县志言:"邑西十里为漫泉源,夏则凉浪潺潺,浮波不定。惟烟消波澄时,水光月色,团团皎皎,好凭庾亮之楼,益拓袁宏之渚。"

②一镜圆:圆如一面镜子。漪涟:即涟漪,细小的波纹,这里指水。

③婆娑:盘旋,这里是摇曳的意思。滉漾:这里是动荡的意思。滉:水深而广;漾:水面微微动荡。龙湫:即龙潭,深渊。婵娟:这里指月亮。

④盈虚:这里指月亮的圆缺。谪仙:贬谪到人间的仙人。这里指李

白。李白曾被贺知章惊叹为"谪仙人"。

北岭积雪①

青山一夜积瑶华,黯黯同云一望赊。②
地不蓝田皆种玉,树非梅岭尽开花。③
高人踏去诗应就,樵子归来路欲差。④
盛世丰穰已有兆,欢声先动老农家。⑤

【注释】

①北岭积雪:县城北,地势渐高,山岭横亘。山岭前后温差较大,往往山南向阳处已花红柳绿,山北阴处仍白雪皑皑。一山之隔,竟若另一重天。一种清新凉爽之气扑面而来,使人神清气爽,如置身水晶宫中。"地不蓝田皆种玉"及"雪积山阴昼夜明"即是诗人们的强烈感受。旧县志言:"岭多溪壑,甚寒,平原但有霜气,则雪即盈山肃凝,迄春不消。士常冒雪嬉游,直笑子猷乘兴不遇戴安国而归也。"信然。

②瑶华:美玉之花,这里指雪。黯(àn)黯:黯淡。同云:云成一色,即将下雨或下雪的迹象。赊(shē):遥远,这里指一望无际。

③蓝田:指陕西省蓝田县,以产玉著称。梅岭:即大庾岭,古时岭上多梅,故称梅岭。二句以美玉和梅花喻雪。

④就:完成。差:错。

⑤丰穰(ráng):丰收。

双塔夜影①

巍峨双塔插苍穹,幻影分明夜色中。②
高出女墙虹饮阔,远横金界月当空。③
丹梯曼接青天表,白鹤归来碧海东。
几度天风摇宝铎,扶桑催起日轮红。④

【注释】

①双塔夜影:县城内南北原各有一佛寺,佛寺各有佛塔一座,人谓之南塔和北塔。南寺塔建于唐贞观年间,十一层,高三十六米,较西安大雁塔还早二十五年。北塔建于北宋绍圣三年,十三层,高三十八米。双塔南北并矗,阅尽唐宋以来蒲城历史风云,可谓蒲城沧桑变迁的见证。每当月夜,城内千家万户一片静谧,双塔傲然高耸于溶溶月色之下,恰能象征蒲

城人民强悍不屈的性格。塔影随明月的运行缓缓移动，景象亦颇为壮观。又传说双塔夜影会在城西北城墙角相接，更增加了塔影的神秘色彩。旧县志言："城内两浮图，建自唐宋。昼视之，南北各千尺，突兀堪观。至夕隐隐茫茫，而矗矗为撑天两柱。古诗云：去梯无影。兹岂借月为影也。"

②巍峨：高大。苍穹（qióng）：天空。

③女墙：城墙上面呈凹凸形的短墙。金界：天界。神仙所居之处。

④铎（duó）：铃。扶桑：传说中的日出之处。

五陵闲云①

唐家陵寝倚崔嵬，嗳嗳闲云锁不开。②
变化有时成锦绮，悠扬长日荫莓苔。③
从龙有迹为霖去，伴鹤无心出岫来。④
翘首九重天咫尺，愿成佳气霭蓬莱。⑤

【注释】

①五陵闲云：蒲城境内有睿宗桥陵、玄宗泰陵、宪宗景陵、穆宗光陵和让皇帝惠陵五座唐陵，其中尤以建于盛唐时期的睿宗桥陵最为壮观。据旧县志记载："盛唐时，寝园秘殿，楼阁峥嵘，五彩郁然。"陵多以山为陵，今殿阁建筑虽已不存，但陵前众多雄伟壮观、栩栩如生的石刻，点缀在山岭的怀抱之中，堪称一天然石刻艺术公园。晴日白云在山头缭绕，悠闲雍容，更是一幅幅天然图画。漫步五陵，唐代的贞观之治、开元盛世、李宪的让贤高风以及玄宗李隆基和杨贵妃的风流韵事，无不涌上心头。既让人感慨于盛唐的辉煌，又让人慨叹历史的无情。旧县志在言其昔日盛况的同时，也感叹"而今寥落，无复凤骞鸾翔旧景，只依垅上闲云，任其往来舒卷于复道御碑间。邑文人多寄迹焉"。

②陵寝：帝王的坟墓。倚：背靠。崔嵬（wéi）：有石头的山；高大。此处是高山之意。嗳（ài）嗳：形容浓云蔽日。

③悠扬：这里是悠然舒缓的样子。

④霖（lín）：连下几天的大雨。这里指雨。岫（xiù）：山洞。

⑤霭（ǎi）：云气。

蟠龙异石①

异石当年变态神，原头埋没几经春。②

雨余苔藓疑生甲，天上雷霆欲奋身。③
谁谓一拳终委弃，由来尺蠖有舒伸。④
顽然不假初平叱，变化还应出世尘。⑤

【注释】

①蟠龙异石：县城东北有蟠龙村，村有奇石如蟠龙状。有鳞甲赭红，隐于灰白色云水纹之间。此石实系陨石，今已不存。旧县志言其"实一落星也。将雨而滋，湿如柱础。里人卜水旱，取释奠而祈农。所谓陂陀尺寸间，宛转陵峦。惜无高丽盆以盛之。"前些年在县北东党乡桥西村东门外发现一石，形似狮猪等兽，色略呈赭红，是否那块异石流落至此，尚不能确知。

②变态神：状态变化神奇。

③甲：鳞甲。

④一拳：蜷缩为一个拳头。委弃：被抛弃。尺蠖（huò）：尺蠖蛾的幼虫，行动时身体向上弯曲呈弧状，像用大拇指和中指量距离一样，故名尺蠖，常用来比喻能屈能伸。舒伸：舒展伸长。二句以尺蠖为喻，言异石虽被弃置不用，但终有大展才能的一天。

⑤顽然：顽固的样子。初平叱：一开始就平整叱咤。假：借助。出世尘：超越尘世。

尧山古柏①

两峰夹抱郁苍苍，古柏森然列万章。②
错落固因饶雨露，皴皱知是几星霜。③
三春老干撑空碧，九夏浓荫匝地凉。④
不为牛山金斧虐，大材终拟栋明堂。⑤

【注释】

①尧山古柏：尧山在县城北。据《水经注》："尧时洪水为灾，诸山尽没，唯此山若浮"，因之亦称浮山。山上曾有庙宇颇大，供奉"尧山圣母"，唐宋时敕封"灵应夫人"，故称灵应夫人祠。祠中柏树多盘根于岩石缝隙之中，生机勃发。祠前一柏尤大，粗可数围，郁郁葱葱，高耸于天地之间。传说此树与县城内北塔如两位老道遥相仰望。故明人赵世英有诗赞古柏云："绝顶纵寥阔，横目游八表。古柏如幽人，高栖托岹峣。"旧县志则言："蒲城宜柏，而尧山柏异他植，以其根盘岩石，坚老特奇。即

其时远而摧，几不如古，犹有一干参天，足备栋梁。其萌芽触石出者，疏叶嫩枝。培养护持，延至今日矣，犹古柏也。"

②森然：繁茂的样子。万章：这里是天地之间万物的意思。

③错落：高低参差的样子，这里指生长旺盛。饶：多。皴皱（cūn）：形容树皮皲裂如鳞。

④匝（zā）地：遍地。

⑤牛山：疑当作"牛刀"。语出《论语·阳货》："割鸡焉用牛刀"，犹言大材小用，后引申指具有大才之人。虐：这里指砍伐、伤害。拟：打算。明堂：古代帝王宣明政教的地方。栋明堂：用作明堂的栋梁。二句言此古柏是"大材"，如果不被伤害，最后总会发挥大的作用。

南原春晴

佚　名

城南迤逦出烟垧，九十晴光屐几经。①
草藻芳洲藏鸭绿，云拖远岫涌螺青。②
春酣惯作看花卧，归咏时缘听鸟停。③
一望平川荆万树，漫将禊事向兰亭。④

【注释】

①迤逦（yǐ lǐ）：曲折连绵的样子。垧（jiōng）：郊野。屐（jī）：木鞋，此指步履。

②鸭绿：绿色。因苏轼诗得名。螺青：青色。因陆游诗得名。

③酣：酒喝得痛快。缘：因。

④漫：随意。禊事：修禊之事，古代民俗以三月上旬的巳日（魏以后固定为三月初三）到水边嬉游采兰，以祛除不祥，称为修禊。兰亭：王羲之有《兰亭集序》记与友人在兰亭修禊事。

蒲城八景（选二）

王元命

南原春晴

大地高原南望横，青阳届候晓莺声。①
绽桃晴日花连萼，舒柳和风絮带英。②

背耸岳峰如拱护，面悬堞阁似生成。③
总来盛代饶闲事，笑解笔囊赋来耕。④

【作者简介】
　　王元命，字后轩，明代陕西蒲城人。万历庚辰进士，授工部主事，官至山西雁平道兵备副使。著有《后轩诗草》《剑龙诗稿》。

【注释】
　　①青阳：指春天。届候：来到的时候。
　　②絮：指柳絮。英：花。
　　③面悬：对面悬挂着。堞（dié）：城上如齿状的矮墙。阁：阁楼。
　　④饶：多。赋来耕：吟唱来耕田的诗句。

双塔夜影

最盛浮图倚碧霄，瞿昙古刹坚双标。①
可知经始人工巧，须信乐成世代遥。②
壁立影穿清夜月，河悬梵涌早秋潮。③
指顾觉路从来阔，戴首鳌山任暮朝。④

【注释】
　　①浮图：佛塔。倚：背靠。碧霄：天空。瞿昙：佛祖释迦牟尼的姓，后以之代称释迦牟尼。刹（chà）：佛寺。双标：双峰，此指双塔。
　　②经始：开始营建。乐成：乐于成功。此指建成之时。
　　③梵：梵声，诵经声。下句夸言双塔悬于银河之中，诵经之声涌动了早秋银河的潮水。
　　④觉路：佛教指成佛正觉之路。戴首：疑当作"戴星"（顶着星宿，喻早出或晚归）或"戴肩"（耸肩）。鳌山：山名。相传宣鉴等三个僧人同游此山悟道，此用其意。

蒲城八景（选四）

雷　雨

温汤晚浴

杖履温泉渡，渟泓一水泠。①
乾坤蒸旦暮，星月见模型。②

纳污遥怜尔，虚盘不用铭。③
日新应有科，尘土亦惺惺。④

【作者简介】

雷雨，明代陕西蒲城人，字子化。正德九年（1514）进士，历任行人司行人、司副，江苏无锡县丞，山西榆次知县。著有《易经会心主义》《介意集》2卷。

【注释】

①杖履：扶着拐杖漫步。渟（tíng）：水积聚不流。泓（hóng）：水深的样子；水清澈的样子。泠（líng）：清凉的样子。

②乾坤：此指天地之间。蒸：热气蒸腾。旦暮：早晚。模型：样子。上句言温汤一天到晚热气蒸腾，下句言夜晚星月映在其中。

③怜：爱。尔：你。此指温汤。商汤曾作《盘铭》，水亦如镜可以照人，故言。

④日新：商汤《盘铭》有"苟日新，日日新"之句。惺惺：清醒，机灵。这里取"惺惺相惜"之意，言尘土也相爱惜，不忍沾染。

北岭积雪

信宿朔风急，今朝雪满山。①
沄沄欲学浪，皑皑已积盐。②
天地冰壶里，周秦匹练间。③
山阴无限兴，野渡有横船。④

【注释】

①信宿：连宿两夜。这里指连续两夜。朔风：北风。

②沄（yún）沄：水流浩荡的样子。皑（ái）皑：白的样子。

③练：白色的丝织品。

④山阴：山的北面。兴：兴致。

五陵闲云

山头冢累累，寂寞向夕曛。①
金盌年年梦，玉鱼夜夜焄。②
功名丰碑字，虚实史官文。③
车马轻肥地，于今祇白云。④

【注释】

①冢（zhǒng）：坟墓。累累：重叠的样子。夕曛：傍晚的阳光。
②盌（wǎn）：即碗。熏（xūn）：香气。
③丰碑：大碑。二句言五座陵墓帝王的丰功伟绩被刻在石碑上，史官记载的这些帝王的事迹有实有虚。
④轻肥：轻车肥马。车马轻肥地：乘着轻车肥马的达官贵人来往的繁华地方。祇（zhǐ）：只。

盘龙异石

忆昔唐帝子，中岁事游观。①
八骏经行处，黄龙云雾端。②
浪传形举动，实有状如蟠。③
天意口口笃，存安此石盘。④

【注释】

①唐帝子：唐代皇帝。从下文"八骏"等词看，当指唐太宗李世民。中岁：中年。事：从事。游观：游览观赏。
②八骏：传说跟随李世民征战的八匹马。经行：经过。"黄龙"句意谓黄龙出现在云雾端。
③浪传：空传，妄传。蟠：盘曲的龙。
④此石盘：指"盘龙异石"。

漫泉秋月

杨攀桂

百尺苍厓一水幽，常邀明月泛清流。①
水当夜气开金鉴，月映秋波浮玉瓯。②
苏子欲回赤壁棹，庾公堪上武昌楼。③
林泉明有召人意，懒向天涯觅宦游。④

【作者简介】

杨攀桂，明代陕西蒲城人，生员，生平未详。

【注释】

①厓：水边，山边。这里同"崖"。

②金鉴：铜镜。

③苏子：指宋代文学家苏轼。苏轼曾作前后《赤壁赋》，写月夜泛舟赤壁情景。庾（yǔ）公：指南北朝诗人庾信。庾信曾登武昌楼而作赋。

④觅：寻找。宦游：因做官而到处走。

北岭积雪
王光鼎

夜半元冥吼朔风，平明霄雪堆巃嵸。①
恰疑岭断银花合，还看岗连玉树丛。
乘兴漫坐驴背上，得诗频入奚囊中。②
归来更觉春无限，笑伴香梅酒火红。

【注释】

①元冥：天空。平明：天刚亮的时候。霄雪：雨夹雪。此指雪。巃嵸（lóng zǒng）：山势高峻的样子；堆积的样子。这里形容雪堆积得很高。

②奚囊：李商隐《李贺小传》言李贺"每旦日出，与诸公游，恒从小奚奴，骑距驴，背一古破锦囊，遇有所得，即书投囊中"，后因称诗囊为"奚囊"。

盘龙异石
马中骅

何物如蟠出紫薇，奇踪犹寄旧唐畿。①
荆棘日伴铜驼卧，风雨不随石燕飞。②
月逗光芒疑宿映，烟迷处所意云围。③
何年得遇君平问，帝女支机是也非。④

【作者简介】

马中骅，生平未详。

【注释】

①蟠：此指盘曲的龙。畿（jī）：畿辅，国都附近的地方。

②铜驼：铜铸的骆驼。石燕：形状如燕的石块。这里均指陵前的石刻等。

③逗：这里是发出的意思。宿：停住。意：臆想，猜测。

④神话传说汉武帝令张骞寻觅黄河源头,张骞乘槎(木筏或竹筏)至天河,见一妇人浣纱,与骞一石。张骞归来后以石问成都卜人严君平,君平言是织女支机石。此处用此典。帝女:指织女。

尧山古柏

赵世英

绝顶纵寥阔,横目游八表。①
古柏如幽人,高栖讬山坳。②
峰壑作四邻,朝夕谨怀抱。③
仙蜕有奇迹,诡秘卒难晓。④
城中尘盈尺,对此在蓬岛。⑤
何当结茅屋,一释樊笼小。⑥

【作者简介】

赵世英,字季含,明代蒲城人。崇祯三年(1630)举人,曾任河北庆都(今河北省望都县)知县。明亡后为道士,隐居白水,后被清廷杀害。

【注释】

①纵:纵目。横目:放眼远望。八表:八方之外,指极远的地方。
②幽人:隐士。高栖:深隐。讬(tuō):托付,托身。山坳(ào):山间平坦处。
③谨:谨慎,恭敬。
④仙蜕:神仙褪下的躯壳。诡秘:诡诈隐秘。卒:最终。
⑤蓬岛:蓬莱岛,传说中的海上神山之一。
⑥何当:何时能够。结:建造。释:解脱。樊笼:关鸟兽的笼子。比喻受束缚、不自由的境地。

贾曲八景

贾曲八景:射雉纹石、澄潭仙迹、倪桥闲步、葭荚苍烟、南楼秋月、双峰叠翠、冰畦日霁、青帝映柳。

贾曲八景简介并诗（八首）

权作楫

射雉纹石

贾曲，古为贾大夫如皋之地，事载《左传》。以故解颜，见称于射雉，同车采赋于西京，而余波倚丽，尚有略焉。①春载阳生，见生烟之绕绕；秋水横塘，闻箫笙之铿铿。②自揣一知，创立八景。③惭作诵之多僭，为抚掌之先资。④

射雉纹石

居人呼为"纱帽石"。贾大夫射雉至此，妻笑。相传为"停车石"，石上至今有笑纹。其南里许，有贾大夫墓。⑤诗曰：

疑是支机下九阁，牵牛曾此媚天孙。⑥
箭头赢得倾城笑，石上犹留巧笑痕。⑦

【注释】

①解颜：开颜而笑。雉（zhì）：野鸡。同车：这里指贾大夫和其夫人同车。采赋：可能指收封地的赋税。余波：这里指余留的风气。倚丽：疑当作"绮丽"，形容风景鲜艳美丽，这里指传说的美好。尚有略焉：还略有存在。

②春载阳生：春天到来，阳气上升。绕绕：缭绕的样子。铿（kēng）铿：象声词，此处形容笙箫等乐器响亮的声响。

③自揣一知，创立八景：根据自己的一知半解，创立了八景。这是自谦的说法。

④作诵：疑当作"作俑"，制造殉葬用的偶像，比喻倡导做不好的事。抚掌：也作拊掌，拍手（笑的样子）。为抚掌之先资：先作为大家讥笑的材料。这两句也都是作者自谦的说法。

⑤里许：一里路左右。

⑥支机：支机石，见马中骅《盘龙异石》诗注④。九阁：这里指九天，天上。媚：取悦，讨好。天孙：指织女。此句用神话中牛郎、织女的故事。

⑦倾城：倾国倾城貌，这里指贾大夫的夫人。巧笑：笑得很美的样子。

澄潭仙迹

唐金仙、玉真二公主，上人传为水神。祠前有潭，深数丈，有蛟龙而兴云雨，祷之即应。① 诗曰：

半亩清泉灵怪藏，兴去出雨兆农祥。②
从今一见仙潭迹，懒吊英皇到汉阳。③

【注释】

①祷之即应：祈祷就有回应。

②兴去：疑当作"兴云"。兆农祥：预兆农业的丰收。

③吊：吊念。英皇：传说中尧的两个女儿、舜的两个妻子娥皇和女英的省称。传说娥皇和女英追赶舜到湘水，听说舜已死去，即跳湘水而死，成为湘水的水神。汉水与湘水相通，故此处言此处即可祈神得雨，懒得到汉阳去祈求娥皇、女英之灵了。汉阳：汉水之北。

倪桥闲步①

港西有狮子桥，一带长堤。时值春月，莺啼蛙鼓，人多散步吟咏。诗曰：

烟树楼台开锦绣，春晴莺燕胜笙箫。②
游人一到诗思发，不说扬州廿四桥。③

【注释】

①倪（ní）桥：即下文所言狮子桥。

②开锦绣：如锦绣般展现。

③扬州廿四桥：扬州名胜之一，旧址在今扬州西郊。其得名原因则有两说。一说言古代曾有二十四个美人在此吹箫，一说则言此处原有二十四座桥。唐代诗人杜牧《寄扬州韩绰判官》诗云："二十四桥明月夜，玉人何处教吹箫？"此处以之夸言倪桥景色之美。

葭荻苍烟①

苇田百顷，甲于诸州。② 远望之，葭荻参差，树木茂盛，如有云霞缭绕之状。③ 诗曰：

青槐绿柳出云外，野寺山桥入雾中。
一见蒹葭秋色远，苍苍原是旧秦风。④

【注释】
①葭菼（jiā tǎn）：初生的芦苇。
②甲于：胜过。
③荻（dí）：一种像芦苇的多年生草本植物。
④秦风：《诗经·秦风》中"蒹葭"一章有"蒹葭苍苍"之句，故云。

南楼秋月

玄武楼在镇东南隅，唐时相传为一天门，上有曲槛，下为飞檐。时值中秋，洲白园红，为尝月之所。①诗曰：

一天门在镇东头，画阁凌空宿斗牛。②
但到中秋齐赏月，风流不减庾公楼。③

【注释】
①尝月：疑为"赏月"之误。
②斗牛：天上的两个星区牛宿和斗宿。
③庾公：庾信。庾公楼：见前杨攀桂《漫泉秋月》诗注③。

双峰叠翠

漫水将出，两峰夹抱，松杉阴翳。①遥望之，若有龙盘虎踞之状，紫翠欲滴之色。诗曰：

两岸玉峰蹲虎斗，一川银汉下龙门。②
中流三级雷声远，疑是当年禹步痕。

【注释】
①阴翳（yì）：覆盖，遮蔽。
②银汉：银河。龙门：在陕西韩城，传说为大禹治水时为开通黄河水道而开凿。

冰畦日霁①

冬日凝冰，千畦万町。②一遇晴光，皎然四射，遍地如玉合成。③诗曰：

一天雪色银河冻，万顷冰华玉宇寒。
但得日光来一照，明霞争射水晶盘。

【注释】
①畦（qí）：有土埂围着的一块块排列整齐的田地。

②町（tǐng）：田界。
③皎然：洁白的样子。

青帘映柳

镇内多佳酿，酒旗密布，与金丝垂杨，互相掩映。①观之，饮兴倍豪。诗曰：

玄武楼西射石东，绿杨堆里杏花红。②
冲街争出青帘影，招得游人入醉中。③

【注释】
①佳酿：美酒。
②玄武：道教的北方之神。
③青帘：酒旗。

（选自清康熙五十三年《蒲城县续志》）

兴镇八景诗二首并序

张崇健

双楼列桅

南文昌、奎星，两楼如桅高撑。①
万顷烟波荡晓畴，楼船双桅碧空撑。②
有时四面田歌起，隔陇犹疑欸乃声。③

【作者简介】
张崇健，生平未详。

【注释】
①文昌、奎星：均天上的星名，也是神名。桅：船上的桅杆。
②畴（chóu）：田地。
③欸（ǎi）乃：行船摇橹之声。

爆竹散彩

每日爆竹声朗，飞红满地。
火树银花幻是真，元宵月朗艳阳辰。①
飞红无限休和象，散作人间满地春。②

【注释】

①艳阳辰:阳光璀璨的时候。此指白天。月朗艳阳辰:月光下比白天还亮。

②休和:安逸和平。

咏富平

郑白渠歌①

古谣谚

田於何所，池阳谷口。②
郑国在前，白渠起后。③
举锸如云，决渠为雨。④
水流灶下，鱼跳入釜。⑤
泾水一石，其泥数斗。⑥
且溉且粪，长我禾黍。⑦
衣食京师，忆万之口。⑧

(选自清《古谣谚》)

【注释】

①此诗首见于班固《汉书·沟洫志》，为西汉时期人们歌颂郑国渠和白渠的民歌。郑国渠是战国末年秦国在韩国水工郑国主持下修建的，从仲山（今陕西泾阳西北）引泾水至瓠口，引水向东，经今三原、富平、蒲城等县，入北洛水，灌田四万顷（约合今280万亩）。白渠则是汉武帝时由白公建议，在原郑国渠的基础上扩建的。

②田：此处用作动词，指种田。池阳：地名，在今陕西省泾阳县西北。谷口：亦地名，在今陕西省乾县东北，为白渠起点。

③郑国：指郑国渠。

④锸（chā）：锹，挖土工具。决渠：开渠放水。二句极言修渠人之多，水量之大。

⑤釜（fǔ）：古代的炊事用具，相当于现在的锅。二句以夸张的手法极言渠水带来的便利。

⑥石：容量单位。泥：指渠水中的泥沙。

⑦溉：灌溉。粪：此处用作动词，施肥。上句言郑国渠水既有灌溉作用，又有肥力。禾黍：代指各种庄稼。

⑧衣食：此处用作动词，供给衣食。京师：京城，此指京城中的居民。

明月山铭①

庾　信

竹亭标岳，四面临虚。②
山危檐迥，叶落窗疏。③
看椽有笛，听树疑竽。④
风生石洞，云出山根。⑤
霜朝唳鹤，秋夜鸣猿。⑥
堤梁似堰，野路疑村。⑦
船横埭下，树夹津门。⑧
宁复华盖，讵识桃源。⑨

（选自清乾隆五年《富平县志》）

【作者简介】

庾信（513—581），字子山，南北朝时期大文学家，祖籍南阳新野（今属河南省）。仕北周官至骠骑大将军、开府仪同三司，故人称"庾开府"。有《庾子山集》。

【注释】

①明月山：即频山，在富平县城北 27.6 公里。铭：本指铸、刻或写在器物上记述生平、事迹或警诫自己的文字，这里是为明月山写的赞语。

②标岳：高耸如山峰。虚：空。

③危：高。迥：远，此指深。

④上句言看到的椽似笛，下句言听到的树声如闻吹竽。

⑤山根：山脚。

⑥霜朝：秋天的早晨。唳（lì）：鸟鸣。

⑦堰：挡水的堤坝。

⑧埭（dài）：土坝。津门：在渡口设置的关门。

⑨宁复：愿使如前。这里是难道不是之意。华盖：帝王车驾的伞形顶盖。讵：岂。桃源：桃花源。此处用陶渊明《桃花源记》典故，极言其美与适宜隐居。

三川水①
杜 甫

我经华原来，不复见平陆。②
北上唯土山，连山走穹(一作穷)谷。③
火云无时出(一作出无时)，飞电常在目。④
自多穷岫雨，行潦相豗蹙。⑤
蓊匌川气黄，群流会空曲。⑥
清晨望高浪，忽谓(一作为)阴崖踣。⑦
恐泥窜蛟龙，登危聚麋鹿。⑧
枯查卷拔树，礧磈共充塞。⑨
声吹鬼神下，势阅人代速。⑩
不有万穴归，何以尊四渎。⑪
及观泉源涨，反惧江海覆。⑫
漂沙坼(一作折)崖去，漱壑松柏秃。⑬
乘陵(一作凌)破山门，回斡裂地轴。⑭
交洛赴洪河，及关岂信宿。⑮
应沈数州没，如听万室哭。⑯
秽浊殊未清，风涛怒犹蓄。⑰
何时通舟车，阴气不黪黕。⑱
浮生有荡泊(一作汩)，吾道正羁束。⑲
人寰难容身，石壁滑侧足。⑳
云雷屯不已，艰险路更跼。㉑
普天无川梁，欲济愿水缩。㉒
因悲中林士，未脱众鱼腹。㉓
举头向苍天，安得骑鸿鹄。㉔

(选自清乾隆五年《富平县志》)

【注释】
①此诗仇兆鳌《读杜心解》题作《三川观水涨二十韵》。个别字有

异，用括号标出。三川：具体所指不详。富平县最大的河流为石川河，系发源于今铜川市焦坪山的漆水和耀县柳林瑶曲北上的沮水在流经富平时合流而成，后又有赵氏河汇入，最后在临潼与富平的另一条河温泉河汇流后注入渭河。三川水或指此。又，仇兆鳌言"三川"为属鄜州之三川县，并引朱鹤龄注言为杜甫"自白水之鄜州，道出华原"。此从县志。

②华原：古县名，县治在今铜川市耀州区，今富平曾为其属地。平陆：平坦的陆地。

③唯：只有。穹谷：深谷、幽谷。

④火云：红云。

⑤穷岫（xiù）：高山、深山、荒山。行潦：沟中的流水。豗蹙（huī cù）：犹言撞击。

⑥翁匋（wěng gé）：弥漫，充塞。空曲：空虚且弯曲之处，山涧。

⑦阴崖：背阳的山崖。踣：跌倒。

⑧恐泥：担心拘泥阻滞。登危：登高。二句言水中的蛟龙也担心阻滞，群聚的麋鹿也不得不登上高处。

⑨枯查：即"枯楂"，老树的枝杈。此指水中浮木。上句言被水拔倒卷去的树木在水中漂浮如枝杈。礧硊（léi wěi）：石块。

⑩声吹：水声冲击。鬼神下：犹言鬼神泣。势：水势。阅：经历。人代速：人世代谢迅速。

⑪万穴：指万水。归：注入，汇入。尊：尊贵。这里指地位高。四渎：《尔雅·释水》："江、淮、河、济为渎。四渎者，发源注海者也。"二句言如果没有万水的汇入，怎么会有四渎的浩大。

⑫及：等到。覆：倾覆。此指倒流。二句言等到观看三川水涨之后，反倒疑心江海倒流。这是夸言三川水涨之大。

⑬漂沙：水卷泥沙。圻：裂开。上句言水卷着泥沙冲击河岸，河岸裂开随水流而去。漱：冲刷。秃：光秃。此指消失。下句言河水冲刷，致使沟壑中的松柏都被冲走了。

⑭乘陵：即"乘凌"，登上，侵凌，乘势。回斡：回旋。地轴：古代传说大地有轴。晋张华《博物志》卷一："地有三千六百轴，互相牵制。"裂地轴，言洪水冲切出深沟。

⑮交洛：交汇洛水。赴：奔赴。洪河：大河，指渭水和黄河。及：到。关：指潼关。信宿：两夜。下句言不到两夜水流就可以到达潼关，是

极言水流之急。

⑯应：应该，推测之词。沈：沉。万室：万家。二句言大概几个州都会沉没水中吧，好像都能听到万户百姓的哭声。

⑰殊：很。这里指远没有。怒犹蓄：还蕴蓄着愤怒。二句虽言水涨情况，但似暗喻当时安史之乱形势。以下数句似亦含此意。

⑱黪黩（cǎn dú）：混浊。

⑲浮生：语本《庄子·刻意》："其生若浮，其死若休。"以人生在世，虚浮不定，因称人生为"浮生"。荡泊：流荡漂泊。荡汩：迅疾流动。吾道：我的道路。这里有兼指其人生理想之意。羁束：羁绊束缚。

⑳人寰：人世。侧足：侧着足行走。喻人世的艰难。

㉑屯：聚集。踘（jú）：窘迫。

㉒普天：整个天下。川梁：河上的桥。济：渡过。缩：缩减，减少。

㉓中林士：在野隐居的人。此指普通百姓。脱：逃脱。二句言令人悲哀的是那些普通百姓，未能逃脱葬身鱼腹的命运。

㉔安得：怎得，怎么能够。鸿鹄：古人对大雁、天鹅之类飞行极为高远鸟类的通称。末句以期望乘鸿鹄离开人间的感叹作结。

斛山歌①

孙继鲁

我闻万斛之山在富平，凌云倚汉自峥嵘。②
俯瞰黄河下砥柱，遥瞻华岳参长庚。③
出云触石几万载，千里秦川成陆海。④
钟灵毓秀人绝奇，独立峻岩对真宰。⑤
收拾清风入穴中，阜财解愠禆重瞳。⑥
氂头却顾伊吾北，赤子长悬勃海东。⑦
补天不用五色石，浴日全凭一片赤。⑧
只求镇定栋乾坤，未与浮沉论坚白。⑨
淹留天理忽过关，孤高无谢首阳山。⑩
薇生太平且莫采，玦今永久当赐环。⑪
赐环非为重青紫，满眼繁华诚敝屣。⑫
殿邦直拟太山安，大猷共济虞周美。⑬

虞周济美竟如何，维岳降神海不波。⑭
象成作乐昭明德，馨香不尽山之阿。⑮

（选自《杨忠介集·附录》）

【作者简介】

孙继鲁，字道甫，号松山，明代河阳府（今云南省澄江县）人，嘉靖二年（1523）进士。曾任陕西右布政使、陕西按察使，后以右副都御史巡抚山西，穆宗时追谥"清愍"。著有诗文《破碗集》《习社祠堂记》等。

【注释】

①斛山：即万斛山。位于富平峪岭乡，距县城东北40公里，以山石如斗斛者数万而得名。又以山巅唐代建有宝塔一座，当地习称塔儿山。

②凌云倚汉：高出云表，背倚银河。此夸言斛山之高。峥嵘：形容山高峻突兀。

③砥柱：即砥柱山，位于河南省陕县东北的三门峡黄河中间。此云黄河"下砥柱"，或以砥柱指昆仑山（古代认为黄河发源于昆仑山）。长庚：黄昏时出现在西方天空的金星的名称，亦称太白。

④出云：高出云层。或指云从山出。触石：指险峰。陆海：物产富饶之地。

⑤钟灵毓秀：凝聚了天地间的灵气，孕育着优秀的人物。指山川秀美，人才辈出。峻岩：高峻的山崖。真宰：宇宙的主宰，或指君主。此诗从歌唱斛山起，从"钟灵毓秀人绝奇"句开始，双关歌颂富平明代名臣杨爵（杨爵号斛山），所以此处以真宰双关君主，以下内容类此。

⑥阜（fù）财：使财物丰厚。解愠（yùn）：消除怨怒。裨（bì）：增添，补助。重瞳：一个眼睛里有两个瞳孔。上古神话里记载有重瞳的人一般都是圣人，传说舜即重瞳。这里当指皇帝。

⑦髦（máo）头：古代帝王大驾出宫时，武士披发前驱者。亦指帝王仪仗中前驱者之冠服。却顾：回头看。伊吾：隋唐以前哈密的古地名。赤子：原指婴儿，后常用以指百姓、人民。此二句颇难解，或形容杨爵忧心国事。

⑧补天、浴日：指古代传说中女娲炼五色石补天和羲和给太阳洗澡两个神话故事。后常用来比喻人战胜自然的能力，也形容伟大的功业。二句用这两个典故，比喻杨爵有志于匡扶社稷，裨补时缺。一片赤：指一片赤心。

⑨栋乾坤：做国家栋梁，支撑乾坤。浮沉：此指官职升降。坚白：语出《论语·阳货》："不曰坚乎，磨而不磷；不曰白乎，涅而不缁。"下句似言不因官职升降而改变志节。

⑩淹留：滞留、久留。淹留天理：天理淹留。或指杨爵因触怒皇帝而被系狱事。忽过关：当指杨爵后来获释经潼关回到故里。孤高：特立高耸。无谢：不亚于。首阳山：殷末周初伯夷、叔齐隐居处，此处以之代指伯夷和叔齐。

⑪薇：一种野菜，为伯夷、叔齐不食周粟，隐居首阳山时所采食。上句言如今天下太平不要隐居不仕。玦（jué）：半环形有缺口的佩玉，此处以之与环形佩玉相对而言，指完满无缺。赐环：比喻皇帝还会重新起用杨爵。二句均安慰、祝愿语。

⑫青紫：本为古时公卿绶带之色，因借指高官显爵。敝屣：破旧的鞋，比喻没有价值的东西。此处是看作敝屣的意思。

⑬殿邦：安邦定国。直拟：只打算，考虑。太山：即泰山。太山安：指使国家安如泰山。大猷（yóu）：大计划，此指治国大道，方略。济：救助。这里有促成之意。虞周：虞舜和周王朝。美：指美好的政治。

⑭竟：究竟。维岳降神：典出《诗经·大雅·嵩高》："嵩高维岳，骏极于天。维岳降神，生甫及申"，意为嵩生岳降，钟灵毓秀。海不波：海不扬波，比喻平安无事。下句是对上句虞周那样美政的概括，即人才辈出，天下太平。

⑮上句用周武王作象乐以昭示明德之典，象征帮助君主名就功名。馨香：芳香。比喻德化远播。下句承上句预祝杨爵功成名就，其功绩美德将永远在斛山之下流传。

灵湫春雨①

温如玉

斜风斜雨湿苍苔，乍听风雷动地来。②
瑶草谁从天上种，浓云自向地中开。③
横飞岸角千寻浪，净洗山头百尺台。④
此处争传神鬼护，群龙出入慢惊猜。⑤

（选自清乾隆五年《富平县志》）

【作者简介】

温如玉,生平未详。

【注释】

①灵湫(qiū):指县城北部20.5公里处月窟山山泉。

②乍:突然。

③瑶草:中国神话传说中的仙草。

④寻:古代长度单位,一寻约等于现在八尺。

⑤慢:且慢,不要。惊猜:惊恐猜疑。

温 泉

杨之翰

傍岸名园浑镜波,提壶载酒一相过。①
云迷野寺苍苍树,月澹清溪细细河。
几处水舂鸣夜永,双堤烟柳带风多。②
薄台远向宫前去,独涨脂香洗玉娥。③

(选自清乾隆五年《富平县志》)

【作者简介】

杨之翰,字清宇,陕西省富平人,明天启四年(1624)举人,后授夏津县县令。后挂冠归家,自号逸叟。

【注释】

①傍岸:岸边。浑:大。镜波:水波如镜。据清乾隆《富平县志》:"镜波园,康熙间朱检讨廷璟营造",故址在今南社乡亭子村。诗或指是。过:探访,此指游览。

②水舂(chōng):利用水力舂米。夜永:深夜。

③薄台:富平华朱乡下庙村原有汉文帝母薄太后下庙,上庙在今华朱乡浮原西端。薄台与句中"宫"、末句"玉娥"字样或与此相关。玉娥:指宫女。

春日过岔口揽胜①

赵兆麟

岭南鹳鹊别封疆,历历相传岁月长。②

漆沮流来还垈翊，山崖断处是频阳。③
峰峦耸翠依天秀，桃杏飞红带雨香。
极目登临情不厌，几回搔首自徜徉。④

（选自清乾隆五年《富平县志》）

【作者简介】

赵兆麟，陕西富平县人，明朝崇祯年举人，官至都察院副都御史。著有《春秋点注》等书。

【注释】

①岔口：在富平洪水乡，漆、沮二水经耀县在此合流。揽胜：即览胜，欣赏美景。

②岭南：南岭之南，泛指我国南方。鹳鹊：即鹳雀，鸟名。封疆：受封之地，此指居栖之处。此处鹳鹊当为岔口附近地名或景观。历历：清楚的样子。

③漆沮：均古水名。漆水源出铜川市境，西南流至今耀州区，合沮水为石州河，东南流入渭河。沮水则源出黄陵县西北子午岭，东南流会合漆水。还：环绕。垈翊（duì yǔ）：汉代曾在今耀州区一带置垈翊县，此以之指原耀县，今耀州区。频阳：战国时秦曾在今富平一带置频阳县，至北周时废。次以之指富平。荆山自三原县迤逦而来，至富平、临潼两地之交被漆水冲断，故下句云"山崖断处是频阳"。

④搔首：以手搔头。焦急或有所思的样子。徜徉：徘徊。

题王将军庙①

路立孔

将军庙貌自萧森，奕奕层轩出故林。②
碧瓦久飞山雨歇，朱甍常卧水云深。③
凉风钟鼓催秋爽，落日松楸入暮阴。④
报祀不知几岁月，人传伏腊盛于今。⑤

（选自清乾隆五年《富平县志》）

【作者简介】

路立孔，字东山，明末清初陕西富平县人。性嗜古，工诗文，撰有《春草堂遗草》。

【注释】

①王将军：指秦时大将王翦。王翦庙在今富平白庙乡西部将军山巅。
②萧森：草木茂盛的样子。奕奕：高大的样子。层轩：重轩。指多层带有长廊的敞厅。故林：故乡的树林。代指家乡、故园。
③朱甍（méng）：朱红色的屋脊，代指帝王宫殿或道观、庙宇。此指王翦庙。水云深：王翦庙在山巅，故云水云深处。
④松楸（qiū）：松树和楸树，亦代指坟墓。
⑤报祀：此指祭祀。伏腊：古代两种祭祀的名称。"伏"在夏季伏日，"腊"在农历十二月。

玉镜山 有姚秦离宫故址①

路立孔

高悬玉镜两门间，一水盘流十二弯。②
风洞岭西明月寺，日星坡上揣天山。③
旧宫花草春谁惜，削壁烟云好自闲。④
乱世君臣还有迹，居人指点说朝班。⑤

(选自清乾隆五年《富平县志》)

【注释】

①玉镜山：在今富平县薛镇乡。姚秦离宫：后秦为十六国时羌族贵族姚苌建立的王朝。文桓帝姚兴为姚苌长子，为后秦第二位皇帝。离宫：帝王在国都以外居住的地方。1994年版《富平县志》言姚兴离宫在薛镇乡玉镜山南麓。
②玉镜：指玉镜山。盘流：盘旋流淌。
③揣天山：当为山名。
④好自闲：此处形容烟云自然舒缓地浮动。
⑤乱世君臣：此指十六国时期后秦王朝的君臣。朝班：古代群臣朝见帝王时按官员品级分班排列的位次。

岔道口中

韩 文

才经鹳鹊别宜州，水傍山围石柱流。①

女诵奇书藏油里，宫悬新磬出山头。②
堤连月忆江南路，树杂云怜渭北秋。③
浪涌晴岩声似雨，波添漆沮自龙湫。④

（选自清乾隆五年《富平县志》）

【作者简介】

韩文，清陕西富平人，顺治三年（1646）举人，曾任问安知县、滨州知州，编著了《富平志稿》。

【注释】

①鹳鹊：见前赵兆麟《春日过岔口揽胜》注②。宜州：当指宜川一带。傍：依傍。水傍山围：水依傍着围绕。

②磬（qìng）：古代打击乐器，形状像曲尺，用玉、石制成，可悬挂。二句可能与岔口一带传说和建筑相关，具体所指未详。

③怜：爱。二句言堤与月连使人回忆起江南的路，树木上云雾缭绕使人感受到渭北秋天之美。

④漆沮：见前赵兆麟《春日过岔口揽胜》注③。龙湫：或指县城北部 20.5 公里处月窟山山巅之灵湫。

温泉春浴

韩　文

日暖飞红浸玉波，脂香近自汉宫过。①
薄台云洒天根雨，汾鼎龙翻地底河。②
傍柳渔矶人影乱，浣纱溪女笑声多。③
中山可似骊山胜，莫羡华清对素娥。④

（选自 1994 年版《富平县志》）

【注释】

①汉宫：汉代宫殿，具体所指未详。

②薄台：见前杨之翰《温泉》注③。天根：星名，即氐宿。汾鼎：汾水之鼎。汉武帝时曾得鼎于汾水，故名。二句皆夸言温泉水美。

③渔矶（jī）：可供垂钓的水边岩石。

④中山：当为温泉附近山名。骊山：山名，在今陕西省西安市临潼区。胜：美好。华清：华清池。在临潼骊山下。素娥：中国神话传说中仙女的常用名字，亦用以指嫦娥或代指月亮。此或用作美人的代称。二句夸

言此处的中山美于骊山，不要羡慕华清池曾经有杨玉环等美人沐浴。

唐陵墨玉①
李因笃

巨碛崔嵬百万层，唐家中叶起诸陵。②
青岭墨玉旋随辟，篆籀光钯到处徵。③

（选自 1994 年版《富平县志》）

【注释】

①富平唐陵附近产墨玉，玉石雕刻久负盛名。

②巨碛（qì）：高大的石山。崔嵬：高大的样子。唐家：指唐王朝。诸陵：指富平的五座唐帝王陵：中宗李显定陵、代宗李豫元陵、顺宗李诵丰陵、文宗李昂章陵、懿宗李漼简陵。

③旋随辟：旋即随着（唐陵的建筑）而开辟。篆籀（zhòu）：篆书和籀书，古代的两种汉字书体，篆书又叫小篆，籀书又叫大篆。钯：雕刻用具。徵：寻求。下句言人们为了雕刻石碑到处寻求墨玉。

郑白渠①
许孙荃

韩欲罢秦使凿渠，渠成斥卤皆膏腴。②
遂令富饶甲天下，数传霸业开雄图。③
乃知灌溉民所利，亦有白公踵其事。④
衣食关中亿万象，池阳谷口欢声沸。⑤
高岸为谷谷为陵，两渠中更几废兴。⑥
熙宁成功未克告，遗爱人传耿右丞。⑦

（选自清《陕西通志》）

【作者简介】

许孙荃（1640—1688），字生洲，号四山，江南合肥（今属安徽省）人。康熙九年（1670）进士，官至陕西提学道，著有《慎墨堂诗集》。

【注释】

①见前《郑白渠歌》注①。

②韩：指战国时期的韩国。罢：通"疲"。罢秦：使秦（国力）疲劳

(无力向外扩张)。使凿渠：指派遣水工郑国到秦国帮助秦国兴修水渠。斥卤：盐碱地。膏腴：肥沃。

③遂令：于是使得。雄图：指一统天下。

④踵：脚后跟。此指接续着。其事：指在郑国渠的基础上继续兴修水利这件事。

⑤衣食：这里用作动词，供给衣食。衣食关中：供给关中人民衣食。亿万象：亿万众。池阳：地名，在今泾阳西北。谷口：亦地名，在今陕西乾县东北，为白渠起点。

⑥上句极言郑白渠修建工程之巨大。中更：中间变换。几：几次。

⑦熙宁：宋神宗赵顼年号，公元1068—1077年。未克告：没有能够报告（朝廷）。遗爱：谓遗留仁爱于后世，或指留于后世而被人追怀的德行、恩惠、贡献等。右丞：官名。耿右丞：其人未详，可能其在郑白渠的基础上又一次兴修水利惠及百姓。

温 园①

李 樟

我里荆浮间，浩荡漆水注。②
昔予每行游，曾经最胜处。③
群峰垒翠屏，清流相奔赴。④
屋宇间陂田，千顷阴竹树。⑤
居人误东西，过客迷来去。⑥
置身画图中，一步一回顾。⑦
颇疑桃花源，昔人言非寓。⑧
潇洒南邨居，羁网徒为慕。⑨
数载萦素心，往往魂梦遇。⑩
之子何清真，邂逅古青门。⑪
自云家漆浒，桑梓古来春。⑫
风景一为说，正余向所欣。⑬
以兹幽胜地，对君磊落人。⑭
鸡豚寻社约，便足了此身。⑮
买山钱有赠，百万定卜邻。⑯

回首故山里，水木正森森。⑰

(选自清乾隆五年《富平县志》)

【作者简介】

李樟，陕西富平县人，清康熙四十五年（1706）进士，编纂有《宁远县志》（宁远，今甘肃省武山县）。

【注释】

①温园：当为当地园林名或地名。从诗首句"我里荆浮间"看，此园当在富平荆山原和浮原之间。

②里：乡里、家乡。荆浮：荆山原和浮原。荆山原一名断原，该原沿石川河南岸，西起买家坡，东迄石川河西岸。浮原又名浮山，位于县境东部。漆水：见前赵兆麟《春日过岔口揽胜》注③。

③予：我，作者自指。每：常常。行游：行走游览。最胜处：风景最美的地方。

④垒：重叠。翠屏：绿色屏障。

⑤陂（bēi）田：山田。阴：同"荫"，笼罩，覆盖。

⑥居人：在当地居住的人。

⑦回顾：（因留恋难舍而）回头看。

⑧颇疑：很疑心。寓：寓言。

⑨潇洒：此处是悠然自得意思。邨（cūn）：同"村"。羁（jī）网：束缚人的网罗。此指束缚在世俗名利罗网中的人。徒：徒然。慕：羡慕。

⑩萦：萦绕。素心：素来的心愿，初心。

⑪之子：此人。指作者在温园遇到者。何：怎么这样或那样。清真：清纯真朴。邂逅：偶然遇到。古青门：特指中国汉代长安城的东南门；泛指京城东门等，此指长安东部的富平一带。

⑫浒：水边。漆浒：漆水边。桑梓：家乡。

⑬一为说：（对我）一一说明。欣：喜欢。

⑭兹：此。幽胜：幽静而优美。磊落：心地光明坦白。

⑮豚（tún）：泛指猪。鸡豚寻社约：寻求与鸡豚的约定。二句似用陆游"丰年留客足鸡豚"句意，言只要有鸡猪之类供给衣食，满足起码的生活需求，自己便可"了此身"，即过完这一生。

⑯买山：买山地，此指买田地。卜邻：选择邻居。二句言如果有钱在这买一块土地，我一定选择和你做邻居。

⑰故山：故乡，家乡。森森：茂盛的样子。

重游月窟山①

窦祖禹

腰舆又芒蹻，重来访旧迹。②
鷩鸐如故友，飞鸣各拍拍。③
孤烟一缕青，叠嶂四围碧。④
仄径即盘回，宁须扶筇策。⑤
石室三尺桐，幽响鸣磔磔。⑥
二女知不死，束络岂枯腊。⑦
古洞神仙窟，人间无此宅。⑧
猛兽亦奇鬼，侧立千仞石。⑨
山谷欸且笑，怪鸟如惊客。⑩
自觉与岩阿，千古似连璧。⑪
泉石同膏肓，畴云异代隔。⑫
此中有佳处，无复忆原泽。⑬

（选自清乾隆五年《富平县志》）

【作者简介】

窦祖禹，字大绪，清代富平（今陕西省富平县）人，康熙五十一年（1712）进士，曾任婺源县（今江西省婺源县）知县。著作散佚，存《待删草诗集》1册。

【注释】

①月窟山：位于白庙与曹村两乡之间，距县城 20.5 公里。因其山势嵯峨，状如月牙，又多石窟，故名。

②腰舆：手挽的便舆。高仅及腰，故名。芒蹻（qiāo）：草鞋。

③鷩鸐（bì yí）：即鷩雉，锦鸡，似山鸡而小，冠羽优美。

④叠嶂：重叠的山峰。

⑤仄径：狭窄的小路。盘回：曲折盘旋。宁须：一定要。筇策：拐杖。

⑥三尺桐：指琴。幽响：幽深的响声。磔（zhé）磔：象声词，像老人的笑声。

⑦二女：语出《涅槃经》如来因众生只欣生恶死，而不知出离之方，故以二女喻之。盖二女行止共俱，不相弃舍，亦犹生必有死，死必有生，未尝暂离也。故云"二女知不死"。束络：束缚经络。岂：难道。枯腊：干尸，或谓干瘦。

⑧神仙窟：神仙居处。亦：与。

⑨千仞：形容非常高。

⑩欬（kài）：咳嗽。

⑪岩阿：山的曲折处。连璧：并连的两块璧玉。

⑫膏肓：古代医学以心尖脂肪为膏，心脏与膈膜之间为肓。泉石膏肓：语出《新唐书·卷一九六·隐逸传·田游岩传》："臣所谓泉石膏肓，烟霞痼疾者。"意指喜爱山水风景成癖好。畴：古同"谁"。

⑬无复：不再。原泽：原来的水泽。此指原来所居之地。

金瓮山 锦屏玉镜二山名①

乔履信

长庚星照古黄图，化作高山气象殊。②
玉镜涵光明不定，锦屏借彩烂如铺。③
近疑帝铸烧丹鼎，遥忆仙留注液壶。④
谁范奇形开大冶，应传太乙鼓洪炉。⑤

（选自清乾隆五年《富平县志》）

【作者简介】

乔履信，号敦峰，清代河南偃师县人，进士。曾任富平知县，官至吏部主事。乾隆五年（1740）纂成约60万字的《富平县志》。

【注释】

①金瓮山：在富平曹村乡，距县城22.1公里。以其状如虎踞，亦名虎山。题注言金瓮山为锦屏、玉镜二山名，实则二山各自独立。

②长庚：金星的别名。黄图：《三辅黄图》的简称，三辅指京兆府、左冯翊和右扶风，故三辅还可借指畿辅、京都。此指与西安相近的富平一带。殊：不一般。

③玉镜、锦屏：皆富平山名。涵光明不定：光华闪烁不定。借彩烂如铺：借的彩霞灿烂如铺锦绣。

④帝：黄帝。传说黄帝曾铸鼎于荆山，富平有荆山原，故上句言"近疑帝铸烧丹鼎"。注液壶：可注入液体之壶。下句可能与当地神话传说有关，具体未详。

⑤范：模子。此处用作动词：用模子铸造。此句倒装：谁开大冶炼炉铸出这样奇怪的形状。太乙：太乙又称太一、泰一。指宇宙万物的本原、本体，即天地未分前的混沌之气。又为天神名、星名，即帝星。此指主宰天地之神灵。鼓：鼓动。洪炉：大炉。二句言是谁冶炼金属铸造出这样奇形怪状的金瓮山？大概是太乙神鼓动大炉子铸造的吧。

南湖书院四时吟（四首）①

乔履信

一湾绿水护门前，残雪含窗带晓烟。
桃李怯寒新绽未，东风已放草芊芊。②

闲揭南窗一抚琴，薰风有谱正堪寻。③
前溪菡萏花初放，细把清香助冷音。④

砚北菊花早放香，城南草色半青黄。⑤
砧声冷伴书声起，雁写遥空字几行。⑥

居前流水又成冰，寒色全分入夜灯。
注酒瓶梅香欲透，春光浮动雪犹凝。

（选自清乾隆五年《富平县志》）

【注释】

①南湖书院：清乾隆三年（1738）知县乔履信捐俸创建，原址在县东南约1公里处，后多次扩建重修，同治元年（1870）毁于兵火。

②新绽未：未新绽。芊芊：草木茂盛的样子或碧绿色。

③薰风：和风。

④菡萏（hàn dàn）：荷花花苞，此指荷花。

⑤砚北：当为当地地名。

⑥砧（zhēn）声：捣衣声。下句言大雁在天空排成几行字样。

荆山铸鼎篇（三首）①

陈 觉

其一

放勋昔在位，鸿水正滔天。②
舜举崇伯子，乃奠名山川。③
维禹实大智，疏浚有后先。④
乘辇荆山顶，用鼓洪炉烟。⑤
山峙渭之北，漆沮绕其前。⑥
山明水亦秀，铸鼎辨神奸。⑦
百灵胥效顺，夔龙相纠缠。⑧
昔考轩辕帝，曾铸此山巅。
飞龙来接行，清虚登上仙。⑨
寿可后天老，王母与周旋。⑩
世远事茫昧，宝鼎恐虚传。⑪
禹逢陶唐世，行水浚原泉。⑫
佐成勋华盛，铸鼎一昭虔。⑬
有德不在鼎，鼎与德俱全。⑭
荆山仰止处，崔嵬亿万年。⑮

【作者简介】

陈觉，字企革，号退庵，清代富平人，庠生。

【注释】

①荆山铸鼎：传说黄帝和大禹都曾铸鼎于荆山，《史记》亦有"禹收九牧之金，铸九鼎，象九州"之说。而荆山有四：一湖北南漳县西，一陕西省富平县西南，一河南省灵宝县南，一安徽省怀远县西南。此诗所咏乃陕西省富平县之荆山。荆山亦称荆山原、断原、南原、吕村原。1994年版《富平县志》言该原自三原迤逦而来，至富平、临潼两县之交。为漆、沮冲断，因名断原。"沿石川河南岸，西起买家坡，东迄于石川河西岸。"

②放勋：尧的名号。鸿水：即洪水，大水。

③崇伯子：指大禹。大禹之父鲧（gǔn）封于崇，史称崇伯。奠：定。《尚书·禹贡》："奠高山大川。"

④维：语助词，无义。疏浚（jùn）：疏通水道，此指治理水患。

⑤辇（niǎn）：人拉的车，后世成为帝王之车的专称，此指禹所乘之车。鼓：吹。洪炉：大炉，此指铸鼎所用的大冶炼炉。

⑥峙：耸立。渭：渭水。漆沮：见前赵兆麟《春日过岔口揽胜》注③。

⑦二句言大禹在此山明水秀之地铸鼎来辨别神鬼忠奸。

⑧百灵：众多的神灵。胥：皆、都。效顺：效命顺从。夔（kuí）龙：夔和龙皆为神话传说中兽名。此指鼎上夔龙形的纹饰。纠缠：此指缠绕。

⑨清虚：清虚府或清虚殿，即月宫，此指天上。传说黄帝铸鼎于荆山，鼎成之后有飞龙从天而降，黄帝乘之飞升，此四句即言此。

⑩二句言黄帝飞升后寿命将比天还长，将与王母娘娘交往。

⑪茫昧：迷茫不清。二句言黄帝铸鼎之事已因时代久远难以确知，其铸造宝鼎之事也恐怕并无其事。

⑫陶唐世：尧的时代，传说尧为陶唐氏。

⑬佐：辅佐。勋华：放勋和重华，即尧和舜。盛：伟业。昭虔：昭示虔诚。以上六句言黄帝铸鼎之事因时间久远已经难以确知，而大禹在尧和舜时治理水患，辅佐尧、舜成就一番伟业却的确昭示了他对尧、舜的虔诚（意思说禹铸九鼎的事比较可靠）。

⑭鼎为殷周传国宝器，所以此二句言兴国在德不在器物，二者兼得当然更好。

⑮仰止：仰望，向往。上句表达对黄帝和大禹的敬仰之情。崔嵬（wéi）：高耸的样子。此处表面是说荆山之高千古以来让人敬仰，实际上是歌颂黄帝和大禹的功绩永远被人们所传颂、铭记。

其 二

驱车渭水北，遥望荆山上。①
古树郁苍苍，峰峦峭叠嶂。②
下马徐攀登，绝顶殊清旷。③
铸鼎传遗宫，古坊俨相向。④
我来频瞻拜，厥惟夏德王。⑤
受命于帝廷，治水有异状。⑥
辛勤十三载，狂澜为之障。⑦

功成因铸鼎，乃在荆之漭。⑧
神灵所凭依，造化相摩荡。⑨
箫韶庆九成，凤鸟来飞飏。⑩
洛书由此锡，岳牧互推让。⑪
遂使夏后氏，三代莫能尚。⑫
是日天气清，惠风恣和畅。⑬
华岳秀嶙岣，黄河排浊浪。⑭
微禹吾其鱼，焉能不快怏。⑮
永言钦法物，庙堂存宝藏。⑯

【注释】

①驱车：赶着车。此指乘着车。

②郁苍苍：草木苍翠茂盛的样子。峭：陡峭。叠嶂：重叠的山峰。

③徐：徐缓，慢慢地。绝顶：最高的峰顶。殊：很，非常。清旷：清新旷远。

④传遗宫：传说遗留下来的宫殿。古坊：古老的里巷，村庄。俨：整齐的样子。

⑤频：频繁，多次。瞻拜：瞻仰礼拜。厥：其。惟：是。夏德王：夏王朝品德最高的帝王，指大禹。

⑥帝：此指尧帝。异状：不一般的状况。指非常成功。

⑦障：阻塞。这里指水患为之平息。

⑧漭（mǎng）：宽广辽阔。

⑨造化：化育万物的大自然。摩荡：相切摩而变化。此二句言大禹所铸造的鼎既为神灵所凭依，又与大自然的变化互相切摩激荡。

⑩箫韶：舜乐名，即舜所制的乐曲也泛指美妙的仙乐。九成：犹九阕。乐曲终止叫成。语出《书·益稷》："箫韶九成，凤凰来仪。"飏：同"扬"。

⑪洛书：古称龟书。传说伏羲氏时有龙马从黄河出现，背负"河图"；有神龟从洛水出现，背负"洛书"。伏羲根据这种"图""书"画成八卦，就是后来《周易》的来源。又传说夏禹治水，神龟从洛水出现，背上有九组不同点数组成的图画，禹因而排列其次第，乃成治理天下的九种大法，称为"洛书"。锡：赐。指洛书系上天所赐。岳牧：指传说中尧舜时四岳十二牧的简称。四岳相传为唐尧臣、羲和四子，分管四方的诸

侯；十二牧为十二州的长官。推让：指推让上天赐河图洛书之功。

⑫夏后氏：指禹。三代：指夏商周三个朝代。尚：向上；往上。通"上"。二句言大禹的功劳在夏商周三代无人可比。

⑬是日：这天。指作者考察荆山铸鼎这一天。惠风：和风。恣：恣意，尽情。和畅：温和舒畅。

⑭秀：挺秀。此处用作动词，有显示其挺秀之意。嶙峋（lín xún）：形容山峰、岩石、建筑物等突兀耸立。排：推动。

⑮微：微小，引申为没有。此句语出《左传·鲁国昭公元年》，刘定公说："美哉禹功，明德远矣。微禹，吾其鱼乎！"意思是说，禹的功劳实在太伟大了，如果没有他，我们大概都会成为鱼虾吧！焉能：怎能。怏（yàng）怏：不高兴、不满意的样子。这里指内心感到失意、伤感。

⑯永言：长言，吟咏。此指写这首较长的诗。钦：钦敬。法物：原指佛教僧团中，为维持教理之传统而使用之财物、资财等，这里指此处大禹庙中种种有关祭祀的物件。庙堂：指此处的禹庙。宝藏：此指储藏的大宗珍宝或珍贵物品，即上句所言"法物"。

其 三

神禹治水水东下，随山刊木西雍州。①
荆岐既旅驻荆阜，周回四顾乐斯丘。②
漆沮演漾来西北，东南涌入渭川流。③
山川环抱水火济，毅然铸鼎阐大猷。④
夏后明德由来远，贡金九牧叙怀柔。⑤
铸为鼎鼐形特异，轮囷轩魏壮千秋。⑥
山林川泽凭出入，魑魅魍魉将为廋。⑦
胼胝焦劳乘四载，帝锡玄圭承天休。⑧
使节新从北极至，遥瞻紫气驾青牛。⑨
关中人士如波靡，百川东注何所投。⑩
我公具有人伦责，抵住中流况所忧。⑪
疏山导海分内事，铸鼎铸颜或与俦。⑫
荆山巍巍高千仞，铸鼎遗宫奕祀留。⑬
谁实用禹底厥绩，浩浩怀襄能不忧。⑭
尧为君兮舜为相，爰命司空运其筹。⑮

地平天成从此始，唐虞天子自垂旒。⑯

（选自清乾隆五年《富平县志》）

【注释】

①随山刊木：语出《尚书·禹贡》："禹敷土，随山刊木，奠高山大川。"雍州：中国九州之一，名称源于陕西省凤翔县境内的雍山、雍水，包括今陕西、甘肃的大部分及青海额济纳等地。西雍州：雍州西部。

②荆岐：荆山和岐山。旅：经过。荆阜：即荆山。周回：环绕。四顾：四面看。斯丘：这山丘，指荆山。

③漆沮：见前赵兆麟《春日过岔口揽胜》注③。演漾：水波荡漾。来西北：从西北方向而来。渭川：即渭水。

④水火济：即水火既济，为《易经》第六十三卦。既济乃成功之象。此指成功。阐：阐发。大猷（yóu）：治国大道。

⑤夏后：夏代君主，此指大禹。明德：崇高显明的德性。九牧：九州长官。叙：叙说。怀柔：用政治上的措施使远方的人归附。

⑥鼐（nài）：大鼎。轮囷（qūn）：盘曲或硕大的样子。轩魏：即轩巍，高大的样子。

⑦凭：任凭，任从。魑魅魍魉：古代传说中的鬼怪。廋：隐藏，藏匿。

⑧胼胝（pián zhī）：俗称"老茧"，是皮肤长期受压迫和摩擦而引起的手、足皮肤局部扁平角质增生。焦劳：焦虑烦劳。四载：四种交通工具。语出《史记》："禹乘四载，泥行乘撬。"帝：此指尧。锡：赐。玄圭：一种黑色的玉器，上尖下方，古代用以赏赐建立特殊功绩的人。承：承受。天休：天赐福佑。语出《尚书·汤诰》："凡我造邦，无从匪彝，无即慆淫，各守尔典，以承天休。"

⑨使节：使者，此指尧帝的使者。北极：此代指尧帝所在之处。遥瞻：远远看见。紫气：紫色云气。古代以为祥瑞之气。附会为帝王、圣贤等出现的预兆。青牛：上古瑞兽"兕"，形似牛，传说曾为太上老君坐骑。二句言尧帝派使者来赏赐大禹，远远看见大禹在紫气中骑着青牛飞升天界。此诗以上颂大禹功绩，从下句"我公"开始，似为作者寄望当地最高官员之词。

⑩波靡：随波起伏，顺风而去。投：投奔，投入，此指注入。二句比喻大禹飞升之后，当地百姓又一次陷入水火之中，为以下希望对方有所作

为张本。

⑪我公：尊称所寄望的官员。人伦：指封建社会中人与人礼教所规定的君臣、父子、夫妇、兄弟、朋友及各种尊卑长幼关系。人伦责：此指官员对君主、百姓的责任。抵住中流：即砥柱中流，就像屹立在黄河急流中的砥柱山一样。比喻坚强独立的人能在动荡艰难的环境中起支柱作用。所优：所长。

⑫疏山导海：疏通山间水道，引导河水注入大海。铸颜：谓孔子培养其弟子颜渊（颜回）成才。俦：同辈、伴侣。二句言如果对方能完成自己这些"分内事"，其功绩当和大禹治水、孔子育才相比，这是为激励对方而夸张的说法。

⑬奕祀：世代，代代。

⑭厥：其，指大禹。厥绩：大禹的功绩。此句言谁能使对方完成大禹一样的功绩。怀襄：谓洪水汹涌奔腾溢上山陵。

⑮爰命：命令。司空：中国古代官名。西周始置，位次三公，与六卿相当，与司马、司寇、司士、司徒并称五官，掌水利、营建之事。此指职务与之类似的高官。运其筹：筹划这件事。上句言尧舜一样的君臣当政的时代，一定会命令有关官员筹划这件事。

⑯地平天成：平：治平；成：成功。原指禹治水成功而使天之生物得以有成。后常比喻天下太平。唐虞天子：唐尧虞舜一样的君主。此是对当时皇帝的恭维之词。垂旒（liú）：古代帝王贵族冠冕前后的装饰，以丝绳系玉串而成。二句言天下太平之后，皇帝自可垂拱而治。

游温泉①

惠之介

湛湛温波远，依流趣不稀。②
树深莺语细，溪静浪痕微。
空翠连巢阁，野烟隐钓矶。③
秋风芦荻裹，白鹭下还飞。④

（选自清乾隆五年《富平县志》）

【作者简介】

惠之介，富平（今陕西省富平县）人，生平未详。

【注释】

①富平有温泉河,源出县城西北南社乡龙王村,经县城北而东南下,流经城关、华朱、王寮等八个乡镇,东南至留古乡猴王洞入临潼县(今西安市临潼区)境,汇石川河入渭河。因其水至隆冬不冰微温而得名。

②湛(zhàn)湛:水清的样子。下句言水流两岸景色很美的地方不少。

③空翠:碧空。亦指绿色的草木或清澈的泉水。钓矶:钓鱼时坐的岩石。

④裹:裹挟。芦荻裹:指芦荻随风起伏动荡。

富平八景简介

富平八景:锦屏列翠、玉带环流、杏林晴眺、灵湫夜月、南湖烟雨、五陵秋色、美原仙迹、石洞书声。

富平八景诗

张雄图

烟雨南湖蹴浪纹,五陵秋色正氤氲。①
杏林我自贪晴眺,石洞伊吾想夜闻。②
翠叠锦屏朝映日,流环玉带暮漂云。③
美原拟伴仙翁去,弄月灵湫驻鹤群。④

(选自清乾隆五年《富平县志》)

【作者简介】

张雄图,清代河南洛阳人,廪生,河东总督、兵部右侍郎兼都察院右副都御史王士俊曾举荐其应博学鸿词科,与王文清编撰有《长沙府志》。

【注释】

①蹴(cù):踢,踏。这里是簇集的意思。氤氲:烟云弥漫、盛大的意思。

②晴眺:晴日眺望。伊吾:即咿唔,象声词,形容读书的声音。

③玉带:玉带渠,即今之温泉河。

④灵湫:深潭,大水池。古时以为大池中往往多灵物,故称。

富平八景（八首）

乔履信

锦屏列翠①

几幅排空半入云，千峰列彩气氤氲。②
雾遮石壁青疑卷，风展岚光翠欲分。③
乱点花开金谷障，斜垂瀑逗锦江文。④
年年箫鼓陈祠庙，错认华原晓驻军。⑤

【注释】

①锦屏列翠：是指县城西北方向21.5公里处的锦屏山。该山位于长春乡与白庙乡交界处，因山巅修建有秦代大将王翦庙宇，又名将军山，属乔山山脉。当年沿山松柏参天，花草繁茂，争奇斗妍，苍翠葱郁，宛若一道绿色屏障矗立于富平西北方。

②排空：凌空。氤氲：形容烟或气很盛。

③岚：山里的雾气。

④金谷：也称金谷涧，在河南省洛阳市西北。晋富豪石崇曾在此建世所传金谷园。障：屏障。逗：此处是涌动的意思。锦江：此处指四川成都南之流江，因传说蜀人织锦在其中洗涤则色彩鲜艳得名"锦江"。文：花纹。

⑤箫鼓：箫与鼓。泛指乐奏。祠庙：从下句看，当指秦大将王翦的祠庙。"错认"句：秦王嬴政征召王翦率兵攻楚时，曾将其妹下嫁王翦，并派军队护送其妹到富平华原与王翦会合成婚，故云。

玉带环流①

一条远水过桥东，斜绕城隈断复通。②
乱插桃花红点点，倒垂杨柳碧融融。③
连村禾黍晴围绶，傍郭楼台晓跨虹。④
自应拖绅沧海去，何妨暂来到湖中。⑤

【注释】

①玉带环流：指老县城绕城而过的玉带渠，即现在的温泉河。流水宛如一条玉带，曲折婉转，潺潺流淌，滋润着无数良田。每当春夏，稻绿荷艳，与南湖相映，俨然一派江南风光。

②城隈（wēi）：指城墙弯曲的地方。

③融融：形容和暖。此处形容绿色和谐的样子。

④禾黍：此处指各种庄稼。绶：绶带，丝带，用来系帷幕或印环。古代常用不同颜色的丝带标识官吏的身份和等级。此句言玉带渠在晴日如给连村的庄稼围上了一条绶带。傍：依傍。郭：城郭。此句言玉带渠拂晓时如跨过城边楼台的霓虹。

⑤绅：束在腰间，一头垂下的大带。蹔（zàn）：暂时，同"暂"。二句就玉带渠而言。

杏林晴眺①

石川文杏几千株，泼眼春光满碧湖。②
上苑筵开曾借树，右丞馆在近披图。③
从云外去寻花种，胜雨中来问酒垆。④
浑似故园风日丽，午桥坊带碎霞铺。⑤

【注释】

①杏林晴眺：指县城西南石川河滨的牛、龙、古、谢一带，这里昔日曾经是一片连绵不绝的杏树林。每当早春杏花开放时节，岸滨一片绯红，灿烂缤纷，晴日登高远望，一色十里，蔚为壮观。

②文杏：杏树的异种，此指杏。泼眼：满眼。此处是扑面而来的意思。

③上苑：此指西汉在原秦原苑的基础上建的上林苑，其中蓄养禽兽，专供皇帝春秋打猎，其旧址在今陕西省西安市长安区、鄠邑区以及周至县一带。筵：筵席。曾借树：据汉代刘歆《西京杂记》："初修上林苑，群臣远方各献异树"，其中就有文杏、蓬莱杏两种，故言。右丞：指唐代诗人王维。王维曾在终南山和蓝田辋川建有别墅，其中有竹里馆等建筑。披图：打开图画；展阅图籍、图画等。

④胜：胜过。

⑤浑似：很像。故园：故乡。风日：风景。

灵湫夜月①

山连月窟窟连月，月在高山水上头。②

岸角蟾光惊乍射，潭心桂影喜全留。③
浑疑犀照波生焰，更讶纶垂玉作钩。④
夜静风来池弄碧，一轮宝镜自沉浮。⑤

【注释】

①灵湫夜月：指县城北部20.5公里处的月窟山泉。月窟山位于白庙乡与曹村乡之间，也属乔山山脉。因其山势嵯峨，形状好似月牙，山上又多有石窟，故名月窟山。"灵湫"指的是一道从山缝中流出的清泉，一年四季，既不干涸，也不溢流。每当皓月当空，即映照于清潭之中，十分好看。

②月窟：指月窟山泉。

③蟾：蟾蜍。此处代指月亮。乍：突然。桂影：桂树的影子。因传说月中有桂树，故此处言其影子全留于潭心。

④浑疑：很怀疑。犀照：传说燃犀牛角可以使水中通明，真相毕现。讶：惊诧。纶：此处指钓丝。

⑤宝镜：此指月。

南湖烟雨①

南湖一碧本如天，细雨空濛更可怜。②
石燕衔花云叶乱，梁鱼出水浪纹圆。③
高低翠合峰峰隐，远近青浮树树连。④
最好风吹烟影破，书声遥送过前川。⑤

【注释】

①南湖烟雨：指老县城东南方向，由地面雨水积蓄和地下泉水源源涌出后交汇而成的一片湖面。昔时，水天相接，鱼虾跳跃，杨花柳絮，荷开稻长，确是江南风光，如果适逢雨天，登上望湖楼，则可看到"杜鹃声里雨如烟"的奇妙景象。由于沧桑变化，南湖现已不复存在。

②一碧：满湖绿色。空濛：混蒙迷茫的样子。可怜：此处是可爱的意思。

③石燕：形状如燕子的石块。梁：此指水中的堤坝。

④翠合：翠色笼罩。

⑤最好：此处指景况最好的时候。

五陵秋色①

五帝陵前昼似阴，剑弓埋没素秋深。②

寝园址在松楸合，享殿瓦平禾黍侵。③
光弼有心陪瘗玉，温韬何意苦搜金。④
凄凄草树迷荆顶，石马嘶风杂暮砧。⑤

【注释】

①五陵秋色：指县境北部沿山一带埋葬唐代中宗、代宗、顺宗、文宗、懿宗的定陵、元陵、丰陵、章陵和简陵。这些帝王陵墓，倚山为势，气派雄伟，居北面南，俯瞰泾渭。尤其是进入金秋季节，只见黄花遍野，红叶烂漫，令人思绪联翩，感慨万端，更有一番情趣。

②素秋：秋季。古代五行说以金配秋，其色白，故称素秋。

③合：聚集；围绕。享殿：祭祀帝王的宫殿。侵：侵占。

④光弼：李光弼，唐代大将，在平定安史之乱中功勋卓著。其墓在富平。瘗（yì）：埋葬。李光弼墓系皇帝的陪葬墓，故言。温韬：唐末京北华原（今陕西省耀县）人，本泼皮草寇，唐末曾任义胜军节度使，后趁天下动乱，大规模盗掘唐陵。除乾陵外，唐陵几乎无一幸免。苦搜金：指盗取唐陵珍宝。

⑤凄凄：寒凉的样子。荆：荆棘。荆顶：当指长满草树的陵顶。石马：指陵前的石雕马。暮砧：傍晚在石砧上捶打衣服或布的声音。

美原仙迹①

慢道仙人去莫猜，田郎遗迹有高台。②
美原千顷依空碧，明月孤峰绝尘埃。③
几卷丹经留野庙，数声玉笛过蓬莱。④
佳名到底知谁是，古县风清剩绿苔。⑤

【注释】

①美原仙迹：指传说中的唐朝田真人升天之处，有碑在美原镇。其实，后人凭吊，大部分还是着眼于秦代在统一六国中战功卓著的名将王翦。因为王翦生前的封地、死后的祠庙均在美原。人们赞颂他的勇敢和谋略，佩服他的豁达与明智。

②慢道：即漫道，随意说。猜：猜疑。田郎：指传说唐代在此成仙的田真人。

③美原：地名，在富平。因秦王嬴政曾赐予王翦"美原千顷"得名。

④丹经：道教的经书。蓬莱：传说中的海上仙山。

⑤佳名：美名，指前文田真人的名声。古县：此指美原县，唐高宗时曾在此设美原县。

石洞书声①

谁从石壁现空明，峭立千寻凿不成。②
几案生苔文亦绿，吟哦对月韵尤清。③
斗间响遏青云住，天际音飞紫气迎。④
可信仙人归洞日，神雕呵护读书声。⑤

【注释】

①石洞书声：指县境北部龙泉山上的东西女学洞。传说过去夜半三更人们常能听到石洞之内传出读书声音。其实，这种现象并非迷信神话，而是由石洞泉水冲击岩石，又在洞内产生回音所致。因而夜静更深之际，才会越听越像读书时的呻唔之声。

②空明：通明透彻。此指石洞。

③苔：苔藓。韵：指诗韵。清：清新。

④斗间：天上。斗：此指牛斗，天上的星区。遏（è）：阻止。此处用"响遏行云"之典，极言书声之大，可以阻遏天上青云行进。紫气：祥瑞之气。

⑤读书声：指石洞书声。

南湖四景诗（选二）

杨　深

柳陌春晴

春深柳陌爱频行，万树轻烟散晓晴。
弱缕迎风翻翠浪，娇莺向日弄新声。
笙簧一派堤边奏，锦绣千里楦里成。①
载酒题诗佳景在，骚人对此自作情。②

【作者简介】

杨深，清代陕西省富平县人，著有《春秋臆说》《萍踪杂记》等。

【注释】

①上句极言南湖春日各种自然音响之动听，下句则极言景色之美。

②骚人：诗人。

澄湖秋月

万顷秋波一色鲜，月光入水水接天。
嫦娥倒自湖中出，星斗疑从镜里悬。①
碧浪来时蟾亦动，水轮开处桂初圆。②
风清露白乾坤净，雁羽流音空外传。③

【注释】

①嫦娥：此处代指月亮。
②蟾：蟾蜍。桂：桂树。此处均代指月亮。
③雁羽流音：大雁飞过时的鸣叫之声。

美原八景简介

美原八景：兔比马大、商代古柏、六座牌坊、十门九萨、东宫铜佛、群燕朝塔、石狮夜吼、美原仙迹。

美原八景歌

佚　名

兔比马大铁碨扇，商代古柏几千年。①
六座牌坊街头立，十门九萨都有殿。②
东宫铜佛一间大，群燕朝塔团团转。③
石狮夜吼双铃响，美原仙迹故事传。④

【注释】

①兔比马大句：指东门外砖照壁浮雕兔比马大。铁碨（wèi）扇：铁铸造的石磨。商代古柏：指东门内府君庙商代古柏。

②六座牌坊句：指六座雕刻精美的石牌坊矗立在东西大街，具体未详。十门九萨：指东西二城十道城门中修有九个菩萨庙。

③东宫铜佛句：指东宫殿铜铸坐佛足有一间房那么大。群燕朝塔：西寺夏季群燕饶塔飞翔。

④石狮夜吼句：传说西门外石狮子夜晚吼叫，双铃也发出响声。美原仙迹：传说唐时田真人修炼于永仙观，拔宅升天。

咏白水

县斋十咏①
宁　参
思齐楼②

高闬营层构，翚飞势自伸。③
已闻能赋客，空忆带星人。④
彤槛凭秋迥，朱扉敞汉新。⑤
龟趺清刻在，谁共继芳尘?⑥

【作者简介】

宁参，北宋仁宗天圣年间（1023—1032）任白水县尉兼主簿，并代理县令，曾改建监狱，诗文高雅。

【注释】

①县斋：县衙。

②思齐楼：楼名取"见贤思齐"之意。原题注："宰署之门上耸四楹，将就圮毁，因亟成小楼。旋于废城之南获苔琰，宛具妙辞，乃祀太极中张子奇莅政之绩也。移置楼下，故以思齐颜之。"

③高闬（hàn）：高门墙。营：营造，建造。翚（huī）：大飞。此句形容思齐楼飞檐欲飞的气势。

④能赋客：指能写诗赋的人。带星人：义近"谪仙人"，言天上星宿下凡之人。

⑤彤槛：红色的栏杆。朱扉：红色的门。汉：河汉，银河。二句言凭依着红色栏杆可以远望秋色，敞开朱红大门可以遥观清新的银河。

⑥龟趺（fū）：碑下的龟形石座，此代指碑石。清刻：指碑石上刻的文字。芳尘：名贤的事迹。此指题注中张子奇的事迹。

永益池①

唐贤遗胜地，天泽引初深。②
未起朝宗势，先资济众心。③
净惟涵宝刹，微合鄙蹄涔。④
爽气何偏早，群蛙一夜沉。⑤

【注释】

①永益池：原题注："县门之西古注潦之所，二亭中时传名吏隐，元和中白行简刻石在焉。旧址虽存，遗构寝废。且绝壑急湍，艰于汲引，亦斯民之忧也。因名工筑堤潴水，一邑斯济。"

②唐贤：此指题注中的唐人白行简。天泽：此指雨水。

③朝宗：指百川归海。资：具备。

④刹：佛寺。此句言佛寺映照池水之中。微：小。蹄涔（cén）：亦作"蹏涔"。语本《淮南子·氾论训》："夫牛蹏之涔，不能生鳣鲔。"高诱注："涔，雨水也，满牛蹏迹中，言其小也。"后以"蹄涔"指容量、体积等微小。此句言池水微小符合人们所鄙视的"蹄涔"。

⑤爽气：凉爽之气，秋气。沉：消失。

惟勤阁①

自责思前志，从公是永怀。②
善声惭偃室，幽兴类萧斋。③
未报投虚刃，空防肆毒材。④
恪居知有地，俛俛竞相谐。⑤

【注释】

①惟勤阁：原题注："尉庭东北隅广袤倍寻，听讼之所。"

②前志：以前的志向，初心。从公：以公心处事。永怀：长久的思念。

③善声：美好的声誉。惭：自感惭愧。偃室：偃息之处。幽兴：雅兴。类：类似。萧斋：此指书斋。语出唐张怀瓘《书断》："武帝造寺，令萧子云飞白大书'萧'字，至今一字存焉。李约竭产自江南买归东洛，建一小亭以贮，号曰'萧斋'。"后人称寺庙、书斋为"萧斋"。

④报：报效。投虚刃：比喻高超的技艺。语本《庄子》庖丁解牛：以无厚之刃入于牛有空隙的骨节之间。肆毒：任意残杀和迫害。

⑤恪（kè）居：语出《左传·襄公二十三年》："敬共朝夕，恪居官次。"谓居官治事恭谨而行。后以"恪居"谓敬慎治理官事。僶俛（mǐn miǎn）：努力，勤奋。

藏书阁①

洞辟前轩峻，为梯竟若何。②
绿苔生未遍，缥帙聚还多。③
晓幌吞清旭，秋栏拂静柯。④
犹怜铅笔在，公外独频过。⑤

【注释】

①藏书阁：原题注："尉居南屋（以下原县志文字不清）。"
②洞辟：洞开。轩峻：宽敞高大。下句承上句言藏书阁高大而来：言攀梯子而上怎么样。
③缥帙（piǎo zhì）：淡青色的书衣，此代指书卷。
④幌（huǎng）：用于遮挡或障隔的幔子。吞：此指遮挡。清旭：清朗的朝晖。下句言树木的枝丫静静地拂在秋天的栏杆上。
⑤怜：喜，爱。公外：公务之外。频：频繁，多次。上句"铅笔"二字县志不清，颇费解。

习射亭①

危亭当旅进，飞镝共星鸣。②
才奏蘋蘩节，空闻霹雳声。③
泽宫期并胜，相圃忆偕行。④
敏手无虚发，由来已鹄平。⑤

【注释】

①习射亭：原题注："宰署东隅，尉司教阅之地。"
②危亭：高亭。旅进：并进。此指教阅士卒之处。镝：箭头。共星鸣：如流星一样飞过并发出长鸣。
③才：一作"未"。奏：收效。蘋蘩（píng fán）：两种可供食用的水草，古代常用于祭祀。亦以之泛指祭品。霹雳：又急又响的雷。
④泽宫：语出《周礼·夏官·司弓矢》："泽共射椹质之弓矢。"郑玄注引汉郑司农曰："泽，泽宫也，所以习射选士之处也。"期：预期，期

望。相圃：矍相圃的省称，孔子习射处。偕行：一起走。

⑤敏手：犹快手。谓动作快速敏捷。鹄（gǔ）：箭靶的中心；练习射击的目标。

古植槐①

谁知深固久，根怪蛰龙形。②
自著三冬芾，空怀八命庭。③
余清蝉始噪，新绿雨初经。④
未便惭群木，犹怜桂有馨。⑤

【注释】

①古植槐：原题注："尉庭西南宰署墙垣之内。"
②深固：谓古槐根深且固。蛰龙：蛰伏的龙。
③三冬：上句承上用杜甫《遣兴五首》其一"蛰龙三冬卧"句意。芾（fú）：古代的一种祭服。也作"韨"。此处用作"衣服"之意。空：徒然。八命：周代官爵分为九等级，称九命。其中八命为王之三公及州牧。古人用槐卿指三公九卿。此二句即用蛰龙和槐卿二典写槐树品格和命运。
④余清：余留的清凉之气，此指天气初转暖的时候。
⑤未便：不要随便。惭：惭叹。怜：爱。馨：香气。

载荣桐①

几年嗟悴质，一旦类生稊。②
玉甃青初满，银床绿乍齐。③
雅胜玄雨润，高压峄阳低。④
况有苍姬叶，还当副剪圭。⑤

【注释】

①载荣桐：原题注："尉署小庭前。"载荣：枯后再次生芽。
②嗟：叹。悴（cuì）质：憔悴的树身。类：好像。生稊：即生稊，草木再生新芽。
③玉甃（zhòu）：井壁的美称。银床：井栏。
④雅胜：美好。峄（yì）阳：峄山之阳。语本《尚书·禹贡》："峄阳孤桐（峄山南坡所生的特异梧桐）"，古代以为是制琴的上好材料，因

以代指琴。此句夸言此桐树质地的美好胜过峄阳孤桐。

⑤姬叶：即姬叶虎尾兰，一种多年生肉质草本植物。副：相配，相称。剪圭：同"桐叶之封"：周成王戏以桐叶为圭封弟叔虞，周公以君无戏言为由劝成王，成王于是封叔虞于唐，此即春秋时晋国之祖。二句言何况桐树有姬叶那样苍青色的叶子，可以用来当作桐叶封弟的"剪圭"用。

小庭松①

挺质依彤槛，盘根似旧峰。②
美材高并接，强干直相容。③
度夕寒声细，凌秋翠影重。④
当轩何郁郁，应只待秦封。⑤

【注释】

①小庭松：原题注："居桐之次。"
②挺质：生就的美质。彤槛：朱红色的栏杆。盘根：盘曲的根部。
③并接：并立相接。强干：强硬的树干。直相容：直立且互相包容。
④度：量词，次，再次。凌秋：接近秋天。
⑤轩：此指有窗的长廊或小屋。郁郁：生长茂盛的样子。待秦封：秦始皇登泰山时归途突遇大风雨，避雨松树下，遂封那棵松树为五大夫。此咏松树，故用此典故。

波纹石①

何必观春渚，他山质自奇。②
危层分荡漾，峭碧认逶迤。③
禁陛宜相接，星机好共支。④
高穹如有阙，一补未为迟。⑤

【注释】

①波纹石：原题注："尉处小槛之中。"
②渚（zhǔ）：水中小块陆地。春渚：春日的水边，亦指春水。他山：取"他山之石，可以攻玉"之意。质自奇：质地自然奇异。
③危层：高层。荡漾：形容水波起伏动荡。逶迤：蜿蜒曲折；拐来拐去。
④禁陛：犹禁墀。宫殿前的丹墀，亦指宫殿。星机：织女的支机石。

传说海边有人乘槎到达天河，遇见一人河边饮牛，问此是何处，其人给了他一块石头，让他到蜀郡问严君平。严君平言其为织女支机石。

⑤高穹：高空。阙：缺。此二句用女娲炼石补天传说，言此石可作补天之用。

石　席①

结粹从天匠，周方出翠峦。②
宁知琢磨易，须信卷舒难。③
角枕清同置，藜床雅并观。④
公余聊偃息，空觉病肤寒。⑤

(选自清乾隆年《白水县志》)

【注释】

①石席：原题注：置之（以下原县志文字不清）。

②结粹：集结精华。天匠：犹言天工，天然形成的工巧。周方：周正。

③宁知：岂知，那知。卷舒：卷起和展开。

④角枕：角制的或用角装饰的枕头。语出《诗经·唐风·葛生》："角枕粲兮，锦衾烂兮。"此言石席和角枕均属清凉之物。同置：同时设置。藜（lí）床：藜草编的床榻。泛指简陋的坐榻。雅并观：言石席和藜床看起来都雅致。

⑤聊：姑且。偃息：停息；歇息。空：徒然。

白水怀古

邓　山

烟郭东西枕水浔，各山远近带平林。①
颉书制后功何远，伦纸传来泽已深。②
世上岂无雷氏器，民间应有郭家金。③
累累古冢苍碑在，为问何人继媺音。④

(选自清乾隆年《白水县志》)

【注释】

①烟郭：烟雾缭绕的城郭。枕：压。水浔：水边。平林：平原上的

林木。

②颉（jié）：仓颉。中国文字之祖仓颉为白水人，该县史官村今有仓颉祠墓。何远：何等远大。伦：蔡伦。蔡伦总结以往人们的造纸经验革新造纸工艺，终于制成了"蔡侯纸"，为造纸术的发明者。该县传说蔡伦为白水人，故诗及之。泽：恩泽，恩惠。此指对后世的贡献。

③雷氏：指雷祥。据1989年版《白水县志》，雷祥为该县大雷村人，黄帝时任处方（医药官名），能医善陶，为中国医药学创始人之一和制瓷先祖。该县曾有雷祥庙和墓，其墓今仍在。器：器皿，指瓷器。郭家金：即"二十四孝"之郭巨"埋儿奉母"。典出东晋干宝《搜神记》等：郭巨，家贫。有子三岁，母尝减食与之。巨谓妻曰："贫乏不能供母，子又分母之食，盍埋此子？儿可再有，母不可复得。"妻不敢违。巨遂掘坑三尺余，忽见黄金一釜，上云："天赐孝子郭巨，官不得取，民不得夺。"下句言该县民间应有郭巨那样的孝子。

④苍碑：青色的石碑。媺（měi）：美，善。

仓圣坟祠

庄 璹

史官村外柏成行，仓圣坟祠古利乡。①
碑蚀苔痕迷鸟迹，像衣木叶尚羲皇。②
精英自泄乾坤秘，典册因垂日月光。③
四目开天先首出，至今蘋藻有余芳。④

【作者简介】

庄璹（shú），字乐忍，明嘉定州（今四川省乐山市）人，例贡生。嘉靖四十一年（1562）任白水知县，曾修白水县志。

【注释】

①利乡：古地名，在今白水北部。

②此句言仓颉庙中传说为仓颉所创的鸟迹书碑石已经剥蚀，布满苔藓，字迹模糊不清。羲皇：即伏羲，古代传说中的部落酋长，这里代指上古时期。此句言仓颉塑像以木叶为衣饰，尚存古代遗风。

③精英：此指仓颉。泄乾坤秘：泄露天地的秘密，此指仓颉创造了文字。典册：典籍。此句承上句言自从仓颉创造了文字，人类的文化典籍于是与日月一起光照万代。

④四目：传说仓颉有四只眼睛。开天：开天辟地。此句言仓颉以其超人的智慧首先创制了文字。蘋藻：皆水草名，古人用于祭祀。余芳：余留的香气。此句言仓颉至今受到人们的祭祀和敬仰。

白龙潭、齐云洞二首并序
赵世英

潭，县西二里。漆水由北南注，忽两崖拘啮，漆怒数跃起，鼓噪层落为潭。①潭旁石净洗如纸，时椎击却立。②悬岩蹲睨，有若助势观者，恒影旋不定。③宋元符令楚几圣、监征赵巨济偕屈思仁游题石。④崇祯六年令张名世移于西崖嵌屋，有"石罅声中闻漆水，寒云影里见青山"句。⑤读甚爱之，亦为诗二首。

空山洞壑窈，流水足寻盟。⑥
不见人鸟迹，惟闻风雨声。
激湍涌雪乳，清浪濯尘缨。⑦
到此应终老，嗒然万虑轻。⑧

所乐在何处，烟萝石洞间。⑨
野情空浩浩，幽鸟自关关。⑩
有路不通世，无心便觉闲。
石床孤夜坐，圆月上寒山。⑪

（选自清乾隆年《白水县志》）

【注释】

①拘啮：拘束啃咬。鼓噪：大声喧哗，呼喊。
②椎击却立：形容水如椎冲击石头之后后退立起。
③蹲睨（nì）：蹲着斜眼看。恒：常常。影旋：影子回旋。
④元符：宋哲宗赵煦年号，后为宋徽宗沿用（1098—1100）。监征：监督征收，此为官职名。偕：偕同，一起。
⑤嵌屋：镶嵌在屋内。罅（xià）：缝隙，裂缝。
⑥空山：幽深少人的山林。洞壑：深谷或洞穴，此指深谷。窈：幽深，深远。足：值得。寻盟：重温旧盟。此指反复多次赏玩游览。
⑦激湍：急流。雪乳：雪白的乳汁。濯：洗。尘缨：沾上尘土的帽

带。此指尘俗之气。

⑧嗒（tà）然：形容懊丧的神情。此处形容如释重负的心情。

⑨烟萝：草树茂密，烟聚萝缠，借指幽居或修真之处。

⑩野情：爱好天然风物的情性。空：徒然。浩浩：远大的样子。幽鸟：幽深处的鸟。关关：象声词，鸟叫声。

⑪孤夜坐：夜晚孤独地坐着。

仓颉墓
陈上年

支峰缀壑岭头分，欲往从之隔暮云。①
阳武荒台空汉草，彭衙旧垒失秦军。②
石牛藓长难为纪，铁土藤消不受焚。③
反觉五陵多晚照，苍然独有北山坟。④

（选自清乾隆年《白水县志》）

【作者简介】

陈上年（？—1677），字祺公，直隶清苑（今属河北省）人。顺治六年（1649）进士，任山西布政使司参议、管按察使司副使事。

【注释】

①支峰：独立的山峰。缀：连缀。上句言一座独立的山峰的峰顶把连缀的沟壑分开。

②阳武：《史记》言仓颉"都于阳武，终葬衙之利乡亭"，故此处以之代指仓颉墓所在之处。空：徒然。彭衙：春秋秦地，在今陕西省白水县。失秦军：指秦军在彭衙之战中被晋军打败。或指而今秦军已经不复存在。

③上句言因石牛上苔藓已经很长所以其年代无法考察。铁土：颜色如铁的土，黑土。不受焚：不能焚烧。

④五陵：指汉朝的五个皇帝陵墓，在距离长安城约40公里处，位于现在的西安市西北。此句用世传李白词《忆秦娥》"西风残照，汉家陵阙"句意。苍然：苍苍茫茫或苍青色。北山坟：此指仓颉墓。

九日同署中诸友游白龙潭①

钮琇

风雨多在秋，那堪入重九。②
睹兹霁色佳，令节焉能负。③
把菊念名山，插茱会良友。④
联骑过城西，随意觅林薮。⑤
忽逢泉石清，胜地得未有。⑥
断壁何巉岩，疑若巨灵剖。⑦
惊流出其间，势欲与之走。⑧
千载犹遗声，日夕蛟鲸吼。
缘崖置危楼，宜驻幽栖叟。⑨
岂谓行迹稀，绝构见摧朽。⑩
解鞍濯冠缨，席石举樽酒。⑪
兴至忘晷移，自辰巳及酉。⑫
未忍别云峦，余情寄高柳。⑬

（选自 1989 年版《白水县志》）

【作者简介】

钮琇（1644—1704），字玉樵，清吴江（今属江苏省）人，康熙二十七年（1688）任白水知县。著有《临野堂集》《诗余》《觚賸》等。

【注释】

①九日：九月九日重阳节。同署：同一衙门。白龙潭：在白水县小华山南约 20 米处的白水河上。

②那堪：那里能够承受。

③兹：此。霁（jì）色：雨雪晴后的天色。令节：佳节。负：辜负。

④把：手持。茱：茱萸（zhū yú），又名"越椒""艾子"，一种常绿带香的植物，具备杀虫消毒、逐寒祛风的功能。九月九日重阳节时登高，臂上佩戴插有茱萸的布袋，为中国民俗之一。

⑤联骑：连骑或并乘。林薮（sǒu）：山林与泽薮。此指景色美好的山水。

⑥胜地：景色美好的地方。得未有：得到从来没有见过的美好风景。

⑦何：那么。巉（chán）岩：意指高而险的山岩，或形容险峻陡峭，

山石高耸的样子。巨灵：巨灵神。传说中力大无比的神灵。剖：分割。

⑧惊流：急流。走：奔跑。下句言"断壁"呈现出和急流一起奔走的态势。

⑨缘：沿着。危楼：高楼。驻：驻扎，此指居住。幽栖叟：隐居者。

⑩岂谓：难道说。绝构：绝好的建筑。见：通"现"，现在。摧朽：倒塌腐朽。

⑪濯（zhuó）：洗。冠缨：帽带。席石：以石为席，即坐在石上。

⑫晷（guǐ）：日影。及：到。

⑬云峦：云彩和山峦。此指白龙潭美景。

彭衙杂咏（选五首）①

钮琇

（一）

莫谓西陲陋，文明实在兹。②
泥融常侍槛，苔绣史皇碑。③
孤迹依衰冢，鸦声集废祠。④
暮山青未了，千载启人思。⑤

【注释】

①彭衙：白水为秦彭衙故地，故以之指白水。

②西陲（chuí）：西部边境。此指国家西部。陋：粗劣，不文明。兹：此。

③泥融：泥土融化。常侍：官名，所指具体人不详。槛：栏杆。史皇：指仓颉。

④孤迹：指上句之常侍槛。

⑤青未了：青色一望无际。

（二）

路歧当四战，城小复孤悬。①
晋绝东河道，秦横北岭天。②
云标金粟峻，水贯铁牛坚。③
往代多遗镞，时时如野田。④

【注释】

①路歧：岔道。四战：即四战之地，指四面平坦，无险可守，容易受攻击的地方。

②绝：尽处。上句言彭衙地处晋河东道的尽处。

③金粟：金粟山。铁牛：指唐代黄河浮桥两边固定桥墩铁铸的牛。上句言金粟山高峻的山峰直上云表，下句言坚定的铁牛贯通黄河两边。

④镞（zú）：箭头。二句言田野中时时见到古代遗留的箭头。

（三）

群嶂如屏列，寒多物候违。①
麦黄过夏至，草绿及春归。②
屋矮风偏厉，坡高雨独稀。③
甘惟东井水，能灌药苗肥。④

【注释】

①群嶂：群峰。屏：屏风。物候：生物长期适应温度条件的周期性变化，形成与此相适应的生长发育节律，这种现象称为物候现象，主要指动植物的生长、发育、活动规律与非生物的变化对节候的反应。违：违背。

②及：到。这两句是对上句"物候违"的具体描写。

③厉：大，猛。

④甘：甜。惟：只有。

（四）

版屋仍遗俗，高低缀远岑。①
窑村瓷五色，煤井繘千寻。②
马习沟行险，人安穴处深。③
秋来看似锦，柿叶满霜林。④

【注释】

①版屋：用木板建造的房屋。此当指版筑成墙的房屋。缀：连缀。岑：山峰，山岭。

②窑村：烧制瓷制品的村庄。繘（jú）：井上汲水的绳索。此指煤井中上下的绳索。

③习：习惯。上句言马已经习惯于在危险的山沟行走，人也安于居住

于洞穴深处。

（五）

少陵曾避贼，曾此一经过。①
才大交谊寡，途穷险益多。②
石烟留旅迹，谷鸟见悲歌。③
世岂无贤宰，相逢客若何。④

（选自1989年版《白水县志》）

【注释】

①少陵：此指杜甫。避贼：指躲避安史之乱。
②交谊：此指有交往的人。寡：少。途穷：无路可走。此指处境极为困难。益：更。
③石烟：山石间的烟雾。旅迹：经过的痕迹。
④宰：此指当地的县令。客若何：对客（杜甫）怎么样。

游白水兴隆寺①

屈 复

纡曲复纡曲，乱石通骑足。②
无岩不空悬，有林半乔木。
两峰夹涧高，一水过桥东。
自我来帝京，日日寻逸躅。③
在家既野鹤，出门亦麋鹿。④
凉风吹寒香，白露生新绿。
秋晴带余阴，啼鸟媚幽独。⑤
悠然山水情，自具烟霞骨。⑥

（选自《弱水集》）

【注释】

①兴隆寺：当在白水县境，今址不详。
②纡（yū）曲：迂回曲折。
③逸躅（zhú）：逸迹；踪迹。此指隐士的踪迹。
④野鹤：野生的仙鹤，意为鹤居林野，性孤高，常喻隐士。此指自己

闲云野鹤般无拘无束的生活。麋（mí）鹿：也叫四不像，一种珍稀的野生动物。此处用以形容自己村居野处的生涯。

⑤媚幽独：喜爱静寂孤独。

⑥烟霞：烟雾和云霞，也指山水胜景。烟霞骨：寄情山水的秉性和气质，此指甘心隐逸的人生态度。

游飞泉寺（二首）①
梁善长

（一）

梵宫得暂游，乘兴入深幽。②
岸偪带川小，春开屏树稠。③
天地常潴水，地气回如秋。④
最爱禽飞处，山云淡欲收。

【作者简介】

梁善长，清广东顺德县人，乾隆十五年至二十年（1750—1755）任白水知县。重修《白水县志》。

【注释】

①飞泉寺：始建于明代，在城东北26里的南纪庄。

②梵（fàn）宫：佛寺。

③偪（bī）：接近，靠近。屏树：如屏障的树木。

④潴（zhū）：水积聚。

（二）

登临资旷渺，栖息尚清幽。①
到此闲情少，方知尘事稠。
庄农谋谷麦，祈报重春秋。②
莫讶成新构，炉烟晚未收。③

（选自清乾隆年《白水县志》）

【注释】

①资旷渺：用来观望辽阔渺茫、广远之处。

②谋：计划，商量。祈报：指古代祭祀土地神，春夏祈求丰收而秋冬

报答神灵。

③新构：新的建筑。

仓圣庙碑

邓 珏

昔令曲阜谒孔林，楷木以外柏森森。①
大者围之难计尺，高者仰之难计寻。②
冲霄老干龙蛇舞，穿石盘根岁月深。③
曾问栽植何年代，或自汉唐迄于今。④
今看仓圣庙中柏，同一参天皆黛色。⑤
五十余株左右排，狮蹲虎踞惊人魄。
墓后数株更苍老，旁人指此得地脉。⑥
其中岂无枯朽枝，樵不敢斫知拥惜。⑦
我游树下独踟蹰，似看古画画不如。⑧
飒飒凉飙起树末，飘飘落叶满阶除。⑨
纵横布置成奇字，恍惚龟文鸟迹书。⑩

【作者简介】

邓珏（jué），清代江西奉新县人，咸丰二年至三年（1852—1853）任白水知县。

【注释】

①令：县令，此处用作动词，任县令之职。谒：晋见，拜见。孔林：孔子及其家族的墓地。

②寻：古长度单位，八尺为一寻。

③干：枝干。

④迄：到。

⑤参天：高入天空。黛色：青黑色。

⑥地脉：风水中指地势好坏，这里指好的地势。

⑦斫（zhuó）：砍。拥惜：爱惜。

⑧踟蹰（chí chú）：心内犹疑，要走不走的样子。

⑨飒飒：风声。凉飙（biāo）：凉风。树末：树梢。阶除：台阶。

⑩恍惚：这里是仿佛的意思。龟文：龟甲上的文字。鸟迹书：传说仓颉从地上的鸟虫足迹中受到启发，创造了类似鸟虫足迹的文字，后世称为

鸟迹书。仓圣庙内有鸟迹书石碑。

署楼秋眺①
王孙爵

楼高暇日登成趣，远近秋光望里赊。②
茅屋参差围橡树，土墙剥落缀藤花。
夕阳半在前山麓，归雁群飞浅水沙。③
紫气函关何处是，晚谯徒听鼓初挝。④

（选自清乾隆年《白水县志》）

【作者简介】
　　王孙爵，清代人，曾任白水知县，著有《白水游草》。
【注释】
　　①署：官署。
　　②赊（shē）：遥远。
　　③山麓：山脚下。
　　④紫气：祥和之气。函关：函谷关，在今山西灵宝市境。谯（qiáo）：谯楼，指古代城门上的瞭望楼。徒：只。鼓：此指报告时间的鼓声。挝：击打，敲。

游飞泉寺①
吴志龙

出郭迎东旭，远山浮曙烟。②
马行三十里，犹在深沟边。
郁葱见岩树，下荫南庄田。③
取道越溪涧，有寺山之颠。④
缘磴缓登陟，藤萝自攀牵。⑤
随众上琳宫，渐觉双崖平。⑥
洛水何淙淙，日夕流寺前。⑦
波光入远树，高下翠相连。
云日映浅渚，堤草皆澄鲜。⑧
曾闻西崖畔，瀑布庐山然。⑨

我行一观之，甚不似昔年。
　　世事无定局，陵谷多移迁。⑩
　　好月不重满，奇花不重妍。
　　昌黎喜穷僻，康乐好探玄。⑪
　　抚景在适志，泥古胡为焉。⑫
　　入座清风生，徘徊木犀轩。⑬
　　山僧进碗茗，香味如芳荃。⑭
　　云是此山水，名隐无人传。⑮
　　梁公实爱此，乃为构数椽。⑯
　　寺成锡新额，寄意在飞泉。⑰
　　我为僧提笔，时维三月天。⑱
　　春风送我归，歌咏成长篇。

（选自清乾隆年《白水县志》）

【作者简介】

　　吴志龙，清代临川（今江西省抚州市临川区）人，国子生。滨州知州，编著了《富平志稿》。

【注释】

　　①飞泉寺：见前梁善常《游飞泉寺二首》注①。
　　②东旭：东方旭日。曙烟：拂晓时的烟霭。
　　③郁葱：郁郁葱葱，草木茂盛的样子。下荫：下面笼罩着。
　　④颠：同"巅"，山顶。
　　⑤缘：沿着。磴：台阶。陟（zhì）：登高。
　　⑥琳宫：仙宫。亦为道观、殿堂之美称。
　　⑦淙（cóng）淙：流水的声音。日夕：此指从早到晚。
　　⑧渚（zhǔ）：水中小块陆地。澄鲜：澄净鲜明。
　　⑨庐山然：像庐山那样。
　　⑩陵谷：高山和深谷。移迁：变化迁徙。
　　⑪昌黎：指韩愈。昌黎是韩愈的郡望。穷僻：穷乡僻壤。此指幽僻的地方。康乐：指谢灵运。谢灵运曾被封康乐公。探玄：探寻玄妙。此指寻找山水美景。
　　⑫抚景：对景；览景。此指后一义。适志：犹言舒适自得。此句言游览景色的目的在于愉悦心情。泥：拘泥。泥古：拘泥古人的做法。胡：

何。此句言为什么要被古人所拘束。

⑬木犀：同木樨，桂树，为木樨科、木樨属的一种常绿阔叶乔木。轩：有窗的长廊或小屋。木犀轩：当为小屋名。

⑭碗茗：一碗茶。芳荃：香草名。

⑮云：言。名隐：名字埋没。

⑯梁公：当指曾任白水知县的梁善长，清代广东顺德县人，乾隆十五年至二十年（1750—1755）任白水知县。构：建筑。数椽：指数间（房舍）。

⑰锡：通"赐"。额：匾额。寄意：寄托情意、志趣。

⑱提笔：指作诗。时维：时间在。

白水旧八景简介

白水旧八景：柳叶飘衙、有影无塔、寺钟自明、南河夜渡、龙山晚（夕）照、白鸡扑潭、城南雁落（一作雁门积雪）、石锣石鼓。

柳叶飘衙：很早以前，县城内西南角门前有一个涝池，周围并无柳树垂荫，但人们在夜晚月光下却能看到水中漂浮着无数的柳叶。

有影无塔：县城南街丁字路口的龙洞前，在阳光下，当街地面就能看到有塔影出现，来往行人无不止步赏奇。

寺钟自鸣：县城西门外有一"妙觉寺"，后因战乱，和尚离走，庙内空虚。可每到清晨却能听见阵阵不绝于耳的钟鸣声。

南河夜渡：县城南5公里的白水河，每到夜深人静时，河川上的人们却能听到河面上有"咿唔—咿唔"的划船声，行客到此均感稀奇，聆听那神奇的船工号子声。

龙山晚（夕）照：县城东南20公里处，有一地名五龙山，每当夕阳西下，夜幕降临时，远看地址居高的五龙山，总是霞光万丈，耀眼夺目，久久难以消失。

白鸡扑潭：县城5公里的地方有著名的"小华山"。有高约丈余的圆石横挡两崖之间，白水河水湍流急，直扑大石，水浪翻腾，远望恰似白鸡扑潭，宋元符年间题刻的"石声之中闻漆水，寒云影里见青山"的字样隐约可见。

城南落雁：县城南门外，有一片约200多亩田地，每年春暖花开，原野绿茵时，就有排排鸿雁飞来，落在这片广阔的田野里。

石锣石鼓：县城东北 10 公里处有一村叫南纪庄，不远处有一寺庙名曰"飞泉寺"，有一巨石形如锣鼓。每当深夜，山上的石锣石鼓便响起来，数十里外亦能听到。每逢夏季洛河涨水，凶猛的巨浪经过此段，就会出现"浪打锣鼓震天响"的壮美景观。

白水八景①

民　谣

柳叶飘垂衙门口，有影无塔在街前。
西寺无僧钟自鸣，南河无渡夜行船。
龙山晚照光明显，白鸡扑潭在河湾。
鸿雁落在城南地，石锣石鼓震破天。

【注释】

①另有一诗题为《白水旧八景》，内容与此首无大异：石锣石鼓震破天，白鸡扑滩在河湾，西寺无僧钟自鸣，有影无塔在街前，南河夜渡无人船，雁门积雪六月寒，龙山晚照光明显，柳叶飘在衙门前。

白水旧五景简介

白水旧五景：西河滚浪、龙山夕照、秦山霁雪、临川烟雨、神岭朝云。

西河滚浪①

庄　璹

迢迢银汉落城西，雨后风前见远溪。②
寒色直飞青嶂曲，涛声高触白云低。③
跃金咫尺烟波涨，喷玉参差沸鼎齐。④
为问源头活泼处，阿谁能不眼前迷。⑤

【注释】

①西河滚浪：西河原位于城郊西河村南，久已干涸，仅存遗址。此景描绘该河尚未干涸时浪涛滚滚的壮观景象。

②迢迢：远的样子。银汉：银河。

③嶂：直立如屏障的山峰。

④跃金：与下句喷玉均形容浪花之美。参差：高低不齐。沸鼎：水沸腾的鼎。

⑤阿谁：有谁的意思。

龙山夕照①

井 斗

夕阳西下晚村中，倒射龙山景色融。②
木叶枯时犹著翠，花枝妥后亦留红。③
云头驰采峰疑动，石骨生光势更雄。
到处层峦归牧竖，笛声牛背落青空。④

【作者简介】

井斗，明代白水人，生平不详。

【注释】

①龙山晚（夕）照：县城东南20公里处，有一地名五龙山，每当夕阳西下，夜幕降临时，远看地址居高的五龙山，总是霞光万丈，耀眼夺目，久久难以消失。

②融：融和，此处是美好的意思。

③妥：落下。

④牧竖：放牧的小孩子。归牧竖：牧童放牧归来。

秦山霁雪①

黎世和

万仞秦山自北条，四时积雪满昭峣。②
日方激滟升东谷，峰即巉岩露碧霄。③
粉黛云边呈秀色，玉肌天半挺寒标。④
长吟远眺增游兴，驴背诗囊挂酒瓢。⑤

【作者简介】

黎世和，明代人，曾任白水训导，生平不详。

【注释】

①秦山霁雪：秦山在该县西北30公里，海拔1200米。因传说小秦王率军至此不得过，下马拜山后山崩路通，又有暗门可通黄陵、宜君得名。

山上四面峰回峦接，其中香炉峰最为高寒，雪凝不化。晴日阳光照射，景美如画。

②岧峣（tiáo yáo）：形容山势高峻挺拔。

③潋滟（liàn yàn）：水波动荡的样子。巉（chán）岩：险峻的山岩。碧霄：天空。

④标：这里指山峰。

⑤驴背诗囊：用李商隐《李贺小传》记李贺骑驴出门觅诗，让一小童背一破旧锦囊，有诗句即投入囊中事。

临川烟雨①

黎世和

一溪细雨一溪烟，点染春光花柳天。
花似淡笼时半醉，柳因轻锁日三眠。②
山腰溟溟青疑断，渡口迷离碧自连。③
散步却从溪上望，辋川曾否胜临川？④

【注释】

①临川烟雨：临川所在未详。从黎世和《临川烟雨》的描写看，当在溪旁或河边。望中有青山，邻水有渡口。细雨濛濛之时，云遮雾罩，恍若一幅水墨烟雨图。

②二句写烟雨中花柳迷蒙的状态。

③溟溟：潮湿润泽的样子。这里形容烟雨迷茫的样子。

④辋川：水名，在陕西省蓝田县南。唐代诗人王维曾筑别墅于此。

神岭朝云①

何 学

朝来曦驭欲升东，神岭嘘云遍晓峰。②
才傍石生将鬻凤，却随风去又从龙。③
层楼叠阁形先见，玉叶金枝影更重。
莫道无心能出岫，长于农野报年丰。④

【作者简介】

何学，明代人，曾任白水训导，生平不详。

【注释】

①神岭朝云：神岭指县西北之大神山。该山海拔 1500 余米，高峻挺拔，峙立如人形，故称大神山。每当旭日初升，山川和气结而为云，瑞彩异光，变幻无穷。

②曦：晨曦，清晨的阳光。上句言早上太阳刚从东方升起。嘘：呼出。

③傍：依傍。翥（zhù）：鸟向上飞。

④岫（xiù）：山洞。

后　　记

　　我国古代多"八景"诗。"八景"（亦有十景、十二景，但以八景为多，所以以之作为这类诗之代称）已是对各地自然人文景观的高度概括，又多配以诗歌咏叹，就成为一份弥足珍贵的非物质文化遗产。整理这一份文化遗产，不但对弘扬民族文化、地域文化具有重要意义，而且对创建文明社会，开发、发展旅游产业具有重要借鉴价值。

　　秦东（今陕西省渭南市）境内华岳高耸，黄、渭、洛三河汇流，为中华民族重要发祥地，素有"山河圣地，八省通衢"的美誉，不仅自然风光壮美，而且具有深厚的历史文化积淀。自古以来，无数历史名人诗坛巨子为之倾倒，留下了大量歌咏它的诗篇；境内各县市的"八景"诗，更使这片神奇热土的自然人文景观熠熠生辉。

　　为发掘、整理、弘扬这份珍贵的文化遗产，编者收集秦东各县市及各县市所属乡镇"八景"的有关资料，特别是相关的诗作，集腋成裘，终于收集到了大部分县市及部分乡镇关于八景的有关材料和诗作。为了能够比较全面地反映该地区自然人文景观的全貌，我们又辑录了一些前人的有关诗歌作品，并对辑录到的作品进行了注释。感谢渭南师范学院人文学院、渭南师范学院秦东历史文化研究中心的大力支持，使其出版成为可能。

　　美中不足的是，虽然我们两位编者尽可能多方收集，但个别县的八景诗仍付诸阙如。如华阴市只收集到了华山八景及有关诗作。尤其使编者感到惋惜的是，虽经多方努力，大荔县只收集到了该县八景的名目和所属原朝邑县及部分乡镇的相关诗作，这实在是很遗憾的。

　　本书的编写过程中，参考了有关省市的地方志和个别个人著作，仅此向编者和著者付出的劳动表示由衷谢意。

　　由于编者的水平和视野所限，书中错误和不足在所难免，衷心希望方家和读者诸君批评指正。

编　者

2019 年春于渭南